Unterwegs
in die Welt von morgen

Unterwegs in die Welt von morgen

Utopische Geschichten
und Science-fiction-Romane

Verlag Das Beste
Stuttgart · Zürich · Wien

Die Texte in diesem Buch
erscheinen mit Genehmigung der Verleger

137

Printed in Germany
ISBN 3 87070 480 2

Nancy
Freedman
Josua
Niemandssohn
INS DEUTSCHE ÜBERTRAGEN VON WALTER BRUMM
KNEP
PER

1

ES WAR das Jahr neunzehnhundertdreiundsechzig. Es blieb in Erinnerung. Der Monat war November. Auch er blieb in Erinnerung, ebenso wie der Tag und die Stunde. Jedermann konnte noch Jahre danach erzählen, wo er gewesen war und was er getan hatte, als es geschehen war; wie er die Nachricht gehört, wer sie gebracht und was er (oder sie) gedacht hatte.

Thor Bitterbaum hatte einen besonderen Grund, sich des Tages und der Stunde zu erinnern. Er war im Begriff gewesen, eine dreijährige Ausbildungszeit als Assistenzarzt der Chirurgie zu beenden, und operierte an diesem Tag um zwölf Uhr dreißig eine Patientin namens Lucille Webber, die einen Darmverschluß hatte.

Er blickte auf die Uhr. Es war schon spät, doch wenn er sich beeilte, könnte er vielleicht noch einen Blick auf die Wagenkolonne und den Präsidenten werfen. Es war etwas Außergewöhnliches, daß jemand die Wahl gewonnen hatte, der sich so stark von seinen Vorgängern unterschied. Kein stimmensammelnder Politstratege oder Exfeldherr, sondern ein Mann, der in der Tradition des Staatsdienstes geschult war. Er schien sich der Menschen und ihrer Probleme bewußt zu sein, bereit, nach Lösungen zu suchen. Bitterbaum fand den Mann bemerkenswert. Er war der Meinung, daß sogar die öffentlichen Ansprachen des Präsidenten es wert waren, gedruckt zu werden. Seit Lincoln hatte es in den USA keine solchen Zeugnisse echter Beredsamkeit mehr gegeben. Der Stil war wie der Mann, lebhaft, energisch und ohne Umschweife.

Auch Bitterbaum mangelte es nicht an Stil. Er fühlte sich zu Höherem berufen, das war er seinem Namen schuldig. Seine Mutter hatte am Hunter College Anthropologie studiert und über nordische Mythologie promoviert. Ihre Eltern waren über die Wahl seines Namens entsetzt gewesen. Thor! Wer hatte je von einem Thor gehört? Und gar von einem Thor Bitterbaum! Aber seine

Mutter weigerte sich, das einzusehen, und so wurde er Thor Bitterbaum.

Die Gegensätze verbanden sich in seinem Charakter nicht nahtlos. Er war ein widersprüchlicher Mensch. Ein entschiedener Atheist, der stolz darauf war, Jude zu sein. Ein Mann, der alles Geschriebene verstand, aber keine Menschenkenntnis besaß. Trotzdem konnte sein logischer, ausgebildeter Verstand von einer Sekunde zur anderen in der wabernden Glut seiner hitzigen Emotionen untergehen.

Zuweilen verzweifelte er an sich selbst, aber er sah sich selbst auch als interessantes Studienobjekt. So war es zum Beispiel sonderbar, daß sein Zynismus ein solches Maß von Heldenverehrung zuließ. Er erklärte es sich in unbefangener Heiterkeit damit, daß er an diesem Präsidenten eben einen Narren gefressen habe. Die Zwiespältigkeit seiner Natur gefiel ihm. Er war eben Thor Bitterbaum; daran kam er nicht vorbei.

Er nahm seine Jacke vom Haken, rammte die Fäuste in die Taschen, rief der Stationsschwester eine letzte Instruktion zu und ging. Auf dem Weg hinaus berechnete er die beste Route, um Verkehrsstaus zu meiden und doch noch etwas von der Wagenkolonne des Präsidenten zu sehen. Kaum war er draußen, sah er ein schweres blaues Kabriolett durch die Einfahrt auf sich zurasen. Er sprang zurück auf die Stufen. Die verdammten reichen Idioten! Glauben, die Welt gehört ihnen allein! Der blaue Lincoln kam mit blockierten Rädern schleudernd zum Stillstand; alle Türen sprangen auf. Zwei Männer stürzten heraus, rempelten einander an, machten fahrige, unkoordinierte Bewegungen. Einer von ihnen brüllte etwas. Weitere Wagen kamen mit der gleichen Rücksichtslosigkeit herangerast, durchbrachen Blumenrabatten, hielten auf dem Rasen. Ihre Insassen quollen heraus; die Motoren liefen weiter.

So kam eine ganze Prozession von Wagen an, die in Zufahrten, Blumenbeeten und Rasenflächen kreuz und quer zum Stehen kamen und verlassen wurden. Es mußte irgendein größeres Unglück passiert sein. Bitterbaum drängte sich näher heran. „Ich bin Arzt", sagte er, „lassen Sie mich durch. Bitte lassen Sie mich durch!"

Jemand packte ihn am Arm. „Arzt, *ein Arzt!*"

„Langsam. Was ist passiert?"

Der Mann taumelte gegen ihn. Er ist betrunken, dachte Bitterbaum, und dann sah er die Augen. Der Mann stand unter Schock. Bitterbaum stellte die Diagnose beiläufig, ohne zu erkennen, daß er das nächste Opfer sein sollte.

Im Fond des offenen Wagens sah es aus wie in einem Schlachthaus. Zuerst sah er den blutgetränkten Rosenstrauß. Die schmächtige Frau in dem rosafarbenen Kostüm hielt den Oberkörper eines Mannes umfangen. Sie beide waren wie eingehüllt in Blut. Die Strümpfe der Frau waren blutig, und große Blutflecken hatten das rosa Kostüm durchtränkt.

Sie hob das leere, starre Gesicht, ein Gesicht, das er auf ungezählten Titelseiten gesehen hatte. Dann war der Mann, den sie in den Armen hielt . . .

Als Bitterbaum die Verbindung herstellte, kam es in ihm zu physiologischen Veränderungen. Sein Atem ging auf einmal schwer und stoßweise, Schweiß brach aus, und seine Aufmerksamkeit konzentrierte sich auf eine Fliege, die auf dem Schuh des Mannes saß und die Vorderbeine aneinanderrieb. Dann wurde ihm bewußt, daß jemand schrie. In den Schrei waren Worte eingestreut, die gleichen, ständig wiederholten Worte: „Er ist tot! Wie schrecklich! Er ist tot!"

Aus einem Autoradio dröhnte Werbung. Auf dem vorderen Sitz lag stöhnend ein weiterer Verwundeter. Bitterbaum erkannte den Gouverneur. Er sah mehrere Verletzungen, aber der Mann war bei Bewußtsein. „Was ist mit der Bahre?" brüllte er. „Wo bleibt die Bahre?"

Ein Kollege nahm eine vorläufige Untersuchung vor. Bitterbaum beugte sich zu ihm, um das Ergebnis zu hören, und sah, daß das Schädeldach fehlte. Der Hinterkopf war ganz zerstört.

„Kein Puls", sagte der Kollege. „Kein Blutdruck. Keine erkennbare Atmung. Aber er ist noch nicht . . ." Er blickte die Frau an und beendete den Satz nicht.

Die Bahre kam. Bitterbaum versuchte mit anzufassen und den Körper zu heben, doch die Frau des Präsidenten wollte ihn nicht freigeben.

Nach außen zeigte sie sich beherrscht, aber die abwehrende Geste war irrational. Es war unmöglich zu bestimmen, wie sie die

Situation einschätzte. Angesichts von Gehirnfragmenten ihres Mannes, die an der Polsterung klebten, hörte die Logik auf. Hände, die ihn ergreifen wollten, mußten zurückgestoßen werden. Sie verteidigte ihn. Sie würde ihn nicht ausliefern. Glaubte sie, daß ihr Mann noch lebte?

Einer der Umstehenden zog sich die Jacke aus und reichte sie in den Wagen. Das war es, was sie wollte: den Kopf einhüllen, die Wunde verbergen. Es war eine Art der Leugnung. Man brauchte die Wunde nur zu bedecken, und sie war verschwunden. Die Frau war in einer ruhigen, beinahe vernünftigen Art und Weise hysterisch. Nachdem der Kopf ihres Mannes in die Jacke eingehüllt war, erlaubte sie, daß man den Körper aus dem Wagen auf die Bahre hob. Jemand legte den Rosenstrauß auf seine Brust. Es war eine Geste der Verehrung und Liebe, aber der blutige Umriß übertrug sich auf sein Hemd. Die Frau ging neben der Bahre. Er wurde die Stufen hinauf und durch die schleifenden Doppeltüren getragen. Die Träger folgten dem breiten roten Streifen, der auf die Plastikfliesen gemalt war. Pädiatrie, Operationsraum I, Gynäkologie, Röntgenstation. Im Operationssaal der Intensivstation machten sie halt.

Der Präsident wurde auf den Operationstisch gelegt. Der Raum hatte keine Fenster; im kalten, künstlichen Licht sah das Opfer nicht wie es selbst aus, sondern wie eine aus durchscheinendem Marmor gehauene Statue seiner selbst. Zur Überwachung der Herztätigkeit schlossen sie einen Kathodenstrahl-Oszillographen an.

Es war erstaunlich, daß das Herz noch immer arbeitete. Um die Atmung wieder in Gang zu setzen, wurde ein Luftröhrenschnitt ausgeführt. Der Körper begann schnarchende, gequälte Anstrengungen zu machen. Ein durch die Nase eingeführter Schlauch ermöglichte das Auspumpen des Magens. Weitere Schläuche wurden durch die Bronchien in beide Brustseiten eingeführt, um Flüssigkeit abzusaugen und einem Lungenkollaps vorzubeugen. Sie waren an ein Anästhesiegerät angeschlossen, das genauere Überwachungsinstrumente besaß als der Beatmungsapparat. Die Jacke rutschte vom Kopf. Alles war weggerissen. Es war hoffnungslos. Durch Katheter wurde der Körper mit Blutplasma versorgt. Die Augen glitten auswärts und waren blind.

Die starke Blutung aus der Kopfoberseite kam zum Stillstand. Seine Frau kniete nieder und betete. Der Arzt, der mit ihnen gereist war, half ihr auf die Füße. Wenigstens ein Dutzend Ärzte standen um den Operationstisch herum, darunter der Chef der neurochirurgischen Abteilung, dem alle anderen Platz machten. Der eine Schlauch in der aufgeschnittenen Luftröhre arbeitete nicht. Die schwere Halsverletzung verhinderte ein einwandfreies Funktionieren. Bitterbaum versuchte den Schlauch herauszuziehen. Das EKG zeigte keine Ausschläge mehr. Einer der Ärzte begann mit äußerer Herzmassage. Um mehr Druck ausüben zu können, stand er auf den Zehenspitzen. „Holen Sie mir einen Hocker!" rief er.

Der Neurochirurg wechselte einen Blick mit seinem Nebenmann, der klar genug zu verstehen gab, daß er diese heroische Schau für überflüssig hielt. Der Mann war klinisch tot. Aber der Arzt, der die Massage ausführte, wollte nicht aufgeben. Er fuhr fort, den Brustkorb mit rhythmischen Bewegungen zusammenzudrücken.

Nicht aufhören. Wir dürfen ihn nicht verlieren. Wir haben ihn verloren, ich weiß es, aber es darf nicht sein. Bitterbaum kämpfte verzweifelt gegen die Erkenntnis an, die sich in ihm ausbreitete. Er rebellierte gegen das, was er sah und wußte. Dieser Kampf war ausgefochten. Aber ich habe noch gar nicht angefangen, dachte er. Man muß ihn fortführen, an einer anderen Front, mit anderen Waffen, der Name Gurdon ging ihm durch den Kopf.

„Ist ein Priester da?" wollte jemand wissen. „Wir werden es nicht schaffen. Es ist nicht offiziell, aber der Mann ist tot."

Der Neurochirurg wandte sich zu der Frau mit den weit geöffneten, starr blickenden Augen. „Ihr Gatte hat eine tödliche Wunde davongetragen."

Ihre Lippen bewegten sich. „Ich weiß."

Der Leibarzt beugte sich über den Präsidenten und fühlte an der Beinschlagader nach dem Puls. Er begann zu weinen. Zornig über seine Tränen, rief er mit halberstickter Stimme: „Ich möchte, daß dieser Saal geräumt wird."

Ein Priester war hereingebracht worden, aber er stand da wie betäubt, und ohne zu verstehen. Der Leibarzt sagte: „Kann nicht irgendein Totengebet gesprochen werden?"

Darauf trat der Priester vor und erteilte die Absolution. „Si capax, ego te absolvo a peccatis tuis, in nomine Patris, et Filii, et Spiritus Sancti, Amen." Er schraubte den Verschluß von der kleinen Flasche mit geweihtem Öl, ließ etwas daraus auf den Daumen fließen und malte dem Präsidenten damit das Kreuzzeichen auf die Stirn. „Per istam sanctam unctionem, indulgeat tibi Dominus quidquid deliquisti, Amen." Nachdem er das Fläschchen verschraubt und eingesteckt hatte, fuhr er mit dem apostolischen Segen fort: „Ego facultate mihi ab Apostolica Sede tributa, indulgentiam plenariam et remissionem omnium peccatorum tibi concedo et benedico te. In nomine Patris, et Filii, et Spiritus Sancti, Amen." Anschließend sprach er das Vaterunser, das von der Witwe und dem Leibarzt gebrochen mitgemurmelt wurde. Der Mann lebt noch, dachte Bitterbaum, als die ehrwürdigen lateinischen Worte erklangen. Warum sprechen sie Gebete für die Toten? Der Zelltod war noch nicht eingetreten. Hoffnung und Wiederauferstehung lagen in seiner Hand.

1950.

Die Jahreszahl erschien plötzlich in seinem Bewußtsein.

Ich werde verrückt, dachte er. Der Präsident liegt tot vor mir, und ich sehe eine Jahreszahl. Warum? Was hat es zu bedeuten? Was weiß ich über 1950?

Natürlich. Es war das Jahr, in dem Dr. Landrum Shettles die künstliche Befruchtung eines menschlichen Eis in einem Glasbehälter gelungen war. Der Embryo hatte sechs Tage lang gelebt. 1952 hatten Briggs und King Zellkernmaterial der Froschart *Rana pipiens* von einer embryonalen Zelle auf eine andere übertragen. Mehr als vierzig Prozent der so veränderten Eier erreichten das Kaulquappenstadium durch normale Zellteilung. Ein Jahr später entdeckten Watson und Crick die doppelspiralige Struktur des DNS-Moleküls. Das Leben war eine Wendeltreppe mit Geländern aus Zucker- und Phosphatverbindungen und Stufen aus komplementären Basen: Adenin-Thymin und Cytosin-Guanin. Es wurde vermutet, daß sämtliche zur Reproduktion eines Organismus notwendigen genetischen Informationen im Kern einer jeden lebenden Zelle dieses Organismus verschlüsselt sind.

John B. Gurdon demonstrierte dies erfolgreich am Beispiel der afrikanischen Krötenart *Xenopus laevis.* Indem er das genetische

Material einer Eingeweidezelle einer Kröte in das Ei einer anderen verpflanzte, erzeugte er ein Amphibium, das zu einem erwachsenen Exemplar heranwuchs. Durch einen vegetativen, asexuellen Prozeß war so aus einer einzigen beliebigen Körperzelle des Originals eine identische Kröte erzeugt worden. Soweit Bitterbaum wußte, hatte noch niemand es gewagt, den Schritt zu höheren Tieren vorzuschlagen. Aber nur technische Schwierigkeiten standen im Weg. Als Daniele Petrucci ein menschliches Ei in einem Glasbehälter künstlich befruchtet und am neunundzwanzigsten Tag zerstört hatte, nachdem Herztöne vernehmbar geworden waren, war es zu wütenden Reaktionen gekommen. Der Vatikan hatte interveniert. In der Boulevardpresse waren hysterische Artikel erschienen. Wegen des Drucks, den Kirche und öffentliche Meinung ausübten, konnten die Arbeiten an der Technik der Zellkernverschmelzung nur noch hinter verschlossenen Türen fortgeführt werden.

Aber das Wissen war da. Und während die Witwe und der Leibarzt beteten, überlegte Bitterbaum, daß ein Mann der Wissenschaft, wenn er entschlossen und wagemutig genug wäre, diese Wendeltreppe hinauflaufen und Geschichte machen könnte.

Der Priester wandte sich der jungen Witwe zu. „Ich bin überzeugt, daß die Seele seinen Körper noch nicht verlassen hat. Dies ist ein gültiges letztes Sakrament. Ich habe viel über das Problem nachgedacht und eine Formel ausgearbeitet. Ich glaube, es gibt eine direkte Beziehung zwischen der Widerstandskraft des Körpers und dem Ausharren der Seele. Wenn der Mensch nach einer langen Krankheit stirbt, verläßt die Seele den Körper innerhalb von zwanzig Minuten nach der Feststellung des Todes. Aber im Fall Ihres Gatten, eines Mannes von strahlender Gesundheit, harrt die Seele nach meiner Überzeugung bis zu drei Stunden im Körper aus."

Verrückt, dachte Bitterbaum. Was dort sprach, war die Welt der Vergangenheit. Doch ihn beschäftigte weder eine Kasuistik, die dem Mittelalter angehörte, noch die schale Aussage eines EKG, dieses Schiedsrichters der Gegenwart. Er wandte sich mit seinem ganzen Wesen der Zukunft zu. Teilhard de Chardin hatte gesagt: „In der Zukunft wird der Mensch Gott begegnen."

Und die Zukunft war jetzt möglich. Statt des Todes war Leben möglich. Es gab eine lebensfähige Alternative zum Hokuspokus mittelalterlicher Anrufungen. Sie schalteten die Apparate aus und begannen mit dem Abbau des hastig errichteten Lebensrettungssystems. Bitterbaum trat vor, um die nasogastrische Schlauchleitung zu entfernen. Ein erfahrener und entschlossener Mann ergreift das Skalpell dort, entnimmt der Wunde eine kleine Menge Gewebe, legt sie in eine Pyrexröhre, diese hier, und verläßt den Raum.

Niemand nahm Notiz von ihm, einem Arzt unter den vielen, die in diesen hektischen Stunden durch die Krankenhauskorridore eilten. Die Schwesternstation war vom FBI übernommen worden. Beamte der Bundespolizei hatten die Telefonzentrale besetzt und überwachten alle eingehenden Gespräche. Anrufe gingen hinaus, um die nächsten Angehörigen zu verständigen.

Sicherheits- und Protokollbeamte begannen sich geschäftig mit Fragen des weiteren Vorgehens und der Kommandostruktur zu befassen; nun, da er tot und nichts mehr zu machen war, zeigte sich jedermann einsatzbereit und organisationsfreudig. Sie setzten alles in Codes um: das Flugzeug, mit dem er gekommen war, die Fahrzeugkolonne, das Attentat, die Witwe, den Leichnam. Spiel und Kurzweil. Er überließ sie ihrer Beschäftigung.

Ein Korrespondent hatte Seiten voller Notizen gekritzelt und schließlich Verbindung mit seiner Redaktion bekommen. Nun saß er da und weinte ins Telefon. Er konnte nicht mehr lesen, was er geschrieben hatte; alles war wirres, unverständliches Zeug.

Bitterbaum ging weiter zum Vorratslager. Hier durchsuchte er die Regale, bis er einen tragbaren Behälter mit flüssigem Stickstoff fand. Er legte das Reagenzglas hinein, und sofort erfüllte ihn ein Gefühl von Erleichterung und Wohlbefinden. Der Thor in ihm triumphierte. Er hatte den Präsidenten gerettet. Die Verletzungen waren tödlich, aber er hatte ihn gerettet.

Als Bitterbaum wieder in den Hauptkorridor zurückkehrte, fand er es verblüffend, daß der normale Krankenhausbetrieb weiterlief, als ob nichts geschehen wäre. Ein Junge mit einer blutenden Platzwunde wurde hereingebracht, dann ein älterer Mann, der über starke Brustschmerzen klagte. Die leblose Gestalt in der Intensivstation war mit einem Laken bedeckt worden. Eine Krankenschwester brachte zwei braune Papiertüten für seine Kleider und persönlichen Dinge. Zwei einfache braune Papiertüten, in denen alle Habseligkeiten des Präsidenten der Vereinigten Staaten verstaut wurden.

Ein Radio in der Schwesternstation verkündete Einzelheiten. Einer der Nachrichtensprecher wollte erfahren haben, daß der Leichnam ins Bethesda-Marinehospital geflogen werden solle.

Sollten sie ihn nur bringen, wohin sie wollten; er trug in der Linken einen Behälter mit lebenden Zellen in einer konservierenden Flüssigkeit.

Thor, der großgewachsene Jude, in dem der nordische Gott wohnte, war von all den Leuten, die das Krankenhaus mit ihrem Gewimmel erfüllten, als einziger leichten Herzens, beinahe fröhlich. Er sah die Witwe des Präsidenten mit den inzwischen getrockneten Blutflecken auf den Kleidern. Sie schien einem Priester zu lauschen, einem anderen Priester, der ernst auf sie einredete. Aber ihre weit auseinanderstehenden Augen blickten an ihm vorbei, blickten hinaus über den Rand der Welt. Es kam ihr nicht in den Sinn, den Behälter anzusehen, den er in der Linken trug. Er verspürte ein Bedürfnis, zu ihr zu gehen und es ihr zu sagen.

Ihr was zu sagen? Das brachte ihn zum Stehen. Er hatte tatsächlich einen Schritt in ihre Richtung getan. Aber sie stand auf der anderen Seite der Zeit, knietief im Gestern.

Auch Bitterbaum war gläubig. Seine Litanei konnte unter dem Elektronenmikroskop gelesen werden und fand ihre Auslegung in Röntgenkristallographie und Einfärbetechniken, durch die es möglich war, dreiundzwanzig menschliche Chromosomenpaare zu sehen. Thors neuer Donnerkeil war der Laserstrahl. Mit ihm konnte er Organellen der lebenden Zelle chirurgisch zerteilen. Fehlerhafte Gene konnten durch DNS-Segmente auf viralen Genomträgern ersetzt werden und die Uhr von Zerfall und Alterung zurückstellen. Seine Messe war eine Feier des Lebens, aber in neuen Begriffen. Nach zweihunderttausend Generationen hatte *Homo sapiens* den Sieg errungen, den Sieg biologischen Lebens über biologischen Tod.

Er verspürte einen Drang, die Hand auszustrecken und dieses rosafarbene, blutbefleckte Kostüm zu berühren. „Madame, verzweifeln Sie nicht, die lebendigen Körperzellen Ihres Mannes werden biologisch weiterleben, und er wird nicht sterben. Ich bin

Thor Bitterbaum und verspreche es Ihnen.“ Er konnte das Ergebnis einer solchen Handlung und Rede voraussehen. Die Sicherheitsleute würden ihn fortschleppen und in einer geschlossenen Abteilung unterbringen. Aber niemand schleppte den alten Priester fort, wenn er von Engeln sprach und die Daumenregel nannte, wonach man bestimmen konnte, ob die Seele noch immer den Körper bewohnte.

In diesem Krankenhaus hatte ein Zusammenstoß zweier Welten stattgefunden, ausgelöst durch die Ermordung eines Präsidenten.

Im vorangegangenen Sommer war Bitterbaum Zeuge eines Experiments zur Zellkernverschmelzung gewesen, bei dem *okadas myxovirus* verwendet worden war. Gerüchte wollten wissen, daß Harris und Watkins in England den gleichen Virus verwendet hatten, um Zellkerne von Seegurken miteinander zu verschmelzen.

Die Technik genetischer Eingriffe wurde in vielen Zentren vervollkommnet und weiterentwickelt. Manches davon konnte als Futurologie abgeschrieben werden: Ektogenese, die Schwangerschaft außerhalb des Mutterleibs in der Tradition von Huxleys „Schöne neue Welt“, Tier-Mensch-Hybriden und so weiter. Aber die Zellkernverschmelzung hatte er mit eigenen Augen gesehen. Und er hatte die Literatur darüber gelesen: Sambuichi, Briggs, Gurdon, King, Moore, Hennen. Die Technik war bekannt. Trotzdem konnte er zu der Witwe nicht einfach sagen: „Eine Körperzelle Ihres Mannes lebt. Sein biologisches Double kann daraus gezüchtet und der Welt wiedergegeben werden.“ Sie war gesellschaftlich und religiös konditioniert, würde also auf solche Nachrichten mit Abscheu und sogar Entsetzen reagieren.

Die besten Schulen bereiteten einen darauf vor, in der Welt von gestern zu leben, während die Welt von heute schon vergangen war. Und diese noch junge Frau war ein Produkt von Kirche und Tradition. Und dies waren schon immer die beiden Kräfte gewesen, die gegen die Fantasie arbeiteten, die Initiative erstickten und Wagemut bestraften. Als bei Los Alamos die erste Atombombe gezündet wurde, waren die Implikationen nicht so beängstigend wie jene der Zellkernverschmelzung. Die Atomspaltung war etwas, was dort draußen in der Welt geschah. Dies aber geschah im Innern des Menschen. Es war eine innere Revolution von solcher Tragweite, daß niemand die möglichen Auswirkungen überblicken konnte.

Er war bekümmert, die Frau ohne Trost zurücklassen zu müssen. Die betäubende Nachwirkung des Schocks und eine noch gestaltlose Trauer hielten sie in lähmender Erstarrung gefangen. Aber Bitterbaum hatte Überlegungen anzustellen und einen Plan auszuarbeiten. Die Atmosphäre von Schock und Frustration war dafür nicht zweckdienlich. Er ging.

Draußen sah er auf den ersten Blick, daß er seinen Wagen nicht nehmen konnte; alle Ausfahrten waren von den leeren Fahrzeugen der Autokolonne blockiert. Es war ihm recht. Er zog es vor, zu Fuß zu gehen. Im Gehen ließ er die Arme schwingen, auch den linken, der den Behälter trug. Er wunderte sich flüchtig über die Schärfe seiner Wahrnehmungen. War diese Klarheit der Sinne, dieses angenehme Prickeln der Thor in ihm, der sich mit übernatürlicher Stärke gürtete?

Schon ein flüchtiger Blick auf die Geschichte der Wissenschaft überzeugte ihn, daß der Mensch neue Erfindungen und Prozesse auch dann nicht ungenutzt ließ, wenn sie von fragwürdigem Wert waren. Manchmal wurde das Neue sofort und ohne Umstände angenommen, manchmal kam es zu Krieg und Revolution, ehe es sich durchsetzte. Aber Wissen lag niemals brach. Es wurde angewendet.

Dies war die Stärke des Menschen. Es war auch der Faktor, der seinen Untergang herbeiführen mochte. Aber Bitterbaum fühlte sich berechtigt, von der bekannten Annahme auszugehen, daß andere es tun würden, wenn er es nicht täte.

Während die Welt den Verlust jener besonderen genetischen Kombination betrauerte, die gerade sinnlos ermordet worden war, trug er die Möglichkeit eines vollkommenen Duplikats in einem Behälter mit flüssigem Stickstoff bei sich. Obwohl er Atheist war, glaubte Bitterbaum, daß er genau zu diesem Zweck an Ort und Stelle gewesen war; daß er das Instrument sein mochte, durch das diese besondere Genkombination überleben werde. Er war vom Alptraum befreit und mit neuer Hoffnung beschenkt worden.

Erst jetzt, als er ziellos durch die Straßen ging, kam ihm der Gedanke, daß es womöglich nicht klappen könnte. Wie groß war die Wahrscheinlichkeit, einen Menschen künstlich durch Kernverschmelzung zu erzeugen? Demsdale am California Institute of Technology war der richtige Mann für das Projekt. Er hatte die Kernverschmelzungen bei Amphibien erfolgreich wiederholt, doch waren seine Ergebnisse wegen der aufgebrachten öffentlichen Meinung nicht publiziert und nur privat an interessierte Wissenschaftler verteilt worden. Die Frage war, ob Demsdale seinen Ruf und seine Karriere riskieren würde. Wissenschaftliche Neugier und Begeisterung würden seine Bundesgenossen sein, aber selbst wenn er dieses Hindernis überwinden und Demsdale überreden könnte, sein Genie in den Dienst des Unternehmens zu stellen, wie groß wäre die Erfolgschance?

Als er das Gewebe aus der Wunde genommen und eingefroren hatte, war für Zweifel kein Raum mehr in seinem Denken gewesen. Zuerst A, dann B und so weiter, bis der Mann regeneriert wäre. Es gab keine Terminologie, die den Vorgang hätte ausdrücken können. „Klonen", wie man die Technik der Zellkernverschmelzung zur asexuellen Vermehrung nannte, war dem Griechischen entlehnt, wo sie die Bedeutung von „Menge" oder „Masse" hatte. Daher war mit diesem Begriff von Anfang an die Idee verknüpft gewesen, daß Nationen durch Klonen Armeen identischer und gleich qualifizierter Soldaten herstellen könnten. Oder daß Unternehmer genetisch besonders geeignete Typen als Fließbandarbeiter oder für andere Zwecke produzierten. Durch den Prozeß der Kernverschmelzung konnte man möglicherweise größere Mengen identischer Typen produzieren, aber sein Interesse beschränkte sich auf die Reproduktion eines einzelnen Genotyps. Einer der besten, wie er glaubte, die sein Land und seine Zivilisation je hervorgebracht hatten.

Wie nannte man einen solchen Menschen? Konnte eine durch Kernverschmelzung erzeugte Person eine Reproduktion genannt werden? Das war in der Tat die Frage: ob die totale Persönlichkeit reproduziert werden konnte oder nicht. Die Humangenetiker waren sich in diesem Punkt nicht einig. In welchem Ausmaß wurde der Phänotyp von Erbfaktoren bestimmt? Welche Rolle spielte die Umwelt? Jeder lebende Organismus wird durch das Leben verändert. Obgleich das menschliche Gehirn fünfzig visuelle Informationseinheiten auf einmal erfassen kann, ist es nicht imstande, mehr als zehn von ihnen zu verarbeiten. Vier Fünftel aller Sinneswahrnehmungen werden weggeworfen.

Nach welchen Gesichtspunkten trifft das einzelne Individuum seine Auswahl? Nach welchen Kategorien beurteilt es einen Unterschied, eine Form, eine Gestalt? Garantierte das identische genetische Material die gleiche Auswahl? Das schien zweifelhaft. Wenn eine Person verschieden wählte, war sie dann nicht schon eine andere Person?

Angenommen, die Umweltbedingungen würden so simuliert, daß sie in wesentlichen Details dem Lebensbereich des Originals ähnelten? Wäre das überhaupt machbar?

Schon das Zeitelement war völlig verschieden, was bedeutete, daß die kulturellen, philosophischen und moralischen Grundlagen, nach denen man urteilte, eine Wandlung durchgemacht hatten. Möglicherweise konnten Eltern des gleichen Glaubens und von vergleichbarem Reichtum gefunden werden, aber es würden andere Leute sein. Wäre der Präsident zum Präsidenten geworden, wenn er in einer anderen Familie aufgewachsen wäre? Würden wir alle die sein, die wir sind, wenn wir unter anderen Lebensbedingungen und in einer anderen Umwelt aufgewachsen wären?

Auf diese Fragen wußte die Wissenschaft noch keine definitive Antwort. Getrennt aufgewachsene eineiige Zwillinge zeigen bemerkenswerte Übereinstimmung, wenn sie gleichen Intelligenztests unterzogen werden. Aber Charakterzüge, emotionales Gleichgewicht, diese Faktoren sind schwieriger zu vergleichen.

Natürlich würde die Aufzucht eines durch Kernverschmelzung erzeugten Menschen unwiderlegbare Beweise für die genaue Wechselwirkung in diesen Bereichen liefern. Zum erstenmal wurde ihm das bizarre Element des Ganzen bewußt. Wie und wo sollte er beispielsweise zu einem Mutterleib kommen, in dem die Reproduktion heranreifen konnte? Er hatte keine Ahnung. Doch war das Experiment von einer solchen Tragweite, daß ein Weg gefunden werden mußte. Das Wissen des Menschen von seiner eigenen biologischen und psychologischen Natur stand auf dem Spiel. Der Gewinn, den die Wissenschaft daraus ziehen würde, war gar nicht abzusehen.

Aber Bitterbaum wußte, daß diese Überlegungen bei seiner Tat keine Rolle gespielt hatten. Er hatte die Gewebeprobe nicht im Interesse der Wissenschaft aus der Wunde entnommen. Er hatte gehandelt, um dem Verlust eines menschlichen Wesens vorzubeugen, das er bewundert hatte. Die meisten Leute könnten abgeschaltet werden, ohne daß es den Gang der Geschichte beeinflussen würde. Aber Bitterbaum fühlte, daß die Welt sich den Verlust dieses Mannes nicht leisten konnte.

Der Wille, ihn durch gewöhnliche Mittel zu retten, war nicht genug; darum waren außerordentliche Mittel gerechtfertigt. Das Double würde – wenn alles planmäßig verlief – der erste nichtgeschlechtlich erzeugte Mensch sein, das Kind seiner Rasse, eine echte Waise. Ein Heim, Eltern und Spielgefährten konnten nach der Vergangenheit geformt werden. Aber das Problem war damit noch längst nicht gelöst. War es überhaupt lösbar?

Der Krieg, zum Beispiel. Der Präsident hatte den Zweiten Weltkrieg miterlebt, und der Krieg hatte ihn gezeichnet. Er hatte sich freiwillig gemeldet und war wegen eines Rückenleidens abgelehnt worden. Er verbrachte Monate mit Korrektivübungen und Gymnastik und wurde schließlich Marineoffizier. Man gab ihm eine Schreibtischarbeit in Washington, er aber setzte seine Beziehungen ein und wurde Kommandant eines Patrouillenboots.

Bitterbaum hatte alle verfügbaren Berichte gelesen. Das Patrouillenboot wurde während einer Aufklärungsfahrt im Bereich der Salomoninseln gerammt. Bei Nacht und ruhiger See hatte der Ausguck beim vorderen Maschinengewehr plötzlich gemeldet: „Feindliches Schiff steuerbord voraus!"

Sie manövrierten vorsichtig, um keine Bugwelle zu machen. Aber der Gegner hatte sie bereits gesehen. Der Bug des japanischen Zerstörers rauschte wie ein schwarzes Phantom mit ungefähr vierzig Knoten heran. Wie ein mächtiger stählerner Keil kam er auf sie zu und zerschnitt das Patrouillenboot mittschiffs. Ein Treibstoffbrand brach aus, und innerhalb von Sekunden stand das Wasser in Flammen.

Drei Seeleute und ein Offizier waren im Vorderteil, der wasserdicht abgeschlossen und noch intakt war, der Rest der Mannschaft trieb mit Schwimmwesten im Wasser. Zwei Männer hatten Verbrennungen davongetragen und brauchten Hilfe, und der Maschinist war schwer verletzt. Sie legten ihn aufs Deck, das inzwischen vom Wasser überspült wurde. Die anderen kauerten bei ihm auf dem treibenden Wrack.

Als es hell wurde, machten sie die Inseln Vella Lavella, Gizo und Kolombangara aus, die alle von den Japanern gehalten wurden. Das langfristige Ziel war, der Gefangennahme zu entgehen; vorläufig aber ging es ums nackte Überleben. Der Bugteil des Patrouillenboots ging unter. Mit Ausnahme des schwerverletzten Maschinisten konnten alle schwimmen. Einer machte eine treibende Spiere aus, und der Kommandant wies seine Männer an, sich daran festzuhalten. Dann nahm er den Gurt der Schwimmweste des Maschinisten zwischen die Zähne und schleppte ihn. Nach fünfstündigem Paddeln mit den Händen erreichten sie ein unbewohntes Atoll. Sie hatten insgesamt fünfzehneinhalb Stunden im Wasser verbracht.

Nachdem sie sich ausgeruht hatten, beschloß der Kommandant, zu einem Riff auf der anderen Seite des Atolls hinüberzuschwimmen, wo amerikanische Patrouillenboote manchmal in Sichtweite vorbeiliefen. Er steckte die Signallaterne in seine Jacke, band sich den Revolver um den Hals und nahm Schwimmweste und Rettungsgürtel mit. Seine Männer instruierte er: „Einfaches Signal – ich bin in Schwierigkeiten. Doppeltes Signal – ich habe ein Boot ausgemacht."

Er schwamm zum Riff hinaus. Die Dünung hob ihn auf den Korallenfelsen; er landete auf scharfkantigem Gestein und erlitt Schnittwunden und Abschürfungen. Immer wieder von Wellen überspült, wartete er und beobachtete die See, bis Sonnenglut und Schwäche zusammenwirkten und er ohnmächtig wurde. Als er zu sich kam, wurde ihm klar, daß er ohne Hilfe nicht zurückschwimmen konnte. Er ließ sich treiben und versuchte paddelnd das winzige Stück Land zu erreichen, wo seine Leute waren. Als er nahe genug zu sein glaubte, gab er das einfache Lichtsignal.

Seine Männer, erschöpft und nicht bei klarem Verstand, mißdeuteten das Signal und ließen ihn vorübergleiten. Seine Schwimmweste hielt ihn über Wasser, und die Strömung, gegen die anzukämpfen er zu schwach war, trug ihn mit sich. Immer wieder kam ihm der Ausdruck „auf See hinausgetrieben" in den Sinn, und er dachte an die Haie, die in diesen tropischen Gewässern zahlreich waren. Als er so dahintrieb, teils mit, teils ohne Bewußtsein, mochte er mehr als einmal an die Bücherstapel gedacht haben, die er durchgearbeitet hatte. Welch eine gebildete Mahlzeit für irgendeinen dunklen Umriß!

Im ersten Licht des folgenden Tages sah er, daß die Strömung ihn ganz um die Insel getragen hatte. Der Anblick des nahen Strandes verlieh ihm Kraft für eine letzte Anstrengung, und er gelangte ans Ufer.

Der Zustand der Mannschaft war kritisch. Es gab kein Trinkwasser, und sie beschlossen, zu einer der Nachbarinseln des Atolls hinüberzuschwimmen, wo sie Kokospalmen sehen konnten. Diese Periode im Wasser verschmolz alptraumhaft mit den vorausgegangenen. Wieder schleppte er den verletzten Maschinisten. Die Verantwortung für den anderen verlieh ihm Kraft. Inzwischen waren sie alle so erschöpft, daß ihnen von der Kokosmilch übel wurde. Aber in der Nacht regnete es, und sie improvisierten Auffangbecken aus Blättern und Schuhen, Händen und Mündern. Am vierten Tag schwamm der Kommandant mit einem seiner Männer zur äußeren Arundelinsel, die von einer kleinen Abteilung Japanern besetzt war. Es gelang ihnen, ein Kanu, ein kleines Wasserfaß, Schiffszwieback und etwas klebrigsüßen japanischen Kandiszucker zu stehlen. In dieser Nacht hielten sie von ihrer Insel Ausschau und hofften, daß ein Patrouillenboot durch die Ferguson-Passage kommen würde.

Sie warteten vergebens.

Als der kleine Vorrat aufgezehrt war, beschlossen sie, einen neuen Beutezug zu unternehmen, aber der Wind frischte auf, und das Kanu schlug voll. Sie wurden von Eingeborenen gerettet, die zu ihnen hinauspaddelten. Der Kommandant ritzte ihre Position mit dem Messer in eine Kokosnuß ein, und die Eingeborenen lieferten diese Botschaft bei einer neuseeländischen Befehlsstelle ab.

Für ihn war der Krieg zu Ende. Es gab ernste Komplikationen seines Rückenleidens, und darauf folgte eine lange Zeit der Erholung.

Bitterbaum sah in dieser Begebenheit einen Beweis für die Widerstandsfähigkeit dieses Mannes. Viele Menschen leben und sterben, ohne sich selbst zu kennen, ohne ihre Reserven und Fähigkeiten auf die Probe zu stellen, ohne zu wissen, was sie sich zumuten können. Aber der Mann, der Kommandant eines Patrouillenboots und dann Präsident gewesen war, hatte es gewußt.

Würde seine Reinkarnation es wissen? Ein solches Erlebnis konnte man nicht nachspielen. Bergsteigen, Höhlenforschung oder Wildwasserfahrten waren mögliche Ersatzbeschäftigungen, durch die einige Komponenten reproduziert werden konnten, aber was sollte an die Stelle der japanischen Marine treten? Und was sollte die Trauer bewirken, die er über den Verlust seines Bruders empfunden hatte, der als Bomberpilot ums Leben gekommen war? Die Alliierten hatten ein ferngesteuertes Flugzeug entwickelt, um die Abschußrampen der V2 in der Normandie zu zerstören. Die ferngesteuerte Maschine benötigte einen Piloten, um auf eine Höhe zu steigen, in der das Mutterflugzeug die weitere Führung übernehmen konnte. War dieser Punkt erreicht, so stieg der Pilot mit dem Fallschirm aus, und seine mit einer Bombenlast von zehn Tonnen beladene Maschine flog, vom Mutterflugzeug geführt, ihrem Angriffsziel entgegen. In der Theorie klappte es, und auch der Versuchsflug war erfolgreich verlaufen. Aber als der Einsatz kam, explodierte der Bomber kurz nach dem Start in der Luft.

Es gab keinen Leichnam, nur Orden: das Marinekreuz, die amerikanische Verteidigungsmedaille und die Medaille für Teilnehmer am europäisch-afrikanischen Feldzug. Auch ein Zerstörer wurde nach ihm benannt. Der künftige Präsident war der zweitälteste Sohn, der nächste in der Reihe. Nach dem Tod seines Bruders ordnete er seine anderen Interessen dem einen überragenden Ziel unter, das der Familienclan sich gesetzt hatte. Von diesem Augenblick an waren alle seine Handlungen eine Vorbereitung auf das Amt, das er anstrebte und später tatsächlich erreichen sollte.

Bitterbaum fragte sich, ob er wirklich diesen Mann erhalten hatte. Die grundsätzliche Frage war, ob unter anderen Umständen die gleiche Persönlichkeit erscheinen würde. Oder würde diese ungreifbare Qualität, die den unverwechselbaren Charakter ausmacht, nicht mehr dasein?

Die Sonne hing über dem Osthorizont, während der Mond hoch im Westen stand. Beide waren blaß, aber die Sonne gewann an Intensität, als die Erde sich weiterdrehte, während der Mond zusehends verblich. Bitterbaum war in der Nähe des Stadtzentrums angelangt und sah, daß Extraausgaben verkauft wurden. Der Attentäter war gefaßt.

War es nur ein einziger gewesen? Ein Verrückter? Ein Fanatiker? Hatte irgendein armer Irrer, entflammt von den Spannungen in dieser Stadt, die Tat begangen? Oder war es eine Verschwörung, die bis zu den höchsten Stellen reichte? Würde die Wahrheit das Land spalten? War die Titelgeschichte eines Einzeltäters glaubwürdig? Er las den Bericht. Das Gebäude, in dem der Attentäter gewartet hatte, lag an der von der Wagenkolonne befahrenen Strecke. Bitterbaum überflog die Zeilen nur; eine sorgfältige Lektüre würde die quälenden Minuten in der Intensivstation wieder wachrufen. Er nahm die wesentlichen Informationen in sich auf. Eine Tatwaffe, die unter falschem Namen bei einem Versandhaus bestellt worden war. Ein Polizeibeamter war erschossen worden, kurz bevor der Attentäter in einem Kino festgenommen worden war.

Bitterbaum warf die Zeitung in einen Papierkorb. Er konnte von dieser Realität nichts mehr aufnehmen. Er zog seine eigene vor, die Realität gefrorenen Gewebes, die Realität einer besonderen Dienstleistung. Gelang ihm sein Vorhaben, so würde er dem Land damit in der Tat einen ähnlich unschätzbaren Dienst erweisen, wie sein Namensvater Thor ihn Göttern und Menschen erwiesen hatte. Machte es da einen Unterschied, daß seine Götter die unveränderlichen Gesetze der Wissenschaft und die Logik des Denkens waren?

Mit der linken Hand, mit seinem eisernen Handschuh würde er das Böse annullieren und das Vergangene wiederherstellen. Irgendwo im verschlungenen Labyrinth seines eigenen genetischen Erbes warnten ihn Jakob und Salomon und Jekuthiel Bitterbaum, daß dies schädlicher Ehrgeiz und falscher Stolz seien, die sich als idealistische Bewunderung tarnten, aber der Thor in seiner Natur stand mit gespreizten Beinen und angewinkelten Armen bereit und mißachtete geringschätzig das besorgte Geflüster.

Nach der Ankunft im Bethesda-Marinehospital war der Leichnam zunächst ins siebzehnte Stockwerk und dann in die unterirdische Leichenhalle gebracht worden. Der Sarg war unterwegs beschädigt worden. Warum machte man sich die Mühe, solche Trivialitäten festzuhalten? Was war daran wichtig? Das immerwährende Leben ruhte in Thors linker Hand.

2

ER KEHRTE in sein Zimmer zurück, um zu schlafen, und schob die Entscheidung über seine weiteren Schritte zunächst auf. Er träumte von braunen Linoleumböden, die das durch offene Türen fallende Licht in der Form eines riesigen Kreuzes reflektierten. Die Litanei für die Toten, der apostolische Segen schwebten in schwarzen Gewändern daher: „Ego facultate mihi ab Apostolica Sede tributa, indulgentiam – in nomine Patris, et Filii, et Spiritus Sancti." Eine Gruppe alter Juden mit dünnen weißen Bärten intonierte: „Baruch atah adonai Elohenu melech ha olam." Doch ein älterer Gott, heidnisch und rothaarig, kam von Thorsmorsk, der Nachtwelt, um die Verzweiflung von Midgard zu nehmen. Strahlend, unbekümmert und furchtlos blickte er in den Schicksalsbrunnen. Indem er die Welt der Menschen von der Verzweiflung des Todes befreit, wird er die Schlange töten und zugleich von ihr getötet werden.

Die alten Juden nicken und stimmen im Tod überein. Und der Priester macht das Kreuzzeichen und stimmt überein.

Tyr war ein magischer Baum. „Und als der Mensch vom Baum gekostet hatte, wurde er aus dem Garten verstoßen, daß er nicht seine Hand ausstrecke und gar vom Lebensbaume esse und ewig lebe. So verstieß ER den Menschen und lagerte östlich vom Garten Eden Cherubim und die zuckende Schwertflamme, um den Weg zum Lebensbaum zu bewachen."

Thor Bitterbaum erwachte und erinnerte sich seines Traums, fragte sich, ob es ein Traum gewesen war. Weise Männer zweier Religionen hatten ihn auf lateinisch und hebräisch gewarnt, aber der tanzende Gott, der das Leben zelebrierte, lachte. Aus welchem Garten würde man ihn verstoßen, aus welcher Welt vertreiben? Mit einem solchen Geschenk, solchen Möglichkeiten in der Hand konnte das keine Rolle spielen.

Von der persönlichen Bewunderung, die er für den sterbenden Präsidenten empfunden hatte, war er in eine größere Arena eingetreten. Er schritt in seinem kleinen Zimmer auf und ab, fünf Schritte in einer Richtung, vier in der anderen. Zum Teufel mit verbotenen Früchten und der altertümlichen Angst vor dem Wissen.

Laß den Menschen sich selbst befreien. Zu diesem Zweck fertigte Thor Bitterbaum eine Einkaufsliste an.

Denn das war es im Grunde: Er mußte einen reichen Mann einkaufen. Das Projekt bedurfte in jedem Stadium gewaltiger Kapitalauslagen. Er entsann sich, gelesen zu haben, daß Demsdale kürzlich einen großen Regierungszuschuß verloren hatte. Normalerweise war es nicht allzu schwierig, staatliche Mittel für Forschungsvorhaben zu erhalten, aber Demsdale stieß in eine Tabuzone vor, und es gab starke politische und gesellschaftliche Kräfte, die jede Form von staatlicher Unterstützung für derart umstrittene Forschungen gnadenlos anprangerten. Eine ansehnliche Schenkung, die Demsdale in die Lage versetzen würde, seine Arbeit ungestört fortzuführen, könnte den Handel perfekt machen.

Bitterbaum gestand sich ein, daß er in Größenordnungen von Hunderttausenden von Dollar dachte. Wenn die Zellkernverschmelzung gelang und zu einem lebenden Kind führte, würde die Aufzucht eine ähnlich hohe Investition erfordern.

Das Problem wurde zusätzlich durch die Tatsache kompliziert, daß nicht jeder reiche Mann in Frage kam. Der Ausschluß von Republikanern und sonstigen reaktionären bis konservativen Persönlichkeiten ließ die Liste sehr zusammenschrumpfen, und eine Anzahl weiterer Kandidaten kam aus Altersgründen nicht in Frage. Je länger Bitterbaum darüber nachdachte, desto deutlicher erkannte er, daß der Finanzier des Projekts der einzige andere Eingeweihte sein mußte, derjenige, der die Reinkarnation aufzuziehen hatte.

Selbst Demsdale, dem zu Beginn die wichtigste Rolle zufiel, brauchte von der wahren Identität des Gegenstands seiner Bemühungen und dem eigentlichen Plan nichts zu wissen.

Die Geheimhaltung war von entscheidender Bedeutung. Das Double mußte mit größter Sorgfalt darauf vorbereitet werden, seinen eigenen Ursprung zu akzeptieren. Jede vorzeitige Enthüllung konnte katastrophale Auswirkungen haben. Eine Verschwörung, an der nur zwei Menschen beteiligt waren, ließ sich mit einiger Aussicht auf Erfolg geheimhalten. Trotzdem . . ., er strich einen bekannten Namen aus der Liste. Es gab Gerüchte, nach denen der Mann Schwierigkeiten mit dem Alkohol hatte. Sein Mitverschwörer mußte verläßlich sein.

Die Einkaufsliste, die mit dreißig Namen begonnen hatte, enthielt nur noch ein knappes Dutzend. Von diesen Teilnehmern an der Endrunde waren alle unter fünfzig und schwerreich. Ein weiterer Name wurde durchgestrichen – dieser Mann lebte im Ausland. Es war notwendig, daß das Double als Amerikaner in der amerikanischen Tradition aufwuchs.

Gesundheit war ein Faktor von Bedeutung. Ein Name wurde mit einem Fragezeichen versehen. Bitterbaum nahm den Bleistift und kreuzte den Namen G. K. Kellogg an. Dieser Kellogg gehörte zu den Kuratoriumsmitgliedern des Caltech-Instituts, woraus sich Anknüpfungspunkte ergeben mochten. Er fuhr in seine Jacke und ging zur Bibliothek, um weitere Nachforschungen anzustellen. Im „Who is Who" stand: „KELLOGG, Gerald Kirsten . . . Entwickelte den ersten Kleintransistor. Begründer der Kellogg-Unternehmensgruppe, die durch das Schlagwort ‚Information ist Geld, Geld ist Macht' bekannt wurde. Im Alter von siebenunddreißig Jahren verfügte er über ein geschätztes Vermögen von vierzig Millionen Dollar. Verheiratet mit Lynn Rollins seit 1961. Ein Sohn, Gerald jr., geboren 1962. Wohnort Latigo Canyon, Malibu Distrikt, Kalifornien."

Bitterbaum klappte den dickleibigen Band befriedigt zu. Wäre er der Verfasser der Kurzbeschreibung gewesen, hätte sie dem, was benötigt wurde, nicht genauer entsprechen können.

Den Rest des Nachmittags verbrachte er im Krankenhaus, wo er mit dem Chefarzt eine unbefristete Beurlaubung bei ruhenden Bezügen vereinbarte. Dringende Familienangelegenheiten erforderten seine Anwesenheit in Kalifornien. Er war dort als Arzt zugelassen und konnte sich über Wasser halten, indem er für andere Ärzte Urlaubsvertretungen übernahm. Der Chefarzt mußte ihn wohl oder übel ziehen lassen, und noch am gleichen Abend saß Bitterbaum im Flugzeug, sein Handgepäck neben sich.

3

THOR BITTERBAUMS Bemühungen, mit G. K. Kellogg in Verbindung zu kommen, blieben wochenlang ohne Erfolg. Der Grund dafür wurde offenbar, als hinter sensationell aufgemachten Schlagzeilen und Presseberichten die Umrisse eines gigantischen politischen Bestechungsskandals sichtbar wurden.

Bitterbaum stöhnte, als er die Aufzählung durchging: unsaubere Machenschaften, falsche Kostenabrechnungen, Bestechung, Beiseiteschaffen belastender Dokumente, Ausübung von Druck auf Kongreßabgeordnete, finanzielle Wahlhilfe gegen politische Gefälligkeiten.

Ich wählte ihn, dachte Bitterbaum, ich gab ihm drei Sterne: Geld, Jugend, Interesse für Politik. Und das hatte Kellogg; sein Interesse für Politik war so groß, daß er hinter den Kulissen zu seinem eigenen Vorteil manövrierte. Zuerst unterstützte er Kandidaten, dann brachte er sich selbst ins Spiel, ließ auf eigene Kosten Meinungsumfragen veranstalten, knüpfte Verbindungen an. Aber offenbar hatte er es zu auffällig gemacht, und nun verpaßten sie dem politischen Emporkömmling einen Denkzettel. In den Abendnachrichten war Gerald Kirsten Kellogg auf dem Bildschirm zu sehen, wie er liebenswürdig lächelte und sagte: „Kein Kommentar." Er hatte seine Rechtsanwälte bei sich.

Anderntags brachte die Morgenausgabe ein Interview mit einer Zeugin, einer Sekretärin, die in Kelloggs Auftrag als Schaltstelle für Bestechungstransaktionen fungiert hatte. Kein Wunder, daß der Mann zu beschäftigt war, um ihn zu empfangen. Kellogg hatte sich in seinem eigenen Netz gefangen, und nun versuchte er sich herauszuwinden, Unterlagen zu vernichten und belastendes Material verschwinden zu lassen. Umgeben von Rechtsanwälten, für die er enorme Summen bezahlte, bedrängt von politischen Gegnern, Finanzbehörden und Staatsanwälten, hatte er für einen Unbekannten mit dem sonderbaren Namen Dr. Thor Bitterbaum keine Zeit gehabt.

Bitterbaum dankte Gott dafür, als er in einem Schnellrestaurant bei einem belegten Brot und einer Tasse Kaffee die Liste der verbleibenden Kandidaten durchging. Drei von ihnen lebten in New York, einer in Florida und zwei in Kalifornien, aber einer von diesen beiden hielt sich für längere Zeit in Saudi-Arabien auf. Zeitraubende Nachforschungen ergaben, daß Douglas Tanner sehr qualifiziert war, was Geld und Lebensumstände betraf, aber er war fast fünfzig, und die Chancen, dem Double bis zu seinem einundzwanzigsten Jahr zur Seite zu stehen, waren nur mittelmäßig.

Aber es gab noch andere Faktoren zu berücksichtigen. Bitterbaum hatte kein Geld, denn bisher hatte er nur donnerstags eine Praxisvertretung für einen Dr. Clemens gefunden. Außerdem gab es keine verläßlichen Daten, wie lang Körpergewebe gelagert werden und seine genetische Funktionsfähigkeit bewahren konnte. Noch wichtiger war vielleicht, daß jetzt die günstigste Zeit war, an Demsdale heranzutreten. Wenn es mit Tanner klappte, könnte der nächste Schritt sofort in die Wege geleitet werden.

Er hatte keinen Zugang zu Douglas Tanner, aber durch diskrete Nachforschungen erfuhr er, daß Tanners Hausarzt Dozent an der Universität von Los Angeles war. Dies benützte er als Anknüpfungspunkt bei Tanners Privatsekretär, der ihm wirklich einen Termin für den folgenden Tag gab.

Bitterbaum erwachte mit nervösen Magenbeschwerden, die er durch die Einnahme verschiedener selbst verschriebener Pharmazeutika besänftigte. Er nahm ein Taxi zum Stadtzentrum und einen Aufzug zum obersten Geschoß eines mit schwarzem Glas verkleideten Gebäudes. Während er wartete, übte er die Worte ein, mit denen er sich vorstellen wollte.

Als er endlich ins innere Büro geführt wurde, erwartete ihn ein Schock. Douglas Tanner begrüßte ihn in einem Rollstuhl. Er war querschnittsgelähmt. In seinen biographischen Angaben war dieser Umstand nirgendwo erwähnt; anscheinend wünschte er nicht, daß sein Leiden veröffentlicht wurde.

Bitterbaum stotterte ein wenig, als er den Hausarzt des Gelähmten als einen persönlichen Freund bezeichnete, der darauf bestanden habe, daß er Tanner aufsuche, wenn er jemals nach Los Angeles käme. Er sei gerade auf der Durchreise. Er sei glücklich, Herrn Tanners Bekanntschaft machen zu dürfen. Kaum eine Viertelstunde später stand er wieder vor der schwarzen Glasfassade.

Was nun? Die Frage stellte sich mit größerer Dringlichkeit als zuvor, und Bitterbaum dachte, daß er G. K. Kellogg möglicherweise zu streng beurteilt habe. Der Bestechungsskandal, in den der Mann verwickelt war, schien in so hohe Regierungsebenen zu reichen, daß er kaum das Werk eines einzelnen gewesen sein konnte. Es sah so aus, als sei Kellogg zum Prügelknaben gemacht worden. Die Nachrichtenmedien machten sich über ihn her wie

Hyänen über ein Stück Aas. Seine politische Karriere lag in Scherben; was immer er in dieser Richtung erhofft haben mochte, war zuschanden geworden. Sein Ruf hatte schweren Schaden genommen. Nie wieder würde er das Wählervertrauen gewinnen, ohne das kein Politiker Erfolg haben konnte. Aber er war ein begabter, energischer Mann; er würde versuchen, die Scherben aufzulesen und das Beste aus der Situation zu machen. Vielleicht gab es hier zum erstenmal eine echte Möglichkeit, ihn für den Plan zu interessieren.

Wenn er nicht im Gefängnis landete, mochte er immer noch der richtige Mann sein. Und da alle anderen sich von ihm zurückzogen, war dies vielleicht der gegebene Zeitpunkt, um an ihn heranzutreten.

Bitterbaums Vermutung traf zu. Auf G. K. Kelloggs Terminkalender gab es außer einer für Montag früh anberaumten Besprechung mit seinen Anwälten keine Eintragung. Kellogg selbst war sich der ungewohnten Leere auf den mit Stundeneinteilung versehenen Blättern des Terminkalenders nur zu deutlich bewußt. Ein Unglück kommt selten allein. Er hatte sich noch nicht von einem persönlichen Schicksalsschlag erholt, als der öffentliche Skandal über ihn hereingebrochen war. Er wagte sich nicht vorzustellen, was noch geschehen konnte. Dabei hatte er alle Aspekte seines Lebens aufs beste geregelt geglaubt, ehe auf einmal der Himmel eingestürzt war.

Die zwei Jahre seiner Ehe hatten ihm unerwarteten Gewinn gebracht: er war glücklich. Lynn war seine Sekretärin gewesen. Sie war klug und attraktiv, und alles war ungefähr nach dem Schema verlaufen, wie man es aus ungezählten Filmdrehbüchern kannte. Bevor er gemerkt hatte, daß sie die Richtige für ihn war, hatte er, immer das Ziel der Ehe vor Augen, die jungen Damen seiner eigenen Gesellschaftsschicht ausgeführt und die entsprechenden Golf- und Jachtklubs, Hotels und Ferienorte frequentiert. Aber sei es, daß er schon zu alt und zu sehr von Geschäften in Anspruch genommen war, um an den Spielen der Jeunesse dorée Gefallen zu finden, sei es, daß er kein Talent zum Freier hatte, aus seinem Plan, zwei Geldimperien durch Heirat zu verschmelzen und eine Dynastie zu gründen, wurde nichts. Immer häufiger ertappte er sich dabei, daß er von Verabredungen früher als nötig nach Haus zurückkehrte, Lynn anrief oder sie sogar in ihrer Wohnung aufsuchte, um über Langeweile zu klagen.

Mit Lynn langweilte er sich nicht. Sie war still, hatte aber etwas, das den spröden, verwöhnten und wohlerzogenen jungen Damen seines Standes fehlte, eine gute Portion gesunden Menschenverstand und die Gabe, durch Äußerlichkeiten hindurch den Kern der Dinge zu sehen. Kellogg begann sich zu fragen, ob er wirklich eine Geldheirat brauchte. Er konnte auch aus eigener Kraft in die Spitzengruppe vorstoßen.

Er ging vorsichtig zu Werke, wie es zu einem Mann in seiner Position paßte. Er beauftragte eine renommierte Detektei mit der diskreten und sorgfältigen Ausforschung ihres Hintergrunds. Sie war eine geborene Lynn Cornelius Rollins. Ihr bisheriges Leben war ohne besondere Vorfälle verlaufen.

Sie war in Riverside, Kalifornien, geboren und katholisch. Ihr inzwischen verstorbener Vater hatte als Versicherungsvertreter gearbeitet, ihre Mutter war Grundschullehrerin gewesen. Nachdem sie die höhere Schule absolviert hatte, war sie Abteilungssekretärin an der Universität von Los Angeles geworden. Ihre Gesundheit war gut, und ihre einzige bekanntgewordene Affäre betraf einen Dozenten ihrer Abteilung. Als sie entdeckt hatte, daß er verheiratet war, hatte sie die Verbindung gelöst und sich bald darauf bei der Konzernholding der Kellogg Inc. beworben, wo sie die erkrankte Chefsekretärin Miß Welty vertreten hatte. Nach drei Wochen hatte Miß Welty eine großzügige Abfindungssumme erhalten und war in eine andere Konzernfirma versetzt worden.

Kellogg war mit Lynn von Anfang an sehr zufrieden gewesen; sie war ganz offensichtlich eine talentierte Person. Zurückhaltendes Benehmen verband sich bei ihr mit Fleiß und Verantwortungsbewußtsein. Nach und nach kam er zu der Überzeugung, daß sie hervorragend zur Mutter und Erzieherin seiner zukünftigen Brut geeignet sei.

Eines Abends legte er ihr seine Gedanken dar. „Du arbeitest für mich. Du hast mich in guten und schlechten Stunden gesehen und kennst mich wahrscheinlich so gut, wie ich mich selbst kenne. Wir kommen miteinander aus. Wir verstehen und ergänzen uns. Ich möchte heiraten, und es wäre mir lieb, wenn du diejenige sein könntest."

Ihre ruhigen Augen verrieten weder Überraschung noch Freude. Sie sagte einfach: „Warum?"

„Nun, weil ich ein Mann bin, der das Beste gewohnt ist. Und ich bin zu der Überzeugung gekommen, daß du die Richtige für mich bist, Lynn. Du hast Qualitäten, das weiß und anerkenne ich. Außerdem arbeiten wir gut zusammen. Was soll ich noch sagen? Du weißt längst, daß ich dich attraktiv finde."

Sie lächelte ein wenig. „Ja, ich weiß. Aber ich war überzeugt, du würdest eine andere Partnerin suchen, jemanden aus reichem Hause, so etwas."

„Das dachte ich eine Zeitlang auch. Aber diese Mädchen sind nichts für den Alltag. Sie sind Puppen. Ich will was anderes."

„Was willst du, Gerald?" fragte sie.

„Würdest du mich für verrückt halten, wenn ich sagte, daß ich eine Dynastie gründen möchte? Ich will eine Familie, Lynn, eine große Familie. Was sollte ich ohne Nachkommen mit meinem Vermögen anfangen? Ich möchte weitergeben, was ich geschaffen habe. Ich möchte den Namen Kellogg zu einem Begriff machen."

„Dann sind Kinder also eine Bedingung für die Ehe?"

„Ich nahm an, daß du als Katholikin in dem Punkt keine Einwände haben würdest."

„Ich wußte nicht, daß dir meine Religion bekannt ist. Haben wir je darüber gesprochen?"

Kellogg hätte sich herausreden können, aber er tat es nicht. „Natürlich habe ich dich überprüfen lassen."

„Natürlich." Als seine Sekretärin war sie mit seinen Handlungsweisen vertraut. Tatsächlich war es sehr vernünftig von ihm, die Ehe genauso wie seine anderen Verträge zu behandeln. Sie unterdrückte ihre Enttäuschung über die Abwesenheit von Wörtern wie „Liebe" und „brauchen". Nüchtern betrachtet, war es eine Beförderung von der Sekretärin zur Partnerin.

Lynn hatte genug Welterfahrung, um zu begreifen, daß sie ihre begrenzte und enge kleine Welt gegen eine neue von unglaublichen Dimensionen eintauschen konnte.

Das erste Jahr ihrer Ehe brachte ihnen mehr an Erfüllung, als beide erwartet hatten. Bald überschüttete er sie mit den Zärtlichkeiten, die er ihr bei seinem Antrag vorenthalten hatte. Lynn hatte genug eigene Persönlichkeit, um ihre neue Rolle auszufüllen. Ihr schönes Gesicht, in dem man selten Spuren von Kosmetika entdeckte, war eine Sensation, und ihr Stil natürlicher Eleganz wurde bald in ganz Kalifornien imitiert. Ihr Selbstbewußtsein wurde gestärkt, ihr Sinn für Humor konnte sich entfalten. G. K. Kellogg fand, daß sie alle seine Erwartungen übertraf.

Die Geburt ihres Sohnes war der Höhepunkt. Es schien lächerlich, ein Neugeborenes Gerald junior zu nennen, und sie einigten sich auf den Spitznamen Jer. Wer konnte sich vorstellen, daß schon im zweiten Jahr alles in Scherben fallen würde? Sie waren nicht beunruhigt, als eine weitere Schwangerschaft mit einer Fehlgeburt endete, doch eine spätere gynäkologische Untersuchung ergab ein medizinisches Problem, das eine weitere Empfängnis verhinderte.

Lynn war sehr unglücklich. „Ich möchte, daß du dich scheiden läßt."

„Sei nicht albern. Man entläßt seine Frau nicht, wie man eine Sekretärin entlassen würde."

Dies war der Augenblick, als die Bombe mit der Bestechungsaffäre platzte. Er ließ die Sache mit Lynn in der Schwebe und flog nach Washington. Er wurde vor einen Kongreßausschuß zitiert, um seine Handlungsweise im Zusammenhang mit verschiedenen Wahlmanövern zu erläutern. Kellogg war ein Mann, der sich nicht gern rechtfertigte. Die Sitzungen waren erschöpfend, erniedrigend und oft beleidigend.

Die Verhöre durch den Untersuchungsausschuß, der sein Finanzgebaren durchleuchtete, verhalfen ihm zu der Erkenntnis, daß er in der Finanzwelt als Emporkömmling angesehen wurde. Beim Aufbau seines Konzerns war er auch vor unfeinen Methoden nicht zurückgeschreckt. Er hatte marode Unternehmen billig erworben und statt der erwarteten Sanierung den wertvollen Grundbesitz verkauft und die so ausgeschlachteten Betriebe kurzerhand liquidiert. Er hatte Börsenspekulationen gemacht und zur Steuerersparnis Scheinfirmen gegründet. Es war ihm nie schwergefallen, in diesem Dschungel ineinander verflochtener Interessen den für ihn günstigsten Weg zu finden. Verrechnet hatte er sich nur in der Einschätzung der Freundschaft und Anerkennung, des Respekts, der Einladung zu einem Glas, des beiläufigen Scherzens und Schulterklopfens. Er glaubte, er hätte seine Eintrittsgebühr bezahlt und sei einer von der Elite. Aber als die Axt fiel, lag nur sein Kopf auf dem Richtblock.

Er war entschlossen, sich zur Wehr zu setzen. Seine Rechtsanwälte versicherten ihm, daß er gute Aussichten auf einen Freispruch habe, weil die meisten der gegen ihn erhobenen Vorwürfe sich auf moralische Verfehlungen bezögen, die indes juristisch kaum zu fassen seien. Da er seinen Fall nicht einfach ihnen überlassen, sondern seine Verteidigung gemeinsam mit ihnen geplant hatte, wußte er, daß sie recht hatten. Aber in gewisser Weise war er geschlagen. Es spielte keine Rolle, wenn er schließlich freigesprochen würde. In der Politik zählt der gute Ruf. Und obgleich sich schon am Ende der ersten Verhandlungswoche abzeichnete, daß es nicht genug Beweise für eine Anklageerhebung gegen ihn gab, waren seine politischen Ambitionen bereits wirksam durchkreuzt.

Er flog zurück nach Kalifornien und fuhr direkt in sein Büro, weil er sonst nichts zu tun hatte. Er fühlte sich einer Konfrontation mit Lynn nicht gewachsen. Er brauchte Zeit, um ihre Situation zu durchdenken. Er wollte sie nicht aufgeben. Und er mußte an das Wohl des Kindes denken.

Während er mit diesen Problemen rang, verkündete Miß Naesmith, daß ein Dr. Bitterbaum hier sei, der bereits zweimal versucht habe, mit ihm in Verbindung zu treten.

Kellogg winkte ungeduldig ab.

„Soll ich ihm einen Termin für später geben?" fragte Miß Naesmith.

„Nein", sagte er resignierend, „schicken Sie ihn herein." Während er wartete, versuchte er sich zu erinnern, wer der Mann war. Er schien irgend etwas mit Caltech zu tun zu haben. Vielleicht wollten sie, daß er seinen Sitz im Kuratorium aufgebe. Dann wurde die Tür geöffnet, und Miß Naesmith führte den Mann herein, der seine Zukunft verändern sollte.

Miß Naesmith empfand ein wenig Mitleid für diesen linkischen jungen Mann, der seinen Schlips nicht richtig binden und nicht verhindern konnte, daß er sich immer wieder aus der Jacke befreite.

Bitterbaum sah sich nicht als eine merkwürdige, etwas zerknittert wirkende Erscheinung. Er war ein Mann mit einer Mission. Er erfreute sich an den Glaswänden, hinter denen das Leben der Stadt wie eine dramatisch bewegte Tapete vorbeiwimmelte. Statt Blumenmustern oder Holztäfelungen waren Fahrzeugkolonnen und dahinhastende Menschen das Dekor. Der Raum selbst wurde von einem Bücherschrank geteilt, der mit Serien farblich aufeinander abgestimmter Lederrücken aufwartete: Kultur als Dekoration. Es gab mächtige Pflanzen mit verborgener Beleuchtung von unten. Die verchromte Hausbar war nüchtern und unauffällig, doch war Bitterbaum überzeugt, daß sie mit den besten Marken ausgestattet war.

Der menschliche Bewohner dieses Schaufensters wirkte hinter dem nierenförmigen, handgearbeiteten Schreibtisch ein wenig verloren. Aber es war etwas Löwenhaftes an dem Mann, etwas Lauerndes, das blitzschnell zupacken konnte.

Miß Naesmith zog sich zurück, und der Mann blickte auf. „Sie wollten mich sprechen, Dr. Bitterbaum?"

„Mr. Kellogg, ich glaube, ich habe einen Vorschlag, der Sie interessieren wird." Nach dieser Einleitung begann er einen unverständlichen Vortrag über Rassenhygiene zu halten. Als er fertig war, trat eine Pause ein, und er sah Kellogg erwartungsvoll an. Kellogg versuchte den letzten Satz zu rekonstruieren, der anscheinend nach einer Antwort verlangte. Der Arzt hatte gesagt: „Als Kuratoriumsmitglied haben Sie wahrscheinlich von Professor Demsdales Vorlesungen über die Entwicklungslinien der Biologie gehört?" Kellogg wußte mit dem Namen nicht gleich etwas anzufangen, aber dann erinnerte er sich. „Ist das der Humangenetiker, dem kürzlich der staatliche Zuschuß von einer Million für sein Institut gestrichen wurde?"

„Derselbe. Es war ein schwerer Schlag. Er leistet wichtige Arbeit. Aber ich erwähne es nur, um Ihnen einen Überblick zu geben, damit Sie besser beurteilen können, was ich Ihnen sagen werde."

Kellogg hatte nach einem Vorwand gesucht, das Gespräch zu beenden, aber plötzlich wurde er aufmerksam. Was Bitterbaum mit vielen Worten und wissenschaftlicher Terminologie zu erläutern versuchte, war unglaublich. „Soll das heißen, daß Sie aus einer einzigen Körperzelle eine genaue Kopie eines Menschen reproduzieren können?"

„Sie haben mich richtig verstanden, Mr. Kellogg. Die Methode der Kernverschmelzung bewahrt den Genotyp des Spenders. Er ist wie eine Fotokopie vom Original."

Kelloggs erster Eindruck war richtig gewesen. Dieser Dr. Bitterbaum war irgendwie ein Spinner. Er mochte ein tüchtiger Wissenschaftler sein, aber das schloß nicht aus, daß er im Laufe der Jahre zu einer fixen Idee gekommen war.

„Als das Rätsel der Struktur des DNS-Moleküls gelöst wurde, gab es eine Menge Publizität", fuhr Bitterbaum fort. „Vielleicht erinnern Sie sich. Watson und Crick bekamen den Nobelpreis. Sie riefen Linus Pauling an und sagten ihm, er könne sich weitere Mühe ersparen. Er hatte gleichfalls an der Entschlüsselung der Molekülstruktur der Desoxyribonukleinsäure gearbeitet, in der er den genetischen Bauplan vermutete. Der wissenschaftliche Durchbruch, der Watson und Crick mit ihrer Entdeckung gelungen war, ist mit der Atomspaltung vergleichbar."

„Aber die Folgen können noch verhängnisvoller sein als dort", sagte Kellogg. „Ich meine, es ist unmenschlich, ein Duplikat von einem Menschen zu erzeugen."

„Wenn Menschen es tun, ist es nicht unmenschlich. Es ist ein Eindringen in neue Welten, das gebe ich zu. Aber die einzige Alternative zum Fortschritt ist die Stagnation."

„Nichts hat den Menschen auf eine solche Rolle vorbereitet, absolut nichts. Er würde Gott spielen, ganz im buchstäblichen Sinne."

Bitterbaum nickte, als ob er ihm beipflichtete, aber was er sagte, war nicht zustimmend. Kellogg fand, daß er ein komplizierter und schwieriger Mensch war. „Ich glaube, es ist gerechtfertigt, auf diesem Weg weiterzugehen", sagte Bitterbaum. „Sehen Sie, mit der Zunahme von Mutationen vermehrt sich die genetische Belastung fortwährend. Jedes Individuum trägt heutzutage zwischen fünf und zehn schädliche Gene mit sich herum, die durch die gegenwärtige Lotteriemethode natürlicher Selektion weitergegeben werden."

Warum hörte er sich das alles an? Warum ließ er sich auf eine Diskussion darüber ein? Kellogg durchbohrte ihn mit einem scharfen Blick. „Sagen Sie mir, Dr. Bitterbaum, glauben Sie an Gott?"

„Offen gestanden nicht, bis vor kurzem. Jetzt bin ich mir nicht mehr so sicher."

Kellogg lehnte sich zurück. „Also wollen Sie jemanden reproduzieren? Und Sie kommen damit zu mir. Als der Typ des egozentrischen Millionärs, so dachten Sie, würde ich die Möglichkeit meines eigenen ewigen Lebens finanzieren?"

„Nicht . . . ganz." Es entstand eine Pause. Bitterbaum brachte es nicht heraus. Das Projekt war so sehr ein Teil seiner selbst geworden, daß er zögerte, es dem Urteil eines anderen zu unterwerfen. Er fürchtete weder Unglauben noch Einwände, aber wie, wenn der Mann ihn auslachte? Wenn er ihn einfach auslachte und hinausschickte und die Geschichte seinen Klubkameraden beim Umtrunk als gelungenen Scherz erzählte? „Bevor ich weiterspreche, muß ich Sie um einen feierlichen Eid ersuchen, keinem Menschen etwas von dem weiterzusagen, was ich Ihnen anvertrauen werde."

Kellogg nickte ungeduldig.

„Ich war beim Tod des ermordeten Präsidenten anwesend", sagte Bitterbaum.

Kellogg nickte wieder, aber plötzlich sah er, worauf der andere abzielte. Die ganze umständliche Einleitung, die auf eine Vorlesung über den gegenwärtigen Stand der Biologie hinauslief, und nun diese Erklärung. „Sie wollen doch nicht etwa behaupten . . .?"

„Ich habe lebende Zellen konserviert, aus denen ein biologisches Duplikat hergestellt werden kann."

Zu Kelloggs Verblüffung gesellte sich erregtes Herzklopfen. „Sie sind verrückt, Bitterbaum, ist Ihnen das klar? Der Präsident der Vereinigten Staaten! Ich meine, Sie wollen von Kröten und Fröschen mit einem Schritt zum Präsidenten übergehen. Mit Kleinigkeiten geben Sie sich nicht ab, wie? Und Sie waren dabei, Bitterbaum, im selben Raum? Mein Gott!" Er ließ das Kinn auf die Brust sinken und schwieg, aber nur, um gleich wieder anzufangen. „Also gut, wir wissen genug, aber sind wir auch weise genug, damit fertig zu werden? Denken Sie einmal darüber nach, was Sie da vorschlagen. Die Gesellschaftsstruktur würde aus den Angeln gehoben. Frauen würden sich wie Söldner verdingen: ‚Mutter zu vermieten!' Die Familie würde sich vollständig auflösen. Ich bin immer ein Fürsprecher der Familie gewesen. Sie ist die einzige

Institution, die Sicherheit verleiht, der einzige Ort, wo einer nicht aufgrund seiner Leistung, sondern um seiner selbst willen akzeptiert wird."

„Ich finde die Annahme, daß ein einziges Experiment zur Auflösung der Institution Familie führen würde, überspitzt und ungerecht."

„Die Implikationen sind nicht zu übersehen. Und was ist mit dem . . . dem Doppelgänger, oder wie Sie ihn nennen? Ich meine, wenn er entdeckt, daß er jemandes Duplikat ist? Teufel noch mal, das gibt die schwerste Identitätskrise aller Zeiten."

„Besonders wenn man bedenkt, wer er ist."

Kellogg starrte ihn an. „Großer Gott!" sagte er. „Schließlich ist der Mensch nicht bloß ein Bündel von Genen. Er ist ein gesellschaftliches Wesen, nicht wahr? Das Produkt seiner Kultur. Dieses Duplikat würde nicht wirklich dieselbe Person sein. Der Hintergrund, die Umwelt – alles würde anders sein. Das macht ihn zu einem anderen."

Bitterbaum nickte ermutigend, wie einer, der einem zurückgebliebenen Kind helfen will. „Damit habe ich mich beschäftigt."

„Nun, ich würde gern hören, wie Sie diese Schwierigkeiten überwinden wollen."

„Sowohl die an Skinner orientierten Verhaltenspsychologen als auch die Egopsychologen aus der Schule Freuds, obwohl sie theoretisch verschieden orientiert sind, stimmen im großen und ganzen darin überein, daß die Entwicklung eines Individuums von den emotionalen und psychologischen Erfahrungen bestimmt wird. Die Äußerlichkeiten, die zu den Reaktionen führen, sind an sich nicht entscheidend. Unsere Reproduktion wird selbstverständlich andere Leute lieben als das Original. Aber das ist nicht wichtig. Wichtig ist, daß er liebt."

Kellogg trommelte auf die Schreibtischplatte. Er begann sich für das Vorhaben zu interessieren. „Es käme darauf an, Lebensverhältnisse und Familienleben ähnlich zu gestalten. Ich kann mir vorstellen, daß der Betreffende die gleichen Sportarten betreibt, Schulen besucht und Reisen unternimmt wie sein Vorgänger. Aber Sie meinen, es könnten immer wieder Situationen vorbereitet werden, durch die Ihr Schützling zu ähnlichen Verhaltensweisen angeregt würde?"

„Ich weiß, es ist ein höllisch schwieriges Experiment; das wahrscheinlich schwierigste und langwierigste Experiment in der Geschichte. Ich bin bereit, ihm mein Leben zu widmen."

Kellogg blickte ihn prüfend an. „Das bringt uns zu einem anderen Punkt. Was versprechen Sie sich davon?"

„Wissen. Befriedigung", sagte Bitterbaum. Er lächelte nachdenklich. „Aber ich muß zugeben, daß es mir damals einfach darum ging, ihn zu erhalten. Ich wollte ihn nicht sterben lassen und konnte mich mit der Vorstellung nicht abfinden. Ich glaubte, wir brauchen ihn, damit er uns durch den Wahnsinn von Atomkriegsdrohungen und wirtschaftlichen Krisen steuert. Das glaube ich noch immer. Ich bin der Meinung, daß wir das Land vor dem Niedergang bewahren könnten, wenn er wieder am Steuer wäre."

Kellogg seufzte. Eine lange Pause trat ein. „Ich will Ihnen was sagen, Bitterbaum, lassen Sie mich jetzt in Ruhe. Ich kann im Augenblick nicht mehr aufnehmen. Vielleicht rufe ich Sie in ein paar Tagen an, vielleicht auch nicht. Aber lassen Sie mich jetzt bitte allein. Ich muß nachdenken."

4

G. K. Kellogg war es gewohnt, Probleme direkt anzugehen. Wenn er der Finanzier sein sollte, war es für ihn selbstverständlich, daß er die Hauptrolle übernahm und für Atmosphäre und die Konditionierung des Doubles sorgte. Das Original war in einer liberalen Tradition erzogen worden. Das konnte er auch bieten. Von Kindheit an war das Original für ein politisches Amt vorbereitet worden. Darin lag eine ständige Herausforderung für ihn, Kellogg, der er sich stellen mußte. Es würde ihm nichts anderes übrigbleiben, als selbst alle einschlägigen Fächer zu büffeln, von der Keynesschen Nationalökonomie bis zum Rechtswesen. Das Original war mit einer Oberklassenmoral und religiöser Unterweisung ausgestattet gewesen. Hier maßte Kellogg sich nichts an, aber Lynn sollte imstande sein, sich um diesen Aspekt zu kümmern.

Der Plan faszinierte ihn, doch begriff er wohl, daß er ihn in einer Perspektive sehen mußte, die sein ganzes Leben einschloß. Er wohnte seit seiner Rückkehr in einem Gästezimmer seines

Klubs. Seine Frau wußte nicht, daß er bereits aus Washington zurückgekehrt war. Er hatte den Streit – wenn man es so nennen konnte – mit Lynn einfach aufgeschoben. Längst war er zu dem Schluß gekommen, daß er sie nicht aufgeben wollte; lieber würde er den Plan fahrenlassen.

Als seine Entscheidung feststand, rief er ein Taxi und ließ sich nach Malibu fahren.

Lynn war auf dem Rasen vor dem Haus, die Küstenlandschaft mit der See im Rücken, das Baby in einem Ställchen. Sie blickte auf.

„Ich bin wieder da“, sagte er, bemüht, die wochenlang aufgestaute Spannung in ihren Zügen zu übersehen.

Sie ließ sich seine Umarmung gefallen. „Wie ist es in Washington gegangen?“ fragte sie.

„Wie ich vorausgesehen hatte. Es geht alles vorüber. Wie bist du hier zurechtgekommen?“

„Gut. Recht gut.“

„Wie geht's Jer?“

„Wie du siehst.“

Er hob den stämmigen kleinen Kerl aus dem Ställchen und schwang ihn durch die Luft. Jer gluckste und quietschte vor Vergnügen.

Wie sie es in der Vergangenheit oft getan hatte, dachte Lynn auch jetzt wieder, daß ihr Mann instinktiv das Richtige tat.

Er wandte sich ihr mit einem Lächeln zu. „Weißt du, Lynn, ein großer Teil von alledem bestand aus Herumsitzen in einem Hotelzimmer. Ein kleiner Teil spielte sich vor dem Ausschuß und in Beratungen mit Hines und Alcott ab. Heute kommt es mir so vor, als ob ich die meiste Zeit herumgegrübelt oder Zeitung gelesen hätte. Ein Hotelzimmer ist ein entsetzlich steriler Ort, kann ich dir sagen.“ Er legte den Arm um sie und lachte. „Weißt du, Lynn, diese Sache mit der Schwierigkeit, weitere Kinder zu haben, ist nicht so wichtig. Wir haben mit unserem Jungen hier einen guten Anfang gemacht. Wir werden unsere Dynastie haben. Die anderen adoptieren wir.“

Diese Kalkulation brachte Lynn um ihren gewohnten Gleichmut. Sie kannte ihn zu gut und wußte, daß es nicht seine Art war, einen einmal für gut befundenen Aktionsplan umzustoßen. Daß er es jetzt tat, noch dazu mit einem, der ihm so viel bedeutete, berührte sie tief. „Ich weiß nicht", murmelte sie mit einem forschenden Blick. „Ich weiß nicht, ob ich das zulassen sollte. Eine eigene Familie ist doch etwas anderes."

„Das finde ich nicht. Wir haben von einer großen Familie geträumt, und wir werden eine haben. Würdest du die anderen unter deine Fittiche nehmen?"

„Natürlich. Ich würde mich bemühen, sie zu lieben wie mein eigenes Kind. Du weißt es. Aber hast du die Gewißheit, daß du dich damit zufriedengeben kannst? Bist du wirklich sicher, daß du es so willst, Gerald?"

„Ja, ich möchte es so", sagte er und ließ sich damit auf Bitterbaums Spiel ein. Und er hatte sogar ein gutes Gefühl dabei. Die Sache hatte ihm bereits eine Dividende eingetragen. Seine Ehe war gerettet.

Was Lynn betraf, so schien sie von seiner Anhänglichkeit gerührt. Kellogg war sich bewußt, daß er Punkte gesammelt hatte. Vermutlich würde er sie brauchen, ehe er mit dieser Sache fertig war.

BITTERBAUM war nicht überrascht, als G. K. Kellogg anrief. Unerwartet war nur, daß der Anruf schon jetzt kam. Der Mann traf seine Entscheidungen rasch. Sie würden also miteinander auskommen.

Sie trafen sich zum Mittagessen in Kelloggs Büro und besprachen ihre Taktik gegenüber Demsdale. Kellogg war einverstanden, daß er so wenig wie möglich erfahren sollte und daß die Informationen, die er erhielt, ihn auf eine falsche Fährte locken sollten. Gemeinsam dachten sie sich eine Geschichte aus, die diese Anforderungen erfüllte.

Bitterbaum ebnete den Weg mit einem Vorgespräch. Der Zweck seines Kommens, so versicherte er Professor Demsdale, sei es, den gegenwärtigen Stand der wissenschaftlichen Arbeiten auf dem Gebiet der Eugenik kennenzulernen und einen Bericht für G. K. Kellogg abzufassen. Kellogg sei aus Steuergründen daran interessiert, den Konzerngewinn zu verringern, und suche nach Möglichkeiten, eine Million Dollar steuerabzugsfähig unterzubringen. Und er sei auf Demsdales Arbeit aufmerksam geworden.

Demsdales bleiche Gesichtsfarbe wich augenblicklich hektischer Röte. Seine Haut schien so dünn zu sein, daß man dem Verlauf jeder Ader folgen konnte. „In der Vergangenheit hatte ich einige Schwierigkeiten, Mittel zu bekommen", gestand er, „und ich sage Ihnen unumwunden, daß wir nicht wissen, wohin die weitere Entwicklung der Biologie uns führen wird. Aber im Hinblick auf die Wissenschaft ist der Mensch immer in dieser Position gewesen."

„Mr. Kellogg interessiert sich besonders für den Prozeß der nichtgeschlechtlichen Vermehrung, also der Zellkernverschmelzung."

Die Röte wich allmählich aus Professor Demsdales Antlitz, das wieder sein leichenhaftes Aussehen annahm. Die gewundenen blauen Adern in den muldenförmig gehöhlten Schläfen pulsierten erkennbar. „Wir hatten uns gerade auf diesem Gebiet mit viel Hysterie herumzuschlagen, und man setzte uns ganz offen unter Druck, damit wir die Arbeit einstellten."

„Mr. Kellogg möchte sie im Gegenteil gefördert sehen", sagte Bitterbaum.

„Das Wissen ist da", sagte Demsdale. „Wir beherrschen die Technik. Ich bin nicht der Meinung, daß wir der Angelegenheit einfach den Rücken kehren können. Aber wir benötigen Leitlinien, ethisch-moralische und juristische. Sie sollten international vereinbart werden und nicht repressiv sein."

„Ich frage mich", meinte Bitterbaum, „was damals im Zweiten Weltkrieg aus dem Atombombenprojekt Los Alamos geworden wäre, wenn es ethisch-moralische Leitlinien gegeben hätte."

„Jedenfalls wären uns zwanzig Jahre kalten Kriegs erspart geblieben, wenn Abkommen über gleichzeitige Entwicklung und Rüstungsbeschränkungen ausgearbeitet worden wären. Und wir hätten Oppenheimers für uns alle peinlichen Selbstbezichtigungen vermieden. Oder Erklärungen wie die von Einstein, daß er, wenn er noch einmal die Wahl hätte, lieber Klempner werden würde."

Bitterbaum nickte. „Mit einer Zuwendung in dieser Höhe wird es sicherlich möglich sein, führende Philosophen und Moraltheologen für die Ausarbeitung solcher Leitlinien zu gewinnen."

Eine gewisse Wachsamkeit kam in Demsdales Züge. „Sagen

Sie, worin besteht eigentlich Mr. Kelloggs Interesse an der nichtgeschlechtlichen Vermehrung durch Zellkernverschmelzung?"

Dies war der Augenblick, auf den Bitterbaum gewartet hatte. „Als Laie fehlt ihm natürlich die Objektivität, die Sie oder ich haben."

„Sagen Sie bloß nicht, er will ein Duplikat von sich selbst! Nein, darauf würde ich mich nicht einlassen. Unter keinen Umständen."

„Sie neigen zu vorschnellen Schlußfolgerungen, Professor. Kellogg ist kein solcher Egoist." Jetzt kam die Erklärung, die er eingeübt hatte. „Er ist ein unglücklicher Mann, der einen persönlichen Verlust erlitten hat, der durch den Tod eines ihm nahestehenden Menschen beraubt worden ist. Es ergab sich, daß ich am Sterbebett anwesend war, und man überredete mich, ein wenig Körpergewebe zu entnehmen, das ich in flüssigem Stickstoff konservierte."

„Sie meinen, die Dinge sind schon so weit gediehen?"

„So ist es."

Das bleiche Gesicht hellte sich auf. Die Augen blitzten.

Ich habe ihn, triumphierte Bitterbaum.

Einzelheiten waren zu besprechen. „Wegen der empfindlichen öffentlichen Meinung sollte das Projekt . . ."

Bitterbaum hörte kaum hin. Er wird es machen, dachte er. *Er wird es machen!*

„. . . wenn ich die Arbeit übernehme, möchte ich sie eines Tages auch veröffentlichen können, verstehen Sie?"

„Das ließe sich regeln", hörte er sich sagen.

Demsdale begann auf einen Notizblock zu schreiben. „Die Bedingungen der Abmachung würden also sein, daß Mr. G. K. Kellogg für Zwecke der wissenschaftlichen Forschung diesem Institut eine Million Dollar stiftet, über die ich nach diesen Gesichtspunkten frei verfügen kann. Als Gegenleistung werde ich eine Operation zur Zellkernverschmelzung des Spendermaterials vornehmen, das Sie mir geben werden." Er hielt inne und blickte auf. „Ich nehme an, Mr. Kellogg ist sich ebenso wie Sie darüber im klaren, daß dieses Experiment bisher noch nicht mit einem menschlichen Ei versucht worden ist. Die Erfolgschance, daß nach der Zellkernverschmelzung und Übertragung ein normales

Wachstum und die Reifung eines lebensfähigen menschlichen Embryos stattfinden werden, beträgt ungefähr eins zu vier. Darum sollte die Bereitstellung der bewilligten Gelder in keiner Weise vom endgültigen Erfolg des Projekts abhängig gemacht werden. Sie werden verstehen, Dr. Bitterbaum, daß ich keine Erfolgsgarantie geben kann. Ist das mit Ihren und Ihres Auftraggebers Vorstellungen vereinbar?"

„Selbstverständlich, und eine entsprechende Erklärung wird in der Bestätigung enthalten sein, die Mr. Kellogg Ihnen zuleiten wird."

Sie bekräftigten die Abmachung mit einem Handschlag.

EINE einfache Schilderung des Gesprächs mit Demsdale genügte Kellogg nicht. Er bestand auf Einzelheiten, und erst als Bitterbaum ihm alle Umstände der Begegnung haarklein geschildert hatte, zeigte er sich zufrieden.

Aber Bitterbaum war verdrießlich. Es war zu glatt gegangen. Er hatte die Erfahrung gemacht, daß man sich auf einen unerwarteten Rückschlag oder Unglücksfall vorbereiten sollte, wenn die Dinge sich allzu bereitwillig nach Plan zu entwickeln scheinen. „Demsdale ist bereit. Sie sind bereit. Schön und gut. Trotzdem kann die Sache noch scheitern, und zwar an der Mutter. Wir müssen eine Mutter ausfindig machen."

„Haben Sie eine Idee?" fragte Kellogg.

Bitterbaum zögerte. „Sie beschäftigen zahlreiche weibliche Angestellte. Ich dachte, vielleicht . . ." Er brach ab.

Kellogg geruhte nicht zu antworten.

„Nun, dann sollten wir es vielleicht mit einer Zeitungsannonce versuchen."

Kellogg schüttelte ungeduldig den Kopf. „Die Quelle, Bitterbaum, das Reservoir junger Frauen, das wir anzapfen müssen, ist der Kreis Ihrer weiblichen Patienten."

„Soll das ein Scherz sein, oder meinen Sie es im Ernst?" fragte Bitterbaum stirnrunzelnd.

„Ich scherze nie, wenn es um geschäftliche Dinge geht."

Bitterbaum machte ein beleidigtes Gesicht. Schließlich sagte er: „Ich habe nicht einmal eine eigene Praxis. Zur Zeit mache ich Urlaubsvertretungen für andere Ärzte."

„Ich verstehe. Dann sind Sie in einer idealen Position. Ich schlage vor, daß Sie die Augen offenhalten. Schließlich können wir nicht anfangen, ehe wir die Frau haben."

Bitterbaum nickte mißmutig.

IM LAUF der folgenden Wochen redete er sich ein, daß er Kelloggs Rat mißachtet habe. Aber immer wieder, wenn er in einen Hals blickte oder eine Milz abtastete, ging ihm der ungebetene Gedanke: vielleicht diese? durch den Kopf. In allen Fällen unterdrückte er ihn sofort und mit Erfolg.

Aber am Donnerstagnachmittag, gegen Ende der Sprechstunde, kam Miß Millicent Ash in sein Behandlungszimmer. Sie wollte eine Grippeimpfung. Während er sie wegen möglicher allergischer Reaktionen ausfragte, sah er sich ihre Karteikarte an. Sie war eine neue Patientin, der Dr. Clemens von einer Kollegin empfohlen worden war. Sie war vierundzwanzig und unverheiratet.

Weitere Fragen ergaben, daß sie aus Evanston, Illinois, stammte, noch nicht lange in der Stadt lebte und hier weder Freunde noch Verwandte hatte. Die Gelegenheit war zu günstig, um sie ungenutzt zu lassen. Nachdem er ihr die Injektion verabreicht und die Ampulle weggeworfen hatte, fragte er sie, ob sie mit ihm essen gehen wolle. „Ich bin selbst nicht von hier, wissen Sie. Ich bin auch nicht Dr. Clemens, sondern Dr. Bitterbaum. Thor Bitterbaum. Ich habe für Dr. Clemens die Urlaubsvertretung übernommen."

Miß Ash erzählte ihm, daß niemand sie Millicent nenne, sondern daß sie für ihre Freunde Millie sei und daß sie nichts dagegen habe, mit ihm essen zu gehen.

Er wählte eine Atmosphäre gediegener Solidität, nichts Exotisches. Japanische, armenische und indische Küche waren in diesem Fall fehl am Platz. Das Restaurant, für das er sich entschied, war von unauffälliger Eleganz, und mit der gleichen Sorgfalt bestellte er eine Flasche Chablis. Ein einziger Cocktail vor dem Essen zeigte, daß er weder ein Geizhals noch ein Verschwender war.

Ein gutes Steak versetzte Millie in eine angeregte Stimmung, und sie bekannte, daß eine unglückliche Liebesaffäre der Anlaß gewesen sei, daß sie nach Kalifornien gekommen war. Eine neue Stadt, ein neuer Anfang.

Bitterbaum beobachtete sie unauffällig. Sie war eine anziehende junge Frau, für seinen Geschmack ein wenig kuhartig, mit dicken Knöcheln und Knien. Für Bitterbaum war bei einer Frau der letzte Schliff wichtig; er schätzte schmale Knöchel und Handgelenke, kleine Hände und Füße. Ihre Züge waren jedoch angenehm, ihr Gesicht von frischer Farbe, und wenn sie eine Gelegenheit dazu erhielt, konnte sie sich auf dem Heiratsmarkt behaupten.

Nachdem er festgestellt hatte, daß ihre Qualifikation nichts zu wünschen übrig ließ, erfand er eine Geschichte von einer Kreuzfahrt im Südpazifik. Die Passagiere, so ließ er durchblicken, waren überwiegend alleinstehende Männer.

Millie erwiderte traurig, daß solche Abenteuer bei ihrem Gehalt nicht in Frage kämen. Aber sie finde sie faszinierend. Ob er solche Reisen schon gemacht habe?

Mein Gott, dachte Bitterbaum, ich habe bei mir ein unvermutetes Talent entdeckt: Heiratsschwindler.

Soweit machte ihm die Sache Spaß. Aber er war überzeugt, daß sie ihm die kalte Schulter zeigen würde, wenn er mit seinem wahren Anliegen herausrückte. Um öffentlicher Demütigung vorzubeugen, schlug er eine Spazierfahrt in die Santa-Monica-Berge oberhalb von Hollywood vor.

Sie zeigte sich angetan von der Aussicht, den Lichtern der Stadt, dem balsamisch duftenden Abend. Bitterbaum begann seine Strategie vorzubereiten. Er zeigte sich als verständnisvoller Freund und Familiendoktor. Es war wie im Fernsehen.

Dann näherte er sich vorsichtig dem Ziel. Er wurde schweigsam und nachdenklich.

„Fehlt Ihnen was?" fragte sie, als sein Schweigen unbehaglich wurde.

Er hatte schon gedacht, sie würde nicht wagen, die Frage zu stellen. „Nein, wirklich nicht."

Sie glaubte es ihm aufs Wort und fing an über einen Urlaub im Yellowstone-Park zu plaudern. Ihm entging der verbindende Gedanke, wenn es einen gab, der sie veranlaßte, ihm anschließend die Handlungen sämtlicher Filme zu erzählen, die sie in diesem Jahr gesehen hatte.

Er war gezwungen, das Thema von neuem anzugehen. „Übrigens, als Sie mich vorhin fragten, ob mir was fehlte, hatte ich tatsächlich über ein Problem nachgedacht. Es gibt da eine Sache, die mich belastet. Sie betrifft Patienten von mir, die zugleich gute Freunde sind."

„Sie müssen lernen, Ihre Fälle nicht mit sich nach Hause zu nehmen, Doktor. Sie sollten sie in Ihren Karteischränken in der Praxis lassen."

„Da haben Sie natürlich recht. Aber es handelt sich um einen sehr guten alten Freund von mir. Ich war sein Trauzeuge", fügte er, einer plötzlichen Eingebung folgend, hinzu. „Seine Frau ist ein herzensguter Mensch, ein häuslicher, warmherziger Typ. Das Problem ist, sie hat einen angeborenen Herzfehler und kann niemals Kinder haben."

„Das ist doch kein Problem. Sie können immer ein Kind adoptieren."

„Nein, das ist nicht möglich, wissen Sie. Die beiden gehören verschiedenen Glaubensgemeinschaften an."

„Könnte dann nicht einer von ihnen zum Glauben des anderen konvertieren?"

„Das glaube ich kaum. Sie sind beide gläubig, jeder in seiner Weise."

„Zu dumm", sagte sie und lächelte ihn an. „Ich weiß nicht, warum wir über diese Leute reden."

„Nun, tatsächlich habe ich einen Grund dafür, daß ich die Sache zur Sprache bringe."

„Was für einen Grund?"

„Also, es ist schwierig zu erklären. Die Frau mit dem Herzfehler möchte unbedingt ein Kind ihres Mannes aufziehen."

Sie öffnete ihre Handtasche, nahm Spiegel und Lippenstift heraus und begann ihre Lippen nachzuziehen. „Hat er denn ein Kind?"

„Nein. Nein, Sie verstehen nicht. Fangen wir von vorn an." Er holte tief Atem. „Sie himmelt ihn an. Verstehen Sie?"

„Ich verstehe."

„Und sie möchte ein Kind von ihm, kann es aber nicht haben."

„Wegen ihres Herzfehlers."

„Richtig, Millie, Sie haben es erfaßt. Aber die beiden lieben sich wirklich. Wie die Turteltauben. Das müssen Sie sich vergegenwärtigen." Er hatte angefangen, und nun gewannen seine Worte

Impuls und Beschleunigung, als ob es unaufhaltsam bergab ginge. „Er, der Ehemann, möchte alles tun, um sie glücklich zu machen. Also kam er zu mir und bat mich, eine junge Frau ausfindig zu machen, die bereit sein würde, nach künstlicher Befruchtung sein Kind auszutragen. Das Ehepaar würde der Frau, die sich dazu bereit fände, fünftausend Dollar bezahlen. Steuerfrei."

Sie parkten an einem Aussichtspunkt in den Hügeln über Hollywood. Millie starrte ihn an. „Ist das wirklich wahr?" fragte sie.

In seinem Bemühen, es ihr zu versichern, verhaspelte er sich beinahe.

„Ich sehe, ja. Und Sie dachten, ich könnte diese junge Frau sein, nicht? Warum? Was ist an mir, daß Sie auf die Idee kommen konnten, ich würde . . ."

„Nichts, wirklich . . ."

„Aber es muß doch etwas gewesen sein. Ich meine, Sie wählten mich aus, um die Sache zu besprechen."

„Sie sind allein und auf sich gestellt, das ist alles. Sie sind ein freier, ungebundener Mensch. Wenn Sie wollten, nun, es gäbe keine äußeren Hinderungsgründe. Keine Familie, keinen Freund oder Verlobten. Und von meinem ärztlichen Standpunkt aus gesehen, sind Sie eine gesunde und intelligente junge Frau. Ich dachte, Sie wüßten etwas Vernünftiges mit dem Geld anzufangen. Mir schien, daß Sie nicht der Typ sind, der eine solche Summe einfach verplempern würde, sondern eher ein Mensch, der sich damit emporarbeitet."

Sie lehnte sich gegen die Wagentür, um ihn schärfer ins Auge zu fassen. „Sie glauben wirklich, ich könnte es tun?"

„Nun . . ."

Sie sah ihm an, daß er sich entschuldigen wollte, und kam ihm zuvor. „Wissen Sie, was? Vielleicht tue ich es. Wirklich, ich wäre vielleicht dazu imstande. Künstliche Befruchtung, sagten Sie? Das bedeutet, daß ich den Mann gar nicht zu sehen brauchte, daß es keinen Kontakt geben würde, nicht wahr? Ich würde einfach zu Ihnen in die Sprechstunde kommen?"

„Ins Labor. Aber Sie haben recht, es würde keinerlei Kontakt mit dem Spender geben."

„Phantastisch."

„Die finanzielle Regelung wäre so, daß fünfhundert Dollar zum

Zeitpunkt der künstlichen Befruchtung ausbezahlt würden. Zweitausend Dollar würden Sie erhalten, sobald feststeht, daß eine Schwangerschaft eingetreten ist. Gleichzeitig müßten Sie eine notariell beglaubigte Einverständniserklärung unterzeichnen, daß Sie das Kind zur Adoption freigeben. Die restlichen zweitausendfünfhundert Dollar würden bei Übergabe des Säuglings bezahlt. Außerdem würde Ihnen das Ehepaar während der Schwangerschaft alle laufenden Kosten für Miete, Nahrung und Kleidung ersetzen."

„Denen muß wirklich an diesem Kind liegen. Oder sie haben Geld wie Heu."

„Das Ehepaar lebt in bescheidenen Verhältnissen", sagte er hastig. „Die genannte Summe stellt seine Ersparnisse dar."

„Haben Sie schon andere gefragt?"

„Nein."

„Ich überlege bloß, welches die normale Reaktion sein sollte. Wahrscheinlich sollte ich jetzt beleidigt sein und verlangen, daß Sie mich auf der Stelle nach Hause fahren. Aber vielleicht tue ich es." Sie schien zu überdenken, was sie gesagt hatte. „Aber ich hätte ein bißchen Angst, all das durchzumachen."

„Ich wäre Ihr Arzt. Ich würde Ihnen während der ganzen Zeit zur Seite stehen."

„Fünftausend Dollar", murmelte sie und starrte die in Dunkelheit gehüllten Umrisse von Felsblöcken und Bäumen an, ohne sie zu sehen. „Soviel Geld würde ich nie zusammenbringen. Niemals."

Sie erwägt die Zusage, dachte Bitterbaum in jäher Panik.

„Ich meine, ich könnte mein ganzes Leben lang arbeiten und würde nie vorwärtskommen. Erst beim Abendessen sprachen wir . . ." Sie brach ab und blickte ihn an. „Ach, nun begreife ich. Die Kreuzfahrt im Südpazifik. Natürlich. Sie wollten mich weichmachen. Nun, ich habe eine Neuigkeit für Sie, Doktor: es ist Ihnen gelungen. Ich nehme an."

Bitterbaum wollte antworten, aber sein Adamsapfel kam dazwischen. Er schluckte, der Adamsapfel hüpfte, und keine Worte kamen an ihm vorbei.

„Das ist doch, was Sie wollen, oder?"

„Ja. Ja, natürlich. Rufen Sie mich morgen früh im Büro an, dann machen wir einen Termin aus.“ Hinter dieser Routinefloskel kauerte eine heimtückische Verzweiflung. Sie sagte mit diesen einfachen Worten: Was hast du getan, Bitterbaum?

5

An diesem Abend machte Bitterbaum zwei Anrufe. Sie waren kurz, geschäftsmäßig, und da das Wesentliche nicht gesagt werden konnte, waren die Pausen wie mit elektrischer Spannung geladen.

Professor Demsdale betonte die Bedeutung gründlicher Vorbereitungen. „Nehmen Sie auf, was die Frau an Krankheiten hatte, Bitterbaum. Und ich möchte eine vollständige und gründliche Untersuchung. Wir dürfen nicht riskieren, daß uns irgendeine dumme Kleinigkeit zu Fall bringt.“ Hinter solch prosaischen Worten verbargen sich Erregung und verhaltene Begeisterung.

Der tote Präsident würde biologisch wieder zum Leben erwachen. Ohne Identitätsbewußtsein und Erinnerung an sich selbst, gewiß, aber diese Kontinuität ließe sich vielleicht zu einem späteren Zeitpunkt erreichen: wirkliche und echte Unsterblichkeit!

Morgen würde mit einem vierundzwanzigjährigen Mädchen namens Millicent Ash der Anfang gemacht. Ihr Leib würde das erste Kind einer neuen Rasse austragen, den ersten asexuell erzeugten Menschen, dessen vollständiger Chromosomensatz operativ in ein vom Zellkern befreites Ei eingesetzt wurde.

Seit die Vorfahren des Menschen von den Bäumen gestiegen waren, hatte die Evolution derartige Geburtswehen nicht mehr erlebt.

Vielleicht mußte man Mediziner sein, um aus einem Zuckerverträglichkeitstest Erregung und Spannung zu beziehen. Aber Prädiabetes würde einem normalen Schwangerschaftsverlauf entgegenstehen oder die Schwangerschaft überhaupt verhindern. Bitterbaum schwitzte es aus, bis der Laborbericht zurückkam. Negativ.

Er machte seine beiden Anrufe und nahm die nächste Phase in Angriff, die Krankheitsgeschichte. Er fand nichts, was zu Bedenken Anlaß gegeben hätte. Es war an der Zeit, Millie die Bedeutung der

Temperaturtabelle zur Bestimmung ihres natürlichen Menstruationszyklus zu erläutern. Nachdem der Verlauf der monatlichen Ovulationsperiode genau bestimmt war, wurde durch eine tägliche Dosis von 50 mg Clomiphencitrat und 5 mg Prednison, die Bitterbaum sechs Tage lang verabreichte, eine Superovulation bewirkt.

„Warum Superovulation?" wollte sie wissen. „Was bedeutet das?"

Er hatte es sich zur Gewohnheit gemacht, ihre Fragen gewissenhaft zu beantworten. „Wir brauchen mehr als ein Ei. Sie müssen sich vergegenwärtigen, daß wir mit mikroskopisch kleinen Einheiten arbeiten. Ein Ovum könnte leicht beschädigt werden oder verlorengehen. Wir wollen die Laparotomie nicht ein zweites Mal vornehmen."

„Laparotomie? Was ist das?"

„Kein Grund zur Beunruhigung, Millie. Es ist einfacher, durch einen kleinen Einschnitt in der Bauchdecke zu arbeiten, in den ein Laparoskop eingeführt wird, ein Instrument, das die Eierstöcke beleuchtet."

„Aber das ist Bauchaufschneiden! Das ist eine Operation! Von einer Operation hatten Sie nichts gesagt!"

„Es ist so einfacher und für die Patientin weniger unangenehm. Wir können es sogar mit örtlicher Betäubung machen, wenn Sie es wünschen."

Die Alternative verwirrte sie. „Ich weiß nicht, ob ich es will oder nicht. Sie sind der Arzt. Tun Sie, was am besten ist."

Er änderte sein Vorgehen. Anstelle von Erklärungen, die sie nervös machten, schrieb er Rezepte und verordnete ihr dies oder jenes. Millie entspannte sich. Am Abend vor dem Eingriff gab er ihr ein Beruhigungsmittel und verbrachte die Nacht auf der Couch im Wohnzimmer. Die Wohnung hatte viel dazu beigetragen, daß Millie ihre Ängste überwand. Für sie war es der Inbegriff von Luxus. Ein Schlafzimmer, Bad, Küche, Farbfernseher, dazu eine eigene Terrasse. Am Tag zuvor hatte er ihr einen Scheck über fünfhundert Dollar gegeben, und sie hatte ihren Arbeitsplatz gekündigt.

Am Morgen war sie aufgebracht, weil er ihr das Frühstück verweigerte. Bitterbaum redete ihr gut zu und begleitete sie zu

Demsdales Laboratorium. Die saubere, aufgeräumte und professionell aussehende Einrichtung und der medizinische Geruch von Desinfektionsmitteln schienen sie zu beruhigen.

Demsdale gab sich sachlich-nüchtern und unzugänglich, eine Haltung, die bei Patienten das meiste Vertrauen erweckt. Nachdem sie das Einwilligungsformular unterschrieben hatte, forderte er sie auf, sich hinter einem Wandschirm zu entkleiden und das dort bereitliegende Krankenhausnachthemd anzuziehen.

Bitterbaum war sorgfältig auf seine Assistentenrolle vorbereitet worden, aber er fühlte sich unerklärlich nervös. „Sind die Spenderzellen aufgetaut?" fragte er.

„Ich habe vor vierundzwanzig Stunden mit dem Prozeß begonnen, damit er so behutsam wie möglich abläuft."

Bitterbaum nickte und wusch sich die Hände. Er und Demsdale hatten bereits Operationskleidung angelegt, und als Millie im Nachthemd wieder zum Vorschein kam, machte sie ein sehr ängstliches Gesicht. Bitterbaum nickte ihr aufmunternd zu. „Auf den Tisch mit Ihnen, Millie. Wir werden Ihnen eine sanfte Anästhesie geben. Kämpfen Sie nicht dagegen an, wenn Sie schläfrig werden." Als sie eingeschlafen war, bereitete er sie für die Operation vor.

Sie arbeiteten rasch und sicher Hand in Hand. Bitterbaum führte den Bauchschnitt aus, worauf Demsdale ferngesteuerte Skalpells und Manipulatoren durch das Laparoskop schob und innerhalb kurzer Zeit fünf unbeschädigte Follikel herauslöste. Er grunzte befriedigt. Der Zeitpunkt war genau richtig. Sie hatten die Eier vor dem Eintritt in die Eileiter abgefangen.

Bitterbaum legte sie in eine sterile Schale. Der Zellkern eines jeden Ovums wurde ultraviolett bestrahlt, um den haploiden Chromosomensatz zu zerstören.

„Gut", sagte Demsdale. „Wir haben Millicent Ash erfolgreich aus der biologischen Phase des Experiments entfernt. Ihr genetischer Beitrag ist ausgelöscht. Jetzt beginnt der kitzlige Teil." Er begann mit der Vorbereitung der Verschmelzung der Spenderzellen mit den entkernten Eiern. Das Verschmelzungsmittel war eine Kultur von Sendalviren in allantoischer Flüssigkeit, die am vergangenen Tag vorbereitet, über Nacht bei 4 °Celsius aufbewahrt und anschließend zweimal zentrifugiert worden war. Der Niederschlag wurde dann in glukosefreie Lösung gebracht und bestrahlt, um den Virus zu inaktivieren.

Obschon abgetötet, behielt der Sendalvirus die von Okada entdeckte bemerkenswerte Fähigkeit, Zellwände zu durchdringen und eine Fusion herbeizuführen. Demsdale beugte sich über das Mikroskop und brachte mit äußerster Behutsamkeit Spenderzellen mit der Eizelle in Kontakt. Mit einer feinen Mikropipette tropfte er Viruslösung auf jedes Paar. Kurz darauf schienen die Zellen mit einem kaum merklichen Erzittern miteinander zu verschmelzen.

Bitterbaum erschauerte. In einer Laborschale hatte die Schöpfung stattgefunden.

Demsdale blickte auf. „Wir haben eine Eizelle verloren. Doppelfusion."

Er winkte Bitterbaum zum Mikroskop.

Bitterbaum blickte durch das Okular. Er sah den Fehler im Randgebiet des Gesichtsfelds, ein Ei, das mit zwei Spenderzellen gleichzeitig verschmolzen war. Aber es waren noch vier übrig. Er beobachtete gespannt, wie sie sich zu teilen begannen. Jedes Ovum hatte jetzt einen vollständigen diploiden Chromosomensatz, genauso als ob es befruchtet worden wäre, während tatsächlich keine Befruchtung stattgefunden hatte noch stattfinden würde. Die genetische Konstitution der sich teilenden Eizellen war nicht das Produkt zweier Eltern. Die gesamte Erbmasse kam vom Zellkern der Spenderzelle, aus jenen Gewebeproben, die er vor Wochen aus der Halswunde entnommen hatte.

Millie wurde für sechs Tage nach Hause geschickt. Obgleich Bitterbaum ihr vorher erklärt hatte, daß die Prozedur aus zwei Phasen bestand, wollte sie wissen, warum sie wieder kommen müsse.

„Den wichtigsten Teil haben wir hinter uns", versicherte er ihr. „Nächste Woche haben wir nur noch fünfzehn Minuten unter örtlicher Betäubung. Nichts weiter dabei."

„Sie meinen, daß ich nach alledem noch nicht schwanger bin?"

„Nein, aber die Aussichten sind gut, daß Sie es sein werden."

Bitterbaum und Demsdale hielten Wache. Sie schlossen sich im Labor ein und schliefen abwechselnd auf einer durchgesessenen Couch. Demsdale trank ungezählte Tassen Kaffee, und wenn sie daran dachten, ließen sie Essen kommen. Die vier erfolgreich behandelten Eizellen wurden bei 38 °Celsius in amniotischer Flüssigkeit unter einer CO_2-Atmosphäre gehalten. Am zweiten Tag hörte in einem Fall die Mitose auf.

Nach eingehendem mikroskopischem Studium sagte Demsdale schließlich: „Unverträglichkeit. Offenbar war der Kern der Spenderzelle mit dem Teilungszyklus des Eis nicht synchron."

Bitterbaum nickte besorgt. „Die drei anderen scheinen gesund zu sein."

„Da bin ich mir nicht so sicher", erwiderte Demsdale.

Bitterbaum beugte sich über das Mikroskop und beobachtete, was er für eine typische Mitose hielt. Aber Demsdales Erfahrung und Intuition erwiesen sich als richtig. Während der nächsten fünfzehn Stunden mußten zwei von den drei verbliebenen Blastozyten als lebensunfähig wegen genetischer Schäden, die wahrscheinlich im Verlauf des Experiments entstanden waren, ausgesondert werden.

Mit zunehmender Sorge beobachteten sie ihre einzige funktionierende Blastula. Die Zellteilung nahm ihren Fortgang, und am sechsten Tag erklärte Demsdale den Zustand als normal.

„Normal." Bitterbaum sprach das Wort mit Ehrfurcht und Verwunderung aus.

„Soweit es sich jetzt schon bestimmen läßt, ja. Aber erhalten Sie das Originalgewebe weiterhin, bis wir wissen, daß wir Erfolg haben werden."

„Können wir die Nidation vornehmen?" fragte Bitterbaum.

„Ja, ich glaube, wir können es riskieren. Lassen Sie die Frau kommen."

Die Nidation war relativ einfach. Unter örtlicher Betäubung wurde der Gebärmutterhals erweitert und die Blastula in die Uteruswand gesetzt. Von diesem Moment an sollte sich der Fötus in der gewohnten Art und Weise entwickeln.

Der mächtige Thor triumphierte. Das Geschenk des Lebens, gestohlen aus der Intensivstation, hatte Fuß gefaßt. In diesem Augenblick hörte er nicht auf die Zweifel, die Fragen und Befürchtungen, die seinen Widerpart Bitterbaum beschäftigten.

Millicent Ash war schwanger. Als G. K. Kellogg die Nachricht hörte, holte er eine Flasche Champagner aus seiner Bar.

Professor Demsdale jubilierte. „Die erste Implantation. Es ist bemerkenswert. Ich war auf ein halbes Dutzend Versuche gefaßt. Das Glück steht uns bei!"

„Wenn alles gutgeht", pflichtete Bitterbaum ihm bei. „Und es wird gutgehen", fügte er hastig hinzu. „Ich wage die Prophezeiung, daß wir in neun Monaten ein normales, gesundes Kind zur Welt bringen werden."

„Sie sind wirklich zu bescheiden, mein Freund", erwiderte Demsdale mit einem gutmütigen Lächeln, das seine Gesichtsmuskeln in selten gesehenen Mustern dehnte. „Wir werden den ersten reproduzierten Menschen zur Welt bringen."

Die folgenden Monate schienen die Prognose zu bestätigen. Millie Ashs Schwangerschaft verlief wie in einem Fall aus dem Lehrbuch. Auch ihre seelische Verfassung war gut. Bitterbaum besuchte sie täglich, brachte ihr Zeitschriften, Bücher, Puzzlespiele, Reiseprospekte, alles, was geeignet war, sie zu beschäftigen. Aber die Notwendigkeit, ständig heiter und unerschütterlich zu erscheinen, kostete Nerven. Bald mußte er gegen ein allgemeines Gefühl von Gereiztheit ankämpfen. Bei jedem seiner Besuche hatte sie ihre Pläne schon wieder geändert. Zuerst waren es Hawaii und der Südpazifik gewesen, mit Aufenthalten in Tahiti, Morea und Bora-Bora. „Da haben sie diese Pfahlbaubungalows mit gläsernen Böden, wissen Sie. Nachts wird das Wasser mit Flutlichtlampen beleuchtet. Man liegt da und schaut die ganze Nacht hinunter. Wenn ich mir vorstelle, all diese bunten tropischen Fische und die gefährlichen Tiere wie Haie und Riesenrochen. All das kann man betrachten und dazu seinen Cocktail trinken. Haben Sie schon mal gesehen, was sie in diese Cocktails tun? Orchideen, echte Orchideen, und winzige japanische Sonnenschirme und frische Ananas, gestoßenes Eis und Kirschen. Aber Sie hören mir nicht zu."

„Natürlich höre ich zu", sagte er gekränkt und mimte Interesse. Aber die Sorgen dauerten auf einer anderen Ebene an. War Demsdales Prognose voreilig gewesen? Teilten sich die verschmolzenen Zellen noch immer in normaler Art und Weise? Solange er sie direkt hatte beobachten können, hatten sie es getan, aber das war vor Monaten in einer Laborschale gewesen. Was geschah jetzt in den Tiefen von Millies Leib? Sie wurde dick – aber wovon?

Beim nächsten Besuch bewegte sie der Wunsch nach Kultur. Sie bat ihn, als Vorbereitung für eine Kreuzfahrt in der Ägäis Bücher über die Kunst und Geschichte Griechenlands mitzubringen. Oder vielleicht etwas über die römische Geschichte. Sie habe gelesen, daß Ibiza eine Künstlerkolonie sei, ein Zufluchtsort für geldlose Reisende und Weltenbummler aus aller Herren Länder. Wenn sie mit ihrem Geld sparsam umgehe, könne sie dort ein Jahr lang leben und vielleicht ein Handwerk anfangen, Töpferei oder Weberei.

Was immer ihre Stimmung sein mochte, Bitterbaum ging darauf ein, half ihr bei der Planung Dutzender erträumter Leben. Aber neben dem Streß seiner eigenen Befürchtungen begann nun auch Demsdale Schwierigkeiten zu machen. Er verlangte ausführliche tägliche Berichte über Millie, bestand auf häufigen Untersuchungen und konnte es nicht erwarten, eine Fruchtwasseruntersuchung vorzunehmen, wogegen Bitterbaum Einwendungen erhob, weil ihm der Zeitpunkt verfrüht erschien. Es war verlockend, eine Karyotypie von embryonalen Zellen zu machen, um die Chromosomen nach etwaigen Anomalien zu untersuchen, doch beinhaltete die Nadelpunktur ein geringes, aber definitives Risiko für die Mutter und ein unbekanntes Risiko für das Kind.

Besorgniserregender als ihre unterschiedlichen medizinischen Meinungen war die zunehmende Besessenheit Demsdales. Die Schwangerschaft nahm seine ganze Aufmerksamkeit in Anspruch. Ein Student, der das Pech hatte, daß ihm das Protoplasma einer Pflanzenzelle zerplatzte, weil er vergessen hatte, eine hinreichende Menge von osmotisch aktiver alkoholischer Zuckerlösung beizufügen, wurde nicht getadelt. Als seine Sekretärin schlicht vergaß, seine Vorlesungsnotizen aufzuschreiben, war es ihm nicht einmal einen Kommentar wert. Nur eins interessierte ihn: der sich in Millies Leib entwickelnde Fötus.

Da es nun wahrscheinlich schien, daß es ein Kind geben würde, machte er sich Gedanken über die Aufzucht. Er setzte Bitterbaum auseinander, daß die Erziehung in einer angemessenen, verantwortungsbewußten und wissenschaftlichen Art und Weise erfolgen müsse. Experten verschiedener Fachrichtungen sollten konsultiert werden. Er selbst lege eine Akte mit vollständigen Aufzeichnungen an.

Auch begann er sich mit gewissen heiklen Fragen zu beschäftigen. Welches Mitglied der Kellogg-Familie hatten sie reproduziert?

Um ihn abzulenken, überwies G. K. Kellogg den Rest der Schenkungssumme. Demsdale ernannte einen Ausschuß von Angehörigen seines Instituts, um eine Liste der wünschenswerten Investitionen anzufertigen. Er selbst ließ sich keinen Augenblick von den „laufenden Arbeiten", wie er es nannte, abbringen.

„Er fängt bereits zu grübeln an, wer zum Teufel dieses Duplikat ist", sagte Kellogg sorgenvoll, „und wenn er lange genug in der Sache herumstochert, wird er es auch herausbringen. Es kann nicht allzu schwierig sein festzustellen, daß Sie am fraglichen Tag dort im Krankenhaus und mit dem Sterbenden in einem Raum gewesen sind. Erfährt er das, weiß er alles."

Bitterbaum nickte. „Millie muß eine Fehlgeburt haben."

„Was? Sind Sie verrückt?"

„Ich meine natürlich keine wirkliche Fehlgeburt. Demsdale muß glauben, sie habe eine gehabt. Ende des Experiments. Ende seines Interesses. Richtig?"

„Nicht übel, Bitterbaum."

Bitterbaum zog eine schiefe Grimasse. Er hatte es gar nicht gern, wenn man ihn wegen seiner Fähigkeiten als Erfinder von Lügengeschichten lobte. Es bekümmerte ihn, daß er so gut darin war.

6

MILLIE langweilte sich, und die Aussicht auf einen Umzug erfreute sie. Die neue Wohnung verfügte über Besonderheiten wie ein Wasserbett und eine versenkte Badewanne. Sie klagte, daß Bitterbaum das Fliesendekor ruiniere, indem er das Bad als Sicherheitsmaßnahme mit Schaumgummimatten bepflasterte.

George Rudolph Demsdale würde schwieriger sein. Seine Manipulation verlangte von Bitterbaum die Aufbietung seiner ganzen schauspielerischen Begabung. Es hatte keinen Sinn, die Sache vor sich herzuschieben. Er rief das Labor an.

„Professor, ich muß Sie sprechen. Sofort!"

Demsdale stellte die erwartete Frage, ob etwas schiefgegangen sei.

„Ich bin gleich bei Ihnen." Bitterbaum legte auf.

Als er im Institut eintraf, war Demsdale bereits in einem Zustand nervöser Spannung. „Was hat Sie so lange aufgehalten? Ich habe schon die Wohnung angerufen. Immer belegt; der Hörer muß nicht richtig aufgelegt sein. Was ist los?"

Bitterbaum nahm den Ausdruck trüber Resignation an, den er eingeübt hatte. „Sie hatte eine Fehlgeburt."

„Was?" Demsdale packte ihn an den Revers und schnaufte ihm ins Gesicht. Bitterbaum wich zurück. Demsdale folgte und schob das Gesicht noch näher an das seine heran. „Aber es ging ihr doch gut! Ich verstehe es nicht. Es gab keine Anzeichen von Ödemen oder Eklampsie, kein Nierenversagen, nichts. Absolut nichts, was eine spontane Fehlgeburt erklären könnte. Sie muß etwas genommen haben. Sie haben ihr doch nichts verschrieben, oder?"

„Natürlich nicht."

„Ich meine, irgend etwas Harmloses, das trotzdem zu einer Fehlgeburt führen könnte, wenn es in einer Überdosis genommen wird? Mein Gott, das ist schrecklich! Warum wurde ich nicht gerufen? Warum hat mich niemand angerufen?"

„Es war nichts mehr zu machen. Als ich hinkam, war schon alles vorbei." Er war recht zufrieden mit dem Verlauf des Gesprächs. Demsdale lieferte genug echte Gemütsbewegungen für zwei. Er marschierte auf und ab, gestikulierte und schwitzte stark. Seine Gesichtsfarbe war so wächsern, daß die Schweißtropfen den Eindruck erweckten, als ob er schmelze.

„Wo ist der Fötus? Es ist wichtig, eine Obduktion vorzunehmen und die Gewebezellen zu untersuchen, um festzustellen, ob der Fötus normal war oder nicht."

„Ich fürchte, wir haben den Fötus nicht."

„Nein? Nun, wo ist er?"

„Es geschah zu schnell. Sie hatte Krämpfe. Rief mich an. Ich machte mich sofort auf den Weg. Die Krämpfe dauerten an. Sie verließ das Bett, um ins Badezimmer zu gehen. Und dort verlor sie ihn auf der Toilette, bevor ich da war."

Demsdale ächzte.

„Sie spülte ihn hinunter", sagte Bitterbaum, um ein übriges zu tun.

„Wir bringen sie viereinhalb Monate durch, und sie macht so was. Können Sie sich ein solches Maß an Gefühllosigkeit vorstellen? Nun, es bleibt mir nichts anderes übrig, als mit einer neuen Mutter von vorn anzufangen. Darauf muß ich bestehen, auf einer neuen Mutter."

„Ich fürchte, wir können das Experiment nicht wiederholen. Nicht mit diesem Spendermaterial. Ich erwähnte es nicht eigens, weil es keine Bedeutung mehr zu haben schien, aber im Laufe meines ständigen Herumziehens muß der Behälter mit flüssigem Stickstoff undicht geworden sein, ohne daß ich es bemerkte . . ."

Demsdale blieb abrupt stehen und wandte sich ihm zu. „Unfähigkeit!" schrie er.

„Es hat keinen Zweck, sich aufzuregen. Es hätte jedem passieren können."

„Nein, nicht jedem!"

Bitterbaum zuckte resigniert die Achseln. Dieser Teil seiner Aussage entsprach übrigens der Wahrheit. Das verbliebene Gewebematerial hatte Anzeichen von Zerfall gezeigt, und er hatte es zerstört. „Sie haben das Geld erhalten", sagte er zum Trost. „Nach den Bedingungen der Übereinkunft können Sie es behalten."

„In diesem Punkt haben Sie recht. Das ist schriftlich fixiert. Außerdem möchte ich zu Protokoll geben, daß ich mich von Ihnen trenne, Dr. Bitterbaum."

„Wie Sie wollen. Aber ich sehe nicht, daß es mein Fehler gewesen sein soll."

„Die Frau oblag Ihrer Verantwortung. Mein Teil des Experiments verlief ohne Panne. Es war an Ihnen, sie zu beobachten. Sie hätten die Frau bei Tag und Nacht nicht aus den Augen lassen dürfen."

Als er die Szene Kellogg beschrieb, sagte Bitterbaum: „Er hat recht, wissen Sie. Wir hätten sie bewachen sollen."

„Warum sagen Sie das?"

„Ich weiß nicht. Eine Vermutung. Sie ist in letzter Zeit launisch und verdrießlich gewesen. Ich halte es für möglich, daß sie das ganze Geschäft annullieren will und versuchen wird, das Kind zu behalten."

„Das kann sie nicht machen! Sie hat einen wasserdichten Vertrag unterschrieben.“

„Vergessen Sie nicht, daß ein Gericht diesen Vertrag für unmoralisch erklären und das Kind der Mutter zusprechen würde. Das weiß sie nicht, und ich befürchte auch nicht, daß sie zum Kadi laufen wird, aber es könnte sein, daß sie uns durchbrennt.“

„Sie glauben wirklich, daß sie dazu imstande wäre?“

„Warum das Risiko eingehen?“ erwiderte Bitterbaum.

Kellogg kaute nachdenklich auf seinem Bleistift. „Ich werde jemanden auf sie ansetzen.“

NUN KAM Kellogg ins Spiel. Lynn zur Adoption zu bewegen war eine Sache. Etwas anderes war es, ihr schonend beizubringen, daß das fragliche Kind sein unehelicher Sohn sei. Das war beileibe keine Neuigkeit, wie man sie gern seiner Ehefrau erzählt. Er wählte den Zeitpunkt sorgfältig aus: beim Aperitif, vor dem Abendessen.

Lynn hatte die Gewohnheit, lieber auf Armstützen und Lehnen von Sesseln zu sitzen, anstatt sich auf die Polster niederzulassen. Er brachte ihr einen Martini mit zwei Oliven. Es freute sie, daß er sich ihrer Vorliebe für Oliven erinnerte, und sie lächelte zu ihm auf.

„Was den Kellogg-Plan betrifft, den wir vor ein paar Monaten besprachen . . .“

„Ja?“ Und dann, als ihr einfiel, was es sein mochte, stellte sie hastig das Glas weg und ergriff seine Hände. „Du hast ein Baby gefunden? Ist es das, Gerald? Hast du?“

„Ja, ich habe. Hör zu, Lynn, es war nicht eine Frage des Findens.“ Die Worte erzeugten eine Gefäßverengung. Das Blut hämmerte in seinen Schläfen. Seine Brust war wie von Eisenklammern umschlossen. Er stellte alle Anzeichen von Schuld zur Schau. Es ist lächerlich, sagte er sich, doch die Symptome dauerten an.

„Ich glaube, das verstehe ich nicht“, sagte Lynn.

Er versuchte das dumpfe Pochen in den Schläfen zu ignorieren. „Es gibt keinen Grund für mich, dir dies zu verraten, aber ich will offen mit dir sein. Das Kind, das ich adoptieren möchte, ist meins. Die Mutter bedeutet mir nichts. Ich kenne sie kaum. Es geschah, als ich auf einer dieser ausgedehnten Geschäftsreisen in New York war. Jedenfalls will sie das Kind nicht. Und ich will es. Also habe ich die nötigen Vorkehrungen getroffen."

Lynn konnte hinter ihren ruhigen Augen sehr verschlossen sein. Selbst das Wohnzimmer, das sich in ihren Pupillen spiegelte, war leer. „Du hast mehrere ausgedehnte Geschäftsreisen unternommen", sagte sie endlich.

„Es passierte letztes Jahr im Dezember."

„Dann wird das Kind erst in drei Monaten zur Welt kommen. Warum hast du dich entschlossen, mir jetzt davon zu erzählen?"

„Weil ich es nicht als ein Adoptivkind aufziehen möchte. Ich möchte es als unser eigenes Kind großziehen. Du könntest das machen, nicht wahr, Lynn? Ich meine, du könntest es trotzdem lieben, obwohl du wissen würdest . . ."

„Das ist nicht das Problem", sagte sie brüsk. „Das Problem ist, daß diese Dinge immer ans Licht kommen."

„Das könnte nicht geschehen, wenn du mitmachst, wenn wir zusammenhalten."

„Habe ich nicht immer mitgemacht? Das ist unsere Abmachung."

„Sei nicht so, Lynn." Er versuchte den Arm um sie zu legen, aber ihre versteifte Haltung zeigte an, daß die Geste falsch gewesen war. „Das Mädchen bedeutet mir nichts."

„Soll es dadurch besser werden?"

„Es ist nun mal geschehen."

„Ja, es ist geschehen. Du machtest mir weis, daß du wegen mir, wegen uns mit mir zusammenbleiben wolltest. Und nun zeigt sich, daß es eine praktische und bequeme Regelung ist. Für dich. Das ist etwas völlig anderes."

„Meine Gefühle für dich sind unverändert, Lynn. Ich bedaure das mit dem Mädchen, aber ich bedaure nicht, daß es so ausgegangen ist. Komm schon, Lynn. Wie ist es damit?"

Sie traf ihre Entscheidung; es machte ihr Lächeln ein wenig zu strahlend. „Okay."

„Wenn es wirklich okay ist, mußt du es beweisen."

„Du hast ja Nerven!" sagte sie, aber er gefiel ihr deswegen noch mehr. Sie empfand sogar Zärtlichkeit, weil er ein unmöglicher Mensch war, mit dem niemand außer ihr zurechtkam. Je unbedenklicher, anspruchsvoller und egoistischer er war, desto mehr brauchte er sie. Niemand sonst, unbekannte Mädchen eingeschlossen, die sich von ihm schwängern ließen, würde es aushalten, mit ihm zu leben, oder imstande sein, die wirkliche Zuneigung zu empfinden, die sie ihm entgegenbrachte. „Du bist derjenige, der unser Ehegelübde verraten hat", sagte sie ihm. „Der mit irgendeinem Mädchen angebandelt und es in Schwierigkeiten gebracht hat; und nun soll ich mich beweisen. Ehrlich gesagt, Gerald, das ist schon ein starkes Stück."

Er hörte die Nachsicht heraus und sagte entschuldigend: „Ich meinte nur, ich muß wissen, daß deine Gefühle für mich sich nicht geändert haben."

„Und wie soll ich das demonstrieren?"

„Indem du eine Reise in die Schweiz unternimmst", sagte er ohne Zögern.

„Ist das dein Ernst?" fragte sie, obwohl ihr sofort klar war, daß er nicht scherzte.

„Ich habe eine Villa am Lago Maggiore gemietet. Und wenn die Zeit reif ist, wirst du mit dem Kind zurückkommen."

„Und was ist mit Jer?"

„Der wird natürlich bei dir bleiben. Du wirst kein Dienstpersonal mitnehmen, sondern Einheimische engagieren. Einen Teil der Zeit werde ich dort bei euch verbringen. Es wird ein Ferienaufenthalt sein."

Sie beobachtete ihn aufmerksam. „Es ist dir sehr wichtig, daß dieses Kind als dein eigenes aufgezogen wird, nicht wahr?"

„Ja. Ich kann es nicht genau erklären, aber es ist mir wichtig."

„Und du meinst, es wird klappen? Du meinst, es könne niemals ans Licht kommen?"

Er schüttelte den Kopf und zog sie von der Sessellehne auf seinen Schoß.

ALS DER Zeitpunkt ihrer Niederkunft näher rückte, wurde Millie launenhaft und verdrießlich. Sie ging weder auf Bitterbaums Geschichten ein, noch lachte sie über seine Scherze. Die Zeitschriften, die er ihr brachte, wurden beiseite gelegt oder lustlos durchgeblättert. Die Reiseprospekte waren längst im Papierkorb gelandet. Sie beklagte sich, wie eine Gefangene zu leben, und so führte er sie zum Essen oder ins Kino aus. Doch gelang es ihm immer nur für kurze Zeit, sie zu zerstreuen und abzulenken. Ihr körperliches Befinden war gut, aber die Depressionen machten ihm Sorge.

Es war fast eine Erleichterung, als sie endlich mit dem Grund herausrückte. „Ich habe meine Meinung geändert. Sie werden Ihren Freunden sagen müssen, daß ich mein Kind behalten werde."

„Das können Sie nicht", sagte Bitterbaum so freundlich wie möglich. „Haben Sie die Abmachung vergessen?"

„Ich kann und werde das Kind behalten. Ich weiß, daß ich Papiere unterschrieben habe, aber wenn es zu einem Prozeß kommt, spricht der Richter das Kind immer der Mutter zu, der leiblichen Mutter. Und das bin ich."

„Millie . . ."

„Nein, sagen Sie nichts. Ich habe es mir überlegt. Es ist mein Kind, und ich werde es behalten."

Er schüttelte den Kopf und seufzte. Es war verblüffend für ihn zu beobachten, daß sie sich in jeder Hinsicht so verhielt, als ob das Kind in ihrem Leib ihr eigenes wäre. Die Schwangerschaft hatte ihren Hormonhaushalt verändert, und die physischen und psychischen Verhaltensmuster folgten genau dem vorgegebenen Schema. Wie ein Huhn, das ein Entenei ausbrütet, würde sie sich durch keinen Beweis überzeugen lassen, daß das in ihr heranwachsende Wesen ein biologischer Fremdling war. Sie würde ihn gebären und stillen, ihr eigener Körper ein Opfer der Täuschung. Doch der Gebrauch solcher Argumente war ihm verwehrt. Er hatte nur die Möglichkeit, durch Bitten und Überreden die Sache seiner hypothetischen Freunde zu vertreten. Er zog jeden Grund heran, der ihm einfallen wollte. Er erinnerte sie, daß auch seine Freunde all diese Monate sehnsüchtig gewartet hätten.

„Aber die litten nicht jeden Morgen unter Übelkeit. Sie schwollen nicht an wie ein Ballon. Sie hatten keine Unbequemlichkeiten zu ertragen."

Er gab diese Methode auf. „Wir werden darüber sprechen, wenn Sie wieder ruhiger sind", sagte er.

„Das werde ich nie sein. Wenn es darum geht, mein Kind wegzugeben, kann ich nicht ruhig sein."

„Millie, Sie sind nicht in der Lage, ein Kind aufzuziehen. Sie haben kein Geld, keinen Arbeitsplatz. Sie würden sich eine Arbeit suchen müssen, und was soll dann mit dem Kind geschehen?"

„Ich werde zu meinen Eltern nach Hause gehen."

„Würden Ihre Eltern sich mit der Situation abfinden?"

Sie begann zu weinen. „Dann werde ich eben von der Wohlfahrt leben."

„Ein solches Schicksal wollen Sie Ihrem Kind zumuten? Wenn es ein Heim haben könnte, die Sicherheit einer Familie? Und vergessen Sie nicht, es ist das Kind meines Freundes."

„Was kümmert mich Ihr Freund? Er meint wohl, er könne alles kaufen? Nun, mein Kind kann er nicht kaufen."

„Bitte, Millie, regen Sie sich nicht auf."

Sie saß über ihren angeschwollenen Leib gebeugt und funkelte ihn an.

Am gleichen Abend rief der Beschatter Kellogg an und meldete, daß Millie Ash geflohen sei. Sie habe ein paar Sachen in einen Koffer gepackt und sei in ein Motel an der Küste gezogen.

„Lassen Sie die Frau nicht aus den Augen!" sagte Kellogg. „Aber Vorsicht, ja? Sie braucht nicht zu wissen, daß sie beobachtet wird."

Bitterbaum war außer sich. „Was machen wir jetzt? Sollen wir ihr mehr Geld bieten? Vielleicht den Betrag verdoppeln?"

Kellogg schürzte die Lippen. „Das wäre stümperhaftes Geschäftsgebaren."

„Sie würde sich auch davon nicht umstimmen lassen", meinte Bitterbaum.

„Ich hätte gern die Akte eingesehen, die Sie über das Mädchen angelegt haben", sagte Kellogg.

Als sie wieder zusammenkamen, hatte Kellogg die Unterlagen durchgesehen und war mißgelaunt. „Ich bin nicht an Miß Ashs Mumps oder an ihren herausgenommenen Mandeln interessiert, Bitterbaum. Nennen Sie das eine Akte? Ich habe versucht, Ihnen die zu zeigen, die ich über Sie angelegt habe. Das ist wirklich eine Akte."

„Diese auch, eine medizinische. Ich weiß nicht, was Sie erwarteten."

Kellogg unterdrückte die Entgegnung, die ihm auf der Zunge lag, und sagte statt dessen: „Um mit Miß Ash fertig zu werden, müssen wir sie kennen. Sie haben den größten Teil der letzten neun Monate in ihrer Gesellschaft verbracht. Erzählen Sie mir von ihr."

„Da gibt es nichts zu erzählen. Sie ist die gewöhnlichste und durchschnittlichste Person, die ich kenne, und wenn ich die Wahl hätte, würde ich es vorziehen, sie nicht zu kennen."

„Kommen Sie, Bitterbaum, seien Sie nicht kindisch. Ich will nicht Ihre Meinung. Ich will Tatsachen, Einzelheiten. Sie wurde in Evanston, Illinois, geboren. Hat sie Mittelschulabschluß? In welche Schule ist sie gegangen? War sie auf der Handelsschule? Welche Arbeitsplätze hatte sie, seit sie im Berufsleben steht? Ich will es wissen, Steckenpferde, Freunde, alles. Hat sie mal mit einem anderen Mädchen zusammengewohnt? Mit wem? Hatte sie einen festen Freund? Wer ist es?"

„Ich weiß es nicht."

„Natürlich wissen Sie es, Bitterbaum. Sie muß ihre Familie erwähnt haben. Ist ihr Vater irgendwo beschäftigt? Wo? Gibt es Schwestern, Brüder?"

„Ich sage Ihnen, ich weiß es nicht!"

„Sie haben sie jeden Tag gesehen. Sie müssen doch über etwas geredet haben."

„Wir redeten über die wunderbaren exotischen Gegenden, die ich besucht habe, Tahiti, Ibiza, Zermatt." Die Ironie klang fadenscheinig. „Ich schwöre Ihnen, daß ich absolut nichts über sie weiß, außer daß sie vierundzwanzig Pfund zugenommen hat und daß ihr Blutdruck bei hundertdreißig liegt . . ."

„Warum kam sie nach Los Angeles?" schoß Kellogg dazwischen, und Bitterbaum, aus dem Konzept gebracht, versuchte stirnrunzelnd, sich zu besinnen.

„Sie hatte Streit mit ihrem Freund", sagte er schließlich und verstummte wieder, verwirrt, daß er es gesagt und gewußt hatte.

G. K. Kellogg lächelte ihn an.

„Sie erwähnte es einmal beiläufig", verteidigte sich Bitterbaum. „Ist es wichtig?"

„Ich würde sagen, ja."

„Aber ich weiß nicht einmal seinen Namen."

„Er existiert", sagte Kellogg. „Mehr brauchen wir nicht zu wissen."

Bitterbaum zögerte. Er hatte etwas hinzuzufügen, und egal, wie er es formulierte, es mußte melodramatisch klingen. „Ich weiß nicht, wie Sie arbeiten, Mr. Kellogg, aber ich möchte da in nichts verwickelt werden. Ich meine, keine Gewaltsamkeiten. Sind wir uns darin einig?"

Kellogg brauchte einen Augenblick, um sich klarzuwerden, ob der Einwand tatsächlich ernst gemeint sei. Dann lachte er. Er lachte laut und ausgiebig, und schließlich zog er ein Taschentuch hervor und wischte sich die Augen. „Ich bin nicht die Mafia, mein lieber Bitterbaum, ich bin kein Gangstersyndikat. Ich bin ein Außenseiter, dem ein Bein gestellt wurde, und ich sehe dies als einen Weg, wieder ins Rennen zu kommen. Langfristig, versteht sich. Das ist meine Art zu planen, auf lange Sicht."

Zehn Tage später bekam Bitterbaum einen Anruf. „Ich bin's, Millie. Bevor Sie was sagen, möchte ich mich entschuldigen. Ich mußte die Dinge gründlich überdenken, wissen Sie. Und natürlich hatten Sie recht. Ich kann nicht gut für einen Säugling sorgen. Ich meine, es ist einfach nicht möglich . . ."

„Selbstverständlich. Ich erwarte Sie in der Wohnung. Nehmen Sie sich ein Taxi."

„In Ordnung." Ihre Stimme klang kleinlaut und zerknirscht. „Ich möchte Ihnen danken, daß Sie so verständnisvoll gewesen sind und alles." Dann änderte sich der Tonfall, oder vielleicht lag es auch an der Telefonverbindung; er schien Selbstbewußtsein und Zuversicht anzunehmen. „Da ist noch eine Sache, die mir wichtig ist, Dr. Bitterbaum. Wie lange wird es nach der Geburt dauern, bis ich meine Figur wiederhabe?"

Bitterbaum lächelte das Telefon an.

„Ich werde nach Evanston zurückgehen", erklärte sie.

Er begann zu verstehen, wußte aber nicht, wie es zu dem Sinneswandel gekommen war und welche Ereignisse dabei mitgespielt haben mochten. Jedenfalls war offensichtlich, daß Kellogg dabei seine Hand im Spiel gehabt hatte.

Millicent Ash kam sechs Wochen vor dem erwarteten Termin mit einer männlichen Frühgeburt nieder, und im Oktober des gleichen Jahres kehrte Mrs. Gerald Kirsten Kellogg mit ihren beiden Söhnen Gerald jr. und Josua Francis aus der Schweiz zurück.

7

Onkel Thor schlenderte auf die Terrasse hinaus. Die weitläufige Rasenfläche war in einen Spielplatz verwandelt worden. Im Augenblick war ein Fußballspiel im Gange, an dem die Mädchen und sogar ein paar Nachbarkinder teilnahmen. Er achtete nicht auf das Dickicht aus immergrünen Eichen und Dornsträuchern, dessen stumpfe Farben mit feinen Schattierungen die gerundeten Hügel überzogen. Er sah kaum die überwältigende Weite des Ozeans vor ihm, und die majestätisch anrollende, gischtgekrönte Brandung jenseits der Straßenunterführung und des Privatstrandes, wo Segelboote dümpelten, war für ihn ohne Interesse.

Er war in Gedanken verloren, grübelte über die rechten Worte, das passende Vorgehen. Er war dieses Wochenende zum Landsitz der Familie gekommen, um Kellogg zur Rede zu stellen und für Josh, wie Josua genannt wurde, zu kämpfen.

Thor Bitterbaum hatte nicht geheiratet. Vor Jahren schon hatte er sich eingestanden, daß Josh die einzige Person war, die er liebte oder lieben konnte. Er hatte die Anziehungskraft gefühlt, als er das Neugeborene gesehen und seinen ersten Atemzug miterlebt hatte. Seine Liebe war eine seltsame Mixtur: Als er die wohlbekannten, vielfach abgebildeten Züge und Eigenheiten erscheinen sah, verspürte er sowohl Ehrfurcht als auch Schrecken. Seit der Junge die zweiten Zähne bekommen hatte, waren sie mit entstellenden Zahnspangen versehen, aber das so veränderte Lächeln vermochte den Charme und die bestürzende Ähnlichkeit nur unvollkommen zu verdecken. Er war ein wuschelköpfiger, schlaksiger Dreizehnjähriger, dessen Schüchternheit im Konflikt mit etwas Zielstrebigem in seiner Natur stand. Oft hatte Bitterbaum für Augenblicke das Gefühl, er sehe bereits den Mann vor sich, zu dem der Junge werden sollte.

G. K. Kellogg hatte gute Arbeit geleistet. Die Umrahmung war vollkommen. So vollkommen, daß er sich manchmal fragte, warum niemand erriet, daß sie künstlich und ausgeklügelt war. Vielleicht war es natürlich, daß er so dachte, denn er hatte an ihrem Aufbau mitgewirkt. In geeigneten Abständen waren weitere Adoptivkinder dazugekommen. Er selbst hatte sie nach Alter, Geschlecht und, so gut es ging, Erbgut ausgewählt. Es waren gutaussehende, robuste, gesunde Kinder, ausgenommen vielleicht Ellen, das ältere Mädchen, das den größten Teil seiner Zeit in einer Klinik verbrachte und nur an den Feiertagen mit der Familie zusammenkam. Die emotionale Prägung simulierte in allen wesentlichen Aspekten die Jugendzeit des Originals. Bisher mit solchem Erfolg, daß es Bitterbaum zuweilen angst und bange wurde.

Er war gekommen, um ein Ende der Scharade zu erbitten. Der Junge, der dort mit Einsatz und Hingabe um den Ball kämpfte, war kräftig, gesund und gut angepaßt. Sie sollten Gott dafür danken, er und Kellogg, und alles übrige vergessen.

In den Jahren ihrer Partnerschaft hatte G. K. Kellogg ein Prestige erworben, wie es nur wenigen Männern einer Generation vergönnt ist, während es Bitterbaum nicht gelungen war, sich auszuzeichnen. In einem Zeitalter der Spezialisierung hatte er sich nie die Mühe gemacht, sich einem bestimmten, eng begrenzten Feld zuzuwenden. Nominell war er der Hausarzt der Kellogg-Familie, aber im Falle von Krankheiten oder Unfällen überging Kellogg unweigerlich seine Autorität und ließ ganze Batterien von bekannten Fachärzten aufmarschieren. Andererseits war er sehr gewissenhaft, wenn eine Angelegenheit zur Diskussion stand, die Josua betraf. Dann hörte er auf Bitterbaums Ratschläge und befolgte sie meistens.

In letzter Zeit nicht. In letzter Zeit war das Verhältnis zwischen Josh und Jer Diskussionsgegenstand gewesen. Anfangs hatte Kellogg sich beglückwünscht, daß sein Sohn das richtige Alter hatte, um die Rolle des älteren Bruders zu übernehmen, der im Leben des früheren Präsidenten eine so wesentliche Rolle gespielt hatte. Jer sollte dem jüngeren Bruder zugleich Vorbild und ständige Herausforderung sein.

Das war das Drehbuch. Aber die Wirklichkeit entwickelte sich anders. Josh war derjenige, der den Schritt angab, der die Erwartungen seines Vaters mit Ehrgeiz und Stil erfüllte. Der Junge schien von einem inneren Zwang besessen, Trophäen einzuheimsen und Erster zu sein. Natürlich war Kellogg an dieser Entwicklung nicht unschuldig; ein Zweitbester, so pflegte er ihnen einzuhämmern, sei ein Verlierer.

Die Schwestern eiferten Josh in allem nach. Kellogg war aufgebracht. Jer war sein Sohn und hätte die Qualitäten haben sollen, die, wie Kellogg zuzugeben gezwungen war, ihm fehlten. Der Junge war zu sehr wie seine Mutter. Die stille, sich selbst in den Schatten stellende Bescheidenheit, die Lynn so sympathisch machte, war ganz und gar nicht die Eigenschaft, die hier erwünscht war. Schließlich trug er Bitterbaum den Plan vor, einen weiteren Jungen in den Familienkreis zu ziehen, einen, der Josh als Vorbild und Ansporn dienen könne. Der Plan fand keine Gegenliebe.

In den beiden Wochen, die seither vergangen waren, hatte sich Bitterbaums ablehnende Haltung noch verfestigt. Anlaß dazu war Josh selbst. Bitterbaum glaubte, daß er ihn nicht länger einem vorfabrizierten Leben aussetzen dürfe.

Er war gekommen, ein Ende dieses Leistungsdrills zu verlangen. Er betrachtete Lynn als eine mögliche Verbündete. Nach Josh war Lynn Kellogg die wichtigste Person in seinem Leben. Das Band zwischen ihnen war der Junge. In einer besonderen Art und Weise waren sie beide mit ihm verbunden. Während sie und G. K. in allen anderen Fragen an einem Strang zogen, wie sie es von Anfang an getan hatten, kam sie zu ihm, wenn sie sich um Josh Sorgen machte.

Lynn führte ein strenges Regiment, und so gut wie alle Betätigungen der Kinder wurden von ihr überwacht und gelenkt. Sie sorgte für die religiöse Unterweisung, und wenn sie auch nicht auf dem täglichen Besuch der Messe bestand, so machte sie es doch zu einer Gewohnheit, der Kirche Zu Unserer Lieben Frau in Malibu jeden Tag einen gemeinsamen Besuch abzustatten. Und die Ausflüge und Veranstaltungen, die sie während der Ferien organisierte, waren beinahe mehr, als Bitterbaum ertragen konnte. Tennisstunden und -wettkämpfe standen regelmäßig auf dem Programm, und natürlich wurde eine Leistungstabelle geführt, auf der sein Name meistens eine der untersten Positionen einnahm. Segeln nahm im sommerlichen Vergnügen naturgemäß einen breiten Raum ein. Sie veranstalteten Regatten mit den beiden kleinen Jollen und verbrachten halbe Tage mit Wellenreiten in der Brandung. Das große Boot lag meistens in der geschützten Bucht vor Anker; es war Familienausflügen vorbehalten.

Das Verflixte daran war, daß das System funktionierte. Darum würde es schwierig sein, Kellogg zu überzeugen. Wenn sich Fehlentwicklungen gezeigt hätten, wäre es einfach gewesen, aber der Erfolg schien ihrer Konzeption recht zu geben. Er verwarf den Gedanken, sich an Lynn zu wenden.

Vielleicht sah er es nicht richtig. Vielleicht ließ er sich zu sehr von der Sorge über das leiten, was er getan hatte. Josh war gebräunt und sah kräftig und gesund aus. Der Sport und sein Ehrgeiz ließen nicht zu, daß er Schwäche zeigte, aber seine Gesundheit war alles andere als robust, und Erkältungen oder Kinderkrankheiten trafen ihn schwerer als andere. Im vergangenen Jahr war er an Scharlach erkrankt und noch lange danach besorgniserregend geschwächt geblieben. Es war ein mühseliger Kampf gewesen, ihn wieder auf die Ebene normalen Wohlbefindens zu bringen. Bitterbaum befürchtete, daß Kellogg den Jungen zu scharf herannahm.

Die Jugendlichen sahen ihn und forderten ihn durch Winken und Zurufe auf, am Spiel teilzunehmen. Außenstehende wunderten sich immer wieder über Bitterbaums besonderes Verhältnis zu den Kelloggs. G. K. pflegte auf diesbezügliche Fragen zu antworten, daß Bitterbaum ein alter Freund der Familie sei. Für die Kinder war Onkel Thor ein Stück festes Inventar und ein loyaler Helfer in allen Lebenslagen. Sie kamen mit Geschrei näher. Jer warf ihm den Ball zu, Vickie kam dazwischen. Bitterbaum rannte los und war sofort von einem Gewirr aus Armen und Beinen umgeben. Es war mehr als ein Spiel, es war eine Atmosphäre, in die er aufgenommen wurde. Josh war im dicksten Gewühl und spielte mit der ihm eigenen Hingabe und Selbstvergessenheit. Solange das Spiel andauerte, existierte für ihn nichts anderes.

„Wie geht's dir, Josh?" fragte er am Ende des Spiels, als er wieder zu Atem gekommen war. Er verbiß sich eine direkte Frage nach dem Rücken. Bisher hatte es keine Beschwerden gegeben, aber sie würden nicht ausbleiben. Dieses Warten auf die ersten Anzeichen erbbedingter Leiden und Schwierigkeiten, denen der Junge nicht entgehen konnte, war eine höllische Erfahrung und bestärkte ihn in der Entschlossenheit, Josh nach Möglichkeit weitere Jahre der Maskerade zu ersparen. Wenn es nach ihm ging, dann sollte sein Schützling vor jener Stunde bewahrt werden, da die Uhr Mitternacht schlägt und die Maskenträger ihre wahre Identität enthüllen.

Mit nachdenklicher Miene beobachtete er die herumtobenden Kinder. In diesem Sommer war Josh besonders viel mit Lefty zusammen, Leticia Compton, deren Vater mehrere Hektar Land neben dem Grundstück der Kelloggs besaß. Sie war ein Einzelkind und als solches sehr viel unabhängiger als die anderen, aber fast jeden Tag kam sie auf ihrem struppigen kleinen Indianerpferd herübergeritten. Auch sie trug eine Zahnklammer. Vielleicht hatte dieser Umstand die Freundschaft zwischen ihr und Josh begründet.

Sie entzog sich ihren Schulverpflichtungen, indem sie die Ferienarbeit in Biologie bis zur letzten Minute ignorierte. Nun war die letzte Minute herangerückt, wie sie Josh erklärte, und er erbot sich, ihr beim Sammeln von Musterexemplaren zu helfen. Bitterbaum sah ihnen nach, dann kehrte er ins Haus zurück, erkundigte sich bei einem der Bediensteten und fand Kellogg im Obergeschoß. Er hatte in einem Augenblick auf Kellogg gesetzt, als dessen Karriere gefährdet gewesen war. In den seither vergangenen Jahren war es Kellogg nicht nur gelungen, seine Glaubwürdigkeit wiederherzustellen und seinen Einflußbereich neuerlich auszudehnen; auch in seinen finanziellen und politischen Operationen war er längst wieder zu einem bedeutenden Faktor geworden. Dies war der Mann, den Bitterbaum von seinen Plänen abzubringen hoffte.

Kellogg blickte auf, als Bitterbaum eintrat. Er überwachte gerade das Packen seines Koffers für einen bevorstehenden Flug nach Hamburg, und die unnatürliche Röte seines Gesichts schien auf einen anormalen Cholesterinspiegel hinzudeuten.

Bitterbaum konnte nicht wissen, daß Kellogg eben einen Kampf um die Mitnahme eines Bademantels gewonnen hatte, der nach Meinung des Kammerdieners Holt ausrangiert werden sollte. Der Sieg hatte ihn angenehm erregt und seine Stimmung gehoben.

„Ich habe den Jungen gefunden“, sagte er ohne Einleitung.

Bitterbaum furchte die Stirn. Er hatte sich wieder einmal die Initiative entreißen lassen. Statt anzugreifen, sah er sich in die Verteidigung gedrängt. „Was für einen Jungen?“

„Er heißt Lederer. Steve Lederer. Er ist fünfzehn, nur ein paar Monate jünger als Jer. Ein hervorragender Sportler, genau der Typ, den wir suchen. Seine Mutter ist Witwe, noch immer attraktiv, und meiner Meinung nach fühlt sie sich durch einen halbwüchsigen Sohn behindert. Sie wird sich unseren Plänen geneigt zeigen, daran gibt es für mich keinen Zweifel. Wir haben schon öfters über das Thema gesprochen, Bitterbaum. Jer ist ein großartiger Junge, das wissen wir beide, aber dieser Steve Lederer könnte genau der Richtige für uns sein."

„Ich weiß nicht, irgendwie bin ich von der Idee abgekommen. Sie gefällt mir nicht mehr."

G. K. ließ seinen Verdruß am Diener aus. Er nahm ihm den Bademantel aus den Händen und begann den Koffer wieder auszupacken.

„Es ist nicht so, daß ich etwas gegen einen bestimmten Jungen hätte", sagte Bitterbaum. „Wie ich Sie kenne, haben Sie ihn genau überprüft und sich vergewissert, daß er in allen Disziplinen, die Ihnen wichtig sind, qualifiziert ist. Nein, das ganze Bild ist es, das ich in Frage stellen möchte. Ist es wirklich notwendig, die Entwicklung bis zur letzten Dezimalstelle vorzuschreiben? Warum lassen wir den Jungen nicht zu sich selbst finden? Warum sollte er sich nicht als Josh entwickeln? Ganz er selbst sein?"

Kellogg hatte die Kleider mit ungeduldigen Bewegungen über das ganze Bett verstreut. Nun wandte er sich halb um und fixierte Bitterbaum mit einem harten Blick. „Wenn ich etwas anfange, dann führe ich es auch zu Ende, Bitterbaum, im Gegensatz zu Ihnen."

„Wir haben eine Abmachung getroffen, Kellogg. Ohne meine Zustimmung können Sie solche Veränderungen nicht einführen, und ich stimme da nicht zu."

„Sie sind zu weich, was den Jungen angeht, Bitterbaum. Das ist Ihr Problem. Wenn es um ihn geht, lassen Sie das Herz über den Verstand triumphieren. Ihre Meinung ist nichts wert, und auch mit Ihren Argumenten steht es nicht zum besten. Sie sind derjenige, der von unserer ursprünglichen Vereinbarung zurücktreten möchte. Das ist eine Vereinbarung, in die ich mehr als eine Million Dollar und vierzehn Jahre meines Lebens investiert habe. Und wie ich sagte, was ich anpacke, das führe ich auch zu Ende. Niemand wird mich davon abbringen, Bitterbaum. Niemand."

„Ich verstehe", sagte Bitterbaum tonlos. „Für Sie ist Josh eine Investition. Und Sie wollen, daß sie sich verzinst."

„Sie hacken immer auf meinen geschäftlichen Interessen herum. Ihre Haltung verrät völlige Unwissenheit." Dann fügte er versöhnlich hinzu: „Sie wissen, Bitterbaum, daß ich den Jungen gern habe. Ich will nur das Beste für ihn."

„Und natürlich wissen Sie, was das ist", sagte Bitterbaum. Er wußte, daß er geschlagen war und daß Kellogg weiterhin auf eigene Faust handeln würde. Er, Bitterbaum, konnte nur in den Kulissen stehen und abwarten und versuchen, die Schläge zu parieren, wenn sie fielen.

Kellogg legte die Kleidungsstücke von neuem zusammen und verstaute sie im Koffer. Auch der Bademantel kam hinein. Holt wurde herbeigerufen, um Zeuge seiner Niederlage zu sein, und darüber hinaus beauftragt, Bürsten und Rasierzeug in den Seitentaschen zu verstauen.

8

DER WILDE Senf bildete ein hüfthohes Gewirr aus Stengeln und Samenkapseln. Josh kämpfte sich hinein und hielt eine Kapsel in die Höhe, die wie eine kleine japanische Laterne aussah. „Hast du diese schon?"

„Nein, steck sie in den Beutel."

„Sieh mal, sie knallen." Drückte man sie zwischen Daumen und Zeigefinger zusammen, gaben sie ein lustiges, knackendes Geräusch von sich.

Lefty lachte und folgte seinem Beispiel. Dann fing sie ein Insekt, um es in den Plastikbeutel zu stecken. „Ich finde es schrecklich, die Tiere sammeln zu müssen."

„Es ist eine Beschneidung deiner Rechte nach dem fünften und vierzehnten Artikel der Verfassung", sagte Josh. „Wenn du der Meinung bist, daß Tiere nicht sterben sollten, darfst du nicht gezwungen werden, sie zu töten."

„Ich habe Miß Garnett mitgeteilt, was du sagtest. Du weißt

schon, daß es gegen meine Religion sei. Und sie fragte mich, an welche Religion ich denn glaubte. Ich erzählte ihr, ich glaubte an den Zen-Buddhismus, und sie lachte. Sie fand das lustig."

„Hier sind Lupinen, hast du die schon?" Der blaue, blütentragende Stengel wurde in den Beutel gesteckt. Nach einer Pause sagte Josh: „Ich denke daran, mich dem Fuchs anzuschließen."

„Diesem Mann, der auf eigene Faust die Umweltverschmutzung bekämpft? Der ist klasse."

Josh nickte. „Er schlägt ohne Vorwarnung gegen Fabriken, Raffinerien und überflüssige Straßenplanungen los. Er sabotiert sie, verstopft Schornsteine, reißt Vermessungspflöcke aus der Erde und kippt Industriemüll vor die Eingänge der Verwaltungsgebäude, um ihnen zu zeigen, was sie tun. Und immer hinterläßt er sein Zeichen: den Fuchs."

Lefty lachte. Einen Augenblick später wurde ihre Aufmerksamkeit von Flügelschlägen und rauhem Gekreisch abgelenkt. „Ein Eichelhäher!"

Josh nickte geistesabwesend. Er hing seinen eigenen Gedanken nach. „Dann ist da dieser Schilderbandit in New Jersey. Er ist nachts mit einer elektrischen Säge unterwegs und schneidet die Reklameschilder an den Fernstraßen ab. An einem Wochenende soll er fünfzehn von den Dingern umgelegt haben."

„Dein Vater würde damit nicht einverstanden sein."

„Ich weiß." Josh schaute unbehaglich drein. „Aber die Schilder sind schädlich. Sie verschandeln die Gegend und lenken die Aufmerksamkeit der Fahrer ab. Ich würde das Thema beim Mittagessen anbringen, aber ich weiß schon jetzt, was er sagen würde."

„Recht ist Recht", fiel Lefty ein, „und Unrecht ist Unrecht." Sie lachten beide, froh übereinander, über den Tag und die gefüllten Plastikbeutel.

Lefty hob eine behaarte schwarze Raupe mit einem Stock und sah zu, wie sie darauf entlangkroch. Dann steckte sie den Stock mit plötzlicher Entschlossenheit tief ins undurchdringliche Unterholz. „Die soll Miß Garnett nicht haben. Sie ist zu schön."

„Ich sehe, daß du wirklich an den Buddhismus glaubst. Hast du schon mal meditiert?"

„Nein, und du?"

„Nein. Willst du es versuchen?"

„Du meinst, jetzt?"

Er nickte.

Sie kauerte sich neben ihm nieder. „Gut. Aber worüber meditieren wir?"

„Man meditiert nicht über was Bestimmtes. Man läßt seinen Geist frei schweifen."

„Das kannst du machen. Ich werde die Schwämme an der Ulme dort anschauen."

Josh grunzte, um zu zeigen, daß er sich bereits der Meditation hingegeben habe.

Fünf Minuten vergingen. Zehn. Keiner der beiden bewegte sich, keiner wollte als erster aufgeben. Weitere Minuten verstrichen. Die Sonne schien direkt in sein Gehirn zu stechen, wo das Licht in rotgeränderter Schwärze explodierte. Eine winzige Mücke flog beharrlich sein linkes Auge an und zappelte schließlich in den Wimpern. Er versuchte, nicht zu zwinkern. Auch diese Mücke war eins von Gottes Geschöpfen. Plötzlich fiel Lefty gegen ihn. In jäher Panik beugte er sich über sie; ihr Gesicht war gerötet und verschwitzt. Eine jähe Intuition machte ihm klar, daß Lefty nichts Schlimmes widerfahren durfte. In drängendem Ton sprach er ihren Namen, wiederholte ihn. Dann, ohne es bewußt zu wollen, küßte er sie.

Ihre Lider zuckten, klappten auf, und die erstaunlich jadegrünen Augen, die ihn immer an einen Stein erinnerten, den er einmal besessen hatte, blickten ihn groß an. „Josh", sagte sie, „warum hast du das getan?"

„Ich weiß nicht." Sein Herz klopfte auf einmal so heftig, daß das Geräusch seinen Kopf wie einen Resonanzkörper erfüllte.

Lefty hatte es nicht eilig, sich aufzurichten. Es machte ihr Spaß, die Welt aus diesem Blickwinkel zu betrachten. Und es war interessant, Josh aus dieser neuen Perspektive zu sehen. Auf einmal stieß sie einen lauten Ruf aus, den sie halb unterdrückte, indem sie beide Hände vor den Mund hielt. Sie wälzte sich im Dickicht herum und prustete und kicherte.

„Was ist los mit dir?" fragte Josh. „Was hast du?"

Sie konnte nicht antworten, aber sie nahm eine Hand vom Mund und zeigte auf ihn. Sie schüttete sich aus vor Lachen und konnte nicht aufhören.

Josh bemühte sich, diesen Verstoß gegen die guten Manieren nicht zu beachten. Seine Mutter hatte ihn gelehrt, daß man andere nicht auslachte und niemals mit dem Finger auf jemand zeigte. Lefty tat beides und wollte nicht aufhören. Er holte die Plastikbeutel, schaute hinein und gab vor, von ihrem Inhalt gefesselt zu sein.

Lefty keuchte und hielt sich die Seiten. Er war zu neugierig, um seine Schau von Gleichgültigkeit aufrechtzuerhalten.

„Was hast du? Was ist so komisch?"

„Du", schnaufte sie. „Jetzt weiß ich, wem du ähnlich siehst."

„Wem?"

Sie wischte sich die Augen und schnappte nach Luft, dann schüttelte sie den Kopf. „Ich sag's nicht!"

„Los, mach schon!"

Ihre Augen tränten, und sie hielt sich die Seiten und schnaufte und prustete, aber sagen wollte sie es nicht.

DER GONG ertönte zum Abendessen, und die vier älteren Kinder kamen aus vier Türen im Obergeschoß gestürzt, rempelten einander im Korridor an und kämpften um die vorderste Position. Sie rasten die breite, prächtig geschwungene Treppe hinunter und kamen atemlos in einer zusammengedrängten kleinen Gruppe vor dem Speisezimmer zum Stillstand. Es wurde erwartet, daß sie mit Anstand eintraten, aber das wurde von Josh unmöglich gemacht, der Vickie anrempelte, die wiederum gegen Ann fiel, welche ihrerseits Jer festhielt, um ihn an einem Soloauftritt zu hindern.

Während dieses erbitterten Kampfes gelang es ihnen, völlige Stille zu bewahren, um nicht den Zorn von Vater oder Mutter auf sich zu ziehen, die mit Onkel Thor von der Terrasse hereinkamen. Aber Vickie verriet sie mit ihrem halb unterdrückten Schnaufen, und Ann bekam einen Schluckauf.

Die Eltern blickten in ihre Richtung. Obwohl die Kinder irgend etwas zu verbergen schienen, waren sie pünktlich, und das sprach für sie. Verspätung wurde nicht geduldet. Ihr Vater zitierte häufig Lord Nelson, der einmal gesagt hatte, er verdanke seinen größten Seesieg dem Umstand, daß er fünfzehn Minuten vor den Franzosen eingetroffen sei.

Als sie saßen, blickte ihre Mutter in die Runde und sagte: „Also, Kinder, heute abend ist Kotillon."

„Sag den Jungen, daß sie tanzen müssen, Mutter. Letztes Mal blieben sie die ganze Zeit in einer Ecke des Saals und erzählten sich Witze."

„Du warst der Witz", sagte Josh.

Vickie trat unter dem Tisch nach ihm.

„Noch einmal", sagte Kellogg, „und du gehst hinaus."

Bis auf Cindy, die Vierjährige, die noch mit dem Kindermädchen im Spielzimmer aß, waren alle um den Tisch versammelt. G. K. Kellogg saß am Kopfende und herrschte auch hier wie ein Stammeshäuptling.

Nach der Suppe räusperte er sich und sagte zu den Jungen: „Ich habe euch für die Schwimmwettkämpfe im Bay Klub angemeldet. Letztes Jahr hast du bei den Schülern gewonnen, Josh, aber diesmal mußt du bei den Erwachsenen starten. Das bedeutet, daß du hart trainieren mußt. Da ihr beide in der gleichen Gruppe startet, schlage ich vor, daß einer von euch am Kraulwettbewerb teilnimmt, während der andere sich für Rücken- oder Brustschwimmen meldet. Auf die Weise kann jeder von euch einen ersten Platz erreichen."

„Was ist dir lieber?" fragte Josh seinen Bruder.

„Kraulen."

„Gut, dann nehme ich Brustschwimmen."

„Ach nein", sagte ihre Mutter, „dieses Gespritze beim Schmetterlingsstil! Letztes Jahr wurde ich noch in der dritten Reihe naß."

Die allgemeine Einstellung war, daß Wettbewerbe innerhalb der Familie die beste Vorbereitung für das Leben draußen seien.

Bitterbaum blickte immer wieder verstohlen zu G. K. Kellogg hinüber. Er wartete auf die Bekanntmachung über den Lederer-Jungen. Offenbar hielt Kellogg den Zeitpunkt noch nicht für gekommen. Statt dessen tadelte er Josh wegen einer falsch geschriebenen Notiz, die er beim Tennisplatz an der Tafel gesehen hatte. Lynn schaltete sich ein und nahm G. K. mit ein paar erklärenden Worten für Josh den Wind aus den Segeln. Bitterbaum bewunderte sie; niemals verriet sie durch ein Wort oder eine Tat, daß von den sechs Kindern nur Jer ihr eigenes war. Alle hielten sie für die Mutter der beiden Jungen, während jedermann wußte, daß die Mädchen adoptiert waren.

Kellogg hatte sich bei der Wahl seiner Frau ebenso klug und weitblickend gezeigt wie in seinen Geschäften. Doch alte Gewohnheiten sind beharrlich, und die Beziehung zwischen Sekretärin und Chef war unter allem, was sie gemeinsam aufgebaut hatten, noch immer spürbar. Auf Verlangen ihres Mannes führte Lynn über jedes der Kinder eine Kartei, in die Krankheiten, Impfungen und Besuche beim Zahnarzt ebenso eingetragen wurden wie die Teilnahme an Sportwettkämpfen, gesellschaftlichen Ereignissen und verliehene Preise dieser oder jener Art.

Kellogg hatte Bitterbaum einmal anvertraut, daß er den Umgang mit Menschen erst gelernt habe, nachdem er sich von der Vorstellung freigemacht hatte, er müsse sich bei ihnen beliebt machen. Mit den Kindern war er scharf und jähzornig, hob aber nie die Stimme. Sie verehrten und fürchteten ihn. Sein Vorbild war das strenge, doch gerechte Sippenoberhaupt, aber Bitterbaum fand, daß Kellogg diese Rolle vor allem schätzte, weil sie ihm eine Möglichkeit gab, den ihm innewohnenden diktatorischen Neigungen freien Lauf zu lassen.

Lynn hatte sich nach anfänglichem Aufbegehren damit abgefunden und den einzigen Weg beschritten, der ihr offenstand – den Weg der Anpassung und Unterordnung. Sie unterstützte seine Entscheidungen und zeigte den Kindern eine geschlossene Front. Aber damit entging sie noch nicht den Anforderungen, die er an sie wie an alle anderen stellte. Auf seinen Wunsch hin wurde sie zu einer passablen Tennisspielerin und fing mit Golf an. Bitterbaum fühlte, daß sie dieses Spiel überhaupt nicht mochte, aber danach fragte G. K. Kellogg nicht. Sie führte ein Leben, dessen bloße Betrachtung Bitterbaum erschöpfte. Ständig errichtete sie Niederlassungen in ausländischen Städten, richtete Wohnungen ein, renovierte Villen, stellte Dienstpersonal ein, erkundigte sich über Schulen, gab Abendempfänge, prägte sich Namen ein. Sie schien all das mühelos zu bewältigen. Mit siebenunddreißig war sie gutaussehend, schlank, tüchtig und unermüdlich. Ihr blasser Teint und die sandfarbenen Haare hinderten sie daran, eine Schönheit zu sein – wenigstens in Bitterbaums Augen –, aber sie war, wie Kellogg häufig bestätigte, einer seiner bedeutendsten Aktivposten. Wenn es sie verdroß, ein Aktivposten zu sein, ließ sie es sich nicht anmerken.

„Kinder“, sagte sie, „macht nicht so viel Lärm. Euer Vater hat euch etwas mitzuteilen.“

Sofort wurde es ruhig, was für Ann ein Unglück war, denn ihr Schluckauf, der mit ungenierter Hartnäckigkeit immer wieder die erwartungsvolle Stille durchbrach, begann nun peinlich zu werden.

„Ann“, sagte Kellogg, „du verläßt den Tisch.“

„Geh in die Küche“, meinte ihre Mutter. „Delia wird dir sagen, wie du diesen Schluckauf loswerden kannst.“

„Halt die Luft an und zähl bis hundert“, riet Jer.

„Bis zwanzig“, widersprach Josh. „Wenn sie bis hundert zählt, ist sie vorher tot.“

„Jungs, das ist genug.“

Wieder verstummten sie.

G. K. Kellogg machte seine Ankündigung beiläufig, und nur ein Zucken um die Mundwinkel verriet, daß er sich des Aufruhrs bewußt war, den sie auslösen würde. „Nächstes Wochenende segeln wir mit dem *Freibeuter* nach Santa Cruz.“ Er unterdrückte die aufkommende Begeisterung mit einem strengen Blick und einer Handbewegung. „Ich muß noch etwas hinzufügen, das euch ganz besonders angeht. Euer Vetter, Steve Lederer, wird den Sommer hier bei uns verbringen. Er wird rechtzeitig eintreffen, um an dem Ausflug teilzunehmen.“

„Unser Vetter?“ sagte Jer. „Ich wußte nicht, daß wir einen Vetter haben.“

Ich auch nicht, dachte Bitterbaum. Aber obgleich er etwas in dieser Art erwartet hatte, schloß die Ankündigung endgültig die Möglichkeit aus, Kellogg doch noch zu überreden, daß er das Projekt in der bisherigen Form aufgebe. Bitterbaum, der sich bis jetzt an diese Möglichkeit geklammert hatte, war schmerzlich berührt. Andererseits war die Idee, den Jungen als einen Vetter auszugeben, ein Geniestreich gewesen; sie gab Steve Lederer von Anfang an den Status eines Familienmitglieds.

„Wie alt ist er?“ wollte Jer wissen.

„Also ein Cousin“, sagte Vickie. „Zu dumm, daß es keine Cousine ist.“

„Wir haben hier schon zu viele Mädchen“, erklärte Josh.

9

Der Kotillon war ein Ereignis, das allwöchentlich in der Turnhalle der Gemeindeschule von Unserer Lieben Frau in Malibu stattfand.

„Ich weiß nicht, warum wir zu diesen albernen Veranstaltungen gehen müssen“, beklagte sich Josh. „Seit dem Mittelalter tanzt kein Mensch mehr in Ballsälen.“

„Du mußt gesellschaftliche Tugenden entwickeln, mein Junge“, erklärte ihm Jer in einem fast gelungenen Versuch, G. K. Kellogg zu imitieren.

Josh konnte nicht darüber lachen.

Lefty gesellte sich nach einem angedeuteten Kopfnicken in seine Richtung zu Victoria. Im Ballkleid sah sie in einer verwirrenden Art und Weise feingliedrig und anmutig aus. Er konnte es nicht fassen, daß er dieses bezaubernde Gesicht geküßt hatte.

Sie benahm sich auch nicht so, als ob sie sich daran erinnerte, aber was sie zu Vickie sagte, war offensichtlich ungeheuer erheiternd. Konnte es sein, daß sie über ihn redete? Daß sie Vickie alles erzählte? Lachten sie darum? Er fühlte, wie er errötete.

Warum nahm er an einem derart albernen Pubertätsritus teil? Er war ebensosehr ein Gefangener seiner Kultur wie die Tuareg der Sahara Gefangene ihrer Kultur waren. Bloß hatten die Tuareg keine blödsinnigen Partnertänze mit Anstandsdamen.

Die Mädchen kicherten miteinander und ignorierten sie allzu betont. Mrs. Lindstrum nickte dem Pianisten zu, und die ersten Takte erklangen. Josh mied Lefty – Leticia, dachte er naserümpfend – und forderte ein anderes Mädchen auf. Danach wurde es unmöglich, sie zum Tanz zu bitten. Nun würde er nie herausbringen, was es mit dieser angeblichen Ähnlichkeit auf sich hatte. Die Episode belastete ihn.

Als es zur Damenwahl kam, stand sie vor ihm. „He“, sagte sie.

„Selber he.“

„Erinnerst du dich, wie wir jeden Abend um neun dieses Experiment mit Telepathie machten? Ich dachte, du wärst wirklich eingestimmt, aber das ist nicht wahr. Den ganzen Abend schon habe ich dir mit meinem Willen zu verstehen gegeben, daß du mit mir tanzen sollst."

Er legte den Arm um sie. Es war ein Foxtrott, und Mrs. Lindstrum zählte laut mit: „Eins und zwei und eins und zwei . . ."

„Ich dachte, du wärst böse auf mich", sagte er.

„Warum? Weil du mich geküßt hast?"

Es erstaunte ihn, daß Lefty alles ans Licht zerrte.

„Ich mochte es", gestand sie. Dann lachte sie auf. „Was wäre wohl passiert, wenn sich unsere Gebißklammern verhakt hätten?"

Er fand die Vorstellung abstoßend.

„Meine kommen in sechs Monaten runter. Dann kriege ich eine einfache Drahtklammer, die man kaum noch sieht. Und du?"

„Sie reden davon, daß diese nicht reicht."

„Sind deine Zähne wirklich so schief und krumm?"

„Weiß ich nicht. Ich habe sie nie gesehen." Eins und zwei und eins und zwei. „Sag es mir", fing er wieder an.

„Weißt du es nicht? Weißt du es wirklich nicht?"

Er schüttelte den Kopf.

„Also gut. Am Ende dieses Tanzes, wenn ich dich nicht anschauen muß."

„Ist es so schlimm?"

„Es ist überhaupt nicht schlimm. Es ist eigenartig."

Josh kam aus dem Takt, versuchte wieder hineinzukommen und zählte halblaut mit.

„Vickie möchte, daß ich mit euch nach Santa Cruz fahre. Aber ich weiß nicht, was Mutter sagen wird. Sie findet, die Kelloggs hätten eine allzu gute Meinung von sich selbst. Wie zum Beispiel, als ihr den Schah von Persien zum Abendessen bei euch hattet."

„Er ist sehr klein, weißt du, ungefähr so groß wie Vickie."

„Aber er ist der Schah."

Josh nickte. „Er spielt gut Tennis. Vor dem Abendessen spielten wir zwei Sätze, beide Male sechs zu null für ihn. Und das in seinem Alter."

Lefty seufzte ungeduldig und schüttelte den Kopf. „Das meine ich nicht. Die Sache ist die, daß wir nie einen Schah zu Besuch hatten und niemals einer zu uns kommen wird. Das ist der Unterschied zwischen unseren Familien."

„Es kann sein, daß wir nicht wie andere Familien sind", gab Josh zu.

„Es ist so, als ob ihr alle glaubtet, für euch Kelloggs hätte das Schicksal irgendwas Besonderes auf Lager."

„Das ist verrückt." Solche Reden verursachten ihm immer Unbehagen; sie rührten an irgendeine tiefe, nie genauer untersuchte Angst. „Es ist nichts Geheimnisvolles daran. Es ist bloß, daß Vater viel von uns erwartet. Und wir dürfen nie etwas tun, was die Familie in Verruf bringen könnte, denn wir werden alle in den Staatsdienst treten."

„Was bedeutet das? Politik? Friedenskorps? Was?"

„Die Entscheidung liegt bei Jer. Er ist der Älteste."

„Wofür wird er sich deiner Meinung nach entscheiden?"

„Ich weiß nicht."

„Wofür würdest du dich entscheiden, wenn du der Älteste wärst?"

„Vielleicht für den Dienst im Ausland. Für das diplomatische Korps. Ich mag etwas, wo man die Gelegenheit hat, Dinge zu beeinflussen und Leute zusammenzubringen."

„Heute morgen wolltest du noch Reklametafeln absägen."

„Es kommt darauf an, daß man sich nicht allzu früh festlegt, weißt du. Ich meine, nicht in einem Maße, daß man vergißt, wer man ist."

„Und wer bist du, Josua Francis Kellogg?" Die grünen Räder ihrer Augen warfen es ihm als eine Herausforderung hin.

„Ich. Das ist alles, was man hat und worauf man sich verlassen kann, aber die Leute vergessen es immer wieder." In seinem ernsten Bemühen, diesem Mädchen ein Stück von seiner Überzeugung mitzuteilen, geriet er erneut aus dem Takt, trat ihr auf den Fuß und verging vor Scham und Verlegenheit. Bis er bemerkte, daß sie ihn mit einem besonderen Blick ansah, einem geheimen und vertraulichen Blick, der durch die augenblickliche Tölpelei hindurch die großen, gestaltlosen und unerreichbaren Ideale sah.

Die Musik hörte auf, und sie wisperte ihm heftig und rasch ins Ohr: „Wie würde es dir gefallen, Präsident zu sein?"

„Was?"

Lachend lief sie davon. „Denk es dir selbst aus, du Dummer."

10

JOSH sah seinen Vetter Steve aus dem Kombiwagen steigen. Onkel Thor war beauftragt worden, ihn zu holen. Josh beäugte den Neuankömmling mit feindseligen Empfindungen. Steve war groß für einen Fünfzehnjährigen, größer als Jer. Er sah auch gut aus, mit einem beweglichen, spitzbübischen Lächeln. Er lachte über irgendeine Bemerkung von Onkel Thor und gab sich völlig zwanglos. Josh ärgerte sich sofort über ihn, nicht aus eigener Empfindlichkeit, sondern Jer zuliebe.

Jer war von Natur aus nicht zum Athleten geschaffen; er besaß weder Koordination noch Siegeswillen. Und in jüngster Zeit hatte Josh ihn des öfteren gewinnen lassen oder ihm Punkte zugesprochen, wenn sie strittig waren. Dies war gegen den Ehrenkodex der Familie, die alte Losung vom Gewinnen, aber es störte ihn, daß Jer ständig unterliegen sollte, besonders wenn auf den ersten Platz soviel Wert gelegt wurde. Vetter Steve schien nicht der Typ zu sein, der auf irgendwen Rücksicht nahm; und Josh gelobte, ihn während des Sommers in jedem Wettspiel zu schlagen.

„Hallo", sagte er kurz.

Steve betrachtete ihn interessiert. Er zeigte die gleiche Reaktion wie so viele Leute. „He, kennen wir uns?"

Es war eine Reaktion, die Josh immer wieder verdroß. Da Lefty ihn wegen der Ähnlichkeit weiterhin neckte, betrachtete er sich häufiger als sonst im Spiegel. Er sah nichts als einen ungekämmten Haarschopf und einen Mundvoll entstellender Silberklammern. Er konnte nichts an sich finden und hatte keine Vorstellung davon, wem er eigentlich ähnelte. Aber da war es wieder, dieses entnervende halbe Wiedererkennen.

„Du könntest Steve sein Zimmer zeigen", schlug Onkel Thor vor.

„Wenn keiner was dagegen hat, würde ich mich vorher lieber ein wenig umsehen", sagte Steve ohne alle Verlegenheit. „Was für ein Haus, wie ein Hotel! Und dieser Blick auf den Ozean!"

Josh machte eine einladende Handbewegung zu den Tennisplätzen. „Wollen wir vor dem Mittagessen noch einen Satz spielen?"

„Ich spiele kein Tennis", erwiderte Steve. „Aber ich würde es diesen Sommer gern lernen."

Josh war nicht wenig überrascht; er hatte geglaubt, jedermann spiele Tennis.

„Aber wir können ein bißchen Tischtennis spielen", sagte Steve, als er die Platte sah.

„Klar." Josh sagte es mit betonter Gleichgültigkeit, um sein Vergnügen zu verbergen. In der Familie war er der unangefochtene Tischtennismeister. Die anderen weigerten sich, mehr als nur ein paar Schlagwechsel mit ihm zu spielen.

Sie gingen zur Tischtennisplatte und versahen sich mit Schlägern. Zuerst spielten sie um den ersten Aufschlag. Josh schickte seinem Vetter einen flachen angeschnittenen Ball hinüber. Er kam noch flacher zurück, streifte fast das Netz. Beim nächsten Schlag zielte er in die linke Ecke, doch auch das brachte Steve nicht aus der Fassung. In seinem Bemühen, den anderen auszumanövrieren, schlug Josh den Ball ins Netz. Steve hatte den Aufschlag.

Wie sich zeigte, war Steve selbst ein gemeiner Angriffsspieler. Sie kämpften sich Punkt für Punkt durch das Spiel. Die Mädchen kamen und sahen zu, dann erschien auch Jer. Ihre Eltern unterbrachen einen Spaziergang, um zuzusehen. Josh ließ mehrere Aufschläge hintereinander los, die Steve zwangen, von der Platte zurückzuweichen; der Abstand zwischen ihm und der Kante betrug mehr als einen Meter. Dann schlug Josh einen flachen Ball knapp über das Netz, und Steve stürzte vorwärts, um ihn zu erwischen.

Josh, der kein Rückspiel mehr erwartet hatte, verlor den entscheidenden Punkt, und das Spiel ging an Steve. Alle umdrängten ihn. Es war die vollkommene Aufnahmezeremonie in die Sippe. Vater schlug ihm auf den Rücken; Mutter beglückwünschte ihn; Vickie stellte fest, daß sie sich auf den ersten Blick verliebt hatte; Jer und Ann schilderten einander begeistert die interessanten Spielsituationen.

Josh stand außerhalb dieses magischen Kreises. Er haßte diese nachträglichen Erörterungen, selbst wenn er gewonnen hätte. Seine Fehler auch noch analysiert zu hören war ihm jedoch unerträglich. Er fand, daß er Steve haßte, obgleich ihm bewußt war, daß Steves Verbrechen allein darin bestand, daß er ihn in einem fairen Wettkampf besiegt hatte.

„Du bist in Ordnung, Josh", sagte Steve und streckte die Hand aus, um ihn mit dieser Geste in die Gruppe zu ziehen.

Josh tat, als sehe er die Bewegung nicht, bückte sich und hob einen der Bälle vom Boden auf. Onkel Thor beobachtete sein Verhalten mit nachdenklicher Miene. Er sah Josh von den anderen fortgehen und im Haus verschwinden.

Zum Mittagessen erschien Josh beinahe fünf Minuten verspätet. Er hoffte, daß sein Vater nichts sagen würde, doch G. K. Kellogg wies ihn vor den anderen zurecht, ehe er ihn aufforderte, sich zu setzen. Alle waren am Mittagstisch um einen Platz nach unten gerückt.

Das Tischgespräch drehte sich um die Frage, welche Ausrüstungen und Vorräte auf die Campingexpedition mitgenommen werden sollten. Dieser Ausflug, auf den er sich so gefreut hatte, hatte für Josh mit einemmal jeden Reiz verloren.

Nach dem Mittagessen belegten die Mädchen und Jer ihren Vetter für eine Segelfahrt mit Beschlag. Lefty erschien auf ihrem Fahrrad und wurde auch eingeladen. Ungeachtet der Tatsache, daß sie gekommen war, seinen Schecken zu reiten, erklärte Lefty, daß sie gern mit ihnen segeln würde.

Josh murmelte, daß er für die Semesterarbeit in der Schule noch etwas lesen müsse. Niemand versuchte ihn davon abzubringen und zur Teilnahme zu überreden. Er fühlte sich ausgestoßen. Er hatte versucht, Jer zu schützen, aber dieser, weit davon entfernt, sich bedroht zu fühlen, hieß den Neuankömmling willkommen und zeigte sich wie die anderen empfänglich für seinen Unternehmungsgeist und seine gute Laune. Als Josh ins Haus ging, sah er die anderen mit ihren Badetüchern zum Ufer hinunterlaufen.

Wer hätte gedacht, daß Lefty ihre Verabredung so bereitwillig vergessen würde? Am meisten aber wurmte ihn, daß Steve da war und daß man ihn so großmütig in die Familie aufgenommen hatte. Wie edel von Vetter Steve, dem Außenseiter, ihm die Hand zu reichen und ihn in den Mittelpunkt des Geschehens zurückzuholen!

EINE Kaimauer, eine Anlegebrücke, wo Kutter und Boote lagen und ölige Regenbogenlachen im Wasser schwammen. Es gab so viel Ungewöhnliches zu sehen und zu verarbeiten, daß Josh sich nicht an Einzelheiten wie aufgeweichtem Teer, trocknenden

Netzen, toten Fischen, treibendem Unrat und den Gischtspritzern am Ende der Landungsbrücke festklammern mochte und lieber die Neuartigkeit eines jeden Atemzugs genoß.

Ihr Vater bezeichnete die am Kai vertäuten Boote als alte Kähne. Es waren schwerfällige, stabile, vom Wetter und dem Gebrauch vieler Jahre abgenutzte Boote, die Decks voller aufgeschossener Taue, Winschen, Netze und Fischkästen, mit rostigen Ankerketten und geteerten Bordwänden, an denen schmutziges Hafenwasser schwappte. Man sah, daß diese Fahrzeuge benutzt wurden, um den Lebensunterhalt zu verdienen.

Sie konnten nicht die ganze Campingausrüstung an Bord des *Freibeuters* unterbringen, also hatte G. K. einen von den kleineren Kuttern gemietet. Josh entschloß sich, die Reise an Bord der *Möwe* zu unternehmen. Lefty überraschte mit der Erklärung, auch sie wolle die Überfahrt auf dem Kutter machen. Sie schenkte ihm ein warmes, offenes Lächeln, und seine Laune besserte sich. Er hatte nicht nur ein Abenteuer vor sich, sondern auch jemanden, der es mit ihm teilte.

Der *Freibeuter* legte zuerst ab, und der frische Seewind füllte die Segel. Sie sahen der Segeljacht nach, bis sie die Hafeneinfahrt passiert hatte. Dann war die *Möwe* an der Reihe. Der Dieselmotor sprang nach mehreren Versuchen an, und man konnte sein Vibrieren durch die Decksplanken spüren. Sie legten ab. Josh und Lefty beugten sich über die Heckreling und betrachteten das brodelnde, von der Schraube aufgewühlte Wasser. Haarsträhnen lösten sich aus Leftys Pferdeschwanz und wehten ihr ins Gesicht.

„Dein Vetter Steve ist wirklich nett", sagte sie.

„Mmh."

„Warum magst du ihn nicht?"

„Wie kommst du auf die Idee? Warum sollte ich ihn nicht mögen?"

Sie ging nicht darauf ein. „Ach, Josh, ich möchte gern ein paar schöne Tage haben. Es soll der Höhepunkt dieser Ferien sein. Also sei mir nicht böse, ja? Ich hatte nicht vergessen, daß wir ausreiten wollten. Aber ich wollte auch deinen Vetter kennenlernen. Außerdem dachte ich, daß du mitkommen würdest. Alle dachten das."

„Schon gut", sagte er.

Sie holte tief Atem und seufzte, als sie die Luft wieder ausstieß. „Jetzt vergebe ich dir."

„Was?" fragte er gereizt.

„Daß ihr den Schah von Persien und Kongreßabgeordnete und Botschafter und solche Leute zu Gast habt. Was macht ihr, wenn solche bekannten Leute bei euch sind?"

„Meistens sehen wir Kinder sie nur bei den Mahlzeiten. Aber manchmal spielen wir Monopoly oder Zwanzig Fragen."

„Vickie erzählte mir, Cindy habe ihre Orangenlimonade über Senator Hartnells Frau geschüttet."

Josh grinste. „Das stimmt."

Sie gingen unter Deck und besahen sich die Seekarten des Küstengebiets. Sie zeigten Einzelheiten der vorgelagerten Inseln, Riffe, natürliche Häfen, Sandbänke und Wassertiefen. Josh und Lefty bewunderten die stabile Seetüchtigkeit der Bordeinrichtung. An der Kajütwand war ein Barometer befestigt, und von einem der Deckenbalken baumelte eine Petroleumlampe. Auch hier roch alles nach Fisch, und in der Enge des geschlossenen Raums war der Geruch unangenehmer als im Freien. Sie rannten wieder an Deck und zum Ruderhaus, wo der Kapitän sie ans Steuerrad ließ. Josh hatte sich viel mit Navigation beschäftigt und konnte der Versuchung nicht widerstehen, mit trigonometrischen Kenntnissen anzugeben.

Lefty zeigte nach vorn. „Wir brauchen deine Berechnungen nicht, Josh, nicht mal einen Kompaß. Santa Cruz liegt direkt voraus."

Der frische Wind hatte dem *Freibeuter* einen guten Vorsprung verschafft, und als sie in die Inselbucht einliefen, sahen sie die Jacht mit eingeholten Segeln in Ufernähe ankern. Eine Gruppe war bereits an Land gegangen.

Vor der Küste lagen verstreut Riffe, als ob ein Riesenkind Steine in die See geworfen hätte. Seehunde sonnten sich auf teilweise überfluteten Felsen, an denen sich Wellen brachen und in ungezählten Rinnsalen abliefen. Die Tiere zeigten eher Neugierde als Angst, hoben die Köpfe und beobachteten aus großen, feuchten Augen den vorbeilaufenden Kutter. „Ist es wirklich wahr, daß sie Menschen vor Haien schützen?" wollte Lefty wissen.

„Ich würde mich nicht darauf verlassen", meinte Josh.

Der *Freibeuter* feuerte einen Salut mit Knallfröschen, als sie in die Bucht einliefen, und die Gruppe am Ufer winkte und schrie.

Nach dem Plan wollten sie auf der Insel bleiben, bis der Proviant verzehrt war, um dann alle mit der Segeljacht, die um den Lebensmittelvorrat erleichtert wäre, zurückzukehren. Die Mädchen sollten an Bord schlafen, während die Jungen am Strand kampieren mußten. Josh half beim Verstauen der Ausrüstung im Beiboot, und nachdem alles verladen war, wendete die *Möwe* in der Bucht und trat die Rückreise an. Josh, der bis zuletzt an Bord geblieben war, legte eine Tauchermaske an und sprang über das Heck ins schäumende, brodelnde Wasser.

Es war kalt und klar, und sofort fühlte er sich als ein Teil davon. Er tauchte tief und fühlte das Wasser vorübergleiten und zurückbleiben. Zuerst sah er die Fische nicht. Sie schwammen in Schulen und umschwärmten unterseeische Felsen und treibenden Seetang. Als er näher kam, begann er Farben und Formen zu unterscheiden, schmale blaue Fische mit gelben Streifen über Rücken und Bauch, und eine langgestreckte silbergraue Art, die unbesorgt seine Bahn kreuzte. In der Nähe der Felsen stieß er auf ein dunkelbraun gestreiftes Tier mit vorquellenden Augen und einer stachligen Rückenflosse, das ihn neugierig anstarrte und im letzten Augenblick auswich. Eine große, durchscheinende Qualle, die meterlange Fangarme nachzog, schwebte majestätisch vorüber.

Welten in Welten. Unter ihm schwarzes Lavagestein, geschmolzene und wieder erstarrte Glut, bewachsen mit wehendem Seegras und Tangwäldern, bewohnt von ungezählten Tieren verschiedenster Art. Wir kennen nur die Kruste, dachte er, nur die Haut. Und er hielt es für wahrscheinlich, daß die Menschen auch von anderen Dingen nicht mehr wußten. Er drehte sich auf den Rücken und blinzelte hinauf zu den funkelnden Brillanten gefangener Sonnenstrahlen an der Oberfläche.

Aufsteigend, geriet er in den Sog der Dünung, die ihn wie ein Stück Treibholz rollte und aufwärts hob und wieder zurückzog. Diese Tiefen, in denen er spielte, hatten Menschen und Schiffe verschlungen und Stürme ausgebrütet; sie hatten stromlinienförmige Körper genährt, die auf der Suche nach Beute umherstreiften. Er dachte an diese Dinge, weil ein schmerzhafter Krampf sein linkes Bein von der Hüfte bis zu den Knöcheln bewegungsunfähig machte. Zum Glück war er dem Ufer und der Oberfläche nahe, und so ließ er sich an den Strand spülen. Zu seiner Linken schlug die Brandung gegen schwarzglänzenden Fels und ergoß sich schäumend in Spalten und Höhlungen. Josh stand auf und wankte durch das ablaufende Wasser den Strand hinauf. Onkel Thor warf ihm ein Handtuch und einen Pullover zu. Cindy bewarf ihn mit Sand.

Die anderen hatten eine Feuergrube ausgehoben und in Aluminiumfolie gewickelte Maiskolben und Kartoffeln unter der Glut vergraben. Die Steaks, die über dem offenen Feuer gebraten wurden, sahen bereits appetitlich aus, und wer seins gern halb gar aß, nahm sich einen Pappteller und kam zum Feuer. Mutter verteilte gemischten Salat, und die Mahlzeit begann.

Der feine weiße Sandstrand der Bucht, da und dort von Felsen unterbrochen, war auf der Landseite von steilen, abweisenden Felsen eingeschlossen, deren flankierende Bastionen zu beiden Seiten der Bucht von der See ausgehöhlt und rundgeschliffen waren. Das Wetter war ruhig und mild, der Mond ging auf und war weiß und nah. Ein warmes, zufriedenes Gefühl von Geborgenheit breitete sich aus. Eine Familie, die sich der Gemeinsamkeit erfreute.

Keiner von ihnen fand es seltsam, daß das Überleben für die Kelloggs aus Steak, Hummer und frischer Ananas bestand. Thor Bitterbaum lächelte vor sich hin. Seine einzige Sorge war, daß Josh sich möglicherweise erkältet hatte. Er war immer noch in seiner nassen Badehose, hatte aber den Pullover übergezogen.

11

G. K. SCHLIEF mit den Mädchen und Lynn an Bord. Die Gruppe, die in Schlafsäcken um das Feuer lag, bestand aus Onkel Thor, Jer, Josh und Steve. Sie plagten Onkel Thor, daß er ihnen Geschichten von Operationen erzähle, bei denen Chirurgen versehentlich Gegenstände wie Scheren oder Gummihandschuhe in den geöffneten Leibern der Operierten zurückgelassen hatten.

Josh mochte das Feuer, die Wärme auf einer Seite seines Gesichts und die kalte, sternenklare Nacht auf der anderen. Selbst

das mit seinem Bein schien jetzt in Ordnung. Er war während des Tages auf dem Schlachtfeld verwundet worden, und bei Anbruch der Nacht waren er und seine Truppen – er kam nicht mehr dazu, das Garn zu Ende zu spinnen, denn der Schlaf überkam ihn und nahm ihn mit, ein Ozean von einer anderen Dimension, in dem er dunkle Räume durchwanderte und frei dahinschwebte.

Er roch den Duft von gebratenem Speck mit Eiern, hörte die Stimmen der Mädchen und lag eine Weile mit geschlossenen Augen, um es zu genießen. Onkel Thor buk Pfannkuchen, die seiner Ansicht nach mit saurer Sahne gegessen werden sollten. Die übereinstimmende Meinung der anderen war: nicht, wenn es Ahornsirup gab. Seine Mutter drohte, ihn mit dem Schlafsack einzurollen, wenn er nicht herauskröche. Seine Mutter küßte ihn nicht mehr, seit er dreizehn geworden war, aber es gab besondere Augenblicke zwischen ihnen, wie jetzt, als sie mit der Hand zärtlich durch sein Wuschelhaar fuhr und ihm den Kopf hin und her zog.

Er lächelte zu ihr auf. Sie war ein Mensch, der Trübsinn oder Niedergeschlagenheit nicht duldete. Sie verbannte solche Regungen ebenso aus ihrem eigenen Leben wie aus dem ihrer Kinder. Selbst Krankheit wurde nicht akzeptiert. Sie glaubte an Gesundheit, Aktivität und die schiere Willenskraft. Als er aus dem Schlafsack kroch und aufstand, versuchte Josh nicht zu hinken, obwohl er sofort fühlte, daß mit dem linken Bein etwas nicht stimmte. Er konnte sich nicht denken, was die Ursache der Verletzung sein mochte. Vielleicht rührte der Schmerz von einem Sturz beim Fußballspiel her, oder er hatte sich beim Tennis eine Sehnenzerrung zugezogen.

Er ging zur Feuerstelle, füllte seinen Teller und sagte nichts. Mutter bestand darauf, daß sie erst eine volle Stunde nach dem Essen schwimmen gingen, also gruben die Jungen Tunnels in den Sand, ein tiefes, kompliziertes Labyrinth, in das man den ganzen Arm stecken und anderen krabbelnden Fingern begegnen konnte. Sie überredeten Ellen, ihre älteste Schwester, mit ihnen zu spielen. Sie lachte wie die anderen, als ihre Finger unten in der Röhre mit denen der Geschwister zusammentrafen. Dann unternahmen sie mit Lynn einen Spaziergang am Strand, um die Gehäuse von Muscheln und Meerschnecken zu sammeln. Alle besonders schönen oder seltenen Muscheln wurden ihr gebracht; selbst Cindy gab ihre Fundstücke her. Ellen hatte Freude am Sammeln. Zu Haus waren es Knöpfe.

Die Jungen wurden unruhig. Sie begruben Cindy bis zum Kinn im Sand und überzeugten ihre Mutter, daß ein Wasserkampf nicht das gleiche sei wie Schwimmen. Jeder nahm ein Mädchen auf die Schultern und versuchte die anderen Pferde und Reiter aus dem Gleichgewicht zu bringen, was zu viel Gequietsche und Geplatsche führte. Da dies alles in brusttiefem Wasser stattfand, konnte niemand sehen, daß Josh sein linkes Bein schonte. Es gelang ihm sogar, Vickie und Steve aus dem Gleichgewicht zu bringen und ins Wasser zu werfen, bevor er von Jer untergetaucht wurde.

Dann war die Stunde um, und sie setzten ein Wettschwimmen zu dem großen Felsen an, der etwa zweihundert Meter entfernt am Ausgang der Bucht aus dem Wasser ragte. Sie waren alle drei kräftige Schwimmer, und alle sagten ein Kopf-an-Kopf-Rennen voraus. Josh hoffte, daß ihm das Bein keine Schwierigkeiten machen würde. Er schwamm ruhig und gleichmäßig, und als sie den Felsen vor sich hatten, lagen er und Jer noch immer auf gleicher Höhe. Aber Steve hatte bereits eine halbe Körperlänge Vorsprung und zog langsam davon.

Er wird mich abhängen, dachte Josh. Und es hat nichts mit meinem Bein zu tun; er ist einfach ausdauernder. Steve schlug am Felsen an, wendete mit einer Rolle und nahm die zweite Hälfte der Strecke in Angriff. Josh gab nicht auf; er hoffte, daß Steve sein gegenwärtiges Tempo nicht würde halten können. Dann geschah etwas. Er hatte das Gesicht im Wasser, als er es sah, aber er mußte trotzdem lachen.

Steve verlor seine Badehose. Der Knoten war aufgegangen, und nun rutschte sie und behinderte seine Beinbewegungen. Steve versuchte sein Mißgeschick zu ignorieren, aber nach drei weiteren Stößen hatte er die Badehose um die Knöchel und mußte haltmachen, um sie wieder hochzuziehen. Josh zog an ihm vorbei und erreichte als erster den Strand, gefolgt von den beiden anderen.

„Gut gemacht, Josh!"

„Ich wußte, daß du gewinnen würdest, ich wußte es!" schrie Cindy und sprang vor Begeisterung auf und nieder.

Josh blickte zu Lefty hinüber. Sie warf ihr sonnengestreiftes

Haar zurück und lächelte. Ich sollte es ihnen sagen, dachte er. Warum warten, bis Steve kommt und es sagt?

Aber er brachte es nicht über sich. Untätig sah er zu, wie Steve aus dem Wasser kam und sich zu ihnen gesellte. Doch statt von seinem Mißgeschick zu erzählen, ergriff er Joshs Hand, beglückwünschte ihn und lobte seine Kraft und Ausdauer. Er wollte ihm seinen Sieg lassen.

Das konnte Josh nicht annehmen. Plötzlich war er imstande, die Geschichte zu erzählen. Steve lachte mit den anderen, warf ihm jedoch einen langen Blick zu, als habe er ihn erst jetzt richtig kennengelernt. Später kam er zu ihm her und fragte ihn, ob er Lust habe, mit dem Dingi hinauszufahren. Josh schüttelte den Kopf.

„Ach, laß uns doch", sagte Lefty. „Wir können vom Dingi aus tauchen. Komm schon, Josh."

Onkel Thor half ihnen, das Dingi durch die Brandung zu schieben, und sprang im letzten Augenblick selbst mit hinein.

Dann setzte er sich an die Riemen, während die Jugendlichen ihre Taucherausrüstung überprüften.

„Wir verwenden das Boot als Stützpunkt", sagte Steve zu den anderen, „also kein Langstreckenschwimmen. In Ordnung?"

Er gibt Befehle, dachte Josh, als ob er hier das Sagen hätte. Jer wurde abgehängt, seine Stellung als Ältester untergraben, aber Steves Anmaßungen bedeuteten ihm offenbar nichts.

Warum sollte mir daran liegen, wenn es ihn nicht kümmert? fragte sich Josh. Aber es war keine Frage des Verstandes. Steve hatte sich als anständiger Kerl erwiesen. Darum ging es nicht. Es ging darum, daß es einen älteren Bruder gab, und das war Jer, und ihm kam demgemäß der erste Platz zu. Und Josh hatte dafür zu sorgen, daß Jer diesen Platz behielt, so oder so. Jer mochte es gleichgültig sein, aber er legte Wert darauf.

Lefty warf ihm einige forschende Blicke zu. Sie hatte sich das Gesicht mit Fettcreme beschmiert, und ihre Sommersprossen glänzten.

Ein gutes Stück jenseits der Brecher warfen sie den Anker über Bord und mußten ungefähr siebzehn Meter Kette hinunterlassen, ehe der Anker Halt fand. Der Meeresboden fiel zur offenen See hin steil ab. Sie hatten sich darauf geeinigt, zuerst ein paar freie Tauchübungen zum Aufwärmen zu machen und dann Hand über

Hand die Kette hinabzuentern und zu sehen, wer am tiefsten käme. Später wollten sie das gleiche Manöver mit Taucherausrüstungen ausführen.

Lefty sprang als erste über Bord, Josh hinterdrein. Sie wartete, um ihn unterzutauchen, wenn er hochkam. Er jagte sie um das Boot, aber sie entkam, indem sie unter dem Kiel durchtauchte.

Kapriolen, dachte Bitterbaum, als er die Ruder einzog und es sich im Boot bequem machte. Er erinnerte sich an Kiplings Beschreibung halbwüchsiger Robben während ihrer kurzen Periode sorgloser Verspieltheit. Er gönnte Josh das Toben und Lachen, sah es als einen Vorrat an, von dem der Junge später zehren könnte, wenn – ja, wenn was käme? Niemand konnte es wissen. Der Junge war gehegt und gepflegt und bis zu diesem Punkt an der Schwelle des Erwachsenenalters geführt worden. Das Fundament war gelegt. Das Charisma war auch diesmal da. Der Charme, der Witz und die rasche Auffassungsgabe, nichts fehlte, was das Original ausgezeichnet hatte. Und unter den entstellenden Gebißklammern war er ein hübscher Junge.

Aber was hielt das Schicksal für diesen Halbwüchsigen bereit, der um das Boot tobte, mit den anderen schrie und lachte und wie ein junger Lachs aus dem Wasser sprang, um gleich wieder darin zu verschwinden? Es gab Zeiten, wo Bitterbaum nicht schlafen konnte und sich zur Beruhigung einreden mußte, daß der Attentäter nicht reproduziert worden war. Er war tot, im Affekt niedergeschossen oder planmäßig aus dem Weg geräumt. Er konnte Josh nicht mehr schaden. Doch Bitterbaums Fantasie fand es nicht schwierig, sich andere gedungene Mörder oder Verrückte vorzustellen. War eine solche Wiederholung der Geschichte überhaupt möglich? Würde Josh eines Tages das Steuer der Regierung in die Hand nehmen? Kellogg glaubte daran, plante dafür, zählte darauf. Doch Bitterbaum hatte seine Zweifel. Vielleicht würde das schriftstellerische Talent diesmal in den Vordergrund treten.

Bitterbaum konnte sich endlosen Spekulationen hingeben. Als alten Junggesellen interessierten ihn nur zwei Dinge: die Medizin und das Schicksal seines Sohnes. So sah er den Jungen – als seinen Sohn. Aber er war vorsichtig und immer bestrebt, solche Empfindungen nicht zu zeigen. Er tat nichts, was seine Position als

Onkel Thor hätte gefährden können. Man konnte sich darauf verlassen, daß der gute alte Onkel Thor bei Fieber und Mißgeschick ebenso aufkreuzte wie an Wochenenden und in den Ferien. Lynn allein ahnte etwas vom wahren Umfang seiner Anhänglichkeit.

G. K. saß am Steuer und bestimmte die Richtung. Er selbst hatte es so gewollt. Nichtsdestoweniger setzte Bitterbaum nicht zuviel voraus und enthielt sich aller anbiedernden Vertraulichkeit. Kellogg wußte, daß er den Jungen gern hatte, aber er hatte keine Ahnung, was Josh ihm bedeutete. Und so sollte es bleiben, wenn es nach Bitterbaum ging. Bei Lynn bedurfte es nicht dieser Vorsicht. Sie verehrte ihren zweiten Sohn, und wenn er eine Trophäe gewann oder auf der Tennisleiter eine Sprosse weiterkam, rief sie Bitterbaum an, um es ihm zu sagen. Jahrelang spielte er mit dem Gedanken, daß er sich in sie verlieben könnte, und nicht ohne ein gewisses Widerstreben beugte er sich immer wieder der Vernunft und entschied, daß die Gemeinsamkeit ihrer Interessen auf dem Jungen und seinem Wohlergehen beruhte.

Kelloggs Einstellung war nüchterner. Die Leitung des Konzerns und seine finanziellen Transaktionen nahmen den größten Teil seiner Zeit in Anspruch. Er war häufig abwesend. Wie er persönlich zu Josh stand, war schwierig zu bestimmen. Er stellte hohe Anforderungen an den Jungen, und auf lange Sicht erwartete er, daß seine Investition Gewinn abwerfen würde. Steves Anwesenheit war ein Beweis dafür, daß es Bitterbaum nicht gelungen war, G. K. vom – gegen alle vernünftige Erwartung – bereits sichtbaren Erfolg ihres Experiments zu überzeugen. Kellogg sah die Dinge anders.

Und je älter der Junge wurde, desto häufiger fühlte sich Bitterbaum von Ängsten, Zweifeln und Befürchtungen gepeinigt. Diese Gefühle waren ihrer Natur nach freischwebend; er hatte nichts, woran er sie hätte festmachen können. Noch nicht. Noch tanzte die Sonne auf dem spiegelnden Wasser, und die jungen Robben verschwanden unter der Oberfläche.

Lefty kam als erste wieder nach oben. Sie stieß die Tauchmaske zurück und lachte und schnaufte. „Wie können sie bloß so lange unten bleiben?"

Als nächster tauchte Jer auf. „Siebenunddreißig Griffe", verkündete er keuchend.

„Siebenunddreißig", wiederholte Bitterbaum nachdenklich. Er begann sich Sorgen zu machen.

Lefty schob ihre Maske wieder vors Gesicht und spähte hinab.

Bei vierzig Griffen kam Josh an Steve vorbei, der aufwärts zeigte. Noch fünf, sagte sich Josh. Seine Ohren dröhnten vom Wasserdruck, aber das kannte er von früheren Tieftauchversuchen. Er zog sich an der Kette eine Spanne tiefer, als der krampfartige Schmerz mit unerträglicher Heftigkeit durch sein linkes Bein schoß. Er krümmte sich und ergriff das Bein mit beiden Händen. Mein Gott, dachte er, ich werde es nie schaffen.

Er war sich plötzlich nicht mehr sicher, welche Richtung oben war. Während er sein Bein umklammert hielt, beschrieb er mehrere Überschläge. Da war die Ankerkette, und er konnte ihr in zwei Richtungen folgen.

Oben müßte das Wasser heller sein. Er versuchte es auszumachen, aber die Schmerzen hinderten ihn daran. Sein ganzer Körper zog sich im Krampf wie ein Ball zusammen. Er versuchte die Arme zu lösen, Schwimmbewegungen zu machen, konnte aber den Schmerz nicht loslassen. Er hielt das Bein in einem Griff, den nichts lösen konnte.

Der Druck in den Schläfen und hinter den Augen wurde immer stärker. In ein paar Sekunden würde er Nase, Mund und Lungen öffnen müssen. Sein Körper sagte ihm, daß er atmen und leben würde, wenn er es täte. Der Verstand sagte ihm, daß der Ozean in seinen Körper eindringen und das Leben hinausschwemmen würde.

Bevor er nach Luft schnappen und das Wasser einlassen mußte, kam die Panik. Er arbeitete sich mit unkoordinierten, zappelnden Bewegungen die Kette entlang, aufwärts oder abwärts, er wußte es nicht. Er wußte aber, daß es zu spät war. Die Erkenntnis seines Todes kam ihm in einem blendenden, kalten, alles einhüllenden Licht, das seine Sinne auslöschte. Es war aus. Seine berstende Lunge inhalierte, und der Tod ergoß sich in ihn. Es gab keine Luft mehr in ihm, nur Wasser. Es rauschte in seine Lunge, eine Flutwelle, die auch seinen Magen erreichte. Wir müssen den Tod ertragen, wir müssen es aushalten. Jedem Menschen ist es beschieden, einmal zu sterben. Aber warum er? Heute? Während die Sonne sich in der bewegten Wasseroberfläche spiegelte und sein

Bruder und Steve und Lefty und Onkel Thor dort oben waren. Vater und Mutter saßen am Strand, und bald mußte das Mittagessen bereitet sein.

Wie kann man sterben, wenn es Zeit zum Mittagessen ist und die Sonne scheint? Und wenn man überhaupt nicht krank gewesen ist? Der Krampf wurde zu seinem Mittelpunkt; sein Körper verwandelte sich in einen Knäuel von Schmerzen, und die Schmerzen preßten ihn in eine neue Form. Das vergangene Leben zog nicht an seinen Augen vorbei. Das war nicht die Art und Weise, wie es geschah.

Sein Inneres ging eine tödliche Verbindung mit dem Seewasser ein. Er war am Ertrinken. Jede Körperzelle expandierte, verlangte nach Luft. Aber Wasser blockierte die Zuleitungen, alle Körperöffnungen waren erbarmungslos verstopft. Der Druck dehnte sich aus, würde ihn zerreißen. Das schreckliche Licht erreichte eine neue Intensität. Sie durchbohrte sein Bewußtsein und saugte es ab.

Bewegung. Zupackende, drehende Bewegung. Er hustete und würgte an einem Luftstrom. Er wußte, daß Steve ihn hatte, doch war er sich keines Menschen in seiner Nähe bewußt. Da war nur die Luft, die ihn irgendwie erreichte, Übelkeit verursachte und ihn zum Einatmen zwang, wo schon alle Funktionen aufhören wollten, aufgehört hatten.

Steve hielt die Atemmaske über Joshs Nase und Mund, paßte auf, daß er einatmete, und hielt sie dann sich selbst vors Gesicht, um einen Atemzug zu tun, der sie weiterbringen würde. Josh hing wie ein totes Gewicht an ihm, beide Arme um sein linkes Bein geklammert, unfähig, mitzuarbeiten und die Kette zu ergreifen. Steve fürchtete, er könne ihn zu rasch an die Oberfläche bringen, und so trat er immer wieder Wasser, gab Josh die Atemmaske und beobachtete ängstlich das Gesicht nach Anzeichen von Bewußtsein. Es drängte ihn, in einem Zug zur Oberfläche aufzusteigen, doch wußte er, daß er es nicht durfte.

Die einzige Chance, Josh zu retten, lag in einem langsamen, stufenweisen Emporsteigen, um den Druck auszugleichen. Angst machte die Anstrengung zur Qual, die Verantwortung für ein Leben erfüllte ihn mit Entsetzen. Hier unten konnte er nichts feststellen. Erst an der Oberfläche würde es sich zeigen. Leben oder Tod, dann würde er es wissen.

Die Panik verging, und das Rettungsmanöver wurde zu etwas Mechanischem, das man durchstehen mußte, um zu erfahren, ob man gewonnen oder verloren hatte. Gewonnen oder verloren: Diese Begriffe hatten bei den Kelloggs eine ungeheure, eine unmenschliche Bedeutung.

Wieder stieß er sich ein Stück weiter empor. Bitterbaum war ins Wasser gesprungen und zog sich an der Kette entlang. Er erreichte sie und übernahm den bewußtlosen Josh von Steve. Er stellte das Sauerstoffgerät ein und schnallte es um. So brachten sie das letzte Stück hinter sich, durchbrachen die Oberfläche und zogen Josh ins Boot. Als sie ihm die Maske abzogen, sahen sie, daß sie mit Blut gefüllt war.

Bitterbaum legte Josh mit dem Gesicht nach unten über die Ruderbank und knetete seinen Brustkorb. Ein Schwall Salzwasser ergoß sich aus Mund und Nase.

Bevor er die Augen öffnete, begriff er mit seinem Verstand, was sein Körper irgendwie schon gewußt hatte: Steve hat mich. Es wird gut ausgehen.

12

NACH dem beinahe tödlichen Unglück vor Santa Cruz hatte Josh einen Monat lang Schwierigkeiten mit dem Bein. Bitterbaum diagnostizierte ein Rückenleiden. Was er von Anfang an erwartet hatte, war schließlich aufgetreten. Er behandelte es mit einer Serie von Cortisoninjektionen und hoffte durch diese frühzeitige Behandlung einen operativen Eingriff und das Einsetzen einer Metallscheibe zu vermeiden.

Als der Sommer um war, schien Josh einigermaßen wiederhergestellt und teilte wie zuvor die auf Kampf und Wettbewerb ausgerichtete Lebensweise der Sippe. Bitterbaum beobachtete kein besonderes Verhältnis zwischen Josh und Steve, doch wurde der letztere nun von allen vorbehaltlos akzeptiert. Entscheidungen wurden ihm überlassen, und er traf sie. Josh konkurrierte mit ihm und versuchte immer zu gewinnen, aber wenn er verlor, gab es keinen Groll. Es war nun wie das Verlieren gegen Jer. Solange das Spiel andauerte, waren sie Gegner; danach waren sie Freunde. Es entwickelte sich ein Zusammengehörigkeitsgefühl, das allen offenbar war. Es war keine Frage, daß Steve bleiben würde.

G. K. hatte eine weitere Runde gewonnen.

Bitterbaum fragte sich, ob die Zukunft von diesem Punkt an ebenso unproblematisch gesteuert werden konnte. Künftig würden die drei Jungen mehr als bisher auf sich selbst gestellt sein. Josh wurde ins Choate-College aufgenommen, wo Jer schon im zweiten Jahr studierte und in das auch Steve übergetreten war.

Jer steckte voller Ratschläge, welche Lehrer man meiden mußte, welche Vorlesungen wichtig waren, welches die guten Studentenwohnheime waren. Sie schlossen einen Pakt, sich am College einen Namen zu machen und den Stempel der Kelloggs zu hinterlassen.

Ehe er Gelegenheit hatte, sich an das Collegeleben zu gewöhnen, bekam Josh eine Blinddarmentzündung. Er wurde operiert und zur Erholung nach Haus geschickt.

Onkel Thor drängte ihm Portwein auf, den er bald verabscheute, aber pflichtschuldigst trank. Er begann auch mit einem Geheimprogramm zur Körperertüchtigung und machte Gymnastik und Liegestütze, wenn niemand im Zimmer war.

Trotzdem dauerte es lange, bis er wieder zu Kräften kam. Die älteren Mädchen waren in einem katholischen Mädchencollege, und nur Cindy lebte noch zu Haus. Er hatte sich auf Leftys Gesellschaft gefreut, doch stellte sich heraus, daß ihre Familie verzogen war. Lefty, die den ganzen letzten Sommer über eine so zentrale Rolle in seinem Leben gespielt hatte, war plötzlich daraus verschwunden.

Man wirft einen Stein ins Wasser, und er verschwindet. Und niemand weiß, wohin. So war es mit Lefty. Ihr letztes Zusammentreffen war alltäglich und beiläufig gewesen; was sie getan und gesagt hatten, war absolut unwichtig und unbedeutend gewesen. Er beschloß, ihr zu schreiben. Einen Vormittag verbrachte er mit der mühsamen Konstruktion von Sätzen, die er dann wieder durchstrich. Er wollte ihr sagen, wie ihre Haut und ihre Lippen schmeckten.

Der Brief, den er schließlich abschickte, drückte ziemlich steif und formal die Hoffnung aus, daß sie zurückschreiben werde.

Sie tat es nicht.

Nirgendwo gab es Unterlagen über eine so frühe Beziehung. G. K. überzeugte Bitterbaum, daß es besser sei, den Brief zurückzuhalten, als einen Kurs ins Ungewisse zu riskieren.

Josh wartete auf eine Antwort, aber der Stein war außer Sichtweite niedergefallen. Er zwang sich, ärgerlich zu sein. Mit Ärger konnte er fertig werden.

Onkel Thor zeigte ihm Kartentricks. Sie spielten Schach. Während er seinen jungen Schützling beobachtete, brütete Bitterbaum über der Zukunft. Würde der Erfolg mit diesem Josua andere zur Nachahmung verleiten und eine ganze Armee von Josuas ins Leben rufen? Würden die Reichen und Mächtigen dieser Erde anstelle ihrer Söhne sich selbst zu ihren Nachfolgern machen?

In großem Umfang betrieben, würde dies Stagnation der Erbmasse bedeuten, einen Rückgang der Neugruppierungen und Möglichkeiten. Die gewaltige Reserve potentieller Anpassungsfähigkeit, die der Rasse inhärent war, würde gefährlich verändert. Die Anpassungsfähigkeit selbst, jene Qualität, die den Menschen befähigte, in der Arktis wie am Äquator zu überleben, wäre bedroht, was zugleich bedeutete, daß die Rasse bedroht wäre. McClearn hatte gesagt, daß eine Art, die ihre Variationsfähigkeit verliert, langfristig nicht überleben könne.

Wenn Bitterbaum an Josh dachte, war er erfreut und zufrieden. Aber wenn er die von Josh eröffneten Dimensionen ausweitete, dann ängstigten und erschreckten ihn die Implikationen. Strenge Richtlinien waren vonnöten, wenn die dämonischen Fantasien eines Huxley nicht zu prosaischen Tatsachen werden sollten. José Delgado, der bedeutende Psychologe an der Yale-Universität, hielt den Menschen wie den Dinosaurier für nicht hinreichend intelligent, um in einer sich verändernden Umgebung zu überleben. Und Sinsheimer vom Caltech schien ihm beizupflichten. „Wir Menschen“, schrieb er, „sind Opfer emotionaler Anachronismen, kultureller und gesellschaftlicher Triebkräfte, die für ein Überleben in einer primitiven Vergangenheit wichtig waren, in einem zivilisierten Staat jedoch nicht mehr wünschenswert sind.“

Bitterbaum stimmte dem in wesentlichen Punkten zu; der Mensch mußte seinen Verstand entwickeln und seine Aggressionen beherrschen lernen. Der Schlüssel zu beiden Problemen lag in den DNS-Cistronen. Das Ergebnis könnte ein menschliches Wesen sein, das dem gegenwärtigen Menschen so überlegen wäre wie dieser dem Pithecanthropus. Wenn der Mensch sich andererseits weigerte, nach den Entdeckungen der Biogenetik zu handeln, war es durchaus wahrscheinlich, daß seine geistige Trägheit ihn zerstören würde.

Bevor man die Frage, ob die Menschheit einen optimalen Menschen anstreben sollte, beantwortete, war es notwendig, sich zu vergegenwärtigen, daß jedes zwanzigste Kind mit erkennbaren oder latent vorhandenen genetischen Schäden geboren wurde. Dies stellte eine beträchtliche Zunahme gegenüber früheren Zeiten dar. Bitterbaum fühlte sich an Steiner erinnert: „Meine genetische Struktur wartet im Hinterhalt auf mich."

Umfangreiche Forschungen hatten gezeigt, daß es mehr als zweitausend erbbedingte Krankheiten und Leiden gibt und daß fünfundzwanzig Prozent der Krankenhauspatienten mit erbbedingten Krankheiten eingeliefert werden, Krankheiten, zu denen Sichelzellenanämie und Krebs ebenso gehören wie Herzkrankheiten, Diabetes und seitliche Rückgratverkrümmung. Gentherapie wurde als Alternative zur Abtreibung eingesetzt. Aber enorme Schwierigkeiten bauten sich vor der gezielten Veränderung genetischer Strukturen auf, vor allem wegen der extremen Kompliziertheit der Mikrochirurgie und der polygenen Natur der meisten Defekte. Theoretisch gesehen, war der gegebene Weg die Steuerung des Genotyps vor der Empfängnis. Doch gerade diese Frage warf moralische und ethische Probleme auf, derer sich Bitterbaum nur zu bewußt war.

Da er in einem Haus aufgewachsen war, wo sein Großvater jeden Freitagabend aus der Bibel gelesen hatte, ging ihm Gottes Warnung vor der verbotenen Frucht durch den Sinn: „Davon dürft ihr nicht essen, ja nicht einmal daran rühren, sonst müßt ihr sterben."

Aber die Schlange sprach: „Nein! Sobald ihr davon esset, gehen euch die Augen auf, und ihr seid wie Gott, erkennend Gutes und Böses."

Er hatte sich damit nicht begnügt, hatte die ganze Frucht hinuntergeschlungen.

„Du bist am Zug, Onkel Thor."

Nach mehreren Wochen erklärte Bitterbaum seine Unzufriedenheit mit Joshs Genesung. Er war besorgt über die nachteiligen Auswirkungen der Luftverunreinigung auf den Gesundheitszustand des Jungen. Selbst an der Küste gab es jetzt Tage, an denen die Inversionsschicht als eine schwere, statische, übelriechende gelbgraue Dunstwolke über dem Land hing. Lynn fuhr nicht mehr zum Einkaufen in die Stadt, sondern bestellte telefonisch, was sie brauchte. In Los Angeles wurden an Straßenecken Sauerstoffgeräte an Fußgänger verkauft, die sich in der Innenstadt aufhielten.

Er besprach sich mit Lynn, und sie hielt eine Blitzreise nach Italien für die richtige Therapie. Schon am nächsten Tag waren sie in Rom, und einen Tag später fuhr Josh in einer offenen Pferdekutsche durch Florenz, ging über die Ponte Vecchio, bewunderte den Ausblick über die Stadt vom Piazzale Michelangelo, speiste auf dem Platz vor dem Dom Santa Maria del Fiore zu Mittag, vor sich die freistehende Kraft und Eleganz des Campanile. Beim Schlendern durch die gewundenen Gassen beobachtete er einen Glasbläser bei der Arbeit. Wenig später sah er an einem Zeitungskiosk die Schlagzeile LOS ANGELES. Er kaufte die Zeitung. Obgleich er kein Italienisch konnte, mühte er sich so lange mit dem Text ab, bis sich ein Bild zu formen begann. An diesem Morgen waren zwei Millionen Menschen in Los Angeles mit Atemnot aufgewacht. Hustend, mit Schwindelgefühlen, Kopfschmerzen und Herzbeklemmungen waren sie aufgestanden.

Der Fernsprechverkehr mit Krankenhäusern und Rettungsdiensten kam im Nu zum Erliegen. In den Häusern und auf den Straßen brachen Menschen zusammen. Die Sterberate bei Kleinkindern, Alten und Kranken betrug vier Prozent. Über Radio und Fernsehen wurde der Notstand ausgerufen und die Bevölkerung aufgefordert, das Stadtgebiet zu verlassen. Bemühungen, eine Massenevakuierung durchzuführen, wurden jedoch schon im Ansatz zunichte. Da ein leistungsfähiger öffentlicher Nahverkehr nicht existierte, waren die Privatwagen der Einwohner das einzige Verkehrsmittel; ein Verkehrsmittel, das zuviel Raum einnahm und die Atemluft weiter vergiftete, je mehr Fahrzeuge in Betrieb genommen wurden. Menschen starben in ihren Wagen, viele wurden ohnmächtig. Bald waren alle Ausfallstraßen blockiert. Es war unmöglich, den Flughafen zu erreichen. Das Kommunikationswesen brach vollends zusammen. Eine Nachrichteneinheit der Armee übernahm die Telefonzentrale. Gasmasken wurden ausgegeben, Plünderer räumten Geschäfte aus.

Er kehrte zum Hotel zurück. Am Abend kam die Nachricht, daß Ellen gestorben war. Josh konnte es nicht glauben, doch das Gesicht seiner Mutter verlieh der Nachricht Realität. Er schob seine Hand in die ihre.

Italien war eine Szenenfolge außerhalb der Zeit. Genauso verhielt es sich mit dem Heimflug und der Beerdigung. Erst mit dem Beginn des neuen Semesters am College fing die Zeit wieder an, ihren gewohnten Lauf zu nehmen. Er verfolgte mit Interesse die Schritte, die zur Reinhaltung der Luft eingeleitet wurden. Kraftfahrzeuge wurden aus vielen Gegenden verbannt, die Stadt richtete Fußgängerzonen ein, und man plante den Bau einer Einschienenbahn für den öffentlichen Stadt- und Nahverkehr. Es wurde verboten, mit weniger als vier Personen pro Fahrzeug Stadtautobahnen zu befahren. Mehr und mehr Leute arbeiteten zu Hause, durch Computernetzwerke mit ihren Instituten und Büros verbunden. Das Choate-College verzichtete auf solche Experimente und setzte seinen Lehrbetrieb unverändert fort.

G. K. Kellogg war mit Joshs Leistungen nicht immer zufrieden und ließ ihm mehrfach energische Ermahnungen zukommen, die alle darauf hinausliefen, daß er sich am Riemen reißen und seine Noten verbessern solle.

Jer und Steve graduierten und gingen an die Harvard-Universität. Es war Joshs Schicksal, zwei Jahre hinter ihnen zu sein, aber er hatte den Ehrgeiz, sie einzuholen. Er dachte sich selbst ein Lernschema aus. Wissen, sagte er sich, war mehr als das Speichern von Informationen. Die wichtigen Dinge konnte einen niemand lehren. Er unterstrich einen Satz, den er in einem Buch von C. S. Lewis fand: „Die Macht des Menschen über die Natur ist in Wahrheit die Macht einiger Menschen über andere mit der Natur als ihrem Instrument.“

Bitterbaum bemerkte die Veränderung in ihm, die neue Reife. Von einer Ferienzeit zur nächsten beobachtete er den Wachstumsprozeß. Mit siebzehn war Josh ein schlaksiger Jüngling mit nachdenklichen blauen Augen und einem schneidenden Humor.

Bliebe die Entscheidung ihm, Bitterbaum, überlassen, so würde er Joshs Geheimnis nie verraten. Es gab zuviel Hysterie über den Gegenstand, selbst innerhalb der wissenschaftlichen Welt. Es wurde behauptet, daß die menschliche Reproduktion durch multiple Kernverschmelzung die Gesellschaft in einen durch streng geschiedene Kasten geschichteten Ameisenhaufen verwandeln würde, daß man eines Tages menschliche Duplikate als wandelnde Ersatzteillager für Organverpflanzungen mißbrauchen werde, weil ihre identische Gewebestruktur jede Immunreaktion verhindern und sie zu idealen Organspendern machen würde.

Hatte er, Thor Bitterbaum, die Büchse der Pandora geöffnet? Und welche geflügelten Wesen würden aus ihr aufsteigen, ihm seine Unmoral vorwerfen und ihn zur Rechenschaft ziehen? In seinen selbstkritischen und aufrichtigen Augenblicken begriff er, daß er nur in einem Zustand emotionaler Belastung und Anspannung gewagt haben konnte, was er getan hatte. Aber es war auch sein Triumph, fast zu groß und zu wunderbar, um Wirklichkeit zu sein.

Josh war von Anfang an verloren. Es schien keine Möglichkeit zu geben, daran etwas zu ändern. Das Leben des Jungen war so vorherbestimmt wie eine griechische Tragödie. Es würde seinen Lauf nehmen. Und Bitterbaums Strafe bestand darin, daß er zusehen mußte, wie es in seiner ganzen Unausweichlichkeit zu Ende gespielt wurde.

Würden seine Lamentos Joshs Leben begleiten? Bisher war es normal und ohne besondere Vorkommnisse verlaufen, aber was würde in fünf Jahren sein, in zehn? Würde man ihn zum Studienobjekt machen und beobachten und untersuchen wie eine neu entdeckte Insektenart? Würde er von einer erregten Menge in Stücke gerissen? Oder würde er in die Fußstapfen seines früheren Selbst treten und aufsteigen, um das Schicksal der Nation in die Hände zu nehmen? Die Jahre vergingen und brachten ihn dem Wendepunkt der Entdeckung näher.

Früher oder später mußte er darauf kommen, daß er ein Duplikat war, und die Folge konnten nur ein Schock und ein Trauma sein, wie sie dem Original nie widerfahren waren. Ein solches Erlebnis mochte sehr wohl zu einer Veränderung der Persönlichkeit führen und ihn zu einem neuen und unabhängigen Selbst machen. Aber es gab auch die Möglichkeit eines völligen Zusammenbruchs.

Für die Kelloggs war es Ostern, für ihn das Passahfest. Büsche und Bäume prangten im frischen Grün, und die Vogelwelt im Latigo Canyon beschäftigte sich mit Strohhalmen und Zweigen. Die älteren Jungen waren schon am Vortag eingetroffen; nun erwartete man Josh. Die Familie hatte sich versammelt. Es war vereinbart worden, daß Josh vom Flughafen anrufen und Onkel Thor ihn abholen würde.

Auf dem Rasen vor dem Haus war ein Krocketspiel im Gang. Der helle Klang, mit dem die Schlegel die hölzernen Kugeln trafen, erhob sich über das unbeschwerte Gemurmel und Lachen der Stimmen. Dann kam der Anruf, auf den er gewartet hatte. „Onkel Thor?"

„Ja, Josh. Ich fahre gleich los, dich zu holen."

„Ich bin nicht am Flughafen."

„Von wo rufst du an?"

„Also, es ist so: Ich kaufte eine ermäßigte Flugkarte für Studenten, weißt du. Und als ich noch so herumstand und wartete, fragte mich diese Stewardeß, ob ich nicht bei ihrem Flug mitwolle. Sie heißt Pat und ist wirklich in Ordnung. Und so bin ich hier."

„Wo? Wo bist du?"

„San Francisco."

„Nun, dann solltest du die nächste Maschine nehmen und kommen. Ich weiß nicht, was dein Vater sagen wird."

„Ich kann nicht kommen. Ich begleite Pat zum großen Zen-Fest. Wir sind schon unterwegs. Deshalb rufe ich an, wir stehen im Stau. Ich dachte, ich hätte Zeit zum Telefonieren und könnte noch ein paar belegte Brötchen holen. Du solltest sehen, was ich fahre, Onkel Thor, eine TWA-Limousine. Pat hat das organisiert, sieht ziemlich ungewöhnlich aus. Vor uns sind welche mit einem Pferdegespann, und dann ist da noch ein umgebautes Schneemobil mit einer Fahrerin, oben ohne. Und . . ."

„Langsam, langsam! Was in aller Welt soll ich deinen Eltern erzählen?"

„Dir wird schon was einfallen. Ich muß jetzt aufhören, die Kolonne kommt wieder in Bewegung."

„Warte, Josh, warte . . ." Aber es knackte in der Leitung, und die Verbindung war unterbrochen.

Ich hätte ihm nicht gestatten sollen, mich in diese Lage zu

bringen, dachte Bitterbaum. Es war gefährlich. Wenn er Joshs Eskapaden deckte, konnte das zu einer direkten Konfrontation mit G. K. führen, die er um jeden Preis vermeiden wollte. Aber er wußte, daß er seinen Schützling nicht verraten würde. Und Josh wußte es auch.

Solche Abenteuer waren Thor Bitterbaum nicht vergönnt gewesen. Keine Stewardeß hatte ihn je angesprochen und gefragt, ob er ihren Flug nehmen wolle. Sein Gesicht mit der langen, knochigen, etwas schiefen Nase und dem schmalen, ironischen Mund hatte das andere Geschlecht niemals angezogen. Vielleicht lag es daran, daß er sich über Joshs Abenteuer amüsierte.

Außerdem verließ sich der Junge auf ihn. Das Problem war nur, was er G. K. und Lynn sagen sollte.

Die Frage war kaum gestellt, als sein wendiges Gehirn auch schon mit einem halben Dutzend Antworten aufwartete. Er wählte diejenige aus, die am meisten Anklang finden würde.

13

G. K. KELLOGG hatte so häufig in Europa zu tun, daß Lynn ein altes Landhaus in Hampstead Heath außerhalb Londons mietete. Hier rief er die Familie zusammen. Bitterbaum vermutete, daß es zum Plan gehörte, aber er war sich nicht sicher, welche Episode wiederaufgeführt werden sollte.

Die Mädchen waren eine Offenbarung. In ihrem Alter bedeutete ein Jahr eine große Veränderung. Cindy, flachshaarig, war zehn Jahre alt, und die beiden anderen erblühten mit vierzehn und sechzehn zu reizender Weiblichkeit. Bitterbaum hatte erwartet, junge Damen anzutreffen, denn mit Lynn hatten sie ein vollkommenes Vorbild vor Augen. Als er sie jetzt wiedersah, schien es ihm, als ob sie ihrer Stiefmutter sogar körperlich ähnelten. Er konnte sich dieses Phänomen nicht erklären, da er selbst ihre Adoption vorbereitet hatte. Sie waren so raffiniert, sogar bestimmte Eigenheiten wie ihre Körperhaltung nachzuahmen. Auch ihre direkte Art hatten sie übernommen; ein Kellogg ging nicht wie die Katze um den heißen Brei.

Sie hatten ein langes Wochenende mit Reiten und Segeln in

Thisted verbracht, wo Lynn ein restauriertes Bauernhaus zwischen Kiefernwäldern und der Nordsee kaufen wollte.

Die jungen Leute begriffen bald, daß sie diesmal nicht zum Vergnügen zusammengekommen waren. G. K. hatte sie aus den Vereinigten Staaten und Dänemark herbeigerufen, und er selbst war erst am Tag zuvor aus Istanbul gekommen. Es war die Woche von Jers zwanzigstem Geburtstag. Sie mutmaßten, daß dies der Grund für die Familienkonferenz sei.

Sie waren im Umgang miteinander ungezwungen und heiter, obgleich sie sich niemals wirklich entspannten. Sie füllten das alte Landhaus mit Scherzen, Lachen und humorvollen Wortgefechten. Bitterbaum vermerkte mit Zufriedenheit, daß alle gut und gesund aussahen. Jer war etwas schmächtig und nicht so groß wie die anderen Jungen, Steve würde eines Tages auf sein Gewicht achten müssen, und Josh hatte noch immer den Mund voller Zahnspangen – aber sie alle waren ansehnliche, energische und lebhafte Burschen. Sie fühlten sich hier in Hampstead Heath ebenso zu Hause wie in Kalifornien, und sie waren gern beisammen. Ihre offenkundige Freude aneinander war zu einem guten Teil Lynn zu verdanken; sie hatte die Familie zu einer Einheit zusammengeschweißt.

Auch G. K. hatte sich gut gehalten. Neunzehn Jahre waren seit dem Beginn ihres gemeinsamen Projekts vergangen, und mit sechsundfünfzig war er noch immer sportlich schlank und gebräunt wie ein professioneller Golfspieler. Sein kantig-hartes Gesicht war mit den Jahren fleischig geworden, aber noch immer zeigte es kaum Falten. Bitterbaum, der acht Jahre jünger war, sah mit seinen hageren, gefurchten Zügen älter aus als Kellogg. Ich mache mir zu viele Sorgen, dachte er.

Kellogg ließ sich in einen Ledersessel nieder und wartete, bis die Gespräche allmählich verstummten. Bei aller Ungeduld, die er oft genug zur Schau stellte, verstand er zu warten. Bitterbaum war überzeugt, daß diese Eigenschaft ihm geholfen hatte, sein Vermögen zusammenzubringen. Wenn andere schon aufgaben, lag Kellogg noch auf der Lauer und wartete auf die Chance, die er sich ausgerechnet hatte. Nach und nach verstummten die jungen Leute, als sie bemerkten, daß die Hauptperson nicht am Gespräch teilnahm.

„Wir Kelloggs“, begann G. K. in einer beinahe geistesabwesend wirkenden Art und Weise, „haben uns hier versammelt, um den zwanzigsten Geburtstag von Gerald jr. zu feiern. Wenn ein junger Mann in die wichtigste Dekade seines Lebens eintritt, ist das ein Anlaß, der Beachtung verdient. Die meisten Leute betrachten den einundzwanzigsten Geburtstag als die Schwelle zum Erwachsenenalter, aber Jers Zukunft wird jetzt entschieden. Nächstes Jahr um diese Zeit wird sie vorbereitet sein. Dann werde ich ein Jahr Zeit gehabt haben, um mit Leuten zu sprechen, Verbindungen anzuknüpfen und Auskünfte einzuholen, und wenn Jer die Universität verläßt, wird der richtige Platz auf ihn warten. Und nun, Jer, hast du das Wort.“

Bitterbaum betrachtete die gespannten jungen Gesichter, als sie sich Jer zuwandten. Alles schwieg erwartungsvoll.

„Nun, es ist so ziemlich bei dem geblieben, was ich letzte Weihnachten schon sagte. Mir gefällt das akademische Leben. Man steht nicht unter Druck. Es gibt viel Freizeit, drei Monate Ferien.“

Vickie kicherte, aber ein Blick ihres Vaters brachte sie zum Verstummen.

„Dann möchtest du also weiterstudieren und einen Doktortitel erwerben?“

„Ja. Ich möchte auf dem Gebiet der Politikwissenschaft promovieren.“

„Ausgezeichnet. Ich stimme völlig mit deinen Zielen überein. Wilson kam aus dem akademischen Bereich und wurde Präsident der Vereinigten Staaten.“

„Entschuldige bitte, aber ich bin nicht so sehr an Gegenwartspolitik interessiert. Ich denke, daß ich mich vielleicht auf den Sozialdarwinismus im politischen Leben des neunzehnten Jahrhunderts konzentrieren werde.“

Wenn G. K. enttäuscht war, so ließ er es sich nicht anmerken. „Du kennst deinen eigenen Verstand am besten, Junge. Und du hast dir ein Arbeitsprogramm von wenigstens fünf Jahren vorgenommen. Ich würde sagen, daß du gut beraten wärst, an deiner Universität zu bleiben, aber wenn du willst, werde ich mich erkundigen, wo man am schnellsten promovieren kann. Laß mich der erste sein, mein Junge, der dir einen glücklichen Geburtstag und ein gutes Jahr wünscht.“

Die anderen klatschten und umdrängten ihren Bruder, und Cindy versuchte ihm zwanzig hintendrauf zu geben, aber er hielt sie lachend auf Armeslänge.

Ihr Vater rief sie zur Ordnung. „Wir kommen jetzt zu meinem Neffen Steve. In zwei Monaten wirst du auch zwanzig. Möchtest du uns sagen, Steve, auf welchem Gebiet deine Ambitionen liegen?"

„Ja, gern. Du hast mich ermutigt, in die Politik zu gehen."

Natürlich. Das war genau das Drehbuch, das vor einer Generation geschrieben worden war. Steve war offensichtlich in diese Richtung gedrängt worden. Bitterbaum warf Josh einen Blick zu. Allgemein wurde angenommen, daß er die gleichen Ambitionen hegte. Stimmte es? Konnte er in dieser Existenz wieder in die alten Kanäle gelenkt werden? Er versuchte seine Aufmerksamkeit auf Steves Worte zu richten.

„Rechtswissenschaft ist die traditionelle Route, also würde ich gern Jura studieren."

„Sehr gut!" sagte G. K. mit herzlicher Zustimmung. Es war offensichtlich, daß er es lieber gesehen hätte, wenn Gerald jr. diesen Weg eingeschlagen hätte, aber ein Sohn steht nicht unter der gleichen Verpflichtung wie ein angenommener Neffe. „Ich werde mich in Boalt, Princeton, Yale und Harvard erkundigen. Wir werden zusehen, daß du die beste Ausbildung bekommst. Sorge du dafür, daß deine Noten weiterhin so gut bleiben."

Er beugte sich vor und richtete seinen Blick auf Josh. „Du siehst, warum mir an guten Examensnoten gelegen ist. Sie spielen eine große Rolle, wenn es darum geht, Türen zu öffnen. In zwei Jahren werden wir uns in deiner Sache versammeln. Und ich erwarte von dir ein ebenso ehrenvolles Auftreten, wie dein Bruder und Vetter es heute vorgeführt haben. Sie haben Ziele gesetzt, die auch dir zur Orientierung dienen sollen. Denk daran, Wettbewerb innerhalb der Familie bereitet einen für die Außenwelt vor. Es ist eine Welt des Wettbewerbs, in der nur der Gewinner zählt. Und ich möchte von meinen Kindern, daß sie einmal an der Spitze stehen. Ihr habt das Zeug dazu, alle drei."

„Was euer Vater nicht sagte, weil er es voraussetzt", fügte Lynn hinzu, „ist absolute Redlichkeit in allem, was ihr tut. Andere mögen es nötig haben, mit List und Haarspalterei zu arbeiten, aber ein Kellogg nicht."

Das ist wahrscheinlich richtig, dachte Bitterbaum, aber nur weil der Alte das mit der List schon für sie getan hat. Es war ein schöner Zug, die Hände der zweiten Generation sauberzuhalten, aber Bitterbaum glaubte fest an den Grundsatz, daß jedes große Vermögen auf großen Verbrechen gründet. Und in den vergangenen dreißig Jahren hatte Kellogg vier oder fünf Vermögen angehäuft. Schiffahrt, Öl, Luft- und Raumfahrt, Finanzgeschäfte – es gab kaum etwas, worin er nicht die Finger hatte. Er hatte schon einen Sitz in der New Yorker Börse gehabt, als er kaum älter gewesen war als die Jungen. Bitterbaum bemühte sich, mit den Einzelheiten unvertraut zu bleiben, aber auch so wunderte er sich, wie Lynn eine so unbefangene und naive Bemerkung machen konnte. Schließlich war sie Kelloggs Sekretärin gewesen, mußte also seine gewiß nicht immer koscheren Manipulationen nur zu gut kennen. Aber die Menschen glauben, was sie glauben wollen, und mit Vorliebe hängen sie sich an das, was bequem zu glauben ist.

Es war einfältig von ihm gewesen, daß er den Sinn dieser Zusammenkunft nicht erkannt hatte. Und er konnte es sich nicht leisten, in Angelegenheiten, die G. K. betrafen, einfältig zu sein. Er mußte ihm immer einen Schritt voraus sein.

Bitterbaum versuchte Joshs Reaktion zu erkennen. War Steves Entscheidung ein Schlag für ihn gewesen? Es war schwer zu sagen. Die drei Jungen diskutierten angeregt, und er hörte Josh Fragen zu den Einzelheiten ihrer Karriereentscheidungen stellen. Doch als die anderen etwas später den Raum verließen, blieb Josh zurück. Er bemerkte nicht, daß Bitterbaum in einem der zwei Lehnstühle am Kamin sitzen geblieben war.

Er wanderte zum Fenster und blickte hinaus. Dann trat er zur Seite, stemmte die steif ausgestreckten Arme gegen die Wand und ließ den Kopf zwischen ihnen hängen. Es war eine Geste völliger Erschöpfung, die sich bei einem Achtzehnjährigen seltsam unpassend ausnahm.

Bitterbaums geheime Verzweiflung überwältigte ihn. G. K. hatte einen weiteren Sieg errungen. Die Unausweichlichkeit, die sie für Josh geschaffen hatten, nahm ihren vorbestimmten Weg. Bitterbaum sah die Auswirkungen der emotionalen Prägung, die er einst so wortgewandt umrissen hatte. Wie selbstgefällig war er gewesen, wie gelehrt mit seinen bei Roger und Skinner angelesenen Weisheiten über menschliches Verhalten.

Josh tat sich so häufig und so beiläufig hervor, daß Bitterbaum nie auf die Idee gekommen war, der Junge könne dies alles aus dem Gefühl heraus tun, sich seinen Platz in der Familie ständig von neuem verdienen zu müssen.

Er war elastisch, aber nicht so elastisch. Seine Erziehung verlangte, daß er sich immer und überall in Hochform zeigte, selbst wenn ihm in Wirklichkeit ganz anders zumute war.

Es gab in dieser erfolgsorientierten Familie keine Alternative. Die Jungen wurden hart herangenommen, die Anforderungen immer wieder erhöht. Mit dieser Methode trainierte man Turnierpferde.

Aber einen Jungen?

Er stand auf, ging hinüber und legte Josh die Hand auf die Schulter. „Nun, Josh, was haben die beiden älteren Prinzen dem jüngeren übriggelassen?"

Er fuhr zusammen. Dann sagte er achselzuckend: „Ich habe zwei Jahre Zeit, mir was auszudenken."

„Sie haben das Feld ziemlich abgeräumt."

„Sie werden beide Präsidenten, Jer von Harvard, Steve von den Vereinigten Staaten."

„Bleibt das Geschäftsleben. Du könntest an die Spitze eines Wirtschaftsimperiums treten."

„Das Geschäftsleben interessiert mich nicht." Josh sagte es beinahe heftig. Er schien es selbst zu bemerken und fuhr ruhiger fort: „Ich möchte gern etwas anderes machen als Jer und Steve. Ich möchte endlich nicht mehr mit ihnen verglichen werden." Die Häresie war ausgesprochen; sie waren beide bestürzt. „Vielleicht schreibe ich", sagte er dann so trotzig, als erwarte er, daß Gott ihn mit einem Blitzschlag strafen werde.

„Warum nicht?" sagte Bitterbaum. Er versuchte den Funken Hoffnung zu hegen. „Du hast einen guten Hintergrund."

Josh schüttelte den Kopf. „Vater würde es nicht billigen. Für ihn wäre das allenfalls als Nebenbeschäftigung zu einer anderen Karriere annehmbar, aber nicht als Hauptziel. Du weißt, wie er ist, Onkel Thor. Ich würde das Gefühl haben, ihn und die Familie zu verraten. Also weiß ich nicht, was ich machen werde. Ich weiß es wirklich nicht.“ Ein jähes Lächeln erhellte sein Gesicht. „Nein, das stimmt nicht ganz. Ich weiß schon, was ich machen werde. Meine Aufgabe wird es sein, Steve zu unterstützen. Ich werde sein Berater sein, das ist eine gute Rolle. Und auf diese Weise werde ich meinen Platz in der Organisation finden. Ich habe oft gedacht, daß wir eine Art Mafia sind.“

Bitterbaum betrachtete diese Wiederkehr der guten Laune mit Mißtrauen.

14

JOSH machte eine Entdeckung. Er entdeckte, daß auch er ein Adoptivkind war. Die Möglichkeit war ihm nie in den Sinn gekommen, weil seine Eltern die Tatsache, daß die Mädchen adoptiert waren, immer so offen und beiläufig behandelt hatten.

Im Wintergarten war er durch Zufall auf das Nähzeug und das Gebetbuch seiner Mutter gestoßen. Es war ein angenehm kühler Raum, auf drei Seiten verglast, mit Korbmöbeln und ungezählten Pflanzen in Töpfen und Hängekörben. Die Luft roch frisch nach Erde und Grün, und eine Glastür führte hinaus in einen Rosengarten. Im Sommer wurde die Verglasung abgenommen, so daß eine Art Freisitz oder Fortsetzung des Gartens entstand. Josh hatte eine besondere Vorliebe für den Raum, und oft machte er es sich mit einem Buch in einem der Korbsessel bequem, während seine Mutter am Stickrahmen arbeitete. Es war eine Form von Geselligkeit, die sie beide mochten.

Sie sprachen kaum oder nur mit einsilbigen Bemerkungen, aber es gab Bande zwischen ihnen, die sich in ihrer Fähigkeit zeigten, still zu sein und Befriedigung aus diesen Stunden zu gewinnen, wenn jeder seinen eigenen Gedanken nachhing.

Josh war vom Frühstückstisch in den Wintergarten gekommen. Seine Mutter war ans Telefon gerufen worden. Er beugte sich über die Stickerei. Sie arbeitete etwas für Vickie; ihr Name war mit Blüten und Blättern umwunden. Anscheinend sollte es ein Kissenbezug werden. Er nahm das Gebetbuch auf. Ein farbiges Seidenband kennzeichnete die Seite, wo sie gelesen hatte. Gegenüber vom Vortitel war Jers Name eingetragen: *Gerald Kellogg jr., geboren*

6. Juli 1962. Gewicht 7 Pfund, Länge 53 Zentimeter. Darunter war ein kleiner freier Raum, und dann kam wie erwartet: *Josua Francis Kellogg.* Aber die Worte, die darauf folgten, verschwammen vor seinen Augen.

Er schloß die Lider und zwinkerte, um zu lesen, was er irrtümlich gesehen zu haben glaubte: *Leiblicher Sohn. Geboren 2. September 1964. Adoptiert 12. September 1964.* Die Handschrift war die seiner Mutter.

Nicht die seiner Mutter; sondern die Lynns.

Immer hatte er sich seiner Mutter verwandter gefühlt als seinem Vater. Leiblicher Sohn? *Bastard* hätte sie schreiben sollen. Ein Kellogg aus der Gosse.

Wer war seine Mutter? Jemand, mit der der große Mann zum Zeitvertreib herumgespielt hatte? Eine Schauspielerin? Ein Strichmädchen? Ein leichtfertiges Flittchen vom internationalen Jet-set? Oder eine arme Bedienung in irgendeinem Hotel?

Seine Gedanken, nicht länger vom Verstand im Zaum gehalten, begannen zu kreisen und beobachteten sein Funktionieren, sahen zu, wie die zehn Milliarden Nervenzellen Energie erzeugten – keine Überlegungen, er konnte nicht überlegen, sondern ein Gewirr von Wahrnehmungen, ineinander verkeilt wie die Typenhebel einer Schreibmaschine, wenn sie alle zusammen zuschlagen und alles stehenbleibt. Man muß sie mit der Hand auseinanderziehen, einen nach dem anderen. Eine der Nervenzellen erinnerte ihn an die Schmetterlingssammlung in der Schule von Malibu und seine Fantasie.

Als kleiner Junge hatte er sich gern vorgestellt, daß die hinter Glas aufgespießten Schmetterlinge sich eines Tages losreißen und fortfliegen würden. Dies war der richtige Tag dafür. Eine andere der Milliarden von Zellen gab ihm gleichzeitig einen Ausspruch von Albert Schweitzer ein: „Das abnorme Leben beginnt mit dem Verlust des eigenen Ackers und der eigenen Behausung."

Der eigenen Mutter.

Mutter, es ist deine Handschrift. Du schriebst: *leiblicher Sohn.* Du wußtest es, jedesmal wenn du mich küßtest, schaltest, mein Haar zaustest. Du wußtest, daß ich nicht dein Sohn war. Und doch ließest du mich in dem Glauben.

Warum?

Mutter, ich möchte, daß du meine Mutter bist. Aber du bist es nicht. Du bist jemand, der Lynn Kellogg heißt und niemals aufrichtig mit mir war, nicht ein einziges Mal. Tausendmal hast du mich umarmt, aber dabei war keine Aufrichtigkeit.

Den Mädchen warst du wirklich eine Mutter. Ihnen sagtest du: „Wir haben euch ausgewählt."

Aber bei mir lagen die Dinge anders. Vater brachte irgendein Mädchen in Schwierigkeiten und tat dann „das Richtige". Ich wurde dir aufgeladen, ich, das Resultat von Vaters Untreue.

Ja, so muß es gewesen sein. Vater betrog, hurte herum, und als sie gebraucht wurde, um die Dinge wieder in Ordnung zu bringen, nahm Mutter – Lynn – mich an Kindes Statt auf. Sie ist dieser Typ, auch mit streunenden Katzen und herrenlosen Hunden.

Achtzehn Jahre. Eine lange Zeit für ein falsches Spiel. Ruhig jetzt. Er hörte seine Mutter – er hörte Lynn Kellogg – vom Telefon kommen.

Er zog sich zurück, aber in seiner Verwirrung wählte er die falsche Richtung und war auf der türlosen Seite des Wintergartens in der Falle. Er mußte sich umdrehen und ihr gegenübertreten oder in dieser Ecke sterben. Er stellte sich vor, wie er nonchalant hinausschlenderte. „Hallo, Lynn, altes Mädchen, was macht die Kunst?" Oder würde er wie Cindy in Tränen ausbrechen? Das wäre ziemlich lächerlich, ein Student der Harvard-Universität, der um seine Mutter weinte. Nein, nicht *um seine Mutter*, wegen seiner Mutter. Welcher? Derjenigen, die ihn verlassen hatte, oder derjenigen, die mit seinem Leben ein Spiel getrieben hatte? Ein seltsames Geräusch entrang sich seiner Kehle; er machte ein Husten daraus. Im nächsten Augenblick fühlte er ihren Blick.

„Fehlt dir was, Josh?"

„Ja. Ich habe mich an einem Stück Toast verschluckt."

„Du solltest dein Essen nicht so hinunterschlingen, Junge. Hol dir ein Glas Wasser."

Er war entlassen. Das Problem, an ihr vorbei aus dem Raum zu kommen, war gelöst. Er stürzte hinaus und durch den angrenzenden Raum. Er rannte die Treppe hinauf und begegnete niemandem, bis er sein Zimmer erreichte. Aufatmend schloß er die Tür hinter sich, ging zum Spiegel und sah sich an.

Ein weiterer Gedanke schoß ihm durch den Kopf. Es war möglich, daß er auch nicht Kelloggs Kind war.

Wer bist du? fragte er sich.

Was tust du in dieser Familie?

Gehörst du hierher oder anderswohin?

Bist du ein Waisenkind?

Bist du ein Bastard?

Warum haben sie diesen Schwindel mit dir und mit keinem der anderen abgezogen?

Leiblicher Sohn. Der leibliche Sohn von G. K.

Von Familienähnlichkeit konnte keine Rede sein. Sie hatten nichts Gemeinsames, nicht mal die Haarfarbe.

Plötzlich schoß das Blut in seine Wangen, pochte in den Schläfen hinter seinen Augen. Lefty. Damals, vor langer Zeit. Lefty, die ihn im Stich gelassen, ihm nie geantwortet hatte, musterte ihn aus zusammengekniffenen Augen, eine Hand unter seinem Kinn, drehte seinen Kopf von einer Seite zur anderen und wieder zurück, ganz langsam. „Natürlich. Du siehst genau wie er aus. Es fiel mir sofort auf, als ich dich das erste Mal sah. Ständig fragte ich mich: ‚Wem sieht er bloß ähnlich?' Aber es ist ganz offensichtlich. Du bist dem Präsidenten, der ermordet wurde, wie aus dem Gesicht geschnitten. Es ist verblüffend, wirklich. Wenn du diese Gebißklammern nicht hättest, ich wette, du wärst der perfekte Doppelgänger. Es ist mehr als eine Ähnlichkeit, ich meine, sobald man es gemerkt hat und sich dessen bewußt ist. Es ist direkt unheimlich. Du bist nicht mit ihm verwandt, oder? Ich meine, sind eure Familien miteinander versippt oder so was?"

Er hatte bloß gelacht. Aber am gleichen Abend hatte er sein Spiegelbild aufmerksam studiert und gesehen, was sie gesehen hatte.

Auch in der Schule hatte es immer wieder jemand gegeben, der davon angefangen hatte, und gelegentlich hatten auch Besucher Bemerkungen gemacht. Sogar ein Taxifahrer hatte ihn einmal wegen der erstaunlichen Ähnlichkeit aufgezogen.

Leiblicher Sohn.

Ja, aber wessen? Er schlug im Lexikon nach und verglich die Daten. Es war physikalisch möglich. Er war neun Monate nach dem Tod des Präsidenten zur Welt gekommen.

War es möglich, daß er der Sohn dieses Mannes war? Das Pochen in seinen Schläfen ließ nach. Er zog die unterste Schublade in seinem Schreibtisch heraus und begann sie systematisch zu durchsuchen. Bald hatte er gefunden, was er suchte, eine Drahtzange, die er früher zum Basteln gebraucht hatte. Wieder vor dem Spiegel, öffnete er den Mund und zwickte nacheinander die Silberdrähte durch, die seine Vorderzähne umklammerten. Dann riß er sie mit den Verankerungskappen heraus.

Bestätigung. Das Gesicht, das ihm aus dem Spiegel entgegenblickte, war ein berühmtes Gesicht. Vielleicht das bekannteste Gesicht der Zeitgeschichte. Er hatte erwartet, es zu sehen. Nein, er hatte etwas Annäherndes erwartet, eine interessante Übereinstimmung. Aber dies war außerordentlich.

Er war sein Double. Er erinnerte sich an ein altes deutsches Volksmärchen, in dem berichtet wurde, daß jeder Mensch auf der Erde seinen Doppelgänger hat, sein genaues Gegenstück. Fasziniert starrte er sein Abbild an, befühlte sein Gesicht mit den Fingerspitzen.

Er war der Sohn dieses Mannes. Er mußte es sein.

Er war wie der Mann mit der eisernen Maske, der unglückliche Zwillingsbruder in Dumas' Geschichte, der sein Leben in einem Kerker verbrachte, eine eiserne Maske vor dem Gesicht. War dies nicht eine moderne Version? Die Maske, das waren die Klammern, die er gerade abgerissen hatte. War der Kerker Hampstead Heath? Er lachte leise. Er war versucht, all das als Unsinn abzutun, aber da war der Spiegel und zeigte ihm dieses Gesicht.

Es war nicht sein eigenes. Es war ein Gesicht, das der Welt gehörte. Es war auf Fünfzigcentstücke geprägt. Es war keine Frage, wer er war. Er *wußte*, wer sein Vater war. Was bedeutete das? War er selbst eine Art Staatsgeheimnis? Das war vielleicht zu weit hergeholt. Dennoch, Camus definierte Leben als die Grenzen des Möglichen. Aber nein, er war kein Staatsgeheimnis, nur eine Peinlichkeit, das war alles. Er lächelte sein Ebenbild an. Die Zähne, groß, gerade und kräftig, vervollständigten die Ähnlichkeit. Seinen Zähnen fehlte nichts; sie waren völlig in Ordnung.

Er neigte sich seinem Abbild entgegen und sagte: „Frage nicht, was dein Land für dich tun kann, sondern frage, was du für dein Land tun kannst."

Er fragte sich, ob die Familie des Präsidenten von seiner Existenz wußte. Er bezweifelte es. Die Affäre, die zu seiner Geburt geführt hatte, mußte sich im Herbst 1963 abgespielt haben. Seine leibliche Mutter konnte irgendwer gewesen sein, eine Sekretärin, eine studentische Wahlhelferin, die Ehefrau eines Senators, eine Reporterin, eine der gefeierten Schauspielerinnen, die während seiner Amtszeit so häufig bei Sondervorstellungen im Weißen Haus aufgetreten waren.

Nun, die Odyssee hatte ein Ende gefunden. Er wußte Bescheid. Achtzehn Jahre lang war er in einer Familie versteckt gewesen, nichtsahnend und unerkannt. G. K. wußte natürlich Bescheid.

Und seine Mutter? Was war mit Onkel Thor? Was hatte er mit diesem ausgeklügelten Spiel zu tun? Dachte jemand daran, ihn auf die Rolle seines leiblichen Vaters vorzubereiten?

Nein, natürlich nicht. Die Bevölkerung würde niemals für einen Bastard stimmen, mochte er seinem Vater noch so ähnlich sehen. Außerdem gab es einen legitimen Sohn, seinen Halbbruder. Er wäre der logische Kandidat.

Das Geheimnis konnte also keinen politischen Hintergrund haben. Es wurde gewahrt, um den guten Ruf eines großen Mannes zu schützen und seiner Familie eine unbefleckte Erinnerung zu lassen. Er war eine unangenehme Verpflichtung, weiter nichts.

Doch diese Schlußfolgerung gefiel ihm nicht, und er suchte nach weiteren Erklärungen. „Ich bin der Sohn eines großen Mannes“, sagte er sich.

Warum sollte er nicht sein Erbe und Vollstrecker werden?

Es war eine Möglichkeit, mit diesem Gesicht, mit dieser Vergangenheit.

Ohne die Gebißklammern war es unverkennbar, wer er war. Jetzt galt es noch, die Lügen abzuschütteln. Er rief den Flughafen an und buchte einen Flug nach New York. Dann bestellte er ein Taxi. Er konnte unterwegs bei der Bank haltmachen und abheben, was er auf dem Konto hatte. Der Abschiedsbrief war schwieriger.

> Liebe Lynn und G. K. Ich weiß Bescheid. Vielleicht ist das eine hinreichende Erklärung. Ich muß fort und nachdenken. Versucht nicht, mich ausfindig zu machen. Wenn ich alles ausgeknobelt und entschieden habe, welches der richtige Weg für mich ist, werde ich von mir hören lassen. Josh

Er warf ein paar Kleidungsstücke in eine Reisetasche, die er im Schrank fand, und setzte seine Sonnenbrille auf. Dann betrachtete er sich im Spiegel.

So war es schon besser. Er versuchte sein Haar anders zu kämmen, aber es war störrisch und wollte sich nicht in eine neue Form bringen lassen. Er gab den Versuch auf, dann sah er die Gebißklammern und zögerte. Vielleicht sollte er sie wieder anbringen, wenigstens zum Verlassen des Hauses. Er fummelte mit den Stücken herum, suchte ein paar von ihnen heraus und klemmte sie über die Vorderzähne. Er war wieder der alte. Vielleicht empfahl es sich, die Klammern wieder festmachen zu lassen.

Im Augenblick kam es darauf an, aus dem Haus zu schlüpfen, ohne jemandem in die Arme zu laufen. Das Taxi erwartete ihn vor dem Westeingang.

15

ER HATTE keine zusammenhängenden Eindrücke von dieser Reise. Es war eine Reise nach innen. Von New York aus nahm er eine Maschine nach Washington. Dort mußte es angefangen haben.

Die Stadt war ihm einigermaßen vertraut. Der gegenwärtige Präsident hatte seinen Vater und die drei Jungen persönlich durch das Weiße Haus geführt. Es war ein langweiliger Nachmittag gewesen. Kostspieliger Kitsch, Nippes, Geschenke von fremden Staatsmännern, alte Porträts von alten Leuten, Kronleuchter, Seidentapeten, rote Zimmer, grüne Zimmer, blaue Zimmer – nichts von alledem hatte ihn interessiert. Er hatte sich mit dem Versuch unterhalten, Leibwächter und Geheimdienstleute auszumachen.

Jetzt, da er versuchte, eine Verbindung zur Vergangenheit herzustellen, war jede Einzelheit wichtig. Am Nordeingang standen Wächter, und Josh erkundigte sich, wann die nächste Besichtigung sei. Man sagte ihm, er solle am nächsten Tag um zehn Uhr wiederkommen. Ihm machte es nichts aus. Er hatte im Flugzeug alles geplant. Nichts konnte ihn von seinem Ziel abbringen.

Er ging am Kapitol vorbei zur Nationalbibliothek. Dort verbrachte er den Rest des Tages mit der Lektüre von drei Lebensbeschreibungen des toten Präsidenten. Eine, die sich besonders ausführlich mit seinen Jugendjahren beschäftigte, überzeugte ihn.

Der Präsident hatte mit einem Brett unter der Matratze seines Bettes geschlafen, weil er ein Rückenleiden gehabt hatte. Josh hatte ein unheimliches Gefühl, beinahe so, als ob er über sich selbst läse. Er war wie vor den Kopf geschlagen, als er entdeckte, daß der Präsident im linken Schuh einen sechs Millimeter dicken Höhenausgleich getragen hatte.

Es gab keinen Zweifel mehr. Die körperlichen Parallelen waren nicht zu leugnen. Die physiologischen Besonderheiten des einstigen Präsidenten glichen in einer schon gespenstisch anmutenden Art und Weise den seinen. Eine der Biographien enthielt zahlreiche belanglose Einzelheiten, wie man sie in den Klatschspalten von Boulevardzeitungen anzutreffen pflegt. Der Präsident mochte kein Eiswasser. Josh mußte sich daran erinnern, daß es wahrscheinlich viele Millionen Menschen gab, die diese Abneigung teilten.

Er schloß die Bücher. Er schloß die Augen. Alles war da, alles; die Betonung des Sports in der Erziehung, die fast neurotische Bedeutung, die dem Gewinnen beigemessen wurde. Es waren die gleichen Grundsätze, nach denen auch er erzogen worden war: Der Zweite ist ein Verlierer, es gibt nur einen Gewinner.

Das konnte kein Zufall sein. G. K. hatte diese gleichen Bücher gelesen. Es hatte entschiedene Bemühungen gegeben, die gleichen äußeren Bedingungen zu schaffen. Warum? Welche Absicht war damit verbunden?

Die Kenntnis der Tragödie, auf die das Leben dieses Mannes sich mit so beängstigender Geschwindigkeit zubewegt hatte, umgab alles mit dramatischer Bedeutung. Oder war es seine starke Identifikation, die ihn mit soviel Scheu an die letzten Seiten herangehen ließ? Er hatte die Lektüre an der Stelle abgebrochen, als die Wagenkolonne sich der Kreuzung näherte, wo der Präsident ums Leben kommen sollte.

Das Blut, das ihn überströmte und das Kostüm und den Blumenstrauß seiner Frau durchtränkte, gehörte der Blutgruppe Null an, Rh-positiv. Blut vom genau gleichen Typ hatte er in seinen Adern.

Josh schlug das Buch wieder auf und las weiter. Der Bundesstaat, in dem die Mordtat geschehen war, verzeichnete prozentual die meisten Morde im ganzen Land. Jeden Monat kamen hier mehr Menschen durch Gewalt ums Leben als in ganz England.

In jenem November hatte es allein in der Stadt, in der das Attentat verübt wurde, einhundertzehn Morde gegeben. Auch hatte es nicht an Warnungen gefehlt. Ein Mitglied des Nationalen Sicherheitsausschusses hatte die Wahlkampfberater des Präsidenten gedrängt, ihn nicht in einer Stadt auftreten zu lassen, in der es an der Tagesordnung war, daß jüdische Geschäfte mit Hakenkreuzen beschmiert wurden, wo auf Plakaten die Absetzung des obersten Bundesrichters verlangt wurde, wo militante Rechtsradikale wie die „Christlichen Kreuzfahrer" und andere Gruppen in Sprechchören zur Ermordung des liberalen Politikers Adlai Stevenson aufrufen konnten.

Haß sickerte wie Eiter durch diese entsetzliche Stadt, die ihre Minderheiten unterdrückte, die Bildung verabscheute und Farbige, Liberale und Intellektuelle fürchtete. Es gab ein altes Sprichwort im Südwesten, nach dem ein Mann, der vor dem Abfeuern seiner Waffe überlegte, ein toter Mann sei. Diese Tradition lebte weiter. Vor dem Besuch des Präsidenten waren Plakate mit seinem Bild und der Unterschrift: GESUCHT WEGEN VERRATS angeschlagen worden.

Die Zeitung „Morning News" hatte einen unflätigen Leitartikel gebracht. Verantwortungsbewußte Bürger der Stadt hatten sich über das Klima schwelenden Grolls alarmiert gezeigt. Ein bekannter Prediger hatte versucht, seinen Befürchtungen Ausdruck zu verleihen. Ein Mann aus dem Gefolge des Präsidenten war bestürzt darüber gewesen, daß die genaue Route der fünfundvierzig Minuten dauernden Rundfahrt mit dem offenen Wagen von zwei Zeitungen veröffentlicht worden war.

Und ein gescheiterter und verwirrter Mann, der schon früher einen vergeblichen Anschlag auf das Leben eines Generals unternommen hatte, war durch die Straßen gegangen und hatte die Plakate gesehen und die Zeitungen gelesen. Jahre zuvor war er nach Rußland gegangen, nur um zu entdecken, daß er dort der gleiche unfähige Versager war. Seine Frau hatte ihre beiden Kinder genommen und ihn verlassen. Am Tag vor dem Besuch des Präsidenten hatte er versucht, sich mit ihr zu versöhnen. Seine Frau hatte ihn aufgenommen, aber als unfähig, impotent und unmännlich ausgelacht und verhöhnt, als er ihr Anträge gemacht hatte.

Es war unglaublich, daß dieser schäbige Typ und seine Eheprobleme unentwirrbar in das Drama verknüpft waren, dessen Opfer ein so hervorragender Mann war. Hätte die Frau sich erweichen lassen, hätte sie sich in jener Nacht ihrem Mann hingegeben, dann wäre der Präsident der Vereinigten Staaten möglicherweise am Leben geblieben.

Statt dessen hatte ein abgewiesener, sich unzulänglich fühlender Mensch seinen Ehering abgezogen und zusammen mit dem Inhalt seiner Geldbörse, hundertsiebenundachtzig Dollar in abgenutzten, zerknitterten Scheinen, auf der Frisierkommode seiner Frau zurückgelassen, war in die Garage gegangen und hatte einen auf falschen Namen per Versandhauskatalog bestellten 6,5-mm-Mannlicher-Carcano-Karabiner mit vierfach vergrößerndem Zielfernrohr in einen braunen Papiersack gesteckt.

Josh schlug das Buch mit einer Heftigkeit zu, die andere Besucher der Bibliothek aufmerken ließ. In der Stille des Raums mochte es beinahe wie jener verhängnisvolle Schuß gewesen sein. Er verließ den Lesesaal und verbrachte den Rest des Nachmittags bei einem Zahnarzt, der die Klammern wieder einpaßte. Zuerst wollte der Mann nichts davon wissen; Josh mußte ihn überzeugen, daß es als scherzhafte Überraschung gedacht sei.

Er war wieder getarnt. Er setzte die Sonnenbrille auf und war bereit, der Welt gegenüberzutreten. Er nahm sich ein Hotelzimmer, kaufte eine Tageszeitung, ein Wochenmagazin und las bis zwei Uhr früh. Dann träumte er, er könne nicht schlafen. Der Grund dafür war, daß er in einem offenen Lincoln fuhr, ein Ziel, das von einer Rückenstütze festgehalten wurde. Er verwandelte sich in eine Zielscheibe, bemalt mit konzentrischen weißen, blauen und roten Kreisen, und fühlte die Kugel ins Schwarze treffen. Glocken läuteten. Er schrie auf, und es war Morgen.

Er hatte das Frühstück für halb neun bestellt, aber als es kam, wollte er es nicht mehr. Statt dessen ging er die Pennsylvania Avenue hinauf und wartete mit den Touristen auf die erste Führung des Tages. Die nächsten zweiundsiebzig Stunden sollten eine Pilgerfahrt in seine eigene Vergangenheit sein. Der Vater, der aller Wahrscheinlichkeit nach nichts von seiner Empfängnis gewußt hatte, war sein einziges Bindeglied mit sich selbst.

Er überlegte, daß es in seinem Leben keinen wesentlichen Unterschied gemacht hätte, wenn sein Vater am Leben geblieben wäre. Der Präsident war kein Privatmann, man konnte nicht von ihm erwarten, einen außerehelichen Sohn anzuerkennen. Das Ergebnis wäre wahrscheinlich das gleiche gewesen: man hätte ihn bei irgendeiner geeigneten Familie zur Adoption untergebracht.

Blieb das Rätsel, warum man die Lebensumstände des Präsidenten seinem Dasein aufgepfropft hatte. Wenn es keine anderen Nachkommen gegeben hätte . . . Aber es gab einen Sohn. Einen legitimen, gesunden Sohn, vier Jahre älter als er.

Vielleicht hatte er die Funktion eines Ersatzmanns für den eigentlichen Erben. Eine Versicherung für alle Fälle. Von Zeit zu Zeit hatte er in den Zeitungen Bilder seines Halbbruders und seiner Halbschwester gesehen. Keins von den beiden Kindern hatte seine starke Ähnlichkeit mit dem Vater.

Die Führung begann, vorbei an den ionischen Säulen der Eingangshalle, den Salons und dem großen Bankettsaal. Er hatte vergessen, daß es Räume für einen Arzt und einen Zahnarzt gab. Sie betrachteten die Einrichtungen für Fernsehübertragungen, wurden über den Luftschutzkeller informiert, der groß genug sei, um alle im Weißen Haus Beschäftigten aufzunehmen. Eine selbstregulierende Klimaanlage sorgte für gleichmäßig temperierte Räume. Sein Vater war durch diese Korridore gegangen, hatte Autogramme für Besucher gekritzelt, Hände geschüttelt. Aber wer war der Mann, den er suchte, außerhalb dieses Rahmens gewesen?

Die privaten Augenblicke waren nicht aufgezeichnet, die gelösten und heiteren Stunden, wenn er mit seinen Kindern spielte oder segelte. Was hatte diesem Familienleben gefehlt, das für Sonntagsbeilagen wie gemacht schien? Warum hatte er anderswo Abenteuer gesucht?

Wer war seine Mutter? Diese Marmorböden und seidendrapierten Fenster und imposanten Balustraden sagten nichts. Sie hatten seither andere Präsidenten mit ihren Familien gesehen.

Die Touristengruppe machte kurz vor einem lebensgroßen Porträt halt. Josh blickte in sein eigenes Gesicht. Der Kreis hatte sich geschlossen. Aber die gut geformten, ein wenig lächelnden Lippen hatten keine besondere Botschaft für ihn. Der unpersönliche, wohlwollende Blick fiel auf alle ohne Unterschied.

Die Führung nahm ihren Fortgang, der Fremdenführer leierte Fakten und Daten herunter. Josh blieb zurück, sinnend vor dem Porträt des Mannes, den kennenzulernen er entschlossen war. Ein Wächter berührte ihn am Arm, und er kehrte in die Gegenwart zurück. Er suchte nicht den Anschluß an die Gruppe; er hatte genug. Die Identifikation, die er wünschte, war hier nicht zu finden. Er fuhr in seinem Plan fort.

Der Plan führte ihn zum Flughafen. Er verzehrte ein verspätetes Frühstück und war zur Mittagsstunde in der Luft, unterwegs in die Stadt, wo sein Vater ermordet worden war. Er landete auf einem Flughafen mit einem wie Hohn wirkenden friedlichen Namen, genau wie sein Vater es vor neunzehn Jahren getan hatte. Er kam mit einer gewöhnlichen Linienmaschine. Sein Vater hatte die ihm vorbehaltene Boeing 707 benutzt.

Alles, was mit der Reise des Präsidenten zusammenhing, war vom Geheimdienst mit Codebezeichnungen verschlüsselt worden, die Maschine, der Flug, der Mann. Die Geheimdienstleute waren so mit ihren Spielen beschäftigt gewesen, daß sie ihn aus Unachtsamkeit hatten sterben lassen. Soviel Josh wußte, war der Präsident nur gekommen, um seinem Vizepräsidenten, dessen Heimatterritorium es war und der eine Niederlage befürchtete, Wahlhilfe zu leisten. Wie es schien, hatte Fraktionsbildung die Partei im Heimatstaat des Vizepräsidenten gespalten. Der Präsident war offenbar zu der Überzeugung gelangt, daß es seines persönlichen Eingriffs bedurfte, um die verfeindeten Gruppen innerhalb der Partei zu versöhnen, und er hatte die Mühe auf sich genommen. Seine Frau begleitete ihn, Repräsentantin eines verfeinerten östlichen Lebensstils. Die persönliche Ausstrahlung des Paars und das bewährte Charisma des Präsidenten sollten die Fraktionen zusammenschweißen.

Heißes Sonnenlicht schlug auf Josh herab. Er nahm ein Taxi zur Innenstadt und stieg aus. Er wollte die Route zu Fuß nachgehen. Die Fassaden von Gebäuden, die er aus den Beschreibungen der Biographien kannte, fesselten seine Aufmerksamkeit. Hallmark-Glückwunschkarten, Hart, Schaffner & Marx, das Neiman-Marcus-Kaufhaus. Schaufensterpuppen hinter spiegelnden Glasfronten, Neonschriften.

Er kam zur Gedenktafel auf dem Platz. Auf den ersten Blick

schien sie eine der üblichen Selbstbeweihräucherungen zu den Errungenschaften der Stadt zu sein. Dann der Satz: DIESER ORT WURDE UNGLÜCKLICHERWEISE ZUM SCHAUPLATZ EINER TRAGÖDIE, WELCHE DIE WELT ERSCHÜTTERTE.

Er ging weiter, bog in die Houston Street ein. Der Mörder interessierte ihn nicht. Er wollte nicht wissen, wo der Mann sein Zimmer gehabt hatte oder wo das Haus stand, worin seine Frau wohnte, oder in welchem Kino er sich nach der Tat versteckt hatte. Aber seine Blicke suchten das Fenster im sechsten Stock des Eckhauses, von dem man einen ungehinderten Blick auf die Wagenkolonne hatte, wenn sie vorbeirollte.

Langsam, damit die Menschen den Präsidenten sehen und ihm zuwinken und zujubeln konnten, damit die junge Frau in ihrem französischen Kostüm bewundert werden konnte. Auf ihrem Schoß lag der große Rosenstrauß, den sie zur Begrüßung erhalten hatte und der bald mit Blut getränkt werden sollte.

Warum hatte niemand auf diesen Mann gehört, der das geistige Klima dieser Stadt kannte und davor gewarnt hatte? Warum hatte niemand jenen anderen Mann in Gewahrsam genommen, der in den Akten des FBI stand, der als ein Waffennarr bekannt war und in einem Gebäude arbeitete, an dem die Wagenkolonne des Präsidenten vorbeifahren mußte? Warum war auf eine so elementare Sicherheitsvorkehrung verzichtet worden?

Als die Wagenkolonne von der Main Street herunterkam und die Houston Street entlangfuhr, schien der Charme des Präsidenten und seiner Frau die Menge zu gewinnen. Die Leute jubelten ihnen zu. Waren das dieselben Hausfrauen, die noch vor drei Jahren den Vizepräsidenten bespuckt hatten? War diese lächelnde, freundliche Menge die gleiche, die am Tag der Vereinten Nationen Adlai Stevenson tätlich angegriffen hatte?

Ein Mann an der Ecke stieß seine Frau an und zeigte zum sechsten Stock des gegenüberliegenden Gebäudes. „Da schau hinauf, wenn du einen Geheimdienstmann sehen willst." Er dachte, die Gestalt, die sich dort oben aus dem Fenster beugte und mit einem Gewehr zielte, decke die Vorbeifahrt des Präsidenten. Sie sahen ihn abdrücken.

Es war zwölf Uhr dreißig. Der Wagen des Präsidenten hatte gerade eine scharfe Biegung in die Elm Street durchfahren. Der

RATIC NATIONAL CO

Winkel betrug hundertzwanzig Grad, und der große Lincoln verlangsamte beinahe bis zum Stillstand, um dann wieder auf fünfundzwanzig Stundenkilometer zu beschleunigen. Der Präsident wurde durch den Hals geschossen, aber nicht tödlich. Das Geschoß verletzte seinen rechten Lungenflügel, durchschlug die Luftröhre und trat unter seiner Kehle aus, wo es einen Fetzen der Krawatte mitnahm, bevor es den Oberkörper und das rechte Handgelenk des Gouverneurs durchschlug.

Der Präsident wurde von einer Rückenstütze aufrecht gehalten. Alle anderen Wageninsassen duckten sich instinktiv und versuchten in Deckung zu gehen; der Präsident blieb ein aufrecht sitzendes Ziel. Er hob die Hand zum Kopf, aber die Bewegung wurde nie zu Ende geführt, weil die Kopfoberseite nicht mehr da war. Das zweite Geschoß hatte sie abgesprengt. Ein Schwarm Ringeltauben flatterte vor Schreck auf und formierte sich am Himmel zu einem unvollkommenen V.

Die Frau warf sich über ihren Mann. Sie zog ihn zu sich, beugte sich über ihn, hielt den Kopf an sich gedrückt.

Blut ergoß sich über alles; die Polsterung wurde durchtränkt, der Auslegeteppich, die Rosen. Blutklumpen und Teile des Gehirns lagen auf dem bespritzten altrosa Kostüm.

Das Herz arbeitete noch immer, pumpte enorme Mengen Blut hervor, die oben aus dem Kopf sprudelten. Das Gehirn war zerstört. Aber der Körper, gesund und kräftig, unternahm fortgesetzt verzweifelte Anstrengungen zu atmen.

Das Krankenhaus war sechs Kilometer entfernt. Josh ging weiter. Sein eigener Atem ging laut, als kämpfe auch er gegen das Ersticken an, und die Hitze schlug auf ihn nieder. Wozu nahm er all dies auf sich? Warum konnte er nicht aufhören?

Er bewegte sich wie unter einem Zwang. Wie weit war es noch zum Kalvarienberg? Konzentrische Kreise flammten vor seinen Augen. Gebäude und leere Flächen und der Beton der Straße schienen sich im Hitzeflimmern aufzulösen, zu vermischen. Er ging durch diese Welt verschwimmender, verschmelzender Formen und sah die schweren Wagen diese Straße entlangrasen, um durch Geschwindigkeit, Sirenen und verspäteten Eifer rückgängig zu machen, was geschehen war. Das Blut aufwischen, das immer noch sprudelte und alles bespritzte. Die Brocken und Gewebefetzen wieder hineinstopfen, verbinden und dann beten. Aber der Schock lähmte sie noch immer. Das Funkgerät des Wagens konnte nicht in Betrieb genommen werden.

Als sie um zwölf Uhr sechsunddreißig das Krankenhaus erreichten, war niemand vorbereitet. Es gab keine Bahre, keinen Arzt, nicht mal einen Ambulanzsanitäter. Nichts und niemand funktionierte. Ein Reporter schrieb Seiten seines Notizblocks voll und konnte nachher nichts davon lesen.

Jene Zeit, seit neunzehn Jahren Vergangenheit, verlief tangential zur gegenwärtigen Zeit. Sein Verstand rekonstruierte das Geschehen durch Berichte von Augenzeugen, doch auf einer tieferen Ebene erlebte er die schreckliche Tragödie mit. Es war beinahe so, als ob er selbst derjenige wäre, der nach dem ersten Schuß, vom Rückenkorsett gestützt, aufrecht sitzen blieb und den zweiten erwartete.

In einer seltsamen, unerklärlichen Weise schien so etwas wie eine Symbiose stattzufinden. Er kannte den sengenden Schmerz in der Kehle, erinnerte sich des Gefühls von Hilflosigkeit, als er bewegungsunfähig dasaß und auf die zweite Kugel wartete.

Es war eine seltsame Art von Erinnerung, sie schien nicht in seinem Gehirn, sondern in seinem Körper angesiedelt zu sein. Seine Kehle erinnerte sich des Zerreißens von Bindegewebe und Sehnen, und sein Mund war plötzlich wie ausgetrocknet. Die Sonne mußte ihm zuviel geworden sein. Er fühlte sich ohnmächtig werden, sah sein Gesichtsfeld von außen nach innen schrumpfen. Er lehnte sich an den nächstbesten Baum, schloß die Augen und atmete tief, bis die Welt wieder ins Lot kam.

Dann lag das Krankenhaus vor ihm, ein nüchternes, weitläufiges dreistöckiges Gebäude. Ein unpassender Ort für die letzten Atemzüge eines großen Mannes. Heilige Maria, Mutter Gottes, bitte für uns arme Sünder jetzt und in der Stunde unseres Todes, Amen. Herr, gib ihm die ewige Ruhe, und das ewige Licht leuchte ihm.

Er blieb noch einen Augenblick stehen. Seine Pilgerfahrt war beinahe abgeschlossen. Er würde nach Washington zurückkehren und auf dem Friedhof von Arlington niederknien, und dann wäre es vollbracht. Dann konnte die Orientierung auf sein neues Selbst beginnen.

16

ZEHN Tage lang verließ er kaum sein Zimmer in einem Washingtoner Innenstadthotel. Die gestreifte Tapete wurde ihm so vertraut, daß er genau wußte, wo sie eingerissen und verfärbt war. Er ließ sich einen Bart wachsen, und die Stoppeln veränderten sein Aussehen bereits sehr zufriedenstellend. Er glaubte nun für immer auf die Gebißklammern verzichten zu können, suchte denselben Zahnarzt auf und ließ die Sache erledigen.

Nach der Rückkehr in sein Hotelzimmer schrieb er einen kurzen Brief an Bitterbaum, in dem er ihm ein Gespräch unter vier Augen vorschlug und ihn bat, der übrigen Familie nichts zu sagen. Er war nicht fähig, Lynn und G. K. zu vergeben. Sie waren die Hauptfiguren in der Scharade, besonders Lynn, die seine Mutter gewesen war und die er nun beim Vornamen nannte.

Er sah keinen Grund, sich für immer von seinem Bruder und seinem Vetter loszusagen. Er war überzeugt, daß sie von der ganzen Angelegenheit ebensowenig gewußt hatten wie er selbst. Auch die Mädchen hatten mit Sicherheit nichts gewußt. Doch je mehr er darüber nachdachte, desto stärker wurde die Gewißheit, daß Onkel Thor den Schlüssel zum Geheimnis besaß. Er hatte eine wichtige Rolle bei der Adoption der Mädchen gespielt. Es war vorstellbar, daß er auch die Aufgabe gehabt hatte, die „beste Lösung" für dieses unerwünschte, aber potentiell wichtige Kind zu finden.

Josh war die große Zuneigung, die Onkel Thor ihm entgegenbrachte, immer ein wenig peinlich gewesen. Er wußte, daß er in Onkel Thors Augen etwas Besonderes war. Nun begann er zu verstehen, warum es sich so verhielt, und er verstand auch die Ursache seiner zuweilen unbehaglichen Reaktionen. Er wurde in einem Zusammenhang geliebt, einem Rahmenwerk, als ob er so etwas wie ein junger Prinz wäre. Genau das war es, und diese Mystik verhinderte jene Unbefangenheit, die sie einander wirklich nahegebracht hätte. Jetzt konnte er diese Zuneigung ausnutzen, um an die Wahrheit heranzukommen. Er mußte alles wissen. Er mußte in Erfahrung bringen, wer seine Mutter war.

EIN HAUSMÄDCHEN fand den Abschiedsbrief und brachte ihn Lynn. Sie blieb ruhig. Sie ging zum Telefon und wählte eine Nummer im sechsundvierzigsten Stockwerk der Rockefeller Plaza, New York, wo sich das Hauptquartier und die Vermittlungszentrale der Familie befand. Die Sekretärin dort mußte wissen, wo G. K. gegenwärtig erreicht werden konnte.

Sie verwählte sich bei einer Nummer, die sie besser kannte als ihre augenblickliche Anschrift. Dieses kleine Mißgeschick brachte sie aus der Fassung. Ihre Hände begannen zu zittern, und sie fühlte die Augen naß werden.

Sie hatte immer gewußt, daß diese Situation eines Tages eintreten würde. Sie hatte es Gerald schon am Anfang gesagt. So oder so, einmal kommen diese Dinge immer ans Licht. Aber er hatte nicht auf sie hören wollen, er war in dieser Sache unzugänglich gewesen. Wahrscheinlich befürchtete er, daß Josh aus der Tatsache seiner Adoption auf uneheliche Herkunft schließen würde. Und natürlich würde es für Gerald ebenso peinlich sein, einen folgenreichen Fehltritt einzugestehen, wie es für Josh peinlich sein mußte, sich selbst als die Folge eben dieses Fehltritts zu sehen. Gar nicht zu reden von der Peinlichkeit der Erkenntnis, daß seine Mutter ein leichtfertiges und verantwortungsloses Ding war.

Lynn hatte viel darüber nachgedacht. Sie hatte sich immer gewundert, wie es ihrem Mann möglich gewesen war, ohne ihr Wissen eine Liebesaffäre mit einer anderen Frau zu haben. Zu der Zeit hatte sie keine Anhaltspunkte für das Bestehen einer solchen Verbindung gehabt. Sie hatte sich eingebildet, daß sie es merken würde, wenn es jemals geschähe, aber sie hatte nichts bemerkt. Zu der Zeit waren sie erst zwei Jahre verheiratet gewesen, und Gerald hatte sie mit Zärtlichkeiten und Aufmerksamkeiten geradezu überschüttet.

Aber man konnte das Kind nicht wegleugnen. Sie liebte diesen zweiten Sohn. Mit ihm hatte es einen gefühlsmäßigen Einklang gegeben, den es mit keinem von den anderen gab, nicht einmal mit ihrem eigenen Sohn. Vielleicht war es so, weil ihre Liebe mit Angst um ihn vermischt war. Als uneheliches Kind war er verwundbar und leicht bloßgestellt. Und sie sah sich als seinen Schild. Seine Art zu reagieren gefiel ihr besonders. Er war von

Natur aus scheu und in sich gekehrt, und es machte ihr Spaß, ihn aus sich herauszulocken. Gleichgültig, wie beschäftigt sie war, jeden Tag gab es Augenblicke, die für ihn reserviert waren, ein Verwuscheln der Haare im Vorbeigehen, einen verständnisinnigen Blick, einen Scherz.

Sie wählte wieder, und das New Yorker Büro meldete sich. Kelloggs Privatsekretär war am Apparat. „Henry", sagte sie ohne Vorrede, „bitte machen Sie meinen Mann ausfindig. Es ist dringend."

Henry schlug vor, daß sie auflege; Mr. Kellogg würde sie anrufen. Sie tat wie geheißen und stellte sich die Aufgabe, den Speisezettel für die bevorstehende Woche durchzugehen und die Vorräte im Haus zu überprüfen. Aber sie konnte sich nicht konzentrieren. Wieder las sie Joshs Abschiedsbrief. „Ich weiß Bescheid." Lieber Gott, wie schrecklich, eine solche Entdeckung zu machen. Und er redete sie mit „Lynn" an, nicht mit „Mutter". Sie zermarterte sich das Gehirn, um zu verstehen, wie es geschehen sein konnte. Sie hatten keine Gäste gehabt, und auch am Morgen waren keine Besucher dagewesen. Sie rekonstruierte den Morgen. Es war der fünfzehnte Jahrestag des Todes ihrer Mutter. Sie hatte ihr Gebetbuch mit in den Wintergarten genommen und mehrere Gebete gelesen, während sie der Frau gedacht hatte, die ihre Mutter gewesen war. Sie hatte sich die Frage gestellt, ob sie ihre Mutter wirklich gekannt habe.

Dann hatte sie die Morgenzeitung überflogen, um sich schließlich ihrer Stickerei zuzuwenden. Sie machte Kopfkissenbezüge für die beiden Mädchen, die Namen inmitten gestickter Blumenmuster. Sie hatte ungefähr eine halbe Stunde daran gearbeitet, als sie ans Telefon gerufen worden war.

Moment – das Gebetbuch. Das Gebetbuch! Ihr Herz begann sich auszudehnen wie Hefeteig, aber dies wog schwerer, ein wachsendes Gewicht. Hoffnungslosigkeit war sein Teig, Verzweiflung die Hefe.

Sie sah jetzt, wie es gekommen war. Josh mußte in den Wintergarten geschlendert sein, das Gebetbuch aufgenommen und müßig aufgeblättert haben. Dabei war sein Blick an der Handschrift auf dem Vorsatzblatt hängengeblieben.

Wie konnte sie so nachlässig, so sträflich fahrlässig gewesen sein? Hatte es mit einem Freudschen Todeswunsch zu tun? Hatte sie auf irgendeiner Ebene ihres Unterbewußtseins gewollt, daß Josh die Wahrheit erführe? Gehofft, daß er sie trotzdem lieben würde?

Sie lieben? Er nannte sie „Lynn“, nicht länger „Mutter“. Er haßte sie.

Sie und Gerald hatten eine Lüge in die Welt gesetzt und diese Lüge achtzehn Jahre lang jeden Tag gelebt. Es hatte bei aller Zuneigung keine Aufrichtigkeit gegeben. Josh konnte ihr das nicht verzeihen.

Das Telefon läutete. Es war New York. Geralds Stimme kam klar durch, stark und zuversichtlich.

„Hallo, Lynn. Henry sagte, es sei dringend. Ist alles in Ordnung?“

„Nein, es ist nicht in Ordnung. Josh hat uns verlassen. Er weiß Bescheid, Gerald.“

„Was sagst du da?“

„Er weiß Bescheid, Gerald.“

Das transatlantische Kabel schien zu ächzen. Es wisperte. „Jesus!“ Dann rappelte er sich auf. „Woher weißt du das? Hat es eine Szene gegeben? Ist er heimlich fort und hat einen Brief hinterlassen? Wie war es?“

„Er hat einen Abschiedsbrief zurückgelassen.“

„Lies ihn vor.“ Die Entschiedenheit seines Tons wirkte beruhigend auf sie. Sie las ihm den Brief vor. „Mein Gott, Lynn, das ist schlimmer, als du denkst.“

„Was soll das heißen?“

„Ich kann es jetzt nicht erklären. Sollte Josh sich mit dir in Verbindung setzen, laß es mich sofort wissen. Und versuch herauszubringen, wo er ist. Wenn Bitterbaum sich meldet, sag ihm, er soll mich sofort anrufen. Du weißt nicht, wie es passiert ist? Wie er es entdeckt hat?“

„Nein“, sagte sie mit dem inneren Vorbehalt, daß sie die Lüge zu einem späteren Zeitpunkt richtigstellen würde. „Gerald, du sagst, es sei schlimmer, als ich denke. Wie soll ich das . . .?“

„Lynn, nicht jetzt. Ich lasse von mir hören. Bleib, wo du bist.“ Er legte auf, um mit einer Detektei zu sprechen und Bitterbaum in Los Angeles anzurufen. Der automatische Beantworter sagte, daß Bitterbaum erst am Montag zurückkommen werde. Henry erreichte ihn auf einer anderen Leitung in seinem Wochenendhaus am Strand. Er stellte die Verbindung mit G. K. her.

„Bitterbaum, er weiß Bescheid."

Bitterbaum räusperte sich und sagte: „G. K.? Sind Sie es?"

„Natürlich bin ich's, verdammt noch mal. Josh hat es herausgebracht. Er weiß Bescheid."

„Warten Sie, bleiben Sie am Apparat. Ich muß das Radio leiser stellen." Nach kurzer Pause meldete er sich wieder. „Sagten Sie, Josh wisse Bescheid?"

„So ist es. Er ist von zu Haus fort. Weggelaufen. Sind Sie noch da, Bitterbaum?"

„Was weiß er? Was genau?"

„Alles, natürlich."

„Das ist nicht möglich. Überlegen Sie, G. K. Es ist nicht möglich. Erzählen Sie mir, was geschehen ist."

„Ich sprach gerade mit Lynn. Josh hinterließ einen Abschiedsbrief, in dem steht: ‚Ich weiß Bescheid.' Er sagt darin auch, wir sollten nicht versuchen, ihn ausfindig zu machen."

„Also gut. Er hat etwas herausgebracht. Genug, daß es ihn durcheinandergebracht hat. Wahrscheinlich hat er entdeckt, daß er adoptiert ist."

„Sie glauben, das ist es?"

„Ich glaube, das muß es sein."

„Mein Gott. Ich hoffe, Sie haben recht. Ich konnte nur denken, daß die ganze Sache geplatzt sei. Ich konnte mir nicht vorstellen, wie, aber ich dachte mir, es müsse so sein. Als er schrieb, er wisse Bescheid, geriet ich in Panik. Gott helfe mir, ich verlor den Kopf. Aber Sie haben völlig recht, Bitterbaum. Hätte ich einen Augenblick überlegt, hätte mir klarwerden müssen, daß er es gar nicht wissen kann, es sei denn, Sie oder ich hätten es ihm mitgeteilt."

„Und Sie dachten, ich hätte es ihm gesagt?"

„Ich weiß nicht, was ich dachte. In dem Brief schrieb er jedenfalls: ‚Ich weiß Bescheid.' Aber das ist es, er hat entdeckt, daß er adoptiert ist. Für einen Jungen in seinem Alter muß das ein ziemlicher Schlag sein, nehme ich an. Er hängt an Lynn, hatte immer ein besonders enges Verhältnis zu ihr. Ich glaube, ich werde den Detektiv lieber zurückpfeifen."

„Was für einen Detektiv?"

„Ich sage Ihnen, Bitterbaum, ich verlor den Kopf. Aber ich sehe ein, daß Josh allein damit fertig werden muß. Richtig?"

„Das meine ich auch."

„Ich werde dieses Wochenende in London sein. Wenn Sie von ihm hören, lassen Sie es mich wissen."

„Versuchen Sie Ihre Frau zu beruhigen", sagte Bitterbaum. „Ich stelle mir vor, daß sie sehr aufgeregt und verzweifelt sein wird."

„Wird gemacht. Passen Sie auf sich auf."

Bitterbaum legte auf und schenkte sich einen Whisky ein. Die Nachricht hatte ihn stärker geschockt, als er zu erkennen gegeben hatte. Während eines schrecklichen Augenblicks war das ganze kunstvoll errichtete Gebäude erschüttert worden, war ein Riß erschienen und hatte sich vor seinen Augen zu einem Spalt erweitert. Seine Fantasie hatte ihm die nächste Phase ausgemalt, den Augenblick, da das Gebäude einstürzen und ihn unter sich begraben würde.

Aber der gesunde Menschenverstand hatte es noch einmal zusammengehalten. Josh konnte die Wahrheit nicht wissen. Die Katastrophe war abgewendet. Aber sie war nur vertagt, aufgeschoben. Eines Tages mußte sie eintreten.

Und Josh?

Diesen Deckel klappte er schnell wieder zu. Der Gedanke kam ihm, daß Josh versuchen könnte, sich mit ihm in Verbindung zu setzen. Er rief die Sprechstundenhilfe an und bat sie, zur Praxis hinauszufahren und seine Post durchzusehen. Er füllte das Whiskyglas auf. Diesmal tat er das Soda dazu. Er ging ins Freie und setzte sich, um den Sonnenuntergang über dem Wasser zu beobachten. Eine halbe Stunde verging. Die Farben vertieften sich, der Himmel stand in Flammen und verblaßte nach und nach. Am Osthimmel erhob sich der weiße Mond und trennte Ozean und Strand. Die Brandung warf sich mit dumpfen, seufzenden Schlägen gegen die Küste. Miß Oakes rief an und meldete, daß keine Post für ihn gekommen sei.

ANNÄHERND zwei Wochen vergingen, ehe der Brief kam. Er war in Washington abgestempelt. Bitterbaum wendete das geschlossene Kuvert zwischen den Fingern und zögerte mit dem Öffnen.

Was machte Josh in Washington? Die Familie hatte nie dort gelebt. Warum Washington? Welche Anziehungskraft konnte die Stadt für ihn haben? Hatte die Ähnlichkeit ihn darauf gebracht, die Wahrheit zu erraten? Aber wie konnte man so etwas erraten?

Er las Joshs kurze, förmlich gehaltene Bitte um ein Gespräch. Die Befürchtungen, die er G. K. hatte ausreden können, überkamen nun ihn.

Er nahm sich vor, hauptsächlich zuzuhören. Es war am sichersten, nicht zuviel vorauszusetzen und den Jungen reden zu lassen. Bitterbaum hatte entdeckt, daß diese Methode bei Patienten sehr vorteilhaft war. Viele wußten viel besser als er, was ihnen fehlte. Und oft wußten sie auch, was ihnen helfen konnte.

Er wählte das Wochenendhaus an der Küste für die Zusammenkunft, weil er sich ausrechnete, daß die entspannte, zwanglose Atmosphäre den Verlauf des Gesprächs beeinflussen würde. Zu diesem Zweck vergewisserte er sich, daß der Kühlschrank mit allem Notwendigen ausgestattet war. Aber als Josh dann kam, mußte Bitterbaum erkennen, daß alle diese Äußerlichkeiten wertlos waren.

Zuerst hätte er ihn fast nicht wiedererkannt. Josh trug langes Haar, und seine Züge waren hinter einem Bart halb verborgen. Eine weitere Veränderung war, daß die Gebißklammern fehlten. Er tarnte seine Angst mit einem freundschaftlichen Schlag auf Joshs Schulter. „Freut mich, daß du gekommen bist, Josh. Wie geht es dir?"

„Gut." Er blickte unbehaglich im Raum umher. „Können wir draußen sprechen?"

„Gewiß, warum nicht?" Er ging voraus. Dachte Josh, er würde ein Tonbandgerät mitlaufen lassen? „Wie wär's mit einem Bier?"

Josh schüttelte den Kopf, unwillig über den Versuch, ihn mit alltäglichen Trivialitäten einzulullen. „Du weißt, daß ich von zu Hause weg bin?"

„Dein Vater rief mich deswegen an." Hör zu, was er zu sagen hat, erinnerte er sich. Wenn er still ist, mach dir nichts daraus. Laß ihn aus sich herauskommen.

„Ich hinterließ einen Abschiedsbrief, der den Grund erläuterte."

„Ich glaube nicht, Josh, daß deine Leute es für eine hinreichende Erklärung hielten", sagte Bitterbaum sanft.

„Dazu möchte ich sagen, daß es nicht meine Leute sind. Wir beide wissen das."

„Ich weiß nichts dergleichen", sagte Bitterbaum.

Josh warf ihm einen ungeduldigen, beinahe zornigen Blick zu. „Ich wurde adoptiert."

„Ja", sagte Bitterbaum, „genau wie die Mädchen. Deswegen sind sie gewiß nicht weniger erwünscht gewesen oder weniger geliebt worden. Sie sind auch nicht von zu Hause weggelaufen."

„Das stimmt. Aber sie sind auch nie belogen worden. Ich brauche dich nicht zu fragen, warum ich belogen wurde. Ich weiß Bescheid. Ich weiß, wer ich bin."

Bitterbaum hatte das Gefühl, an einen anderen Ort versetzt zu sein. Die unter ihnen an die Küste rollenden Brecher donnerten und atmeten in seinem Kopf.

„Mein Leben lang haben die Leute mir erzählt, wem ich ähnlich sehe", fuhr Josh fort. „Die Idee mit den Gebißklammern war natürlich schlau, aber sie taugte nur für eine gewisse Zeit. Hattest du daran nicht gedacht, Onkel Thor?"

Die ersten Felsbrocken lösten sich und kullerten vorbei. Bitterbaum wartete auf den Erdrutsch.

„Sobald ich wußte, daß die Kelloggs nicht meine Eltern waren, wurde diese Ähnlichkeit wichtig. Ich konnte daraus folgern, wer ich bin."

Bitterbaum richtete sich auf und ließ das Geländer los. Was nützt es, ein hölzernes Geländer zu umklammern, wenn man niedergeschlagen wird, wenn ein Menschenalter von Machenschaften über einen hereinbricht und einen mit sich reißt? „Nun?" Das Wort kam nicht klar heraus, und er räusperte sich. „Nun, dann sag es mir. Wer bist du?"

„Du weißt verdammt gut, daß mein Vater der frühere Präsident war. Der ermordet wurde."

„Schon gut, schon gut", sagte Bitterbaum erleichtert. Der unerträglich beengende Druck schien zu weichen.

„Was ich von dir wissen will, Onkel Thor, sind die Einzelheiten. Wer ist meine Mutter? Weiß seine Familie von mir? Wer brachte die Kelloggs zu welchen Bedingungen dazu, mich als ihr Kind aufzuziehen? Wieviel wissen sie?"

„Nicht so schnell, Josh. In den meisten Punkten kann ich dir keine Auskunft geben, weil ich es selbst nicht weiß. Ich kann dir sagen, daß Lynn die Auskunft erhielt, du seist Kelloggs unehelicher Sohn. Meines Wissens glaubt sie das bis heute. Sie konnte keine weiteren Kinder haben und nahm dich gern an Kindes Statt an."

Er glaubte in Joshs Zügen eine momentane Entspannung auszumachen, doch im nächsten Augenblick war der Junge wieder auf der Fährte. „Aber Vater wußte es!"

„Und ich wußte es. Um deine andere Frage zu beantworten, die deine leibliche Mutter betrifft, so gibt es darüber keine Unterlagen. Es wurde schon vor deiner Geburt geregelt. Dr. Clemens stellte die Verbindung her. Ich hatte damals die Urlaubsvertretung in seiner Praxis. Er ist jetzt tot, und mit Ausnahme der Adoptionspapiere gibt es keine Unterlagen. G. K. lag daran, dich zu haben."

„Warum? Warum sollte ihm an mir gelegen sein? Wenn ich zurückblicke, habe ich das Gefühl, programmiert worden zu sein, um in die Fußstapfen meines Vaters zu treten. Lese ich in einer seiner Biographien über die Jugendjahre, so kommt es mir wie mein eigenes Leben vor. Die Wahl meiner Familie, meine Religion und selbst die Betonung von Sport und Wettspielen erscheinen mir insgesamt als eine Anstrengung, die Jugendzeit meines Vaters zu rekonstruieren. Warum? Ich habe einen Bruder. Er ist sein legitimer Sohn. Soll ich der Ersatzmann sein, der in Bereitschaft gehalten wird, falls ihm etwas zustoßen sollte? Das ist einfach nicht realistisch. Begreift G. K. nicht, daß der Makel, ein außerehelicher Sohn des früheren Präsidenten zu sein, nicht überwunden werden kann?"

„Immer langsam, Josh. Niemand hat dich für irgend etwas programmiert. Du bist der Adoptivsohn reicher Eltern, die dir von allem das Beste gegeben haben. Nicht wahr? Ich sehe darin nichts Finsteres. Wurdest du etwa anders erzogen als Jer oder Steve?"

Josh stützte den Kopf in die Hände.

„Du hast einen Schock erlitten. Einen doppelten Schock. Aber sei nicht zu hart mit uns, Josh."

Josh hob den Kopf und blickte Bitterbaum durchdringend an. „Ich will dir was sagen, Onkel Thor, ich will alles im Gleichgewicht halten. Wenn du mir eine Frage mit völliger Aufrichtigkeit beantwortest, werde ich sehen, ob es vielleicht eine Vertrauensbasis gibt."

„Wie ist deine Frage?"

„Du wirst es komisch finden, aber ich möchte es wirklich wissen. Erinnerst du dich an dieses Mädchen, Lefty, das in Malibu in unserer Nähe gewohnt hat? Vor ungefähr fünf Jahren ist es mit seinen Eltern weggezogen. Ich schrieb Lefty ein paarmal, sie hat nie darauf geantwortet. Ich will wissen, ob sie meine Briefe bekommen hat?"

„Nein, sie hat die Briefe nicht bekommen."

Die blaugrauen Augen zeigten keine Bewegung. „Danke. Aber kannst du mir sagen, warum ihr meine Briefe zurückhieltet?"

Bitterbaum befeuchtete sich die Lippen.

„Nein", sagte Josh, „ich werde es dir sagen. Es gehörte nicht zum Programm. Für irgend etwas, das ich für mich selbst arrangierte oder aus eigenem Antrieb tat, gab es keinen Raum. Das ist es, was ich vorher sagte: mein ganzes Leben wurde geplant." Er war auf und ab gegangen, nun blieb er vor Bitterbaum stehen. „Ich anerkenne es, daß du dich auf eine Ebene mit mir stellst. Ich anerkenne die Tatsache, daß G. K. nicht hier saß, als ich hereinkam. Damit will ich sagen, daß zwischen uns alles in Ordnung ist. Und ich werde Mutter schreiben. Aber ich werde nicht nach Hause gehen. Ich kann nie wieder zurückgehen, um eine Art Schachfigur für andere zu sein."

„Du reagierst immer noch emotional, Josh. Aber gut, nimm dir Zeit, um alles zu durchdenken. Ich glaube, du wirst finden, daß G. K. dir Gelegenheiten bietet, die du nicht zurückweisen kannst. Eine davon ist Harvard im kommenden Herbst."

„Ich will nichts von ihm!" sagte Josh heftig. „Weder Harvard noch sonst etwas." Er zog ein Stück Papier aus der Tasche und hielt es hoch. Es war ein Schuldschein über fünfzehnhundert Dollar. „Soviel habe ich von meinem Bankkonto abgehoben, als ich fortging. Ich habe die Rückzahlung der Schuld auf nächstes Jahr um diese Zeit datiert. Bis dahin wird er die Summe auf Heller und Pfennig zurückerhalten."

Bitterbaum lächelte bekümmert. „Josh, ich glaube nicht, daß G. K. fünfzehnhundert Dollar benötigt. Aber ich glaube, daß er einen Sohn braucht."

„Das war ich nie für ihn. Er hielt mich auf dem Abstellgleis in Reserve, für alle Fälle. Wie ich ihn kenne, hatte er irgendwas mit mir vor, eine langfristige Sache, die ihm eines Tages Gewinn bringen würde." Er zuckte die Achseln. „Wie soll ich wissen, was in ihm vorging? Aber ich weiß, daß ich Teil eines Plans war. Die Sache mit Lefty beweist es."

„Kannst du mir sagen, wohin du gehst?"

„Nein. Das muß ich auf eigene Faust machen. Ich muß sehen, was für ein Kerl unter dieser Oberfläche steckt – unter dem Tennis und dem Segeln und dem Golf, weißt du."

„Und dem Bart", sagte Bitterbaum.

Josh grinste.

Dieses blitzende, gewinnende Lachen griff ihm ans Herz. Als er wieder allein war, fragte sich Bitterbaum, ob er gut genug zugehört hatte. Er hoffte es. Paul Tillichs Wendung von der zuhörenden Liebe kam ihm in den Sinn. Es schien ihm die beste Art von Liebe zu sein, die man schenken konnte. Und dieser Junge, der auf die Suche nach sich selbst gegangen war, brauchte die stärkste und beste, besonders dann, wenn seine Nachforschungen erfolgreich waren. Was Gott verhüten möchte.

17

DANK Bitterbaums Fürsprache bei der Familie konnte Josh ungestört seinen eigenen Weg gehen. Er führte ihn in eine andere Welt als diejenige, die er gekannt hatte. Es war eine Welt, die er bisher nur überflogen oder durchfahren hatte, wenn er zwischen Hotels, Villen und Klubs hin und her gependelt war. Die Welt der Schnellrestaurants und Würstchenbuden war ihm fremd. Und von vielen Dingen, die den Bewohnern dieser anderen Welt selbstverständlich waren, hatte er noch nie etwas gehört.

Er bekam einen Job als Fahrer und mietete ein möbliertes Zimmer in „Venedig". Es war ein Slumviertel am Hafen, das nach dem üblichen Verfahren saniert wurde, indem man die alten Häuser abriß und die alten Leute in teure Neubauten umsiedelte, wobei man gleichzeitig Schwarze, Puertoricaner und Gammler hinauswerfen konnte. Die Hälfte der Wohnungen, die er belieferte, hatten Räumungsbefehle an den Türen kleben, aber niemand schien sich darum zu kümmern. Es gab so viele Gegenklagen, Beschwerden und Widersprüche von den Betroffenen, daß die Gerichte darin unterzugehen drohten und die Mieter monatelang unbehelligt weiter dort wohnen konnten.

Er gewöhnte sich daran, von dickbäuchigen Männern in Unterhemden und gebrechlichen alten Damen in kleingemusterten Baumwollkleidern Trinkgelder anzunehmen. Ein paar Collegemädchen luden ihn zu einer Haschparty ein. Er, der fremden Menschen bisher nur bei formellen Anlässen begegnet war, tauschte jetzt mit Unbekannten Bemerkungen über das Wetter und das Leben im allgemeinen aus, wurde nach seiner Meinung über das richtige Ansetzen einer Bowle gefragt, zu arithmetischen Problemen konsultiert und um Hilfe bei der Suche nach einer kostenlosen Klinik gebeten.

Für viele dieser Menschen gehörte Kochen nicht zum Lebensstil. Er hatte nicht wenige Kunden, die er drei- bis viermal in der Woche mit seinen Brathähnchen in Warmhaltefolie belieferte. Und wenn ein Tag ohne Bestellung verging, pflegte er sich zu fragen, was der alte Mr. Larson wohl zu Abend essen würde. Zwischen den Auslieferungen schaute er dann vorbei, um es zu erfahren. Mr. Larson sah sich im Fernsehen einen Boxkampf an und trank Bier. Er bestand darauf, daß Josh ihm Gesellschaft leiste.

Zu seiner eigenen Verwunderung wurde er von Anfang an akzeptiert. Es gab einleitende Fragen wie: „Du hast den Job erst seit kurzem, wie?" oder: „Gehst du noch in die Schule?", aber selbst die mehr gezielten Fragen parierte er mit Leichtigkeit. Sie wollten es in Wirklichkeit gar nicht wissen. Es war eine Art Aufnahmeritual.

Josh dachte an die namenlosen Hände, in die er überall auf der Erde Münzen gedrückt hatte. Nie war ihm dabei in den Sinn gekommen, daß es Menschen waren, die wie er ein Leben führten. Als er zum erstenmal ein Trinkgeld von einem Schwarzen annahm, wurde ihm das bewußt. Ich habe mein Leben auf den Kopf gestellt, dachte er.

Die Armut war eine großherzige Mutter, die vieles verzieh, und manche ihrer Kinder schliefen in ihren Mänteln eingerollt unter den Werbeplakaten. *Julius-Orangen. Vita-C-Cola. Ein Wagen, der Ihre Zukunft schöner macht.* Aber hatte die Zukunft überhaupt Zukunft? Die Dunkelheit war nicht dunkel genug, sie bot keine Deckung. Die Reiter auf ihren verchromten Pferden, schwarze Prinzen der Nacht, zum Falsett umkippende Stimmen. „Scher dich weg, Weißerchen, oder du schneidest dich. Könntest leicht in ein paar Scherben fallen."

Gelächter.

Die Komödie der Straße. Ein Besoffener schafft es nicht, geht zu Boden. Zum Schreien komisch!

Zwei brünstige Hunde kommen nicht mehr auseinander. Mann, sieh dir das an! Der Rüde zieht und zieht, zerrt die vor Schmerz quietschende Hündin mit. Dann steht er still und hebt sich und zieht ihr Inneres heraus.

Josh legte das Tier auf den Rücksitz des Kombiwagens, aber es verblutete winselnd auf der Sitzbank und war tot, als er bei einem Tierarzt anlangte.

Wieder Gelächter.

„Hörte, du hast dir einen Hund angeschafft."

Er begann zu verstehen. Sie waren keine Untermenschen, grausam und ohne Mitleid. Sie konnten nichts daran ändern. Sie lachten, weil sie sonst hätten weinen müssen, fluchen, sich besaufen und schreien.

Kleine Mädchen im Alter seiner Schwestern, die Kunden anhauten. „Na, wie wär's, komm schon rüber." Selbst das Meer war dreckig; Orangenschalen und Plastikflaschen trieben in einer schwappenden braunen Brühe mit gelben Schaumrändern. Alte Männer siebten den Sand, und wenn sie etwas fanden, nahmen jüngere es ihnen weg.

In seinem Bewußtsein nahm das Wort von der Wegwerfgesellschaft hier eine neue und schlimme Bedeutung an. Wegwerfverpackungen, Wegwerfflaschen, Wegwerfmenschen. Sie lagen bereits auf der Müllhalde der Gesellschaft, sich selbst zur Beute.

Seine Einstellung änderte sich. Er begann Sanierungsprojekte als gesetzlich sanktionierte Unmenschlichkeit zu betrachten, mit der die entbehrlichen Mitglieder der Gesellschaft aus dem kleinen Territorium, das ihr Lebensbereich war, vertrieben wurden. War eine Gegend erst saniert, konnten sie die Mieten nicht mehr bezahlen. Er begann die Schnellverkehrsstrecke für Luftkissenfahrzeuge, die „Venedig" durchschnitt, als fremd und störend zu empfinden. Mit den anderen Entbehrlichen sah er zu, wie die Playboys in seemännischem Aufputz unterwegs zur Marina oder einer Vergnügungsfahrt über die Oberfläche dahinrasten. In einer anderen Zeit hätte er sich als einer der Ihren gefühlt; jetzt betrachtete er sie aus einem anderen Leben und mit anderen Augen.

Die Umwandlung, die sich in ihm vollzog, war tiefgreifend. Lynn hatte ihm immer gesagt, daß er einen Polizisten rufen solle, wenn er in Schwierigkeiten sei. Das war das letzte, was einem hier in den Sinn gekommen wäre. Die Bullen drangsalierten und schikanierten einen, schleppten die Kleinen ab und ließen die Großen gewähren. Sie ließen sich von den eingesessenen Händlern bezahlen. Es war eine kleine, in sich geschlossene Welt, und man dachte und handelte in bescheidenen Dimensionen. Aber Josh begann zu vergleichen. Geschichten, die G. K. am Eßtisch erzählt hatte, kamen ihm ins Gedächtnis. Die Welt des Kapitals, die Welt der internationalen Machtpolitik war von dieser nicht so sehr verschieden. Nur der Maßstab war ein anderer.

Als die Tür geöffnet wurde, sah er, daß der Raum dahinter mit abmontierten Autoteilen, Fahrrädern, Fernsehgeräten und anderen Dingen vollgestopft war. Die Jugendlichen, die hier wohnten, waren ungefähr fünfzehn. Wo sollte man mit der Resozialisierung anfangen, wenn die Diebe und Einbrecher fünfzehn Jahre und jünger waren? Konnte man eine Entwicklung rückgängig machen, die diesen Punkt erreicht hatte?

In gewisser Weise war Josh naiver und unerfahrener als jedes Kind hier. Diese Kinder und Jugendlichen waren wie Wiesel, gruben sich ihre Verstecke auf Schuttabladeplätzen, hausten in Autokarosserien und leerstehenden Gebäuden. Wenn der Vater betrunken tobte oder die Mutter einen Kerl nach Haus brachte, gab es Orte, wo sie sich verkriechen konnten.

Josh stieß immer wieder auf Neues. Auf Dinge und Verhältnisse, von denen er nie etwas geahnt hatte. Duschbad und Toilette waren für die ganze Etage zugänglich im Hausflur. Wenn die Toilette nicht in Benutzung war, blieb die Tür offen. Das düstere Loch stieß ihn ab, und wenn er es aufsuchen mußte, brachte er immer

Papier mit, um es auf dem Sitz auszubreiten und auf den Boden zu legen. Der Gestank, der aus der verkrusteten Toilette stieg, war in der warmen Jahreszeit so unerträglich, daß es ihn in der Kehle würgte. Sooft es ihm möglich war, benützte er die Toilette in der Firma, für die er Lieferungen machte. Aber wenn er abends verschwitzt nach Haus kam, mußte er duschen, und das Duschbad war von der Toilette nur durch eine dünne Zwischenwand getrennt.

Eines Abends nahm er wieder sein Handtuch und ein Stück Seife und ging in den Hausflur. Die Tür war offen, also ging er hinein. Vor dem Duschraum wurde er von einem nackten Mann überfallen, der mit einer Erektion hinter der Tür gelauert hatte. Joshs Gewohnheiten waren regelmäßig, und der Mann hatte nicht lange gewartet.

Joshs persönliche Integrität, sein offenes und unvoreingenommenes Auftreten, seine Annahme, daß Anständigkeit respektiert würde, waren ihm ein Schild gewesen. Er lebte und bewegte sich zwischen ihnen, aber er war nicht einer der ihren. Manche warfen ihm verstohlene Blicke zu, wenn er, beladen mit seinen Waren, vorbeiging. Es gab Leute, die Bestellungen aufgaben, nur um ihn wiederzusehen. Er war schlank, aber athletisch, ein junger Gott mit freundlichem Lächeln, das einen erwärmte. Das Viertel akzeptierte ihn, und er durchwanderte es in Unschuld und Sicherheit, weil es ihnen so gefiel. Es gefiel ihnen, daß er keine Angst hatte. Es amüsierte sie, daß er nicht genug wußte, um Angst zu haben.

Aber auch hier gab es Ausnahmen. Sein Name war Merle. Ein Frauenname, aber niemand lachte darüber oder machte Witze. Er war Boxer und Gewichtheber gewesen, und er mochte gutaussehende Jungen. Zwei Wochen zuvor hatte er Josh gesehen, war ihm gefolgt und hatte das Haus ausgekundschaftet. Innerhalb weniger Tage hatte er Joshs Lebensgewohnheiten festgestellt, und als er sich an diesem Abend einschlich, beschmierte er seinen Körper mit Öl, so daß es Josh unmöglich war, ihn zu packen. Es gab ein Handgemenge und ein Ringen, und schließlich kamen sie zu Fall. Der Mann schlug mit dem Hinterkopf gegen den Rand des Duschbeckens und lag benommen auf dem Boden.

Josh schaltete das Licht ein. Der Schein der nackten Glühbirne zeigte ihm den muskelbepackten Körper, die derben Züge. Die Augen waren blau wie die einer Puppe und beinahe an der Oberfläche des Gesichts.

„Ich habe noch nie einen umgebracht", sagte Josh, auf den Mann hinabblickend. „Aber dich könnte ich umbringen. Und ich werde es tun, wenn du dich noch mal hier blicken läßt."

Mit Fußtritten stieß er das geblümte Hemd und die dünne Hose des Mannes hinaus in den Hausflur. Der Mann erhob sich vom Boden und bewegte sich rückwärts gehend zur Tür, ohne Josh aus den Augen zu lassen.

Als er draußen war, verriegelte Josh die Tür und duschte. Er zitterte. Er hatte dem Mann die Wahrheit gesagt: Er konnte töten.

AM WOCHENENDE hatte er am meisten Arbeit. Niemand mochte am Wochenende kochen. Er trug seine Kartons mit Hähnchen (tiefgekühlt oder frisch vom Grill) wie ein Statist durch Szenen und Menschenleben, die ihn nicht berührten, nichts mit ihm zu tun hatten. Häufig hatte er eine alte Dame zu beliefern, deren Kinder jede Woche zu Besuch kamen und ihr sagten, sie solle in ein Altersheim gehen. Sie aber weigerte sich, von dem Ort wegzugehen, an dem sie vierzig Jahre verbracht hatte. Jede Woche brachten die Kinder das Thema unverdrossen von neuem zur Sprache. Josh hatte sie „Tapetenfrau" getauft, denn ihr Kleid war lavendelblau und geblümt wie eine Tapete. Sie sah aus, als ob sie gerade aus der Wand gekommen wäre.

Sie hatte immer etwas für ihn zu tun. Er mußte hereinkommen und ihren Fernseher regulieren, eine Telefonnummer nachschlagen oder ihre Brille suchen. Er kam zu dem Schluß, daß sie nicht so vornehm war, wie sie wirkte, denn sie aß ihre Brathähnchen mit gefüllten Schokoladenriegeln und trank dazu Tokaier. An einem Wochenende gab sie ihre gewohnte Bestellung nicht auf, und am Montag ging er zu ihr, um nach dem Rechten zu sehen. Die Haustür war abgeschlossen, und als niemand öffnete, läutete er bei einem Nachbarn und erkundigte sich nach der Alten. Aber die Leute wußten nur, daß sie mit zwei anderen älteren Leuten fortgegangen sei. Die Beschreibung paßte zu ihren Kindern. Also hatten sie offenbar gewonnen und ihre Mutter in einem Heim untergebracht. Aus irgendeinem Grund deprimierte ihn das zutiefst. Es war der Beginn eines schlechten Tags, des schlimmsten in seinem Leben. Der Tag, der mit der Kapitulation der alten Dame begonnen hatte, endete, als er nach der Arbeit die Tür seines Zimmers öffnete und Onkel Thor sah.

Während seiner hundert Tage, der hundert Tage, die seit seinem Weggang verstrichen waren, war er an einer langen Leine gewesen. Er konnte G. K. sagen hören: „Lassen wir ihm seinen Willen." Das war die Überlegung gewesen, der Konsens. Sein Gefühl von Freiheit war Illusion gewesen. Jeder seiner Schritte war überwacht und gemeldet worden.

In hundert Tagen hatte Napoleon sein Kaiserreich beinahe zurückgewonnen. Aber er hatte nur Brathähnchen ausgeliefert.

Also hatte die Familie entschieden, daß er sich ausgetobt und nun nach Haus zu kommen habe. Er unterdrückte seine Freude über den Anblick der hageren, gebeugten Gestalt. Die vertrauten Züge, die große Nase und die freundlichen kurzsichtigen Augen gehörten zu einem anderen Leben, dem Leben, das er aufgegeben hatte.

Josh fragte nicht, wie sie ihm nachspioniert hatten. Es amüsierte ihn, sich einen ambitionierten Detektiv aus einer der besten Agenturen (andere kamen für G. K. nicht in Frage) beim Abfassen eines Berichts über seine Beobachtungen vorzustellen: „. . . brachte um 18.30 zwei Brathähnchen in das Haus Maple-Avenue 110 und fuhr dann . . ." Es war lächerlich. Wenigstens sagte er sich, daß es lächerlich sei, um nicht zornig zu werden. Er wollte mit Onkel Thor nicht streiten.

Dann bemerkte er, was er bis dahin nicht gesehen hatte, daß die lange Gestalt sich krümmte und wand, um ihn nicht ansehen zu müssen. Josh blieb direkt vor ihm stehen, und Bitterbaum blickte auf, doch ging sein Blick immer wieder an Josh vorbei. Besorgnis trat an die Stelle des Zorns. Sein Magen zog sich mit einem unangenehmen Gefühl zusammen. Die Alten hatten geglaubt, die Leber sei der Sitz jener Gefühle, die den Existenzsorgen und dem persönlichen Schicksal galten, aber bei Josh war der Magen das untrügliche Anzeigeinstrument. Er reagierte schon auf ein Wissen, das seinem Gehirn noch verborgen war. Was war geschehen? Er konnte Onkel Thors Blick nicht analysieren. „Alles in Ordnung?" fragte er.

Was nun geschah, war so überraschend, daß er seine Verärgerung vergaß. Onkel Thor wandte sich zur Seite und begann zu weinen.

Sofort war Josh neben ihm. „Onkel Thor!"

Bitterbaum nickte, um zu zeigen, daß er sich wieder in der Hand hatte. „Josh . . . Steve kam gestern bei einem Autounfall außerhalb von Lugano ums Leben. Er fuhr den Porsche. Der Wagen überschlug sich dreimal. Totalschaden."

„Weiß es Mutter?"

„Ja."

„Wo ist die Familie?"

„In Malibu."

„Also gehen wir." Er sagte sich immer wieder, daß es ein Irrtum sein müsse. Der Porsche war ein Geburtstagsgeschenk gewesen, grün und schnittig. Wie kann ein Geburtstagsgeschenk einen töten? „Wie ist es passiert?" fragte er.

„Es war kein Zusammenstoß. Andere Wagen waren nicht beteiligt. Ich dachte zuerst, diese lausigen italienischen Fahrer, aber das war es nicht. Man vermutet, er sei am Steuer eingenickt. Der Wagen sauste über die Böschung."

„Wer sah ihn? Wer machte Meldung?"

„Einheimische, soviel ich weiß. Aber wie es scheint, war er sofort tot."

„So heißt es immer, nicht wahr? Damit es weniger schrecklich erscheint." Wie können wir darüber reden? dachte er. Es ist nicht wahr. Steve ist ein zäher Bursche. Ein Sportler wie ein Profi. Und im Tauchen kommt ihm keiner gleich, Langstrecken waren seine Spezialität. Waren. Waren? Also glaube ich es doch. Nein. Er war zäh. Er hatte immer eine großartige Sonnenbräune. Mit einer solchen Sonnenbräune kann man einfach nicht sterben. „Wurde er herausgeschleudert?"

„Nein. Er wurde unter dem Wagen eingeklemmt."

„Der Wagen fing nicht Feuer?"

„Nein."

Er war froh, daß Steve nicht in den Trümmern verbrannt war. Was ziemlich unsinnig war, denn tot ist tot.

„Es wurde eine Autopsie vorgenommen."

Josh hielt abwehrend die Hand hoch. Er wollte es nicht hören.

Sie schneiden einen auf, machen eine Aufstellung über die Organe. Sie versuchen zu klären, ob man zerschmettert oder aufgerissen wurde. Welche Organe zerstört waren und so weiter. Steve mit seinen Scherzen, seinem Sinn für Humor und seinem Plan, in die Politik einzusteigen, war tot.

Es überraschte ihn, daß er in Verbindung mit Steves Tod nicht an Jesus, an Gott gedacht hatte. Er sagte hastig ein „Gegrüßet seist du, Maria". Tot. Thanatos. Was war das? Als Junge hatte er gedacht, es sei ein Entferntwerden – wie aus einem Spiel. Man verliert eine Schachfigur, der andere nimmt sie vom Brett, sie ist tot.

Von nun an würde er sein Spiel ohne Steve spielen müssen. Keine Beratungen mehr über Mädchen oder Campingausflüge, kein Pläneschmieden für Wildwasserfahrten, kein Ausleihen von Büchern über die Eiger-Nordwand, kein Armdrücken und keine Liegestützwettbewerbe mehr. Steve hielt den Rekord mit sechzig. Dabei mußte es nun bleiben.

Steve hatte ihm das Leben gerettet. Warum konnte er nicht ihn gerettet haben? Angenommen, er wäre mit ihm in Lugano gewesen, statt drei Monate lang Brathähnchen auszuliefern? Er hätte mit ihm sprechen und ihn wach halten können. Er hätte ihn am Lenkrad ablösen können. Aber als Steve starb, hatte er an den Türen von wildfremden Menschen geklingelt.

Es kam ihm grotesk vor. Leute, die er nicht kannte, hatten gesagt: „Danke, junger Mann." Und Steve . . .

Er folgte Onkel Thor hinunter. Er nahm nichts mit. Er wußte, daß er niemals wiederkehren würde, aber er nahm nichts mit. Zahnbürste, Kamm, Socken, Unterwäsche, ein paar Taschenbücher, Dinge, die er während seines Aufenthalts hier erworben hatte, wurden aufgegeben.

Onkel Thor bezahlte die Gebühr für die Küstenautobahn. Sie kehrten nach Malibu zurück, zwanzig Kilometer fuhren sie an dem gleißenden Meer entlang. An gewissen Tagen reichte der Smog der Großstadt bis hierher.

Dies war ein solcher Tag. Das Atmen schmerzte, die Lungen dehnten sich und sogen den gelblichgrauen Dunst ein, der in dichten Schleiern über der Küste hing. Und in diesem Dunst waren Schwebstoffe und Fremdkörper, die brannten und reizten.

Dauerte es länger, so fing die ganze Brust an zu schmerzen, und man hatte das Gefühl, sie sei hohl und ausgebrannt.

Onkel Thor fuhr die Einfahrt hinauf. „Alles in Ordnung, Josh?"

Josh antwortete nicht. Die Sprache war noch nicht erfunden. Zuerst kam der Tod, vor der Sprache. Und es gab noch immer keine Worte dafür, keine hinreichende Möglichkeit, ihn oder seine Wirkung zu beschreiben. Er dachte an Ellen. Schon zwei von sieben ausgelöscht.

Er war kaum durch die Tür, da warf Cindy sich ihm schon an den Hals. „Ich wußte, daß du heimkommen würdest. Ich wußte es. Ich wußte es. Ach, Josh!" Sie war inzwischen ein unbeholfener Backfisch, und ihr Kummer wirkte eher komisch.

Er küßte sie auf die Stirn. „Wo ist Mutter?"

„In ihrem Zimmer. Es ist schrecklich, Josh. Sie sagte überhaupt nichts. Seit es passiert ist, hat sie noch kein Wort gesagt. Vickie mußte sich übergeben. Und wir haben alle gebetet. Erst gestern kam ein Brief von ihm, worin er schrieb, er werde nächste Woche nach Haus kommen."

„Ist Jer da?"

„Ja, er ist da."

„Dann sag ihm und den anderen, daß ich wieder da bin. Wir treffen uns oben im Arbeitszimmer." Er ging die Eichentreppe hinauf, die Hand auf dem polierten Holz des Geländers. Er klopfte an die Tür und trat ein. Seine Mutter blickte auf. Sie war gefaßt. Seit seinem dreizehnten Geburtstag hatte sie ihn nicht mehr geküßt, aber nun stand sie auf, eilte ihm entgegen und küßte ihn. Es bedeutete, daß er für sie ihr Sohn war; beide wußten es. „Ich bin froh, daß du zurückgekommen bist, Josh." Sie sagte es so beiläufig, als ob er nur im Kino gewesen wäre.

„Kann ich irgend etwas tun, Mutter?"

„Denk dir was für die Mädchen aus, um sie ein bißchen davon abzulenken. Und sag Delia, sie soll keine Blumen mehr heraufbringen. Ich kann es nicht ertragen."

Josh bemerkte sie erst jetzt. Alles stand voller Schnittblumen. Das Wasser in den Vasen war klar, aber morgen oder übermorgen würde es sich verfärben und zu stinken beginnen. Plötzlich hielt er sich den Magen und beugte sich vornüber. Seine Mutter, die er hatte trösten wollen, stützte und tröstete ihn.

18

WÄHREND der Sommermonate, die ihm noch blieben, stellte Josh die Fragen, auf die es keine Antworten gibt. Ellens Tod hatte ihn berührt, aber er war nicht völlig unerwartet gekommen. Alles an Ellen war anders gewesen; daß sie so früh hatte sterben müssen, war traurig, aber es leuchtete ein. Dies leuchtete nicht ein. Er vermochte in Steves Tod keinen Sinn zu finden. Was war ein Unfall? Wenn der Tod ein Unfall sein konnte, warum nicht das Leben? Sie waren aus einem Stoff. Wenn der Tod sinnlos war, dann war es auch das Leben. Damit konnte er sich nicht versöhnen. Er kam sich vor wie in einer Falle. Er mußte sich einen Ausweg ausdenken. In der Zwischenzeit fügte er sich in alles, war mit allem einverstanden. Aber nichts ging von ihm aus, keine Wünsche, keine Antriebe, keine Impulse. Die Familie beschloß, daß er im Herbst wie geplant nach Harvard gehen solle.

Er las Bücher, aber nicht, um sich vorzubereiten, sondern weil er mit anderen Menschen kommunizieren wollte, ohne mit ihnen sprechen zu müssen. Er wußte nicht, was er dachte oder glaubte. Er tappte in einem Morast von Ungewißheit. Dennoch war es ihm wichtig zu erfahren, zu welchen Schlüssen andere gekommen waren. Durch sie hoffte er sich aus dem Sumpf zu ziehen.

Um eine Antwort auf die Frage nach dem Sinn des Lebens zu erhalten, wandte er sich an die alten Griechen.

Heraklit antwortete: „Alles fließt."

Nicht allzu hilfreich.

„Die Zahl regiert das Universum", sagte Pythagoras.

Interessant, aber kaum sachdienlich.

Er schlug bei den fernöstlichen Weisen nach. „Das Tao, das ausgesprochen werden kann, ist nicht das wahre Tao." Er mußte erkennen, daß sein Geist nicht genug geschult war, um zu verstehen.

„Eitelkeit der Eitelkeiten", sagte der Prophet. Und: „Wer das Wissen vermehrt, der vermehrt die Trauer."

Daran war sicherlich etwas Wahres, aber wenn dem so war, warum ging er dann nach Harvard?

„Es gibt keine Wissenschaft vom menschlichen Wollen und

Handeln, und es kann nie eine geben", sagte ihm eine andere Quelle. Hatte dann überhaupt nichts einen Sinn? War das Leben selbst ein Zufall?

Sein Verstand sagte ihm, daß es so war, aber sein Gemüt konnte es nicht akzeptieren. Seine religiöse Erziehung war noch zu stark, der Kindheitsglaube noch zu tief und lebendig. Die Religion schien ihm Teil seiner Natur zu sein.

Um die Dinge noch zu komplizieren, verliebte er sich im Lauf des Sommers dreimal, immer aus der Ferne. Aus der Nähe besehen, war das Mädchen dann nie, was er sich vorgestellt hatte. In seinem Gedächtnis lebte ein schattenhaftes Antlitz fort, aber er war unfähig, etwas aus Fleisch und Blut zu finden, das mit ihm vergleichbar gewesen war.

Wie verschieden war dieser junge Mann von dem Burschen, dem die Lehrer vergangenes Jahr beim Verlassen des Choate-College großen Erfolg vorausgesagt hatten.

Großen Erfolg worin?

BITTERBAUM erwartete besorgt die Veränderungen von Weltanschauung und Zielsetzung, die das Universitätsleben für Josh bringen würde. Er war erfreut und erleichtert, als er hörte, daß Josh dem katholischen St.-Pauls-Klub beigetreten war, doch brachte ihm die Nachricht, daß sein Schützling sich außerdem für die Golf-, Tennis- und Schwimmwettbewerbe gemeldet hatte, neue Sorgen. Es bestand die Gefahr, daß die Überbeanspruchung Joshs Rückenleiden wieder verschlimmerte.

Josh hatte die Phase des Rückzugs auf sich selbst überwunden, und die Aktivitäten, in die er sich nun stürzte, erschienen Bitterbaum fragwürdig und übertrieben. Was tat er in einem studentischen Vergnügungsklub, der Revuen aufführte und sich mit gesellschaftlich prominenten Mitgliedern brüstete? War Josh im Begriff, ein Playboy zu werden?

Josh stellte sich zur Wahl des Studentensprechers, fiel aber durch. Dagegen wurde er in die geschäftsführende Redaktion der Studentenzeitung „Crimson" gewählt. Bitterbaum entsann sich mit einer gewissen Befriedigung, daß F. D. Roosevelt in seiner Studentenzeit Chefredakteur des gleichen Blatts gewesen war. Trotzdem, es war zuviel. Josh verzettelte sich.

Nachdem er dieses Leben eine Weile aus der Ferne beobachtet hatte, begann Bitterbaum zu ahnen, was dahintersteckte. Er ging in die Universitätsbibliothek von Harvard und fand die Bestätigung. Die Bücher, die in den Biographien des verstorbenen Präsidenten eine Rolle spielten, waren seit Joshs Immatrikulation alle auf seinen Namen ausgeliehen. Er formte sich bewußt nach dem Mann, den er für seinen Vater hielt.

Bitterbaum bekam eine Gänsehaut. Der Mann, den er in die Welt gesetzt hatte, lebte sein Leben noch einmal. Was veranlaßte ihn dazu? Wollte er eine Verbindung mit seinem mutmaßlichen Vater herstellen? War es einfach der Wunsch, sich mit ihm zu identifizieren? Oder enthielt das Erbgut den Instinkt, sein früheres Selbst zu sein?

Es schien Bitterbaum, daß Josh einen ungesunden und falschen Kurs eingeschlagen hatte. Er dachte lange nach, bevor er im Studentenheim anrief und ihn zu sprechen verlangte. Er erhielt die Auskunft, daß Mr. Kellogg nicht mehr im Studentenheim wohne. Er habe sich eine Wohnung genommen. Bitterbaum notierte die Anschrift und erinnerte sich sofort. Die Wohnung war am Bowdoin Square im Westen von Boston – wo der ermordete Präsident während seiner Studentenzeit gewohnt hatte.

Josh empfing ihn in einer typischen möblierten Junggesellenwohnung; die einzige persönliche Note waren der Beutel mit den Golfschlägern und Bücher. „Ich wußte ja, daß du mich in meinem Bau aufstöbern würdest, Onkel Thor."

Der Scherz machte Bitterbaum traurig. Fühlte Josh sich durch seinen Besuch in die Enge getrieben? „Josh", sagte er, „mußte es der Bowdoin Square sein?"

„Warum nicht?" fragte Josh und hielt seinem Blick stand.

„Wann wirst du anfangen, dein eigenes Leben zu leben?"

„Wenn die Leute aufhören, mich zu fragen: ‚Habe ich Sie nicht schon mal gesehen?' Wenn ich keinen Bart mehr brauche, um meine Identität zu schützen."

„Ist es dir noch nicht gelungen, deinen Frieden damit zu machen, Josh?"

„Onkel Thor, ich wurde für das, was ich mache, erzogen, das solltest du wissen. Nur dafür. Du warst wahrscheinlich einer von denen, die das festlegten. Die Parallelen mit der Karriere meines

Vaters sind kein Zufall. Ein anderes College als Choate hätte es nicht getan. Und Harvard natürlich, das war von Anfang an eine ausgemachte Sache. In Wahrheit stört dich an der ganzen Sache nur, daß ich Bescheid weiß."

„Was mich stört, Josh, ist deine Bitterkeit."

„Warum sollte das einen von euch kümmern? Entscheidend ist, daß ich tue, wozu ich erzogen worden bin. Und ich mache meine Sache gut. Du sollst wissen, daß ich niemanden enttäuschen werde, weder G. K. noch Mutter oder dich. Du kannst also zu G. K. zurückgehen und ihm sagen, daß es sich auszahlen wird."

„Was wird sich auszahlen? Wovon redest du?"

„Von dem Geld, das er in mich investiert hat, wovon sonst?"

„Josh, sei fair."

Josh wandte sich ab. „Mutter ist die einzige, vor der ich meine Existenz nicht rechtfertigen muß." Als müsse er diese Schwäche ausgleichen, fügte er hinzu: „Aber auch sie spielte ihre Rolle in der Maskerade."

Bitterbaum schüttelte den Kopf. „Meinst du nicht, Josh, daß im Lauf von zwanzig Jahren aus Täuschung Wirklichkeit wird?"

Josh schüttelte die Hand ab, die sich ihm auf die Schulter gelegt hatte. „Ich weiß es nicht. Aber ich weiß, was für mich geplant wurde. Das hat nichts mit Hellseherei zu tun. Meine nächste Reise wird mich nach Paris führen. Ich bin den Dingen jetzt um einen Schritt voraus. Ich finde es amüsant, du nicht? Man weiß genau, wohin es geht, jeder Schritt ist einem vertraut."

Bitterbaum fühlte sich unbehaglich. Er wußte nicht, wie er ihm helfen sollte. Wenn eine Halbwahrheit genügte, diesen ätzenden Sarkasmus hervorzurufen, wie würde erst das Resultat der nackten Tatsachen aussehen?

ALS FÜR Josh das dritte Studienjahr an der Harvard-Universität begann, rückte ein Problem in den Vordergrund, dem er bisher mit Erfolg ausgewichen war. Da er darauf bestand, seine Karriere nach derjenigen seines Vaters auszurichten, war es wichtig, ein Dissertationsthema zu wählen, das ihm literarische Anerkennung eintragen würde. Sein Vater hatte mit seiner Analyse der britischen Politik und dem Münchner Abkommen von 1938 mit Auszeichnung promoviert. Die Familie hatte die Arbeit mit erheblichem

Werbeaufwand zu einem Bestseller gemacht und erreicht, daß sie zum Buch des Monats gewählt wurde.

Nachdem er sich das Ziel gesetzt hatte, begann Josh mit charakteristischer Gründlichkeit, die ihm offenen Möglichkeiten zu untersuchen.

Seine Welt, die Vereinigten Staaten des Jahres 1985, hatte sich von der moralischen und finanziellen Katastrophe des Vietnamkrieges erholt. Während der letzten Jahre waren Fortschritte in der Eindämmung besonders gefährlicher und verbreiteter Umweltbelastungen durch Radioaktivität, Blei und Insektizide erzielt worden. Es hatte des Erstickungstods mehrerer tausend Menschen in Los Angeles bedurft, um dies zu bewirken.

Die technologischen Voraussetzungen existierten seit über einem Jahrzehnt, aber erst als das Ballungszentrum zwischen dem San-Fernando-Tal, Pasadena und Santa Monica an den eigenen Abgasen zugrunde zu gehen drohte, raffte sich die Regierung zum Handeln auf.

Die Notstandssituation dauerte drei Tage. Die Zahl der Todesopfer erreichte fünftausend. Aber für Josh war es immer Ellen. Er wurde bei jeder Familienzusammenkunft und jede Ferien an sie erinnert. Ihre frohe Gemütsart, ihre Knopfschachteln und Muschelsammlung und die lebendige Realität, die Puppen für sie hatten, obwohl sie älter war als Jer – dies alles verband sie mit seiner Kinderzeit.

Wenn er nur zum Gedächtnis seiner Schwester und der vielen anderen unnötigen Toten schreiben und mit dem Blick in die Zukunft die Bedrohungen für das Überleben der Menschheit aufdecken könnte! Wenn sein Buch das vermöchte, dann würde es nicht länger notwendig sein, seine Existenz zu rechtfertigen. Wenn er selbst einen Beitrag leisten könnte, würde sein Leben aus sich selbst einen Wert erhalten; er könnte, wie Onkel Thor ihm immer empfahl, sein eigenes Leben führen.

Aber das waren Tagträume. Er hatte nicht die wissenschaftliche Vorbildung, die ihn zum Schreiben eines solchen Buchs befähigt hätte, und mußte sich auf Themen seines Studienfachs beschränken. Er verbrachte anstrengende Tage in der Bibliothek, studierte alte Zeitungen und Zeitschriften und wälzte Bücher. Allmählich nahm ein Thema Gestalt an. Je mehr er sich in den Stoff vertiefte, desto bedeutsamer erschien ihm der wachsende Einfluß der Volksrepublik China auf die Länder der dritten Welt und besonders auf Afrika.

Die Chinesen liefen Amerika und Europa den Rang ab, weil sie Entwicklungshilfe nicht zum eigenen wirtschaftlichen Nutzen betrieben, statt Abhängigkeit von teuer importierter Technologie die Besinnung auf die eigenen Kräfte in den Vordergrund stellten und zu alledem noch zinslose Kredite gewährten. Die Situation barg eine Menge weltpolitischen Zündstoff, und Josh wälzte das Problem lange mit sich herum. Ohne Frage war aus dem Thema eine gute Dissertation zu machen, aber er sah keine Möglichkeit, weil es nicht die Zugkraft hatte, um als Buch das Aufsehen zu erregen, um das es ihm ging.

Bedauernd ließ er das Projekt fallen und suchte weiter. Nach und nach begannen sich neue Umrisse abzuzeichnen. Die Artikel, von denen er Fotokopien machte, wurden technischer. Und eines Tages erkannte er, daß er seine Entscheidung getroffen hatte.

Seine Dissertation, die zugleich Bestsellerqualitäten haben sollte, würde sich mit dem Raumkorps beschäftigen, das aus der NASA hervorgegangen war. Das Projekt nahm ihn so in Anspruch, daß er die Bitterkeit vergaß, die ihn dazu getrieben hatte. Der Grimm, der hinter seinem Willen zum Erfolg stand, verlor sich wie von selbst.

Er faßte den Vorsatz, daß er nach der Promotion zwei Jahre zum Raumkorps gehen würde. Dort hatten der Idealismus, die Fantasie und der Abenteuergeist seiner Generation eine Zuflucht gefunden. Die Organisation war fünfzehn Jahre zuvor von Dr. Ehricke von der North American Rockwell konzipiert worden, natürlich nicht in ihrer gegenwärtigen Form, aber der Gedanke, gefährliche Schadstoffe in den Weltraum hinauszuschießen, war von dort ausgegangen. Ehricke hatte den Mond als Deponie für den radioaktiven Atommüll und hochgiftige Industrieabfälle ins Auge gefaßt. Als toter und atmosphäreloser Weltkörper war er nicht der Gefahr der Umweltvergiftung ausgesetzt, welche die Erde in den siebziger Jahren bedrohte.

Die Raumfahrttechnik hatte sich in diese Richtung entwickelt. Eine Flotte von „Trägern", den sogenannten Trucks, Weiterentwicklungen des ursprünglichen Raumgleiters, startete regelmäßig in eine niedrige Umlaufbahn, aus der sie ihre gefährliche Fracht aus radioaktivem und chemischem Giftmüll mit einer Schubkraft von tausend Tonnen zur Sonne schoß, in deren Korona schließlich alles verdampfte.

Über die Bereitstellung der Mittel für dieses kostspielige, aber sichere Verfahren hatte in jeder Legislaturperiode der Kongreß zu entscheiden. Es stand zu erwarten, daß eine starke Fraktion für eine drastische Kürzung der Ausgaben zugunsten des Verteidigungsetats eintreten würde.

Josh sah auf einmal sein Buch vor sich. In einer blitzartigen Erleuchtung hatte er die Lösung. Und sie schloß die Volksrepublik China und die Situation in der dritten Welt mit ein. Statt auf eine Konfrontation hinzuarbeiten, mußte eine Interessengemeinschaft der Vereinigten Staaten, Rußlands und Chinas für gemeinsame Weltraumprogramme gebildet werden. Eine Interessengemeinschaft, die sich der bestehenden Weltraumlabors, Orbitalstationen, Wetter- und Nachrichtensatelliten ebenso anzunehmen hätte wie der geplanten Projekte bemannter Mondstützpunkte und der in Bau befindlichen Sternwarte im Weltraum. Jenseits dieser Projekte öffnete sich der Interessengemeinschaft ein weites Betätigungsfeld: Erforschung der Geologie des Mondes, Abbau und Verarbeitung von extraterrestrischen Bodenschätzen und so weiter. Die Herausforderungen der Zukunft lagen dort draußen.

Er sah die Erde als einen Garten, einen Wohnsitz. Die Menschheit war aus Kriegen und territorialen Streitigkeiten herausgewachsen. Wenn die Rohstoffvorräte der Erde aufgebraucht waren, mußte die Menschheit sie von außerhalb beziehen. Keine Nation allein konnte die gigantischen Vorhaben verwirklichen, die notwendig waren; nur gemeinsame Anstrengungen konnten die Aufgaben der Zukunft lösen.

Es war kein Buch mehr, auf das er sich eingelassen hatte, es war eine Art Kreuzzug. Er sah seine Zukunft eins mit der Zukunft der Welt. Seine Stimme mußte mahnen, seine Hand den Weg weisen, seine Schulter den Anstoß geben.

DAS BUCH „Die Eroberung des Raums“ errang nach einer sorgfältig gesteuerten, vorbereitenden Werbekampagne in den Massenmedien den ersten Platz auf der Bestsellerliste und behauptete ihn für längere Zeit. Optimisten und Fortschrittsgläubige waren begeistert, und selbst Skeptiker empfanden es als eine erfrischende Vision in einer an realen Perspektiven arm gewordenen Welt. Es wurde in einundzwanzig Sprachen übersetzt, auszugsweise von Zeitschriften abgedruckt und von Reader's Digest in einer Kurzfassung gebracht. Von der gebundenen Ausgabe wurden eine Million Exemplare verkauft; später erschien es als Taschenbuch.

Josua Francis Kellogg war gleichsam über Nacht berühmt geworden. Er zeigte sich in der Öffentlichkeit kaum noch ohne Sonnenbrille, die er als zusätzliche Tarnung benötigte. Angesichts seines neuen Status trat der Familienrat zusammen, nachdem Bitterbaum und G. K. unter vier Augen die Lage erörtert hatten. G. K. schloß sich Bitterbaums Meinung an, daß es besser sei, keine Enthüllungen zu machen, solange Josh auf dem richtigen Weg blieb.

Im Wohnzimmer argumentierte G. K. anschließend für die politische Arena. Aber Josh erklärte, daß er einer Verpflichtung nachkommen müsse.

G. K. war verblüfft. „Verpflichtung?" fragte er. „Zu was? Und wem hast du dich verpflichtet?"

„Mir selbst", sagte Josh.

„Hört, hört!" sagte Bitterbaum.

Josh lächelte; er wußte ja, daß dem alten Knaben an nichts so sehr gelegen war wie an dem Wohlergehen Josua Francis Kelloggs.

„Vielleicht ist Politik die Antwort für mich", sagte er zu G. K. „Aber es ist eine spätere Antwort. Als nächstes möchte ich Erfahrungen mit der praktischen Arbeit im Raumkorps sammeln und die Organisation von innen kennenlernen. Ich habe mich für eine zweijährige Dienstzeit verpflichtet. Den Eignungstest für den aktiven Dienst habe ich bestanden und mich gleich für die Pilotenausbildung gemeldet. Vielleicht nehmen sie mich sogar. Ich warte noch auf den Bescheid."

Sein Vater schüttelte ihm die Hand, alle Einwände waren zurückgezogen.

Nun, da die Schuld zurückgezahlt war, dachte Josh, konnten sie einander vielleicht auf einer neuen Basis näherkommen. In diesem strengen, schroffen Mann steckte manches, das man bewundern mußte. Die meiste Zeit seines Lebens hatte er G. K. mit einer Scheu betrachtet, die jedes Kennenlernen verhinderte.

Aber bei dieser ersten Kraftprobe kapitulierte der alte Wolf. Damit zeigte er wieder einmal jenes feine Gespür, das für ihn charakteristisch war und das er an die ganze Familie weitergegeben hatte. Verliere nie, lautete einer seiner Wahlsprüche, aber wenn du verlierst, dann sei ein guter Verlierer.

„Du hast völlig recht, wenn du ein Gefühl für diese Sache bekommen möchtest", sagte er zu seinem Sohn. „Mach dich während der zwei Jahre deiner Dienstzeit mit jedem Aspekt vertraut. Dann kannst du eines Tages vor den Kongreß hintreten und wirst imstande sein, mit konkreten Reformvorschlägen die Bewilligung der notwendigen Gelder zu erreichen. Es ist die Herausforderung unserer Zeit, die neue Grenze, und du hattest den Weitblick, sie zu erkennen. Dies ist erst der Anfang, Josh, erst der Anfang."

Josh blickte in die Runde. Alle strahlten, alle waren stolz auf ihn.

Vor drei Jahren hatten sie Steve so angesehen. Der Brennpunkt verlagert sich; das ist das Leben. Er verspürte nicht länger das Bedürfnis, sich hervorzutun, aber die zielstrebigen Bemühungen der Familie und das ehrgeizige Unternehmen seines Buchs hatten Schwungkraft entfaltet. Seine Karriere, einmal in Bewegung gesetzt, würde ihn weitertragen. Er stimmte mit G. K. darin überein, daß dies erst der Anfang war.

19

START. Auf die ersten hundert Sekunden kam es an, dann war die Umlaufgeschwindigkeit erreicht. Der hohe Beschleunigungsdruck preßte einen in die Schaumgummipolster, stieg auf ein Maximum von knapp einem Pfund pro Quadratzentimeter und drückte einem den Atem ab.

Nach neunundzwanzig Sekunden wurden die ausgebrannten Startraketen abgeworfen. Nach einer Minute hatte der Raumgleiter eine Höhe von zwölftausend Metern erreicht, und nach weiteren dreißig Sekunden konnten die Raketenmotoren ausgeschaltet werden.

Die Beschleunigung hörte auf.

Er kontrollierte die Instrumente, ließ die Handsteuerung ausgeschaltet und wartete, daß der Bordcomputer die Einsteuerung in die berechnete Umlaufbahn vornehmen würde. Seit dem Start waren hundertfünfzehn Sekunden vergangen, es konnte kaum noch etwas schiefgehen.

Smitty nahm die gleiche Kontrolle an den unabhängig anzeigenden Duplikatinstrumenten vor. Das elektronische Leitsystem lenkte den Träger bei achtzig Kilometer Höhe in eine elliptische Umlaufbahn, löste im geeigneten Augenblick die Katapultvorrichtung des Lastbehälters aus und leitete nach Erreichen des Apogäums das Rückkehrmanöver ein. Wurde die Ladung ausgestoßen, glaubte Josh jedesmal eine Entspannung des Raumfahrzeugs zu fühlen, und er selbst entspannte sich mit ihm.

Es war keine Frage, daß der Dienst ihm Spaß machte. Aus einer Höhe von hundertsechzig Kilometern blickte er auf strahlend weiße Wolkenfelder, blaue Ozeane und ockergelbe, braune und grüngraue Landmassen hinab. Es war eine Zeit zum Träumen, und oft vergaß er seinen Kopiloten, und es war ihm, als kreise er allein um die mächtig schwellende Rundung des Planeten.

War es wirklich eine Welt, die im grenzenlosen Raum schwebte? In seiner Kindheit hatte er geglaubt, der Himmel müsse in ungefähr der Höhe angesiedelt sein, die er jetzt durchkreuzte.

Der Mensch hatte immer emporgeblickt. Er hatte die Augen und Arme zum Himmel erhoben. Er hatte Türme errichtet und Gott zum Aufseher dieses ganzen Raums gemacht. Jetzt hatte man die Wahl, Gott in entfernteren Gegenden des Weltraums unterzubringen oder ihn ganz nahe an die Seele heranzuziehen. Wenn Gott im Menschen wohnte, entstand eine Symbiose. Dann benötigte Gott den Menschen, wie der Mensch einen Gott benötigte.

Seltsam, hier draußen dachte man solche Gedanken. Vielleicht war es so, weil man keine Spur vom Menschen und seiner Zivilisation sah, wenn man hinabblickte. Löschte zuviel Perspektive alles aus? Oder waren es Gedanken, die jedem durch den Sinn gingen, der seine Stunden in solcher Einsamkeit verbrachte? Er hatte 1780 Raumflugstunden hinter sich.

Die Gedankenverbindung führte ihn zurück zu den Instrumenten, deren Anzeigen zu kontrollieren waren. Der Raumgleiter war mit zweitausendneunhundert verschiedenen Funktionen ausgestattet, von denen allerdings die meisten selbsttätig gesteuert wurden. Der Bordcomputer hatte eine Kapazität von mehr als zweitausend Wörtern und einigen Millionen Informationseinheiten. Trotzdem war es möglich, wenigstens theoretisch, die gesamten eingespeicherten Daten mit einigen Knopfdrucken zu löschen.

Seine eigenen Gedanken waren nicht so einfach zu löschen. Die beiden Wochen seit dem letzten Flug hatte er in Hampsted Heath verbracht, mit einem Wochenende in Rom. Für ihn war Rom unweigerlich mit der Erinnerung an jenen ersten Aufenthalt verbunden, als er gerade elf Jahre alt gewesen war. Die vielen Brunnen hatten eine unerklärliche, instinkthafte Wildheit in ihm aufgerührt, der er irgendwie hatte Luft machen müssen. Er hatte sich von der Familie losgerissen und war zum nächsten Brunnen gerannt und dann um ihn herum. Dann war er zu einem weiteren Brunnen gelaufen und hatte den auch umkreist, als ginge es um sein Leben.

Sein Hirn hatte die fixe Idee geboren, jeden Brunnen in Rom zu umkreisen. Es war ihm nicht wichtig gewesen, daß er von seinen Eltern weggelaufen war und sich in schmalen Seitenstraßen verirrt hatte, die von fremdländischen Leuten, die eine unverständliche Sprache sprachen, bevölkert wurden. Er hatte nur an die Brunnen gedacht, und wie erregend es war, um sie herumzurennen, während ihr Wasser von einem Becken ins andere rauschte. Ihretwegen war er bestraft worden. Sein Vater hatte es für notwendig gehalten, ihm dafür eine Tracht Prügel zu verabreichen.

Seine Mutter hatte ihn immer wieder gefragt: „Josh, was war nur in dich gefahren?“ Aber er hatte es nicht gewußt. Er hatte keine Worte, es zu erklären. Es war ein unbestimmter Freiheitsdrang und eine Selbstprüfung gewesen. Brachte er es fertig? Die Frage hatte er sich immer gestellt. Brachte er es fertig, um sämtliche Brunnen zu rennen; konnte er dieses Raumfahrzeug steuern?

Die gegenwärtige Mission hatte zwei Ziele: nach dem Abstoßen der Ladung hatte der Raumgleiter in seiner Umlaufbahn den amerikanischen Kontinent von Alaska bis Feuerland zu überfliegen und mit eigens an Bord genommenen Infrarotkameras und Meßgeräten den großen vulkanischen Gürtel der Pazifikumrandung zu untersuchen. Die Infrarotaufnahmen sollten verborgene Wärmeherde im Untergrund aufspüren und das Material für eine geothermische Energiekarte liefern, nach der später Bohrungen zur Nutzung der natürlichen Wärmeenergie niedergebracht werden sollten. Gegenwärtig waren die Vereinigten Staaten, die Sowjetunion, Island, Japan und Italien bedeutende Produzenten elektrischer Energie aus geothermischen Quellen. Anfang der siebziger Jahre, als das rapide Dahinschwinden der natürlichen Reichtümer der Erde und die ebenso rapide Bevölkerungszunahme für alle sichtbar den drohenden Zusammenbruch der Zivilisation prophezeiten, begann man vom „Raumschiff Erde" zu sprechen, das es zu erhalten und zu bewahren gelte.

Joshs Generation war die erste, die mit dem Wissen aufwuchs, daß ein Überleben der Menschheit nicht gesichert und nur möglich ist, wenn die allgemeine Rohstoffverschwendung und der resultierende Raubbau an den natürlichen Reichtümern eingestellt und neue, umweltneutrale Hilfsquellen gefunden werden. Es befriedigte ihn, daß seine Arbeit beides mit einschloß und daß er seiner Abenteuerlust frönen konnte. Er hatte eine achtzehnmonatige Ausbildung in Houston und im Simulator in Phoenix erhalten, ehe er das erste Mal als Kopilot im Zubringerdienst für bemannte Orbitalstationen hatte starten dürfen.

Dies war seine erste Zeit als Pilot; er bekleidete diesen Rang noch keine drei Monate.

Smitty, sein Kopilot, saß am Kommunikationsgerät hinter ihm und unterhielt sich mit George und Al, die achtern in der Bodenwanne des Raumgleiters kauerten und ihre Meßgeräte und automatischen Infrarotkameras überwachten. Er selbst überflog die Anzeigeinstrumente der Klimaanlage und Frischluftversorgung und führte die vorgeschriebene Inspektion der Notaggregate durch, um sie dann ins Logbuch einzutragen.

Der Lautsprecher knackte, dann meldete sich die Bodenleitstelle mit einer lauten und bellenden Stimme: „Achtung, Alarmzustand! Alarmzustand!"

Smitty brach das Gespräch ab und beugte sich über den Sender. „Träger SSO 11, bitte melden und Empfang bestätigen."

„Hier ist Träger SSO 11. Haben verstanden. Ende."

„Funkkontakt mit Modul XSM 2 verlorengegangen. Brechen Sie ab, und gehen Sie auf Annäherungskurs. Letzte bekannte Kursdaten von XSM 2 werden direkt Ihrem Navigationsgerät eingespeist. Bereiten Sie eine Siebensekundenzündung für fünfzehn Uhr zweiunddreißig vor."

Josh fragte den Navigationscomputer ab, und das Gerät zeigte ihm die von der Bodenleitstelle eingehenden Zahlen. Smitty las sie zur Bestätigung laut ab, und die Leitstelle schaltete sich aus.

Josh zündete zur vorgeschriebenen Zeit für sieben Sekunden das Haupttriebwerk und glich die Rollbewegungen des Trägers mit den Steuerdüsen aus. Er verglich den Kurs mit den vorgegebenen Daten, fand Übereinstimmung und konzentrierte sich auf den Radarschirm. Dies war sein erstes selbständiges Rendezvousmanöver, und er wußte, daß es während der letzten Phase der Annäherung auf Genauigkeit und Fingerspitzengefühl ankam.

Als sie sich dem berechneten Treffpunkt näherten, versuchte Smitty die Kapsel über Funk anzurufen, aber ihr Frequenzband blieb stumm. Die Atmosphäre in der Kabine war gespannt und erwartungsvoll. Ihre Routineumkreisung der Erde war zu einem Rettungsmanöver geworden, das sie in den Weltraum hinausführte. Was für einen Grund mochte das Verstummen der Kapsel haben? War der Pilot verletzt oder gar tot? Oder war nur das Kommunikationsgerät ausgefallen?

Die Bodenleitstelle kam mit weiteren Informationen. Parker, der Pilot des Moduls, hatte eine dreitägige Reise hinter sich und war unterwegs zur Orbitalstation Irma. Er hatte die Lücke im inneren Van-Allen-Gürtel wiederfinden sollen, die im Jahr zuvor von dem unbemannten russischen Satelliten Interkosmos 37 entdeckt worden war.

„Das erklärt die exzentrische Umlaufbahn", sagte Josh. Er blickte seinen Kopiloten an. „Kennst du Parker?"

„Nur vom Sehen. Wenn es derselbe Bill Parker ist, den ich meine, dann ist er schon seit fünf oder sechs Jahren im Dienst. Er gilt als etwas eigenwillig und als Schürzenjäger. Mehr weiß ich nicht über ihn."

Josh nickte. „Da, sieh mal, Smitty! Ich glaube, wir haben was auf dem Radarschirm."

20

LYNN war in die Staaten zurückgekehrt und bewohnte wieder das Haus im Latigo Canyon. Hier fühlte sie sich am meisten zu Hause. Sie blickte von ihrem Stickrahmen auf und genoß die Aussicht über den Garten, die Hügel und die weite See und überlegte, ob sie einen japanischen Steingarten anlegen sollte. Ihr Interesse an einem solchen Projekt rührte von einem Ferienaufenthalt im vergangenen Mai an der Kona-Küste her. Sie hatten in einem japanischen Gasthaus gewohnt, das um einen Goldfischteich gebaut war. Wann immer sie in den Innenhof und an den Teich gekommen war, hatten die Goldfische sich wie zu einem Gespräch bei ihr versammelt.

Es hatte wirklich den Eindruck gemacht, als redeten sie mit ihr. Sie waren herbeigeschwommen und an die Oberfläche gekommen, hatten ihre vorquellenden Augen auf sie gerichtet und die Mäuler geöffnet und geschlossen. Lynn hatte bis dahin nie gewußt, wie viele Formen und Züchtungen es bei Goldfischen gab. Es mußte schön sein, einen solchen Goldfischteich zu haben. Sie hatte mit Gerald darüber gesprochen, der sich ihr in solchen Angelegenheiten gern gefällig zeigte. Das Projekt nahm allmählich konkrete Gestalt an. Der Teich sollte am Fuß eines nahen Hügels ausgehoben werden, weil dort ein Rinnsal entsprang. Ein japanischer Steingarten sollte ihn umgeben. Sie mußte sich von einem Landschaftsgestalter beraten lassen, denn auch eine Brücke gehörte dazu. Oder vielleicht Trittsteine. Und die blauen Wasserlilien, die sie in Kioto gesehen hatte.

Delia kam heraus, um ihr zu sagen, daß sie am Telefon verlangt werde.

Sie hatte keine Lust, ins Haus zu gehen, und sagte: „Ich nehme das Gespräch hier draußen an.“

Das Hausmädchen ging, kam mit dem Telefon zurück und steckte den Kontakt in die äußere Anschlußdose. Mabel Wilson war am Apparat. Ihre Stimme klang bekümmert. „Ich wollte dir nur sagen, daß wir alle mit dir fühlen. Wir drücken ihm alle die Daumen.“

„Mabel, wovon redest du überhaupt?"

Es war bestürzend, daß sie keine Vorahnung gehabt hatte, daß sie von Goldfischen und einem japanischen Steingarten geträumt hatte. Sie hörte ihre Freundin reden, ohne wirklich zu verstehen, was sie sagte. Schließlich sagte sie: „Entschuldige, Mabel, ich will schnell das Radio einschalten." Sie ließ den Hörer fallen und rannte ins Haus.

Aus dem Radio hörte sie im Hintergrund Joshs Stimme, während ein Kommentator sprach. Josh und sein Kopilot Smitty tauschten mit der Bodenleitstelle technisches Kauderwelsch aus. Sie kannte Smitty, er war vor mehreren Wochen einmal zum Abendessen bei ihnen gewesen, als sie noch in England gewohnt hatten. Sie hatte ihn nett gefunden und gemocht. Sie mochte immer Leute, die ihre Kinder mochten.

„Sie hörten eben den Piloten der Raumfähre SSO 11, Josua Francis Kellogg, und seinen Kopiloten Albert Smith. Mr. Kellogg ist der Autor des bekannten Bestsellers ‚Die Eroberung des Raums'. Er ist der zweite Sohn von G. K. Kellogg, dem Erfinder, Menschenfreund und Chefunterhändler der Handelskonferenz von Reykjavik. Der Träger SSO 11 befindet sich auf dem Weg zu einer möglicherweise havarierten Raumkapsel. Raumgleiter dieses Typs sind ausgerüstet, um defekte Satelliten und Raumfahrzeuge in der Umlaufbahn zu bergen oder zu reparieren."

Sie hatte gelernt, sich keine Sorgen zu machen. Sie hatte sich vom Routinecharakter dieser Erdumkreisungen überzeugen lassen. Aber nun entfernte er sich Hunderte von nautischen Meilen in den Weltraum. Was war eine nautische Meile? Ich muß Gerald anrufen, dachte sie.

Das Telefon läutete. Es war eine Botschaft, daß Gerald unterwegs sei, aber als nicht viel später die Tür ging, war es Thor.

„Ich hörte im Autoradio von der Geschichte", sagte er. „Alles in Ordnung, Lynn?"

Sie blickte ihn zweifelnd an. „Ich weiß nicht. Wie gefährlich ist es? Es hieß, er werde ein Annäherungsmanöver versuchen, um die Kapsel zu bergen."

„Ja, das ist die Anweisung. Ich habe es auch gehört."

„Aber angenommen, sie kollidieren? Das könnte passieren, nicht wahr?"

„Kaum, es sei denn, der Pilot stellt sich ungeschickt an. Der Gleiter hat ausschwenkbare Arme, um defekte Satelliten und dergleichen festzuhalten."

„Was könnte mit der Kapsel geschehen sein?" fragte sie, schon etwas ruhiger, denn Bitterbaum hatte den Fernseher eingeschaltet, und auf dem Bildschirm war auf einmal Josh zu sehen, gebräunt, grinsend und unbekümmert, wenn auch etwas unscharf.

Lynn sank auf das Sofa. Bitterbaum füllte Kognakgläser.

„Wir haben Radarkontakt", sagte Josh. „Gibt es in diesem Sektor andere Raumfahrzeuge?" Seine Stimme klang blechern, untermalt von zischenden und knisternden Störgeräuschen.

„Keine", antwortete die Bodenleitstelle. „Vermutlich handelt es sich um XSM 2. Geben Sie die Position durch, und halten Sie sich für eine Kurskorrektur bereit."

„Wird sie das nicht zu weit in den Raum hinaustragen?" fragte Lynn. „Ich dachte, diese Träger entfernen sich nie weiter als ein paar hundert Kilometer von der Erdoberfläche."

„Nein, normalerweise nicht. Aber im Prinzip macht es keinen Unterschied, ob sie hundert oder vierhundert Kilometer weit draußen sind." Bitterbaum sagte es in einem so besänftigenden Ton, daß er damit das Gegenteil der beabsichtigten Wirkung erzielte.

Die Fernsehberichterstattung hatte zu einem Institut für Raumfahrttechnik umgeschaltet, wo ein Wissenschaftler neben einem Modell der XSM-2-Kapsel stand und mit einem Anzeigestab Einzelheiten erläuterte. „Vorläufer dieses Moduls wurden in den frühen siebziger Jahren als wissenschaftliche Beobachtungssatelliten entwickelt, die von Raumgleitern in eine Umlaufbahn getragen wurden. Spätere Versionen können autonom manövrieren, das heißt, sie lösen sich vom Träger, steuern in ihre Umlaufbahn und kehren nach Ausführung ihres Auftrags direkt zur Erde zurück oder machen an Orbitalstationen fest."

„Schalte ein anderes Programm ein", sagte Lynn. „Ich möchte wissen, was mit Josh geschieht."

Bitterbaum schaltete das andere in Frage kommende Programm ein, aber hier hatte man die Berichterstattung übernommen, und es war dieselbe Gestalt zu sehen, die jetzt auf ein Modell der Erdkugel zeigte, das vom Van-Allen-Gürtel umgeben war. „Das XSM-2-Modul ist eine für gefährliche Untersuchungen entwickelte Raumkapsel. In diesem Fall sollte sie die strahlungsintensive Region des Van-Allen-Gürtels und besonders die Strahlungslücke untersuchen, die vergangenes Jahr von den Russen entdeckt worden ist. Das XSM-2-Modul ist eine aus der Apolloserie weiterentwickelte Einmannkapsel, gut manövrierbar und für viele Verwendungszwecke geeignet . . ."

Eine andere Stimme unterbrach den Vortrag: „Wir haben eine neue Meldung von Kommandant Kellogg."

Joshs Gesicht war wieder vor ihnen, und diesmal war die Bildqualität besser. „Wir haben Sichtverbindung mit XSM 2. Die Kapsel rotiert langsam um ihre Achse und vollführt gleichzeitig langsame Taumelbewegungen. Äußere Beschädigungen sind bisher nicht erkennbar."

Lynn ergriff Bitterbaum am Arm und drückte ihn. Der Bildschirm zeigte jetzt ein kleines Objekt. Es erinnerte an zwei zusammengesteckte Papierbecher, die träge kreiselnd in einer schwarzen Strömung dahintreiben.

Der Kommentator fuhr mit frischer Stimme fort: „Kellogg und Smith haben den Träger auf Parallelkurs manövriert. Wir sehen die XSM-2-Kapsel jetzt durch die Fernsehkamera des Trägers. Vor einer Viertelstunde wurde Anweisung gegeben, die ferngesteuerten Greifer auszufahren, ein notwendiger erster Schritt zur Einleitung des Bergungsunternehmens." Es trat eine Pause ein, und als der Sprecher wieder erschien, hatte sein Tonfall sich ein wenig verändert. „Meine Damen und Herren, ich erfahre soeben, daß die Anweisung widerrufen worden ist. Die Bodenleitstelle scheint zu dem Schluß gekommen zu sein, daß die XSM-2-Kapsel zu starke Eigenbewegungen ausführt, um eine erfolgreiche Bergung zu ermöglichen."

„Wie können sie auf die Bergung verzichten? Dieser arme Mann in der Kapsel! Josh muß ihn herausholen!" Lynn war jetzt ganz bei der Sache; ihre anfänglichen Ängste schienen vergessen.

Aber Bitterbaums Besorgnis nahm zu. Die Bodenleitstelle und der Raumgleiter versuchten, den defekten Flugkörper auf verschiedenen Radiofrequenzen zu erreichen. „XSM 2, bitte melden, bitte melden. Können Sie uns hören?"

Josh kam wieder ins Bild. „XSM 2, hier spricht SSO 11. Wir sind in zwölf Meter Entfernung auf Parallelkurs, aber Ihre Eigenbewegungen machen die Bergung unmöglich. Wenn Ihre Steuerungstreibsätze funktionsfähig sind, bereiten Sie für sechzehn Uhr fünf Zündung zwecks Stabilisierung vor. Ich werde Ihnen das Signal und die nötigen Daten durchgeben."

Der Kommentator erläuterte, daß Kellogg von der Annahme ausgehe, der Pilot der Kapsel könne Radiosendungen empfangen, wenngleich sein eigener Sender ausgefallen sei. „Kellogg geht davon aus, daß die Schwierigkeiten auf einem Ausfall des Bordcomputers der Kapsel beruhen. Darum gibt er Kommandant Parker den genauen Zeitpunkt für die Zündung der Steuerungstreibsätze zur Stabilisierung der Kapsel an."

Im Bild erschien jetzt die XSM-2-Kapsel. Es blieb still. Selbst der Kommentator hatte nichts zu sagen. Sie warteten. Dann hörte man Joshs Stimme die Anweisung zur Zündung der Treibsätze geben.

Die Kapsel trieb stumm und hilflos. Nichts geschah.

Der Kommentator nahm den Faden wieder auf. „XSM 2 antwortet nicht. Kellogg und Smith werden nun versuchen, noch näher an die treibende Kapsel heranzukommen. Der Kommandant spricht gegenwärtig mit der Bodenleitstelle, und dieses Gespräch können wir Ihnen nicht übermitteln, weil sein Inhalt der Geheimhaltung unterliegt. Hier ist die ABC mit ihren angeschlossenen Stationen. Bitte bleiben Sie eingeschaltet. Sie haben gerade einen erfolglosen Versuch miterlebt, mit Kommandant Parker an Bord der XSM-2-Kapsel Verbindung aufzunehmen. Es ist nicht bekannt, ob Parker lebt oder tot ist. Alle auf dem Programm stehenden Sendungen sind zurückgestellt worden, damit wir Ihnen direkt und in Farbe . . ."

Lynn hörte G. K.s Wagen vorfahren und wandte sich ab.

„Ah, Sie sind auch gekommen, Bitterbaum", sagte er, als er mit raschen Schritten hereinkam. „Gut. Das freut mich. Setzen wir uns, und warten wir ab. Diese Sache sieht nicht so aus, als ob sie in ein paar Minuten geregelt wäre."

Der Berichterstatter meldete sich wieder. „Soeben erhalten wir eine neue Meldung von der Bodenleitstelle. Ja, hier ist sie. Nach dieser Meldung wird Kommandant Kellogg einen Versuch unternehmen, an Bord der havarierten Kapsel zu gehen."

Lynn blickte entsetzt und hilfesuchend zu G. K. Was der Mann gesagt hatte, lief auf einen Raumspaziergang hinaus. Noch keine zwei Monate waren vergangen, seit zwei Besatzungsmitglieder eines Raumgleiters bei einer Außenreparatur ums Leben gekommen waren, weil ihre Verbindungsleinen von einer scharfkantigen Verstrebung durchschnitten worden waren.

G. K. nahm ihre Hände in die seinen. „Es wird ihm nichts passieren. Ich weiß es."

In seinem Tonfall war eine Zuversicht, die Bitterbaum stutzig machte. Ein Gedanke kam ihm in den Sinn, aber er war zu monströs, zu phantastisch, und er verdrängte ihn. Doch beobachtete er G. K.s Reaktionen von da an wachsamer. Entweder verfügte der Mann über beneidenswerte Selbstbeherrschung, oder er machte sich wirklich keine Sorgen. Josh war sein Junge, wie konnte er da unbesorgt sein? Dann fragte er sich, ob Josh für G. K. wirklich wie ein eigener Sohn sei oder ob er ihn nicht vielmehr als sein Experiment betrachtete, seine Eintrittskarte in die Geschichte. So jedenfalls hatte Josh das Verhältnis empfunden, als er vor sechs Jahren weggelaufen war.

Bitterbaum war in einem Alter, da die Vergangenheit sehr klar vor einem steht, überschaubarer und farbiger als die Gegenwart. Er erinnerte sich noch sehr genau an den Tonfall, in dem G. K. gesagt hatte: „Wir können den Zweiten Weltkrieg nicht noch einmal haben."

Das vielleicht nicht. Aber war dies nicht ein ziemlich guter Ersatz? Josua Francis Kellogg in heroischer Rolle vor den Augen der Welt. Aber Bitterbaum mochte es nicht glauben; es war ein unsinniger Verdacht. Nicht einmal G. K. Kellogg würde ein solches Risiko eingehen.

Die Kamera hielt alles fest. Josh nahm den Raumanzug und die Verbindungsleine aus dem Einbauschrank im rückwärtigen Teil der Kabine und begann sich hineinzuarbeiten. Der unermüdliche Kommentator ließ es sich nicht nehmen, die Einzelheiten beizusteuern: „Der Anzug selbst besteht aus drei Schichten, einer luftdichten Blase aus gummibeschichtetem Nylon, die bis zu einem Druck von dreieinhalb Pfund pro Quadratzoll aufgeblasen werden kann, einem Viertel des normalen atmosphärischen Drucks. Die zweite Schicht besteht aus Fiberglasgewebe und verhindert, daß die Innenschicht sich wie ein Ballon ausweitet. Die äußere

Schicht schließlich besteht aus einem dichten Asbest-Glasfasergewebe. Natürlich kann keine dieser Schichten einen Menschen gegen die Sonnenhitze oder die Kleinmeteoriten schützen, die mit hoher Geschwindigkeit durch den Weltraum sausen."

„Langsam, Lynn", sagte G. K. und stellte sich zwischen sie und den Zusammenbruch. „Er dramatisiert, das ist sein Job. Du glaubst doch nicht etwa, wir würden Menschen ohne hinreichenden Schutz da hinaufschicken? Schon eine dieser Schichten reicht aus, um die Energie jedes Mikrometeoriten zu absorbieren. Und der Anzug besteht aus mehr als drei Schichten."

Sie drückte ihm die Hand, um ihm zu sagen, daß sie verstanden habe. Aber sie wagte es nicht, den Mund aufzumachen.

„Es wird eine interessante und erstaunliche Sache", sagte G. K. „Du mußt versuchen, dir das zu vergegenwärtigen und es als eine Art Schauspiel zu sehen. Die Gefahr ist nicht groß, das darfst du mir glauben. Nur die Fremdartigkeit der Situation läßt sie uns so erscheinen."

Josh hatte den Anzug an. Er kletterte unbeholfen in den Verbindungstunnel und schloß die luftdichte Tür hinter sich. Der Druck begann zu fallen. Als er sich dem Nullpunkt des Vakuums näherte, schloß Josh das Absaugventil. Er prüfte die Funktionstüchtigkeit des Miniatursenders, der Daten über Körpertemperatur und Herzschlagfrequenz an den Bordcomputer funkte, probierte im Zwiegespräch mit Smitty das in den Helm eingebaute Funksprechgerät aus und machte sich bereit, die äußere Luke zu öffnen.

„Alles klar", sagte er ins Helmmikrofon. „Ich steige aus."

„Viel Glück."

Josh hängte das Bündel tragbarer Steuerraketen an die Verbindungsleine und vergewisserte sich, daß sie an seinem Gürtel festgemacht war. Dann entriegelte er die äußere Luke, öffnete sie und stieß sich und dreißig Pfund Anzug durch die Öffnung. Er war draußen. Die Verbindungsleine schwebte hinter ihm. Eine mit ihr verbundene Schlauchleitung versorgte ihn mit Sauerstoff aus der Raumfähre. Doch diese Dinge blieben periphere Wahrnehmungen; das freie Schweben in der schwarzen Leere des Raums bewirkte einen vorübergehenden Zustand von Desorientierung. Die Bezugspunkte seines Lebens wandelten sich vollkommen.

Er wußte, daß das Fernsehen seine an der Nabelschnur hängende unförmige Gestalt allen Haushalten in den Vereinigten Staaten vorführte. Aber das Innere eines Menschen war noch immer Privatsache, und obgleich Millionen von Augenpaaren jede seiner Bewegungen registrierten, war er allein. Völlig allein.

Er war ein menschlicher Erdsatellit, ein denkender, atmender Satellit. Die Erfahrung des Weltraums hypnotisierte ihn. Er war in eine See unermeßlicher Weite hineingeboren, in der er nun wie in einem Rauschzustand dahinschwebte, hingerissen und selbstvergessen. Die Erde hing riesengroß und doch fern zu seiner Linken, eingehüllt in marmorierte Wolkenfelder und die gewaltigen Flächen der Ozeane.

Nicht einen Augenblick hatte er das Gefühl zu fallen, und auch die Desorientierung war rasch überwunden. Dann füllte Smittys Stimme seinen Helm mit aufgeregtem, lautem Geschnatter und erinnerte ihn an seine Mission.

Richtig, er war aus einem bestimmten Grund hier draußen. Er zog das Raketenbündel heran, das er am Rumpf der XSM 2 befestigen wollte, und begann zu manövrieren. Eine neue Erregung ergriff von ihm Besitz. Seine Riesenschritte umspannten die Erde. Sein erster war über Hawaii, der nächste trug ihn schon nach Kalifornien. Dann Texas, Florida. Mit jedem Schritt unglaubliche dreitausend Kilometer.

Die achtzehn Monate Ausbildung hatten ihn auf dies nicht oder nur unvollkommen vorbereiten können. Die Dynamik seiner Bewegungen machte ihm zu schaffen. Der Schwung, mit dem er sich vom Raumgleiter abgestoßen hatte, reichte aus, um ihn zur Kapsel hinüberzutragen, doch seine oft unwillkürlichen Körperbewegungen versetzten ihn in kreiselnde Bewegungen und ließen ihn vom Kurs abweichen. Durch Ziehen an der Verbindungsleine brachte er sich mühsam wieder in Position.

Smittys Stimme dröhnte wieder durch seinen Helm und sagte ihm, daß er vor dem Fenster der XSM 2 sei. „Wenn Parker am Leben ist, muß er begriffen haben, was los ist."

Josh beschrieb eine vorsichtig dosierte Körperdrehung und konnte hinter dem gefärbten Quarzglas eine Gestalt in Raumanzug und Helm ausmachen. „Ich sehe ihn! Er hat eine Bewegung zu mir gemacht."

Während Smitty einen etwas unpassenden Freudenschrei ausstieß, gestikulierte Josh durch das Fenster zu Parker, dann zu dem Bündel der Steuerraketen hinter ihm. Er hoffte, Parker würde verstehen, daß er sie an der Kapsel befestigen wollte, und seinerseits keine Manöver einleiten.

Die Ausführung des Vorhabens war nicht einfach. Der Computer des Raumgleiters hatte eine Menge Berechnungen angestellt und zuletzt die wenig überraschende Information geliefert, daß die Steuerraketen möglichst weit vom Schwerpunkt der Kapsel angebracht werden sollten. Josh wußte zwar, wo er sie anzusetzen hatte, aber das Anbringen an der taumelnden und rotierenden Kapsel war ein extrem schwieriges Unterfangen.

Smitty hielt den Raumgleiter in der günstigsten Position und gab über Sprechfunk Anweisungen und Ratschläge. Als die Einstiegsluke der Kapsel an ihm vorbeikam, holte Josh tief Atem, stieß sich näher heran und packte den Handgriff. Die Rotationsbewegung riß ihn mit, und einen Augenblick lang glaubte er, der Ruck hätte ihm den rechten Arm ausgekugelt. Nun kam es darauf an, das hinter ihm an der Leine baumelnde Raketenbündel daran zu hindern, daß es sich an der falschen Stelle festsetzte. Fanden die starken Magneten erst einmal festen Halt, würde er sie nicht mehr lösen können. Er stieß sie immer wieder fort, während er über den Rumpf zum Andockring kletterte. Dort angekommen, öffnete er das Bündel und setzte drei der kleinen Steuerungsraketen mit den Magnetenden an geeigneter Stelle gegen die Drehrichtung. Darauf kletterte er nach achtern und befestigte die drei anderen.

„Fertig zum Zünden der Stabilisierungsraketen!“ instruierte er Smitty. „Aber warte, bis ich was gefunden habe, woran ich mich festhalten kann.“

Smitty zündete die kleinen Raketen mit einem Funksignal, und sie brachten den gewünschten Erfolg. Die XSM 2 schwankte nur noch geringfügig.

„Sehr schön“, sagte Smitty. „Willst du zu Parker hinein?“

„Nein, Smitty. Ich kann diese Blechbüchse nicht aufmachen, solange ich nicht weiß, ob sein Anzug intakt ist. Es ist besser, wir nehmen die ganze Kapsel an Bord.“

„Verstanden. Dann fahre ich jetzt die Greifer aus und beginne mit der Bergung. Willst du da sitzen bleiben?“

„Nein, danke“, sagte Josh und lachte. „Ich kann mich an der Leine entlangziehen. Gib acht, daß sie sich nicht an den Greifern verhängt.“ Er machte eine Kniebeuge, um sich von der Kapsel abzustoßen, als er eine Bewegung wahrnahm. Die Luke wurde von innen geöffnet.

„Halt, Smitty, warte! Er kommt raus!“

Der stählerne Lukendeckel klappte schwerfällig, aber geräuschlos zurück. Ein Helm und eine unförmige, in einen Raumanzug gehüllte Schulter kamen zum Vorschein und sanken allmählich wieder zurück. Josh, der den Raumgleiter schon erreicht hatte, stieß sich von neuem ab, auf die Öffnung zu. Ein behandschuhter Arm erschien. Die Geste war unverkennbar. „Parker gibt Zeichen. Er braucht Hilfe. Ich gehe zu ihm an Bord. Halte dich bereit, Luftschlauch und Verbindungsleine zu kappen.“

„In Ordnung. Letzte Anzeige bestätigt, daß der Sauerstoffvorrat in deinem Lebensrettungsgerät für siebenunddreißig Minuten reicht. Ich stelle die Uhr, sobald du abschaltest.“

Josh erreichte die Einstiegsluke, überprüfte selbst noch einmal das Lebensrettungsgerät, schaltete um, verständigte Smitty und machte Schlauchleitung und Verbindungsleine los. Als die leeren Enden davontrieben, um in den Raumgleiter eingeholt zu werden, verspürte er ein Frösteln, aber es war eine rein psychische Reaktion; Smitty verständigte ihn zuversichtlich, daß alles normal und in bester Ordnung sei.

Josh zwängte sich und sein Gerät durch die Einstiegsluke und verschloß sie. Die Sperrklinke, die den Lukendeckel gegen die Dichtung kurbelte, funktionierte nicht richtig. Er zog sie hin und her und arbeitete sich in Schweiß, bevor es ihm schließlich gelang, eine luftdichte Verriegelung herzustellen. Als er sich umwandte und in die Kabine blickte, fiel ihm als erstes die rußgeschwärzte Steuerkonsole auf. Anscheinend hatte es Feuer an Bord gegeben. Er überprüfte das Luftzirkulationssystem und fand zu seinem Erstaunen, daß es intakt war. Parker, schlaff in seinem Sitz hängend, machte eine matte Geste mit der Hand, was wohl eine Begrüßung sein sollte. Josh bedeutete ihm, im Anzug zu bleiben, bis der Luftdruck in der Kabine wieder den Normalwert erreichte und die Instrumente überprüft waren.

Die Orientierungs-, Navigations- und Steuerungsinstrumente

zeigten noch an und schienen funktionsfähig; das elektrische System samt Heizung war in Ordnung; keine der Warnleuchten, die Versagen oder Schäden des Antriebssystems anzuzeigen hatten, leuchtete auf, als er auf Bereitschaft schaltete. Der Brandschaden schien nur das Kommunikationsgerät unbrauchbar gemacht zu haben.

Josh nahm den Helm ab, zog die Handschuhe aus und half dem anderen aus dem Anzug. Er sah, daß Parkers Hände verbunden waren, und seine Stirn war mit einem Notverband umwickelt.

„Kommandant Kellogg, Sir. Wir sind gekommen, Sie an Bord zu nehmen. Sind Sie schwer verletzt?"

„Kurzschluß im Generator des Senders. Feuer brach aus. Setzte das Kommunikationsgerät außer Betrieb."

„Und was ist mit Ihnen, Sir?"

„Verbrannte mir die Hände beim Löschen. Jetzt kann ich die Instrumente nicht mehr bedienen."

„Nun, das werden wir schon hinkriegen. In zehn Minuten sind wir an Bord des Raumgleiters." Er wandte sich zur Seite, um Parker Wasser zu geben. Die lebenserhaltenden Systeme schienen keinen Schaden erlitten zu haben. Ein Blick aus dem Fenster zeigte ihm, daß Smitty die Gelenkgreifer ausgefahren hatte. Sie verliehen dem Raumgleiter das Aussehen eines plumpen Rieseninsekts.

„Irgendwelche anderen Verletzungen?" fragte Josh. Er hatte einen kleinen Trinkbehälter aus der Halterung genommen und ein biegsames Saugrohr hineingesteckt. Als er sich zu Parker umwandte, versuchte dieser sich gerade aufzurichten, taumelte aber seitwärts gegen die Konsolen, versuchte sich festzuhalten und zündete dabei das Raketentriebwerk. Der Beschleunigungsdruck warf Josh gegen die Rückwand, wo er hängenblieb.

„Mein Gott!" Er zog sich mühsam zum Pilotensitz, um die Instrumente abzulesen. Die Kapsel stürzte auf die Erde zu. In etwas mehr als drei Minuten würde sie mit einer Geschwindigkeit von mehr als dreißigtausend Stundenkilometern in die äußere Atmosphäre eintreten.

Josh versuchte mit dem Raumgleiter Verbindung aufzunehmen. Nichts. Er probierte es mit der Bodenleitstelle. Auch nichts.

Als er Smitty über das Funksprechgerät in seinem Helm rief, kam eine Antwort: eine undeutliche Stimme hinter einem Rauschvorhang von Störungen. Er konnte nichts verstehen. Während er mit dem Funksprechgerät beschäftigt war, zündete Parker das Steuertriebwerk auf der Backbordseite und vergrößerte so die Entfernung zwischen ihnen und dem Raumgleiter.

„Was machen Sie da?" schrie Josh ihn an. „Was soll das bedeuten?"

„Unsere einzige Chance ist jetzt, es auf eigene Faust zu versuchen", erwiderte Parker und schüttelte benommen den Kopf.

Josh war wütend, denn das hätte eine gemeinsame Entscheidung sein müssen. Aber es war zu spät. Es blieb ihnen nichts anderes übrig, als die Vorbereitungen für den Wiedereintritt in die Erdatmosphäre und die Wasserung im Ozean zu treffen. In zweihundertfünfzig Kilometer Höhe zündete er für zehn Sekunden die Bremsraketen, um die Wiedereintrittsgeschwindigkeit zu verringern. Der Navigationscomputer berechnete den neuen Kurs und das voraussichtliche Zielgebiet.

Wenn keine weiteren Bremsmanöver notwendig wurden, mußten sie bei einem Punkt 27 ° 38 'N, 64 ° 10 'W herunterkommen. Dieser Punkt lag irgendwo im Seegebiet südwestlich der Bermudas.

Im Helmradio kam plötzlich die Bodenleitstelle herein und gab Radarmessungen von Geschwindigkeit und Eintrittsbahn durch. Josh verglich die Werte mit den Daten des Navigationsgeräts und fand Übereinstimmung.

Inzwischen war die Kapsel in die äußere Lufthülle eingedrungen, und der Hitzeschild begann sich rasch zu erwärmen. Sie erreichten die Ionosphäre, und der Empfang der Bodenleitstelle hörte auf. Unterdessen nahm die Bremswirkung der Atmosphäre weiterhin rasch zu, bis die Außentemperatur am Hitzeschild mehrere tausend Grad Celsius betrug.

Die Kapsel schwankte und bockte und warf den Verletzten herum. Josh schnallte ihn in den Pilotensitz. Er deaktivierte Parkers Bedienungsinstrumente, schaltete auf Handsteuerung und nahm den Platz des Kopiloten ein. Als er sah, daß die Kapsel vom Kurs abkam, ließ er zwei Schleppfallschirme heraus, um den Kurs zu korrigieren und die Geschwindigkeit weiter herabzusetzen. In achttausend Meter Höhe sprengte er den vorderen Hitzeschild ab und öffnete die Hauptfallschirme.

Er machte sich keine Sorgen mehr. Die Kapsel schwebte an den Fallschirmen abwärts, und die Bodenleitstelle mußte sie über das Radarsystem der Luftraumüberwachung erfaßt haben. Sicherlich waren bereits Marineeinheiten und Hubschrauber unterwegs zum Zielgebiet. Das Seegebiet südwestlich der Bermudas war nicht so abgelegen, daß eine kurzfristige Bergungsaktion auf unüberwindliche Schwierigkeiten stoßen würde. Sollten sie gezwungen sein, die Kapsel zu verlassen, konnten sie mit warmen Wassertemperaturen rechnen. Ein Überleben wäre möglich, vorausgesetzt, Parkers Zustand erlaubte es ihm, sich mit eigener Kraft über Wasser zu halten.

Er hatte noch keine Zeit gehabt, sich genauer um Parkers Befinden zu kümmern und die Schwere seiner Verbrennungen zu untersuchen. Er beugte sich über ihn, aber der Kopf des Mannes lag auf der Schulter; er war bewußtlos. Josh fühlte ihm den Puls und stellte verwirrt fest, daß er so kräftig und gleichmäßig war wie sein eigener.

In diesen letzten Sekunden vor der Landung kam ihm der ungeheuerliche Verdacht, daß der Mann bloß simulierte. Aber warum? Zu welchem Zweck? Er sah keinen Sinn darin. Aber er war auf einmal überzeugt, daß die ganze Notsituation vorgetäuscht gewesen war, die Verbände nichts als Tarnung. Er erinnerte sich an die Art und Weise, wie Parker ihm aus der Einstiegsluke zugewinkt hatte. Und der Fall gegen die Bedienungsinstrumente, der die Trennung der beiden Raumfahrzeuge bewirkt hatte! Josh war sich sicher, daß Parker unter den Bandagen heil und unversehrt war, aber er hatte keine Zeit, das zu überprüfen.

Die Wetterbedingungen waren nicht ideal. Die schwankenden und schaukelnden Bewegungen der Kapsel an den Fallschirmen machten ihn seekrank. Sie konnten überdies zu einem seitlichen Aufschlagen führen. Der Himmel war bedeckt, und die See schien unruhig.

Die Kapsel wasserte 145 Seemeilen nordöstlich der Bahamas. Sie schlug senkrecht mit solcher Gewalt auf die Meeresoberfläche, daß eine seitliche Schweißnaht aufplatzte.

Die Sichtweite betrug fünfhundert Meter. Ein steifer Westwind blies, und es war starker Seegang. In dem Bemühen, die Kapsel über Wasser zu halten, blies Josh mit Preßluft die drei Schwimmkörper auf. Erst jetzt kam er dazu, sich des schweren und beengenden Raumanzugs zu entledigen. Es sah so aus, als würden sie um ihr Leben schwimmen müssen.

Er wandte sich seinem Schicksalsgefährten zu, der wieder bei Besinnung war und hinreichend erholt schien, um sich selbst loszuschnallen. Die Kapsel trieb an ihren Fallschirmen, und es war nur noch eine Frage der Zeit, bis sie sinken würde. Durch die aufgeplatzte Seitennaht gluckerte Wasser ins Innere.

Parker mühte sich zur Luke und begann an der Verriegelung zu zerren. Der schadhafte Mechanismus klemmte. Er schrie Josh zu: „Kommen Sie! Helfen Sie mir!"

Die Gesundung des Mannes war entschieden zu rasch vonstatten gegangen. Josh schüttelte den Kopf. „Erst wenn Sie mir sagen, was das alles zu bedeuten hat."

„Helfen Sie mir, oder wir sind erledigt."

Josh rührte sich nicht. Das Wasser schwappte bereits hüfthoch in der schwerfällig schlingernden Kapsel und stieg weiter. Parker stemmte sich mit der Schulter gegen den Lukendeckel. Er zog verzweifelt am Verschlußmechanismus.

Ein Stück der Seitenwand wurde eingedrückt, riß aus dem Verbund und schlug ins Innere. Ein Metallteil traf Josh von hinten, und er fiel in schwarzes Wasser.

Wellen stiegen wie Berge auf. Ein Licht erhellte den Ozean. Was war geschehen?

Wurden Leuchtkugeln abgefeuert? Oder war es der stechende, brennende Schmerz, der in seinem Gehirn Lichterscheinungen hervorrief? Die Grenze zwischen innen und außen schien sich verwischt zu haben. Er wußte nicht mehr, wo die Ereignisse sich abspielten. Das verwirrte Bewußtsein unterschied nicht mehr zwischen dem Selbst und allem anderen.

Es gab Augenblicke, da er begriff, daß Parker ihn stützte und hielt, daß sie sich an einen treibenden Überrest der Kapsel klammerten. Dann gab es wieder Zeiten, in denen die See ihn durchströmte.

Sie vereinigten ihre Kräfte und ihren Willen in einem primitiven Überlebenskampf. Sie waren wie ein einziger Organismus, der nur zu dem Zweck existierte, sich an der Oberfläche zu halten.

Aber die innere Weite der See schob sich über ihn. Das Licht am Ende des Tunnels, von dem sie einem immer erzählen, das ist der Schmerz. Man muß sich bewußt für ihn entscheiden. Es ist einfacher, sich gehen, sich abgleiten zu lassen. Man muß dieses schneidende Licht wählen, das einem das Gehirn spaltet. Man mußte es wählen, und Parkers Stimme half dabei und drängte ihn, nicht lockerzulassen.

21

ETWAS vom frohlockenden Überschwang des Raumspaziergangs teilte sich denen mit, die am Fernseher saßen und zuschauten. „Seht nur, wie er an dieser Leine zieht", sagte G. K. „Als ob er eine dreipfündige Forelle an der Angel hätte."

„Ich kann es nicht fassen, daß es Josh ist. Was für ein Gefühl muß das sein, in der Leere zu schweben!"

Das war, ehe er im Innern der XSM-2-Kapsel verschwand. Sie warteten. Das Fernsehen schaltete auf eine Gesprächsrunde mit Journalisten und Raumfahrtexperten um, die über das Ereignis und die möglichen Ursachen des Aufenthalts diskutierten. Sie ergingen sich in Spekulationen, wonach Kommandant Parker zu schwer verletzt sei, um die Kapsel aus eigener Kraft zu verlassen, und schlossen selbst die Möglichkeit nicht aus, daß er beim Ausstieg den Tod gefunden habe, entweder durch einen Herzanfall oder ein Mißgeschick mit dem Raumanzug. Zwischendurch wurden immer wieder Außenansichten der Kapsel gezeigt. Kommandant Smith vom Raumgleiter berichtete von Versuchen, Verbindung aufzunehmen, und sagte, er glaube das Wort „Feuer" gehört zu haben. Er habe den Eindruck, daß es an Bord der XSM 2 ein Feuer gegeben habe. Aber dies war eine reine Mutmaßung.

Danach schien die Kapsel ein rauheres, abstoßendes Aussehen anzunehmen. Im Innern war keine Bewegung auszumachen. Der Lukendeckel wurde nicht geöffnet, und Josh kam nicht wieder zum Vorschein. Lynn riß ein Papiertaschentuch in Streifen und merkte es nicht einmal.

Die Gesprächsrunde beschäftigte sich mit der Funktionsweise

der Greifer, die das XSM-2-Modul an Bord des Trägers nehmen sollten. Dann entstand außerhalb des Kamerabereichs plötzlich Unruhe.

Der Sender schaltete zur Bodenleitstelle um.

„... hat ohne vorherige Warnung begonnen, auf Eintauchkurs zu gehen, und bewegt sich in Richtung Erde. Wir haben den Kontakt verloren."

Lynn schrie auf. Delia eilte zu ihr, aber Kellogg winkte sie zurück. Die Bediensteten hatten sich im Hintergrund des Raums versammelt. Eins der Mädchen lief ins Badezimmer, und man konnte würgende Geräusche hören.

„Wie lange wird es dauern, bis er stirbt?" fragte Lynn mit tonloser Stimme. „Stirbt man schon während des Absturzes oder erst beim Aufprall?"

„Er wird nicht sterben", erklärte G. K. „Die Bodenleitstelle sagte lediglich, daß sie im Moment keine Verbindung mit der Kapsel hat. Aber das Radarsystem wird sie nach dem Eintritt in die Atmosphäre erfassen. Dann wird man wissen, wo sie herunterkommt. Josh wird nichts zustoßen."

„Wissen Sie das?" fragte Bitterbaum. „Hat Gott Ihnen eine Art Vorbescheid gegeben?"

„Ich weiß es, weil ich meinen Kopf gebrauche."

Die Bodenleitstelle erhielt eine Nachricht von einer Station in Deutschland, die das XSM-2-Modul ausgemacht hatte. Lynn, deren Lippen sich in lautlosem Gebet bewegt hatten, hielt gespannt inne.

Es war eine Zeit des Wartens, eine Zeit, die durchgestanden werden mußte. Bitterbaum gestattete sich nicht, Joshs Überlebenschancen zu berechnen. Zum einen besaß er nicht genug Informationen. Und dann hatte er ein abergläubisches Gefühl, daß es Unglück bringen könnte. Es war besser, geistig zu überwintern und es den Sendern zu überlassen, einem die Sinne mit ihrer Wichtigtuerei zu verstopfen. Josh bedeutete diesen Leuten nichts. Ihnen fiel es leicht, Spekulationen anzustellen und über die Höchsttemperatur zu diskutieren, welche die Kapsel beim Wiedereintritt vertragen konnte.

Er war froh, als er sah, daß Lynn wieder die Lippen bewegte. Er glaubte nicht an Gebete, aber manchmal waren sie eine gute

Therapie. Die Bodenleitstelle verfolgte die Bahn der Kapsel über das Radarnetz des Luftwarnsystems, berechnete die voraussichtliche Landestelle und bat alle Schiffe und Flugzeuge in der Nähe um Mithilfe bei der Suche und Bergung.

Das Warten dauerte an. Die Zähflüssigkeit der Zeit hielt den ganzen Raum mit ihm und Lynn und G. K. gefangen, während der Augenblick sich bis zur Unerträglichkeit dehnte.

Dann kam die lang erwartete und doch überraschende Nachricht, daß die Kapsel gewassert habe. Das abzusuchende Seegebiet war auf wenige Quadratkilometer eingeengt. Einheiten der Kriegsmarine und Handelsschiffe liefen auf die Stelle zu, Hubschrauber mußten sie bereits erreicht haben. Die Fernsehkamera eines Suchhubschraubers zeigte leere, aufgewühlte See. Ein scharfer Wind peitschte das Wasser zu steilen, kurzen Wellen. Ein solcher Seegang mußte die Rettungsaktion behindern und das Auffinden der treibenden Kapsel erschweren. Bitterbaum verzog das Gesicht, nicht vor Schmerz, sondern vor der Möglichkeit eines Schmerzes, der über seine Kräfte ging.

Suchscheinwerfer tasteten durch Wellentäler und über die Kämme. „Negativ. Keine Beobachtungen“, lauteten die Meldungen der Suchmaschinen. Bitterbaum begann sich zu fragen, ob sie hier in der Bequemlichkeit des Wohnzimmers Joshs Tod in Farbe miterleben würden.

Waren sie schon am Meeresgrund? Von der Kapsel war keine Spur gefunden worden.

Zwei Männer, nur einer davon mit einer Schwimmweste, waren in der unruhigen See schwer auszumachen. Aber ein Suchscheinwerfer, der hierhin und dorthin über die Oberfläche tastete, hielt inne und wanderte zurück. Etwas war gesichtet worden, ein orangefarbener Fleck im Wasser. Der Lichtkegel schwenkte langsam hin und her, kam zur Ruhe, und der Hubschrauber ging tiefer, um das gesichtete Objekt genauer in Augenschein zu nehmen. Einer der Männer im Wasser winkte.

Es war nicht Josh. Josh hing fast besinnungslos in einer Schwimmweste, die mit einem Gurt an Parker festgemacht war. Parker hielt sich mit einem Arm an der Schwimmweste über Wasser und winkte mit dem anderen zum Hubschrauber herauf. Es war deutlich zu sehen.

G. K. stand auf. Während des Bergungsmanövers im Weltraum und des anschließenden Raumspaziergangs hatte er keine auch nur annähernd vergleichbare Gemütsbewegung gezeigt. Nicht einmal, als sie auf Joshs Wiedererscheinen gewartet hatten und die Kapsel plötzlich ihr Triebwerk gezündet hatte und im Raum verschwunden war, hatte G. K. ein solches Maß von Frustration, Kummer und Zorn zur Schau gestellt. „Mein Gott, seht ihr das? Josh ist bewußtlos. Was für ein verdammtes Pech. Was für ein unglaubliches Pech!"

Lynn blickte verständnislos zu ihm auf. Aber Bitterbaum verstand. „Es war die Wiederholung des Zweiten Weltkriegs. Eine Nachahmung. Ein Ersatz. Bloß ist jetzt der falsche Mann der Held. Ein Kerl namens Parker."

G. K. schlug die Hände vors Gesicht und ächzte. Lynn blickte von einem zum anderen, als beobachte sie ein Tennisspiel. Ihr Blick verriet völlige Verwirrung. „Was ist los, was habt ihr? Josh wird doch wieder in Ordnung kommen, oder?"

„Selbstverständlich", sagte G. K.

Sie fing den wütenden Blick auf, den er Thor zuwarf. Die Wurzeln dieser Freundschaft waren ihr bis zum heutigen Tag verborgen geblieben. Immer bestand Spannung zwischen ihnen, selbst wenn alles zum Besten stand. Ihre Temperamente paßten einfach nicht zusammen. Ständig beleidigte Thor mit seinem durchdringenden und bitteren Sarkasmus Geralds Empfindlichkeit. Sie fragte sich oft, was zu dieser Verbindung geführt haben mochte. Gerald ließ sich von Thor mehr gefallen als von jedem anderen Menschen. Aber nun kam der Groll zum Ausbruch, während Josh im Wasser lag und niemand wußte, wie schwer er verletzt war. Was für ein Augenblick, um einander anzugiften!

Eine Strickleiter wurde aus dem Hubschrauber gelassen, und Froschmänner kletterten daran hinunter. Sie schwammen zu den Schiffbrüchigen und bugsierten Josh zur Strickleiter, wo er mit einem Rettungsgerät an Bord gezogen wurde. Während sie Parker geleiteten, der mit eigener Kraft die kurze Strecke zur Strickleiter schwamm, verkündete ein Arzt, daß Josua Francis Kellogg sich nicht in Lebensgefahr befinde. Das war es, worauf Lynn gewartet hatte. Sie verließ das Wohnzimmer, um sich niederzulegen, allein zu sein und Gott zu danken. Das Dienstpersonal kehrte an die Arbeit zurück.

Die beiden Männer standen einander gegenüber.

„Sie haben alles riskiert", sagte Bitterbaum, „sogar sein Leben."

„Wir waren übereingekommen, Bitterbaum. Vor fünfundzwanzig Jahren vereinbarten wir diesen Kurs. Außerdem war es weniger riskant, als es schien; Parker wußte die ganze Zeit, wo er war. Sein Raumfahrzeug war zu keinem Zeitpunkt außer Kontrolle."

„Und was ist mit Lynn, die davon nichts wußte?"

„Für sie war es hart, das gebe ich zu. Aber wir schmieden einen ganz besonderen Menschen. Dazu ist es nötig, daß die Esse heiß ist."

„Was erhoffen Sie für Josh? Wollen Sie ihn zum Präsidenten machen?"

„Hören Sie, Bitterbaum, dieses Projekt hat mich fünfundzwanzig Jahre meines Lebens gekostet. Ja, ich werde ihn zum Präsidenten machen. Was glauben Sie, wozu ich das alles sonst auf mich genommen habe? Für Sie ist es eine andere Sache. Sie sind Wissenschaftler, Sie haben Ihr Ziel längst erreicht. Ihr Experiment war ein Erfolg. Für mich ist es noch nicht beendet. Dieses Unternehmen war vielleicht kein voller Erfolg, aber ich habe meine Sache auch nicht schlecht gemacht. Josh sollte die Art von Erlebnis haben, die das Original im Südpazifik hatte. Ich glaube, daß dieses Ziel erreicht wurde. Nach dem heutigen Tag wird Josua Francis Kellogg für jeden im Lande, ob Mann, Frau oder Kind, ein Begriff sein."

„Josh hatte recht", sagte Bitterbaum. „Alles, was Sie von ihm wollten, war eine Rendite Ihrer Investition. Sie haben ihn niemals als eine Persönlichkeit betrachtet, als einen Menschen." Er sah, daß er nicht durchdrang, und brach ab. „Nun, ich kann Sie nicht aufhalten. Aber gehen Sie in Gottes Namen mit ein wenig mehr Mitgefühl vor. Ich weiß nicht, ob Lynn eine weitere Episode wie diese ertragen könnte. Und wir wissen noch immer nicht, wie ernst Joshs Verletzung ist."

„Mir gefällt es auch nicht besser als Ihnen, Bitterbaum. Aber wir haben einen Heroen erzeugt und aufgezogen. Dagegen gibt es nichts einzuwenden. Wie können Sie etwas dagegen haben, daß eine Person ihr volles Potential erreicht?"

Der Thor in ihm wollte G. K. mit gepanzerter Faust niederschlagen. Der Jude in ihm wollte G. K. mit List und Überredung vor Augen führen, wie sehr er sich irrte. Aber die Erschöpfung siegte. Bitterbaum warf die Hände hoch und ging.

22

WAS DIE Publizität anging, so wurden Kelloggs Erwartungen nicht enttäuscht. Josh wurde mit Karten, Telegrammen und Briefen aus aller Welt überschüttet. Viele gingen ihm über seinen Verleger zu, andere wurden vom Raumkorps an das Krankenhaus in Santa Monica weitergeleitet, wo Josh sich einer Bandscheibenoperation und Spinalfusion unterziehen mußte.

Der neurologische Teil der Operation wurde über Fernsehmonitor in der Mayo-Klinik ausgeführt. Der Chirurg arbeitete an Steuerinstrumenten, die Funktionssignale an die viereinhalbtausend Kilometer entfernten Mikromanipulatoren übermittelten, welche die Feinarbeit unter Vergrößerung mit ungleich höherer Präzision ausführten, als sie der unbeholfenen Handtechnik vergangener Zeiten möglich gewesen war. Aber der Schmerz war so altmodisch wie eh und je, und Josh erwachte aus der Narkose zu höllischen Tagen. Während der nächsten sieben Monate mußte er absolut flach liegen. Zum Baden und Wechseln der Bettwäsche wurde er mittels eines straff gespannten Lakens gehoben und bewegt. Er wußte, daß seine Karriere beim Raumkorps zu Ende war.

Er versuchte nicht allzuviel darüber nachzudenken. Das Leben als Invalide nahm ihn voll in Anspruch. Nach der Morgenwäsche kam der Therapeut und bewegte und massierte ihm die Beine. Nach dem Frühstück begann die Prozession der Visiten: zuerst kam die Oberschwester, um nach dem Rechten zu sehen, darauf folgten das Frühstück und die unvermeidliche Blutentnahme, und nachdem man ihn mit dem Mittagsmenü bekannt gemacht hatte, begannen die Ärzte ihre Runde zu machen. Es gab die üblichen belanglosen Redensarten und Scherze, hinter denen er die Prognose zu lesen suchte. Der Pfarrer kam und zählte die Gebete auf, die er für seine Gesundung anzubieten hatte. Zu seinem Repertoire gehörten auch ein paar Witze.

Es gab Stapel von Zeitschriften und Büchern, aber es ermüdete ihn, sie zum Lesen in die Höhe zu halten. Die Stationsschwester besorgte ihm einen Projektionsapparat, der die Druckseiten an die Decke projizierte, aber das fand er desorientierend. Außerdem war es zu anstrengend. Wenn er träumte oder im Halbschlaf dahindämmerte, war er oft dort draußen an seiner Verbindungsleine, betrachtete die Welt, sah die Kontinente und Ozeane majestätisch vorbeiziehen, schwebte losgelöst und entzückt durch zeitlose Stille. Er war trunken, glückselig; Smittys Stimme war eine unerwünschte Störung und Einmischung, die ihn daran erinnerte, daß er nicht hier war, um zu träumen und über Kontinente zu schweben, sondern um ein Ziel zu erreichen. Das Klappern des Essentabletts weckte ihn, doch die Stimmung des Traums blieb bei ihm. Ihm war, als ob er etwas anderes geworden sei, daß er in einer Art und Weise reagiere, denke und fühle, die ohne Beziehung zu ihm selbst war.

Seine Mutter und Onkel Thor besuchten ihn fast täglich. G. K. kam, wenn er in der Stadt zu tun hatte. Jer kam von der Ostküste herüber, wo er Universitätsdozent war. Auch die Mädchen ließen es sich nicht nehmen, ihn zu besuchen. Die beiden jüngeren gingen noch zur Schule, und Victoria war Volontärin bei einer Zeitung. Josh liebte seine Schwestern. Sie waren zu anmutigen jungen Damen herangewachsen, und er war stolz auf sie und freute sich über ihre Besuche.

Eines Tages erschien Kommandant Parker an seinem Krankenbett, und in Josh wurden unverarbeitete und widersprüchliche Erinnerungen aufgewühlt. Er entsann sich seines Verdachts, daß die Verbände nur Tarnung gewesen seien und gesunde Haut verborgen hätten; seiner Überzeugung, daß der Mann simuliere. Eben hing er noch hilflos in seinem Sitz, und im nächsten Augenblick riß er mit der Kraft eines Bullen am Lukendeckel. Auch jetzt strahlte Parker Kraft und Gesundheit aus.

Josh sagte sich, daß er sich geirrt haben müsse, dachte an die rauschhaften, begeisterten Empfindungen, die seinen Raumspaziergang begleitet hatten, und überlegte, ob er zu der Zeit wirklich vernünftig und rational gedacht habe. Seine Sinne konnten ihm leicht einen Streich gespielt haben. Parker hatte ihm das Leben gerettet, hatte ihm seine Schwimmweste umgeschnallt, so daß sie gemeinsam untergehen oder gerettet würden. Außerdem, welcher Sache wäre mit dieser Haarspalterei gedient? Was war schon geschehen? Eine außerplanmäßige Wasserung, bei der die Kapsel verlorengegangen war. Dennoch war die Angelegenheit nicht zu seiner Zufriedenheit geregelt.

„Sagen Sie", fragte er Parker, „kam Ihnen irgend etwas an meinem Benehmen oder meinen Handlungen sonderbar vor?"

Parker zögerte. „Zuerst nicht. Natürlich erwartete ich auch nichts Ungewöhnliches. Aber Sie weigerten sich, mir beim Öffnen der Luke zu helfen, erinnern Sie sich?"

„Sie sind bei der Sache mit einem blauen Auge davongekommen, wie?" sagte Josh. „Man sieht nicht mal Narben."

„Ja, das stimmt. Es war nur eine Hautverbrennung ersten Grades." Parker lachte. „Rückblickend würde ich sagen, daß Sie high waren wie von einem Joint. Ich nehme an, es beeinträchtigte Ihr Urteilsvermögen. Wäre nicht das ganze Ding aufgeplatzt, ich glaube, wir wären damit untergegangen."

Der Besuch forderte seinen Tribut. Die Ärzte hielten es für ratsam, die Frequenz seiner Gehirnwellen zu senken. Josh fügte sich. Bald zeigte das Oszilloskop eine entspannte, subjektive Bewußtseinslage an, und man lehrte ihn den Gebrauch eines Automonitors zur Regulierung seines eigenen Enzephalogramms. Während dieser Zeit begann er sich für seine Post zu interessieren. Ein großer Teil stammte von Jugendlichen, schwärmerischen Mädchen und Jungen, die zum Raumkorps wollten. Aber es hatten auch Leute geschrieben, die für ihn beten wollten oder meinten, ihn durch sein Buch zu kennen. Er beantwortete jeden Brief mit Hilfe eines Tonbandgeräts und stellte eine Sekretärin ein, die das Schreiben und Versenden übernahm.

Der Brief lag in einem Haufen unter anderen. Er sah, daß die Anschrift des Absenders Los Angeles war, aber nichts warnte ihn. Keine Anzeichen von Telepathie. Der Text begann wie die meisten anderen: „Ich verfolgte die ganze Geschichte im Fernsehen."

Dann bekam er eine eigene Note: „Ich konnte mir kaum vorstellen, daß es jemand war, den ich kannte. Und ich kannte Dich wirklich einmal. Erinnerst Du Dich an Lefty? Schon einmal machte ich mir Sorgen um Dich, in jenem Sommer auf Santa Cruz, als Du beinahe ertrunken wärst. Aber damals hattest Du Glück, und ich weiß, daß es auch diesmal so sein wird. Ich wünsche Dir baldige Genesung und werde in den Zeitungen nach Berichten über Dein weiteres Ergehen Ausschau halten. Sicherlich wirst Du während der Rekonvaleszenz wieder etwas schreiben; es scheint eine gute Gelegenheit dafür zu sein. Dein erstes Buch habe ich mit Interesse gelesen. Den alten Zeiten zuliebe werde ich dies mit meinem alten Namen unterschreiben – Lefty – PS: Weißt Du, daß es keinen mehr gibt, der mich so nennt? – PPS: Freut mich zu sehen, daß Du endlich die Zahnspangen los bist."

Josh besah den Poststempel und starrte lange auf die Absenderangabe. Sie war mehr als dürftig: L. C., Los Angeles. Er brauchte eine Stunde, um auf ihren Nachnamen zu kommen. Endlich erinnerte er sich, daß sie Compton geheißen hatte, Leticia Compton.

Er rief seine Sekretärin an und bat sie, alle Comptons im Telefonbuch anzurufen, bis sie diejenigen fände, die vor zehn Jahren im Latigo Canyon gewohnt hatten. Sein Enzephalogramm zeigte wieder deutliche Ausschläge, und er war entschlossen, der Sache nachzugehen, bis er Lefty gefunden hatte. Ein Techniker kam, um die Maße für ein Stützkorsett zu nehmen. Josh fragte ihn aus. Die Herstellung nahm ungefähr eine Woche in Anspruch.

„Und was passiert dann, werde ich wieder gehen können?" Er dachte sich, daß es leichter wäre, von diesem Mann Auskünfte zu erhalten als von den behandelnden Ärzten.

„Ein junger Mann wie Sie schafft das schnell. In einem Monat werden Sie herumlaufen wie jeder andere."

Neue Perspektiven schienen sich vor ihm aufzutun. Das Telefon läutete, und in seinem Eifer warf er ein Glas Wasser um.

„Hallo."

Es war seine Sekretärin mit der Information. Andrew Compton. Josh notierte die Telefonnummer und bedankte sich. Nachdem er die Taste gedrückt hatte, wählte er sofort die neue Nummer.

Ein Dienstmädchen war am Apparat. Mr. Compton war verstorben. Mrs. Compton hielt sich in Europa auf und wurde erst in einem Monat zurückerwartet. Leticia? Sie wußte nicht, ob sie ihre Telefonnummer herausgeben sollte.

Er erklärte, daß sie alte Freunde seien, frühere Nachbarn. Das Mädchen ließ sich erweichen, und er notierte Anschrift und Telefonnummer. „Und ihr Name ist jetzt Mrs. Trenton."

„Danke", sagte er, aber erst, als er schon aufgelegt hatte. Es war nicht leicht zu verkraften, aber was hatte er erwartet? Die Welt stand nicht still. Nachdem er sie von außen gesehen hatte, wußte er, daß jeder Schritt zweitausend Kilometer maß. Wie könnte es sein, daß nur sein Leben sich änderte?

Als ihm der Arzt am gleichen Abend sagte, daß er bald aufstehen dürfe, reagierte er lustlos und ohne Begeisterung. Er hörte auf, die eingehende Post zu beantworten, und überließ alles seiner Sekretärin. Manchmal starrte er stundenlang aus dem Fenster. Die Aussicht bestand aus einem Himmelsdreieck und dem anderen Krankenhausflügel.

Was für eine Art von Frau war Lefty geworden? Das war eine Frage, die ihn schon öfters beschäftigt hatte. Er dachte an seine frühere Gewohnheit, sich aus der Ferne zu verlieben. Sobald er dem betreffenden Mädchen näher kam, war der Zauber verflogen. Weil es nicht Lefty war.

War das Liebe, oder ein Hindernis zu lieben? Er erkannte, daß er jedes Mädchen, das er kennenlernte, mit Lefty zu vergleichen pflegte. Aber war seine Vergleichsperson wirklich Lefty, oder vielmehr eine Traumgestalt, die er selbst ersonnen hatte? Er könnte sie um der alten Zeiten willen anrufen, sie und ihren Mann einladen – aber weiter kam er nie.

Das Stützkorsett war ein Käfig aus Aluminium und Leder. Es wurde an Schultergurten getragen und reichte von den Achselhöhlen bis zu den Hüftknochen. Um hineinzukommen, wälzte er sich auf die Seite, langte nach hinten und schob das Korsett unter sich; darauf wälzte er sich wieder auf den Rücken, zog die elastischen Seitenschalen um seinen Rumpf und schloß die Gurtschnallen. Das mußte allein nach dem Gefühl geschehen, da er den Kopf nicht heben konnte, bis die Stütze ihm festen Halt gab. Schließlich wälzte er sich abermals auf die Seite, schob einen Arm unter den Oberkörper und stemmte sich zum erstenmal seit Monaten zu sitzender Haltung hoch.

Welche Anstrengung. Es war unvorstellbar. Er war triefend naß. Er hielt sich am Bettgeländer fest und stand vorsichtig auf. Zu stehen war einfacher, als zu sitzen. Beim Sitzen wurde das Rückgrat zusammengedrückt, und die Muskeln verkrampften sich rasch. Das Stützkorsett hielt ihn wie in einem Schraubstock, so aufrecht, daß es ihm unmöglich war, die eigenen Füße zu sehen. Er bewegte sich zwei oder drei Minuten lang umher, dann ließ er sich wieder auf dem Bett nieder.

Sobald er lag, war die umgekehrte Prozedur nötig, um das Stützkorsett zu entfernen. Die Schwester wollte ihm helfen, doch bestand er darauf, es allein zu tun. Als er sich herausgearbeitet hatte, ließ er es zu Boden fallen.

Die Krankenschwester hatte das letzte Wort. „Wie wollen Sie es nächstes Mal erreichen, wenn Sie aufstehen wollen?"

Er dachte daran, was Lefty in ihrem Brief gesagt hatte, an ihre Annahme, er werde ein neues Buch in Angriff nehmen und diese Zeit der Rekonvaleszenz nutzen. Aber er konnte seine Gedanken nicht sammeln. Es schien ihm unmöglich, sich auf irgend etwas zu konzentrieren. Er konnte nicht einmal eine Entscheidung über seine Zukunft treffen. Er zog es vor, aus dem Fenster zum Himmel aufzublicken und die Fenster des gegenüberliegenden Krankenhausflügels zu beobachten.

Man ergänzte seine Therapie mit feuchten Umschlägen, und dann wurde er nach Haus entlassen.

Er verließ das Krankenhaus mit einem Ambulanzwagen, da es ihm nicht möglich war, die Fahrzeit sitzend im Stützkorsett zu verbringen. Die Krankenträger hoben ihn auf einer gespannten Decke auf eine Bahre. Einen sinnverwirrenden Moment lang war er draußen in der Sonne, aber das Licht war so grell und überwältigend, daß er die Augen schloß. Es machte ihm nichts, denn die Wärme blieb auf seinen Lidern. Er war von so viel ausgeschlossen gewesen.

Onkel Thor fuhr mit ihm im Krankenwagen. So weit seine Erinnerung zurückreichte, immer war Onkel Thor dagewesen. „Schwimmen ist die denkbar beste Übung. Der Körper wird vom Wasser weitgehend getragen. Ich glaube, es wäre eine gute Idee, selbst mit dem Stützkorsett. Wie würde es dir gefallen, eine oder zwei Wochen in Poipu zu verbringen?"

„Die Badewanne", sagte Josh und lachte. Sie nannten es so, weil es eine geschützte und warme Bucht war. Früher hatte er dort zwischen Schulen kleiner tropischer Fische getaucht und geschnorchelt. Aber er wußte, daß er nicht nach Poipu fahren würde. Er hatte sich vorgenommen, zu Hause in Malibu im Swimmingpool und auf dem Rasen zu üben. Nach zwei bis drei Wochen sollte es ihm möglich sein, nach Los Angeles zu fahren und . . .

23

RODEO DRIVE. Er hatte sich die Adresse seit langem eingeprägt. Es mußte im nächsten Block sein, auf der anderen Straßenseite. Ja, da war es, ein zweistöckiges Haus im spanischen Stil, von der Straße durch eine Hecke und einen großen Garten getrennt.

Er parkte und stieg aus. Es dauerte eine Weile, denn in seinem Stützkorsett war er immer noch unbeholfen. Da er schmal gebaut war, bemerkte man es kaum, wenn er eine Jacke trug, allenfalls durch seine übertrieben aufrechte, militärische Haltung. Er ging den Plattenweg hinauf, ohne zu wissen, was er sagen würde. Er hatte es sich so oft ausgemalt, daß die verschiedenen Begrüßungssätze in seinem Kopf nun durcheinander purzelten.

In Faltenrock und Sandalen, mit umgebundener Schürze und einem Pflanzenstecher in der Hand, kam Lefty um die Hausecke. Sie blieben stehen und sahen einander an. Er bemerkte, daß die Sommersprossen immer noch zu sehen waren.

„Josh!"

„Ja", sagte er.

Sie kam auf ihn zu.

„Ich kam zufällig vorbei."

Sie lachte und führte ihn ins Haus, durch Diele, Wohn- und Speisezimmer in die Küche, einen großen, freundlichen, sonnigen Raum mit Blick in den Garten. Sie wusch sich Erde von den Händen. „Ich gebe dir gleich eine Tasse Kaffee. Wie fühlst du dich? Du siehst ein bißchen dünn aus. Das muß eine schlimme Zeit für dich gewesen sein. Ich konnte es nicht ertragen, mir vorzustellen, wie du tagein, tagaus auf dem Rücken liegen mußtest. Darum habe ich dir geschrieben."

„Ich habe mich darüber gefreut. Weißt du, die Art und Weise, wie du aus meinem Leben verschwunden bist, hat mir nicht besonders gefallen."

„Nein?" Sie befühlte den Kaffeetopf. „Er ist noch heiß." Sie nahm zwei Tassen aus einem Schrank und füllte sie. „Komm, wir trinken ihn draußen."

Er folgte ihr durch einen Steingarten zu einem eisernen Tisch unter den ausladenden Ästen eines großen Baums. „Das ist ein netter Platz."

„Ich liebe meinen Garten. Ich habe Tomaten, Salat, Schnittlauch und Petersilie. Ach ja, und Minze. Ich spiele mit dem Gedanken, einen ganzen Kräutergarten anzulegen, Rosmarin, Thymian, Oregano." Sie verstummte plötzlich, dann sagte sie in verändertem Ton. „Es ist lange her, Josh."

„Ja."

„Du hast meine Briefe nicht beantwortet. Warum?"

„Ich habe keine Briefe bekommen."

„Du hast sie nicht bekommen? – Das verstehe ich nicht."

„Mir ist es auch nicht ganz klar. Aber ich habe nie einen erhalten. Ich habe dir trotzdem geschrieben."

„Wirklich?"

„Vielleicht war es ein Streich."

„Du meinst, von den Jungen? Oder deinen Schwestern? Das glaube ich nicht."

„Ich eigentlich auch nicht."

„Nun, offenbar war jemand bestrebt, dich vor mir zu schützen. Und der oder die Betreffende hatte damit ganz recht. Ich war fest entschlossen, dich zu angeln." Sie lachte ein wenig unsicher.

„Und dann lerntest du deinen Mann kennen", sagte er.

„Nein, dann noch nicht. Das war in dem Sommer, als ich neunzehn wurde. Ein halbes Jahr später heirateten wir. Und weitere drei Jahre später war er tot."

„Tot?"

„Wußtest du es nicht?" Sie blickte rasch auf. „Ja, wir hatten gerade die Bescheinigung unserer genetischen Gesundheit und die Genehmigung für zwei Kinder bekommen."

„Was geschah? Ein Unfall?"

Sie blickte ihn mit unverändertem Ausdruck an. „Sagt dir der Name Trenton nichts?"

„Du meinst den Bill Trenton, der bei der Satellitenexplosion umkam? Mein Gott, das tut mir leid, Lefty. Wir waren sechs Wochen lang in derselben Ausbildungsgruppe. Ich hatte keine Ahnung – wart ihr damals schon verheiratet?"

Sie nickte. „Jetzt kennst du also meine Lebensgeschichte. Zu dumm, daß wir nicht auf unsere Pferde springen und wie früher den Strand entlangreiten können, weg von allem."

„Warum können wir das nicht?"

Sie lächelte, aber ihre Augen waren traurig. „Nein, Josh, wenn du dreizehn bist, kannst du deinem Pferd die bloßen Fersen geben und durch die Wirklichkeit reiten und auf der anderen Seite herauskommen. Dieser Zauber wird Kindheit genannt. Aber wir sind keine Kinder mehr, Josh. Der Augenblick kam und ging, und der Wind wehte uns in verschiedene Richtungen. Darf ich dir noch eine Tasse Kaffee bringen?"

Er verneinte und wünschte sofort, er hätte ja gesagt. Denn sie betrachtete seine Antwort sicher als ein Zeichen, daß er gehen wollte. Sie stand auf, lächelte ihm zu und streckte die Hand aus. Er nahm sie, feinknochig und sonnengebräunt, in die seine. „Darf ich dich wiedersehen, Lefty?"

Sie entzog ihm die Hand und lächelte immer noch, aber die Wärme war verschwunden. Sie hatte eine Barrikade errichtet. „Ich sehe nicht, was für einen Sinn das haben sollte, Josh. Es hat mich gefreut, daß du vorbeigekommen bist, wirklich. Aber ich denke, es ist am besten, wir lassen es dabei bewenden. Einverstanden?"

Er schüttelte den Kopf. „Nicht einverstanden."

„Wirklich, Josh, du kannst nicht einfach so um die Ecke kommen und in anderer Leute Leben eindringen."

„Es war weiter als um die Ecke", sagte er. Er fühlte, daß sie mit sich rang.

„Ja, das war es. Ich bin geschmeichelt, Josh, und gerührt. Aber ich bin nicht bereit, Bindungen einzugehen."

„Wer sagte was von einer Bindung? Es geht nur um ein Abendessen. Freitag abend. Ich hole dich um halb acht ab."

„Ich hatte vergessen, wie hartnäckig du sein kannst. Also gut." Aber am nächsten Tag ließ sie anrufen und ausrichten, daß sie verhindert sei.

Josh ignorierte den Anruf und erschien am Freitag um halb acht an ihrer Tür. „Oh", sagte sie, ein wenig atemlos. „Hast du meine Nachricht nicht bekommen?"

„Ich habe sie bekommen", sagte er.

„Nun, dann weißt du, daß ich fort muß. Ich besuche dreimal wöchentlich ein Abendseminar hier an der Universität."

„Laß dich von mir hinfahren. Wir können unterwegs reden."

„Josh, es ist mir peinlich."

Er wich und wankte nicht, und er schien nicht im mindesten verlegen.

„Also meinetwegen, ich hole meinen Pullover." Sie ließ ihn vor der Tür stehen und kam kurz darauf mit einem Notizbuch in der Hand und einem Pullover über der Schulter wieder heraus. Er fuhr zur Schnellstraße und wandte sich ihr zu. „Nun laß hören, Lefty. Du willst mich aus deinem Leben heraushalten. Warum? Gehst du mit jemandem?"

„Nein."

„Also, was ist es dann?"

„Kannst du dir nicht vorstellen", sagte sie mit gepreßter Stimme, „daß ich desinteressiert sein könnte und keine Verbindung will? Daß ich vielleicht versuche, für mich selbst ein Leben aufzubauen? Noch vier Semester, und ich werde mein Staatsexamen in klinischer Psychologie machen. Ich werde einen Beruf ausüben und unabhängig sein."

„Und das willst du?"

„Das will ich."

An der Universitätsausfahrt verließ er die Schnellstraße und fuhr langsamer. „Welches Gebäude?"

„Du kannst mich hier überall absetzen. Ein kleiner Weg zu Fuß macht mir nichts aus. Tut mir leid, Josh."

„Hat es damit zu tun, daß ich auch im Raumkorps bin?"

„Zum Teil, ja. Ich habe einfach nicht den Mut, mich wieder dieser Art von Anspannung auszusetzen."

„Um wieviel Uhr bist du fertig? Ich werde dich abholen und wieder nach Haus bringen."

„Das ist nicht nötig, Josh. Es wäre mir lieber, du tätest es nicht."

„Lefty, ich bin erledigt. Wenn ich überhaupt im Raumkorps bleibe, dann werde ich nie wieder etwas anderes als Schreibtischarbeit tun." Sie hielten auf einem Parkplatz; Lefty stieg aus und ging fort. Als er sie eingeholt hatte, sah er, daß sie weinte. Er zog sie an sich, und sie begann ein wenig hysterisch zu lachen. „Du bist ein Mann aus Eisen", sagte sie und befühlte das Stützkorsett durch den Hemdenstoff. „Ich wußte nicht, daß du in so einem Ding steckst. Wie lange mußt du es tragen?"

„Sechs Monate, meinen die Ärzte. Aber ich fürchte, sie sagten es nur, um mir Mut zu machen."

„Es fühlt sich so massiv und schwer an. Es muß schrecklich unbequem sein."

„Eigentlich nicht. Tatsächlich bin ich ihm sehr verbunden – im Ernst. Es erlaubt mir, mich zu bewegen, umherzugehen, bei dir zu sein. Das Raumkorps war es, was dich störte, nicht wahr, Lefty?"

„Dies ist das Gebäude", sagte sie, machte aber keine Anstalten weiterzugehen. Er nahm sie bei der Hand und zog sie daran vorbei, als ob es eine Bedrohung wäre.

„Das ist es nicht allein", sagte sie. „Während der letzten eineinhalb Jahre hatte ich Zeit, mich zu sammeln. Ich konnte zu mir selbst zurückfinden und mir ein Ziel setzen."

„Dann kam ich hereingetrampelt."

„Dann kamst du hereingetrampelt. Und ich sah, wie zerbrechlich alles war, was ich wieder zusammengesetzt hatte. Es war wie das Schreiben eines Lebensplans auf Zettel, die vom ersten Windstoß davongetragen werden. Und du kamst daher, ein Wind aus dem Nichts. Ich fürchte mich sehr, Josh."

„Wenn es möglich wäre, ein Leben zu schützen", sagte er und beugte sich über sie, „so würde ich das deine schützen. Sogar vor mir. Aber so funktioniert es nicht. Wenn wir Verwicklungen scheuen und es ablehnen, uns zu engagieren, lehnen wir das Leben ab. Du mußt wieder Mut dafür finden."

Sie legte ihm die Hände auf die Schultern und lehnte sich an den Aluminiumkäfig, der ihn von ihr trennte.

24

ES GAB keine förmlichen Verabredungen, aber ihre Leben begannen sich zu verbinden. Oft begleitete sie ihn morgens zur Hydrotherapie. Bald hatte sie sich mit den Übungen vertraut gemacht und half ihm, indem sie mit ihm übte. Er machte gute Fortschritte. Manchmal fuhren sie danach in den Klub und aßen gemeinsam zu Mittag.

Sie brachte Tusche und Pinsel und lehrte ihn die Kunst des Sumi-E. „Mir hat es sehr geholfen. Es kommt lediglich darauf an, etwas zu beobachten und zu studieren, einen Felsen, einen Baum, eine brechende Welle, bis man das Gefühl hat, das Objekt verstanden zu haben und mit ihm eins zu werden. Dann taucht man den Pinsel in die Tusche und versucht mit wenigen Strichen festzuhalten, was einem als das Wesen, der Charakter oder die Seele erscheint."

„Meine hast du bereits eingefangen. Wie viele Pinselstriche hast du dazu gebraucht?"

„Bei dir bin ich noch im Anfangsstadium. Es gibt zu viele Möglichkeiten. Fühlst du das nicht, Josh? Daß es viele Wege gibt, die du einschlagen kannst?"

„Nein. Es gibt nur einen Weg."

Er begann Lefty im Elternhaus in Malibu einzuführen, wo sie den Swimmingpool meistens ganz für sich hatten. Lynn war von ihr angetan, und schon nach einem der ersten Besuche nahm sie Josh beiseite.

„Sie ist ein wunderbares Mädchen, Josh. Warte nicht zu lange; halt sie fest."

Josh lachte und küßte sie. „Dafür ist schon gesorgt. Sie hat entschieden, sich uns Kelloggs anzuschließen."

Lefty telegrafierte ihrer Mutter die Neuigkeit. Mrs. Compton flog zur vermeintlichen Verlobungsfeier zurück in die Staaten, aber es war nicht möglich, die Sache als Familienfeier im kleinen Kreis zu gestalten. G. K. bestand auf einer verschwenderischen, publizitätsträchtigen Angelegenheit mit Gartenpavillons, einem Orchester und einer meterlangen Gästeliste von Berühmtheiten.

Die Presse erfüllte die in sie gesetzten Erwartungen, und überall lagen Fotografen auf der Lauer. Ein Zeichner kam auf die Idee, Josh ohne Bart darzustellen, und als die Skizze veröffentlicht wurde, erregte sie Aufsehen. In der nächsten Ausgabe erschienen zwei Fotografien: eine von Josh und eine vom früheren Präsidenten. Die öffentliche Spekulation erreichte bald die Grenze des Einklagbaren. Josh faßte den Entschluß, die Wahrheit zu offenbaren.

Er erzählte es Lefty. „Ich bin sein außerehelicher Sohn. Macht das für dich einen Unterschied?"

„Wie hast du das erfahren?"

„Ich kenne immer noch nicht alle Einzelheiten, bloß die Tatsachen. Und auch von denen nicht alle."

„Weißt du, wer deine Mutter ist?"

„Nein."

„Wahrscheinlich irgendein Filmstar oder dergleichen." Sie tätschelte ihm den Arm. „Es ist besser, nicht darin zu stochern. Lynn ist deine Mutter, und wir wollen vermeiden, daß jemand verletzt wird. Richtig?"

Er stimmte mit ihr überein.

Leftys zweiter großer Fürsprecher war Onkel Thor. „Sie hat mehr Verstand, als du je hattest", sagte er zu Josh. „Sie steht mit beiden Beinen auf der Erde." Er hatte Joshs kurzlebige Karriere als Astronaut immer mißbilligt. „Diese Art von Job ist was für den technisch veranlagten Typ, der nur deshalb keine Angst kennt, weil es ihm an der Vorstellungskraft fehlt."

„Ich glaube, du irrst dich. Für einen Dichter könnte ich mir keinen besseren Ort als den Weltraum vorstellen. Er versetzt einen in einen Zustand rauschhafter Begeisterung. Aber ich fürchte, ich bin kein Dichter. Wäre ich einer, so könnte ich nicht leben, ohne zu schreiben. Das gehört übrigens zu den Dingen, über die ich mit dir reden wollte: welchen Weg ich gehen, welches Ziel ich ansteuern sollte. Ich möchte etwas tun, was ich als wichtig betrachte."

„Du könntest im Raumkorps bleiben."

„Am Schreibtisch? Das würde mir nicht gefallen."

„Also, dann heirate dein Mädchen. Verreise für ein paar Wochen, und wenn du zurückkommst, unterhalten wir uns wieder."

Lefty winkte ihnen schon von weitem zu, als sie sich durch das Gedränge arbeitete. „Ich hoffe, niemand wird ‚Feuer' schreien. Hör zu, Josh, du mußt Mutter um einen Tanz bitten, und das wird mir Gelegenheit geben herauszubringen, warum kein kluges Mädchen jemals auf die Idee gekommen ist, deinen Onkel Thor zu angeln."

Josh machte sich gehorsam auf, Mrs. Compton zu suchen.

„Jetzt können wir über ihn reden“, sagte Lefty. „Er ist ein wunderbarer Mensch, nicht wahr? Man ist überrascht, wenn man ihn näher kennenlernt. Ich will damit sagen, er ist auf der einen Seite zurückhaltend und beinahe scheu, gleichzeitig aber wagemutig und unternehmungslustig.“

„Josh ist ein in sich selbst ruhender Mensch. In gewisser Weise ist es seltsam, weil er in einer großen Familie aufwuchs, umgeben von Menschen.“

„Ich verstehe, was Sie meinen. Er hat eine zwanglose Art, mit Menschen umzugehen. Sie mögen ihn. Aber sie kennen ihn nicht. Ich habe das Gefühl, daß Sie ihn besser kennen als jeder andere.“

„Vielleicht.“

„Wenn ich einen Verbündeten brauche, möchte ich auf Sie zählen können.“

„Selbstverständlich, aber warum sagen Sie das?“

„Ich weiß nicht. Es ist etwas in Josh. Es ist ein dramatisches Lebensgefühl um ihn, etwas wie eine Sendung. Wahrscheinlich ist es dies, was mich anzieht, und doch mache ich mir Sorgen. Ich weiß, wessen Sohn er ist. Er sagte es mir. Auch das macht ihn zu einem besonderen Menschen, aber es ist noch mehr. Die Zeit als Astronaut hat ihn gezeichnet, aber das ist es auch nicht. Ich kann es nicht erklären, aber es gibt Dinge, die von statischer Elektrizität knistern, wenn man sie berührt. Fast erwarte ich das bei Josh.“

Bitterbaums Antwort bestand darin, daß er ihr ein Champagnerglas in die Hand drückte und nachsichtig zu ihrer Übertreibung lachte. Aber die in einer Gewitterwolke gefangene Energie kann sich jeden Augenblick in einem Blitzschlag entladen, der durch die ionisierte Luft niederfährt, zuschlagend und verzehrend.

25

Die Zeit der Sommerferien hatte begonnen, und Cindy sollte mit einer Maschine der Air France aus ihrem schweizerischen Internat eintreffen. Das Flugzeug hatte Verspätung, und Josh trank ein Bier und beobachtete das Flugfeld, das Hin und Her der Gepäckkarren, Passagiere und Tankwagen, die Starts und Landungen. Er bezahlte und blickte auf die Uhr.

Noch zwanzig Minuten. Er beschloß, ein wenig umherzugehen, machte einen Bogen um das Fußgänger-Transportband und geriet in einen Strom soeben angekommener Fluggäste. Da schlug er zu, der Blitzschlag, den Bitterbaum so fürchtete. Er machte sein Blut gerinnen und lähmte sein Gehirn. Ein kleines Stück weiter vorn, schräg vor ihm auf dem Transportband, ging sein toter Vetter.

Josh schritt weiter; seine Beine versahen ihren Dienst von selbst. Sein Gehirn aber war wie abgeschaltet, es brachte keinen Gedanken durch. Aber er hielt mit ihm Schritt, holte sogar auf.

Steve!

Es kam nicht heraus, blieb in den Zwischenräumen seines Bewußtseins stecken.

„Steve!"

Es war ein Wispern, ein Atemhauch.

Er ergriff ihn am Arm und drehte ihn herum.

Steve blickte ihm ins Gesicht. Das Transportband bewegte ihn weiter, und Josh, auf der anderen Seite des Absperrgitters, mußte nebenherlaufen. Tränen rannen ihm übers Gesicht. Er konnte kaum Atem holen.

„Steve!"

Steve riß sich los und lief auf dem Transportband davon. Josh übersprang das Absperrgitter, fiel, rappelte sich auf, konnte aber die Balance auf dem Transportband nicht halten. In seinem Bemühen, Steve nicht aus den Augen zu verlieren, rempelte er zwei oder drei Leute an. Ein Wächter schrie, er solle gefälligst stehenbleiben, ein zweiter kam von vorn und warf ihn nieder.

Josh zappelte und wehrte sich, dann schien alles über ihm einzustürzen. Er fühlte sich krank und elend, genauso, wie er sich gefühlt hatte, als er von Steves Tod erfahren hatte. Es war weniger ein Schmerz oder eine Seelenqual, es war Leere. Sie nahm ihren Ausgang von der Magengrube, erfüllte einen mit hohler Trostlosigkeit, räumte einen aus, bis es keine Gefühle, Gedanken, Empfindungen mehr gab. Nicht einmal ein Selbst.

Er funktionierte wieder, zeigte seinen Ausweis vor, entschuldigte sich und sagte, er habe geglaubt, einen alten Freund gesehen zu haben. Schließlich ließen sie ihn gehen, aber nun konnte er nicht mehr. Sein Rücken schmerzte unerträglich. Er versuchte auf den Beinen zu bleiben, doch der Schmerz zog ihn zusammen wie einen Bogen. Die Männer, die ihn verhört hatten, legten ihn auf eine Bank. Seine Rückenmuskeln waren verkrampft, sein Körper schweißbedeckt. In diesem Augenblick ließ Cindy ihn ausrufen.

„Es ist meine Schwester. Ich – ich will nicht, daß sie mich so sieht. Würden Sie ihr bitte sagen, ich wäre verhindert gewesen, und sie solle ein Taxi nehmen und direkt nach Haus fahren?"

Seine Bitte wurde ignoriert. Jemand lief los und holte sie. Sie war ein tüchtiges junges Mädchen und nahm die Dinge sofort in die Hand. Ein Krankenwagen wurde verständigt und fuhr die beiden auf Joshs Wunsch nach Malibu.

Er war beinahe dankbar für das Wiederaufleben seines Rückenleidens. Es lieferte ihm eine Tarnung. Alle verstanden, daß er sich in seinem Zimmer einschloß, niemanden hereinließ und mit keinem sprechen wollte. Sie entschuldigten ihn mit der Erklärung, daß der Rückfall ihn entmutigt haben müsse.

JOSH lag regungslos auf dem Bett. Er bewegte nicht einmal den Kopf, um aus dem Fenster zu sehen. Die Landschaft, die er dort sah, war eine Landschaft der Lüge und des Betrugs. Es war einfacher, die Welt zu verstehen, wenn man von ihr getrennt war, wenn man sie von oben sah und die vertrauten Landkartenumrisse erblickte, die unter einem vorbeizogen und nacheinander all ihre Eigenheiten und Wesenszüge enthüllten. Aber beim Wiedereintritt entdeckte man, daß die beherrschenden Wesenszüge Grausamkeit und Verstellung waren. Die Logik, der Verstand, die einen zwischen den Welten leiteten, taugten hier nicht. Es gab keine Möglichkeit, einen Kurs festzulegen, wenn es keine Fixpunkte gab. Die Menschen, die man liebte, die eigenen Familienangehörigen, waren Betrüger, die schreckliche Täuschungen verübten. Keinem konnte man vertrauen, keinen fragen.

War es möglich, daß es nicht Steve gewesen war? Er wollte es gern glauben. Wenn Steve tot war und er sich nur getäuscht hatte, könnte er alles wieder in sich hineinstopfen und das bisherige Leben von neuem aufnehmen. Aber er hatte ihn angefaßt, tatsächlich berührt. Diese Hand hatte Steve am Arm gefaßt. Sie hatten einander ins Gesicht geblickt. Und weil Steve nichts hatte sagen, keine Vergebung hatte erwarten können, hatte er sich losgerissen und war davongelaufen.

Es war nicht möglich, daß er sich getäuscht hatte. Der Mann, den er angehalten hatte, war zweifelsfrei Steve gewesen. Dennoch gab es eine andere Möglichkeit: eine gewisse Wahrscheinlichkeit sprach dafür, daß er verrückt war. Für einen Verrückten war eine Halluzination Wirklichkeit.

Das Seltsame daran war nur, daß es keine weiteren Anhaltspunkte gab. Nichts sonst deutete darauf hin, daß sein Verstand versagte. Er konnte sich an keine Fälle erinnern, wo er unmögliche oder unwahrscheinliche Dinge oder Ereignisse gesehen hätte. Das Geschehen am Flughafen hob sich aus seinem eher ruhigen Alltagsleben als ein einzelnes, mit nichts sonst in Zusammenhang stehendes Ereignis heraus. Er durchforschte seine Vergangenheit nach irgendeinem Traum, um das Erlebnis zu erklären, aber er fand nichts.

Er war glücklich. Er war verliebt und im Begriff zu heiraten. Daran konnte es nicht liegen. Wenn er schon eine Begegnung mit Steve halluzinieren mußte, warum hatte er es dann nicht vor sechs Jahren getan, zur Zeit seines Todes? Warum jetzt?

Die einzige Alternative war, an eine Verschwörung zu glauben. Er mochte verrückt sein, aber an Verfolgungswahn hatte er niemals gelitten. Immerhin war er der Sohn seines Vaters. Es war vorstellbar, daß irgend etwas im Gange war, irgendein Plan mit dem Ziel – welchem Ziel?

Und warum Steve da hineinziehen, vorgeben, er sei verunglückt? Welchem Zweck konnte das dienen? Welche Überlegung konnte dahinterstehen? Und wer war eingeweiht?

Steve, soviel war offensichtlich. Und wer noch?

Sein Vater? Onkel Thor? Seine Mutter?

Es war besser, verrückt zu sein.

Er weigerte sich, mit irgendwem zu sprechen. Seine Mutter kam, und er wiederholte, daß alles in Ordnung sei. Er habe nur Schmerzen und müsse ruhen, dann werde der Rückfall rasch überwunden sein. Was konnte er sagen? Etwa: „Gestern auf dem Flughafen habe ich Steve gesehen."?

Sie brachte ihm sein Stützkorsett und half ihm hinein, und er ließ sie in dem Glauben, das sei das ganze Problem.

„Ich verstehe nicht, warum du Lefty nicht sehen willst?" sagte sie. „Seit gestern hat sie schon drei- oder viermal angerufen. Ich glaube wirklich, daß du mit ihr sprechen solltest."

„Nein."

„Du darfst nicht so empfindlich sein, Josh. Die Geschichte mit deinem Rücken ist unangenehm, aber sie macht dich nicht zu einem geringeren Menschen. Jeder hat Schwächen und Mängel. Und sie wird schließlich deine Frau."

„Nein. Dies hat alles geändert. Ich werde nicht zulassen, daß sie einen Krüppel heiratet."

„Josh, du wirst das überwinden. Es ist ein Rückschlag, aber die Ärzte sagen alle übereinstimmend, daß du in ein paar Monaten wieder ohne das Stützkorsett herumlaufen wirst."

Er konnte schlecht gegen die Mediziner argumentieren.

An der Tür wandte sie sich noch einmal um. „Für Lefty ist es furchtbar schwer, so ausgeschlossen zu werden. Willst du nicht wenigstens . . ."

„Nein, nein, ich will nicht!" sagte er heftig.

Lynn sah ihn erschrocken an. „Wir werden später darüber sprechen", sagte sie ruhig, und behutsam schloß sie die Tür.

DIE POSITION, die er eingenommen hatte, war unhaltbar. Er begriff das, aber er sah keinen Ausweg. Wenn er einen Psychiater konsultierte, käme dies einer Selbsteinlieferung in die Nervenheilanstalt gleich. Man konnte nicht als freier Mann herumlaufen, wenn man auf dem Flughafen seinen toten Vetter sah.

„Es tut mir leid, Josh."

Er hatte sie nicht hereinkommen hören. Er legte ein Kissen aufs Gesicht und rührte sich nicht. Er nahm das Kissen nicht fort.

„Ich war unten, als deine Mutter bei dir war. Ich hatte mit ihr gesprochen. Ich weiß, daß du mich nicht sehen willst. Bin bloß ich es, oder sind es alle?"

„Ich wollte dies nicht."

„Warum nicht?" Sie kam ans Bett. „Kannst du nicht in Gottes Namen dieses lächerliche Kissen vom Gesicht nehmen?" Sie zog es ihm aus den Händen und ließ es auf den Boden fallen. „Es wird noch oft so sein, daß du meine Hand halten mußt. Ich meine, eine Ehe besteht nicht aus einer Serie von Verabredungen, bei denen jeder sich von der besten Seite zeigt. Darum kann ich dein Verhalten nicht verstehen. Ich kann es wirklich nicht. Es ist zu dumm, daß du gestürzt bist und daß dein Rücken wieder Schwierigkeiten macht. Aber so eine große Sache ist das nicht, Josh."

„Ich fürchte, ich bin da anderer Meinung", sagte er in ruhigem, höflichem Ton. „Dies hat vieles verändert. Ich hatte geglaubt, ich sei völlig wiederhergestellt. Nun sehe ich, daß ich mit der Tatsache rechnen muß, für immer ein Invalide zu sein."

Sie blickte zu ihm herab, die Pupillen geweitet. „Du willst mich nicht mehr heiraten. Ist es das, was du damit sagen willst, Josh?"

„Ich sage, daß ich dich nicht heiraten *kann*. Daß es nicht recht wäre, nicht anständig, es zu tun."

„Und was ist das Rechte und Anständige? Mit einem Kissen vor dem Gesicht im Bett zu liegen, sich zu weigern, meine Anrufe entgegenzunehmen oder mich zu sehen? Ist das der Held, der an einer Leine im Weltraum schwebte? Ich kann es nicht fassen. Demoralisiert die Aussicht auf Schmerzen dich so vollständig, daß du nicht länger fähig bist, ein Leben zu planen?"

„Ich denke", sagte er zögernd, „ich hätte es ein wenig anders ausgedrückt. Ich hätte gesagt, daß ich dabei an dich dachte. Aber zweifellos ist in beiden Versionen ein Stück Wahrheit. Also nimm deine Version, und geh nach Haus, Lefty."

„Du Schwein!" schrie sie, sah sein Erschrecken, begriff, was sie getan hatte, und verließ verzweifelt den Raum.

Das war es. Seine Hand tastete nach dem herabgefallenen Kissen, und er legte es sich wieder aufs Gesicht. Abgeschnitten vom Licht, abgeschnitten vom Leben. Er hing zwischen den Welten.

Geistige Gesundheit und Wahnsinn, Vernunft und Unvernunft. Sein Geist schwang zwischen Extremen hin und her.

Auch sein Vater führte ein Gespräch mit ihm. Er unterbrach einen zweiwöchigen Angelurlaub in British Columbia, kam in Joshs Zimmer und ließ einen Monolog vom Stapel. Er bestand hauptsächlich aus Banalitäten. „Ein guter Mann läßt sich nicht unterkriegen." – „Bald wirst du wieder munter und fidel sein." – „Du wirst die Dinge mit anderen Augen sehen."

Josh stand es durch. Er behielt das Kissen vor dem Gesicht.

„Du hast Schlimmeres als dies durchgemacht. Du mußt den

alten Kampfgeist wiederfinden. Und um Gottes willen, nimm dieses Ding vom Gesicht!"

Josh gehorchte, ließ das Kissen aber nicht aus dem Griff, so daß er es wieder über die Augen legen konnte, wenn sein Vater ging.

„So ist es besser", sagte G. K. „Man muß den Dingen ins Auge sehen. Du hast ein Problem, aber es ist keins, mit dem du nicht fertig werden könntest. Ich erwarte dich zum Abendessen unten."

„Ich kann nicht. Ich bin dazu nicht fähig."

„Zum Abendessen also, du hast mich gehört."

„Der Junge muß sich zusammenreißen", sagte er zu Lynn, die vor der Tür ausgeharrt hatte. Josh legte sich das Kissen wieder aufs Gesicht. Die Essenszeit kam und ging. Seine Mutter rief Bitterbaum an, der an einem Medizinerkongreß in Miami teilnahm.

26

Die Serie der familiären Gegenüberstellungen hatte Joshs Widerstand gebrochen. „Ich sehe, jetzt bist du an der Reihe", begrüßte er Onkel Thor. „Womit habe ich dies verdient?"

„Was hast du getan, Josh? Was ist geschehen? Das ist es, was ich wissen möchte. Darum bin ich gekommen."

„Du willst es wissen? Du willst es wirklich wissen?"

„Ich will es wirklich wissen, ja."

Josh ließ den Kopf zurückfallen und lachte. Dann griff er nach dem Kissen und bedeckte die Augen in der Hoffnung, diese Geste würde das Gespräch beenden.

„Was soll das bedeuten?" fragte Onkel Thor.

„Das Licht tut meinen Augen weh."

„Unsinn, deinen Augen fehlt nichts. Wir können kein vernünftiges Gespräch führen, wenn du dich unter diesem Ding vergräbst."

„Das ist der Sinn der Sache", sagte Josh.

„Sieh mal, ich habe den Ärztekongreß in Miami vorzeitig verlassen und bin hergeflogen, um mit dir zu sprechen."

„Nun, das ist dein Problem." Dann bereute er seine Grobheit

und nahm das Kissen vom Gesicht. „Na gut, aber es gibt nichts zu sagen."

„Es muß eine Menge zu sagen geben. Dieses Verhalten paßt nicht zu dir, Josh. Ich habe es bei dir noch nie beobachtet. Und ich kenne dich so gut wie jeder andere, vielleicht besser."

„Was gibt es da zu diskutieren? Ich habe meinen Rücken wieder verletzt. Ich habe Schmerzen und muß wieder im Stützkorsett liegen. – Und ich möchte in Ruhe gelassen werden."

„Wie kam es zu diesem Sturz?"

„Ich kann mich nicht erinnern. Ich muß auf etwas ausgeglitten sein."

„Josua Francis Kellogg, Tenniscrack, Starathlet, gleitet aus und fällt so, daß er abtransportiert werden muß. Ich habe mich erkundigt, Josh. Ich sprach mit dem Wächter, der dich festnahm. Er erinnerte sich sehr gut an den Zwischenfall. In den fünfzehn Jahren, die er auf dem Flughafen Dienst getan hat, sah er nie jemanden das Absperrgitter zum Fußgänger-Transportband überspringen. Wer war der Mann, den du verfolgt hast?"

„Es war Steve."

Bitterbaum schien in sich zusammenzusinken. Seine lange, hagere Gestalt knickte ein und ließ sich auf das Bett nieder. „Was sagst du da?" Die Stimme schien nicht aus seiner Kehle zu kommen, sondern aus seiner Magengrube.

„Es war Steve", wiederholte Josh verbissen.

„Du meinst, da war jemand in der Menge, den du einen Augenblick lang für Steve hieltest?"

„Nein. Es *war* Steve."

Bitterbaum lachte unsicher. „Du weißt, daß das unmöglich ist. Du weißt, daß er seit sechs Jahren tot ist."

„Ich hielt ihn am Arm fest, Onkel Thor. Er sah mich an, und ich sah ihn an. Du glaubst, ich könnte mich täuschen? Niemals! Und dann rannte er fort. Das war der Anlaß, daß ich die Absperrung übersprang. Dabei fiel ich oder vielleicht etwas später. Ich prallte mit Leuten zusammen."

Bitterbaum schüttelte den Kopf, wollte nichts davon wissen. „Du mußt dir das eingebildet haben."

„Ich habe mir nichts eingebildet!" Josh betonte jedes Wort, als nagle er es mit einem Hammer fest. „Aber es ist möglich, daß es nicht geschah. Ich sehe nicht, wie es geschehen sein konnte. Ist das der Fall, dann habe ich den Verstand verloren. Vielleicht ist es so. Vielleicht bin ich verrückt."

„Langsam, Josh. Langsam. Es ist möglich zu halluzinieren, ohne verrückt zu sein."

„Aber ich hatte nicht an ihn *gedacht*. Wäre es vor sechs Jahren geschehen, hätte die Möglichkeit bestanden. Damals grübelte ich viel darüber nach. Aber es geschah *jetzt,* aus heiterem Himmel, ohne irgendeinen Anstoß. Onkel Thor, ich hatte ihn am Arm. Ich habe ihn gefühlt!"

Bitterbaum stieß ein Ächzen aus. „O mein Gott", murmelte er. „O mein Gott."

„Onkel Thor?"

Bitterbaum hob das Gesicht, und es sah eingefallen aus, beinahe gebrochen. „Warte noch ein wenig, Josh. Da ist eine Sache, die ich überprüfen muß, bevor wir hier Klarheit schaffen können. Aber du bist nicht verrückt, das kannst du mir glauben."

„Es gibt keine andere Erklärung."

„Vielleicht doch", sagte Bitterbaum. „Vielleicht doch." Er klopfte Josh abwesend auf die Schulter. Schon erhob sich Thor in Entrüstung. Die lange Gestalt richtete sich auf, straffte sich, das Kinn schien sich vorzuschieben, die Augen, die in seinem Führerschein als braun angegeben waren, funkelten plötzlich in einem seltsamen Grün.

Thor schritt aus dem Zimmer, den Korridor entlang und durch die Räume, bis er Kellogg fand.

„Nun?" sagte G. K., von einem Steuerformular aufblickend. Er brach ab. Bitterbaum sah irgendwie aufgeschwollen aus. Nie zuvor war ihm aufgefallen, wie groß dieser Mann war. Er ragte förmlich vor ihm auf. Und seine Augen hatten einen sonderbaren Ausdruck. Die Gestalt vor seinem Schreibtisch ähnelte kaum noch dem Bitterbaum, den er kannte. „Was gibt es, Bitterbaum?" fragte er, während er eine jähe Nervosität zu unterdrücken suchte.

Thor schleuderte seinen Hammer. „Steve ist am Leben!"

G. K. öffnete den Mund.

Thor beugte sich über den Schreibtisch, packte ihn am Schlipsknoten und zog ihn daran auf die Füße. „Er ist am Leben. Josh hat ihn gesehen. Geben Sie es zu, verdammt noch mal!" Er lockerte den Würgegriff am Kragen, um eine Antwort zu ermöglichen.

„Ja, in Ordnung. Sie würgen mich. Was soll ich Ihnen sagen? Er lebt. In Ordnung, gut. Ich gebe es zu."

Thor stieß ihn zurück, so daß er krachend in den Sessel fiel. G. K. legte beide Hände an seine Kehle. „Was ist in Sie gefahren, Bitterbaum? Haben Sie den Verstand verloren?"

Thor ignorierte das völlig. „Die Tatsachen, G. K. *Nur die Tatsachen!*"

„Also, wie Sie wollen. Ich hatte vorgehabt, den Tod des Präsidentenbruders zu einem späteren Zeitpunkt zu simulieren, aber ich war gezwungen, den Termin für diesen Akt des Dramas vorzuverlegen. Sie werden sich erinnern, daß es die Zeit war, als Josh das Elternhaus verlassen hatte. Ich sah kein anderes Mittel, ihn zurückzuholen."

„Steve hätte niemals zugestimmt. Er hätte so etwas weder Josh noch irgendeinem anderen von uns angetan."

„Das stimmt. Da gab es ein Problem. Ich setzte Steve auseinander, daß ich ihn aufgezogen und seine Ausbildung bezahlt hätte, daß ich mich um seine Mutter kümmerte. Er stand in meiner Schuld."

„Steve hätte es nie getan", wiederholte Bitterbaum hartnäckig.

„Ich hatte in diesem Punkt große Schwierigkeiten. Ich bat ihn, mir zu vertrauen." G. K. brach ab, räusperte sich und nahm einen neuen Anlauf. „Es wird Ihnen nicht gefallen, Bitterbaum, aber ich sagte es ihm. Ich mußte ihn aufklären. Das war die einzige Möglichkeit, seine Einwilligung zu erhalten. Sobald er einsah, daß es zu Joshs Bestem war, erklärte er sich einverstanden."

Bitterbaum wollte es nicht wahrhaben und fuhr fort, den Kopf zu schütteln, aber es wirkte nicht mehr. „Wie konnten Sie das tun, G. K.?"

„Ganz einfach, ich überzeugte ihn, daß er Josh durch sein Opfer den Weg in die Position ebnen würde, auf die Josh vorbereitet wird. Daß er ihm helfen würde, der Mann zu werden, der in ihm steckt. Die Vereinbarung war, daß er mit keinem Familienmitglied und niemandem aus dem Bekanntenkreis Verbindung aufnehmen dürfe. Er hatte seinen Namen zu ändern, und soweit es die Kelloggs betraf, war er tot. Wirkliche Sorgen machte ich mir dabei vor allem Ihretwegen, Bitterbaum. Ich befürchtete, Sie würden Lunte riechen."

Thor begann zu Bitterbaum zurückzuschrumpfen.

„Es war der einzige Weg, der mir einfallen wollte", sagte G. K. „Außerdem war es eine notwendige Prägung, eine der entscheidenden persönlichkeitsbildenden Erfahrungen, vergleichbar nur mit der Episode im Weltraum. Vergessen Sie nicht, Bitterbaum, daß ich dies nur auf mich genommen habe, um Josh auf die Fortführung des unterbrochenen Lebens vorzubereiten. Ich möchte ihn als Präsidenten sehen."

„Präsident! Viel hat nicht gefehlt, und Sie hätten Josh ohne Schnürsenkel und Gürtel in einer Gummizelle gesehen!" Er ließ sich langsam auf den Stuhl nieder, der vor Kelloggs Schreibtisch stand.

G. K. betrachtete ihn mit Sorge. „Ich verstehe, daß ich kein Recht hatte, Steve ins Vertrauen zu ziehen, ohne Sie zu konsultieren. Aber unter den Umständen . . ."

„Seien Sie still!" sagte Bitterbaum erschöpft. „Was soll diese Entschuldigung für die falsche Sache? Geben Sie mir was zu trinken, ja? Einen doppelten Scotch."

„Aber Sie trinken nie um diese Zeit. Die Sonne ist . . ."

„Zum Teufel mit der Sonne. Zum Teufel mit der Uhrzeit. Geben Sie mir einen doppelten Scotch."

G. K. verließ seinen Schreibtisch und ging zur herausklappbaren Hausbar.

Bitterbaum trank, hustete und stand auf. „Also, gehen wir", sagte er mit einem Blick zu G. K.

„Gehen? Wohin?"

„Wir müssen es Josh sagen."

„Ist das Ihr Ernst?"

„Selbstverständlich ist es mein Ernst."

„Das können wir nicht machen. Die Zeit ist noch nicht reif", protestierte G. K.

„Ich weiß nicht, was *Sie* reif nennen. Sie haben ihm die Wahl zwischen zwei Möglichkeiten gelassen. Nummer eins: er ist verrückt. Nummer zwei: er ist eine Reproduktion. Ich stimme für Nummer zwei."

„Warten Sie, Bitterbaum! Sie können nicht einfach da hineingehen und ihm so etwas erzählen. Er wird es gar nicht glauben. Das muß mit Fingerspitzengefühl behandelt werden."

„Ich höre mir gern Ihre Vorschläge an", sagte Bitterbaum sarkastisch.

G. K. stützte den Kopf in die Hände.

27

JOSH, aufrecht gehalten von seinem Stützkorsett, lehnte am Fenster und versuchte seine Ungeduld zu meistern. War dies Onkel Thors Vorstellung von Therapie? Versuchte er ihn mit irgendwelchen weit hergeholten wissenschaftlichen Geschichten abzulenken? Was bedeutete es ihm, daß vor dreißig Jahren ein gewisser Watson und ein gewisser Crick die Struktur der DNS aufgeklärt hatten? Oder daß die amerikanischen Frauenverbände vor zwanzig Jahren ein Gesetz durchgebracht hatten, das mikrobiologische Forschungen zum Zweck der Zellkernverschmelzung untersagt hatte? Und was interessierte es ihn, daß dieses Gesetz in der Folgezeit wieder aufgehoben worden war?

Onkel Thor beendete seinen wissenschaftlich-technischen Bericht, und Josh merkte auf. Ohne seine Erzählung zu unterbrechen, ging Bitterbaum zu jenem Tag vor fünfundzwanzig Jahren über, als der damalige Präsident ermordet worden war.

Er war dabeigewesen und sprach davon, als ob es sich erst kürzlich ereignet hätte. Alles war in seinem Gedächtnis verzeichnet. Er beschrieb das abgetretene Linoleum genauso präzise wie die Halsverletzung. Der Schock hatte damals eine differenziertere Betrachtungsweise unmöglich gemacht, und noch jetzt kam alles heraus, wie er sich erinnerte, die entscheidenden Ereignisse vermischt mit Unwesentlichem und Trivialem.

Der Bericht begann Josh zu faszinieren. Er wunderte sich, daß Onkel Thor ihm diese Geschichte nie zuvor erzählt hatte. Er hatte die lange Vorrede über die Zellkernverschmelzung nur halb verstanden und konnte sich nicht denken, was sie mit jenem Tag zu tun haben sollte. Aber Bitterbaum hatte sein Ziel erreicht: Josh hörte ihm interessiert zu und brütete nicht mehr über seinen eigenen Problemen. Sein Verstand versuchte Zusammenhänge auszumachen. Die Anhaltspunkte waren da. Bitterbaum war beim Tod des Präsidenten, seines leiblichen Vaters, dabeigewesen. Aber in welchem Zusammenhang standen diese Dinge mit der Fusion von Zellkernmaterial?

„Ich konnte den Gedanken, daß er tot und für das Land verloren war, nicht ertragen", sagte Bitterbaum. „Jemand hob seine Frau vom Boden auf, sie hatte im Blut gekniet. Ihr Hausarzt fühlte ihr den Puls. Alles ging drunter und drüber, aber ich behielt einen klaren Kopf. Später traf der Schock auch mich, aber in den entscheidenden Augenblicken wußte ich, was ich zu tun hatte. Ich trat an den Toten heran, um den Schlauch zu entfernen, der durch die Nase in den Magen eingeführt war, nahm eins von den auf dem Tisch liegenden Skalpellen und entnahm der Halswunde eine winzige Menge Gewebe. Dann verließ ich die Intensivstation, ging in einen der Vorratsräume und verschaffte mir einen tragbaren Behälter mit flüssigem Stickstoff. Ich brachte das Reagenzglas mit der Gewebeprobe darin unter." Bitterbaum hielt inne und blickte Josh an.

Josh reagierte nicht auf diese stumme Ansprache. Ein Gedanke ging ihm durch den Sinn, aber er war so fantastisch, daß er ihn nicht aussprechen mochte. Er verspürte ein Unbehagen; alles das ging ihn in irgendeiner Weise an.

„Soll ich fortfahren, Josh?"

Der Griff seiner Hand um den Fensterrahmen verstärkte sich.

„Ja."

„Ich kam hierher nach Kalifornien. Ich brauchte die Unterstützung eines wohlhabenden und einflußreichen Mannes. G. K. und ich taten uns zusammen."

„Soll das heißen – willst du mir sagen . . .?" Josh wandte sich von Bitterbaum zu Kellogg und wieder zurück. Ihre Gesichter sahen aus, als ob jemand sie in eine Zentrifuge getan und mit dem Rest des Raums vermischt hätte. Nichts war auf sich selbst beschränkt, alles verlief ineinander, Nase und Vorhänge, Schreibtisch und Ohren. Er versuchte sich in diesem schwankenden, taumelnden Raum zurechtzufinden und zugleich seinen Verstand festzuhalten, der sich loszulösen und zurückzuziehen suchte. „Vielleicht bin ich verrückt", sagte er heiser. „Das ist eine Möglichkeit, die wir schon diskutierten. Aber wenn ich dich richtig verstanden habe, dann willst du damit sagen, daß du mich aus dem Zellgewebe des ermordeten Präsidenten gezüchtet hast, aus der Halswunde. Das kann nicht stimmen, oder? Ich werde in eine Anstalt gehen müssen. Ich bin . . ., ich bin doch verrückt, oder?"

Bitterbaum trat auf ihn zu und legte ihm die Hand auf die Schulter. „Soweit mir bekannt ist, Josh, bist du der erste durch nichtgeschlechtliche Vermehrung produzierte Mensch."

„Du meinst, ich sei nicht *ich*, sondern *er?*"

„Wir wissen es nicht genau. Niemand weiß es. Du bist sein biologisches Duplikat. Deine Erziehung wurde derjenigen deines Vorläufers so weitgehend wie möglich angeglichen. Nun kannst du auch verstehen, was es mit Steve auf sich hatte. Dein Vorgänger verlor einen Bruder im Zweiten Weltkrieg. Diese Erfahrung sollte dir nicht erspart bleiben, so dachte jedenfalls G. K. Steve ist am Leben, und durch einen Zufall bist du ihm begegnet. Du verstehst, daß der Tod des Bruders nicht wenig zur Charakterbildung des Präsidenten beitrug."

Josh hatte immer noch Mühe zu begreifen, was er hörte. Es zu verarbeiten war noch eine ganz andere Sache. „Also wurde ich aus einem Reagenzglas gezüchtet, und alle meine Erfahrungen waren vorausgeplante Wiederholungen dessen, was ich beim erstenmal erlebt hatte? Wie soll ich es nennen, meine – andere Inkarnation? Und Steve hat sich dazu hergegeben? Wußte er es? Wissen es alle? Bin ich der einzige, dem nichts gesagt wurde?"

G. K., der bisher geschwiegen hatte, ergriff das Wort. „Niemand weiß es, Josh. Nicht einmal der Genetiker, der die Zellkernverschmelzung durchführte, oder die Frau, die dich austrug. Nur Bitterbaum und ich. Und ich mußte es Steve sagen, um ihn zu zwingen, seine Rolle zu spielen. Zum geeigneten Zeitpunkt wollten wir es dir und der Welt sagen. Wir waren gezwungen, es jetzt zu enthüllen, weil du durch einen unerwarteten Zufall Steve begegnet bist."

G. K. räusperte sich. „Und noch etwas. Bitterbaum war nicht an der Sache mit Steve beteiligt. Ich wußte, daß er gefühlsmäßig zu stark engagiert war, um mein Vorhaben zu unterstützen. Aber ich fühlte mich gerechtfertigt, es entsprach dem ursprünglichen Plan und der Vereinbarung, die unserer Zusammenarbeit zugrunde lag. Wenn dir das Ganze zu sehr nach Laborexperiment riecht, so laß dir versichern, daß niemals beabsichtigt war, dir in irgendeiner Weise Schaden zuzufügen. Wir waren und sind beide um dein Wohlergehen besorgt. Ich glaube daran, daß es für dich und das Land das beste ist, wenn du der Mann wirst, der du warst. In diesem Stück wirst du keine Bösewichter finden, Josh. Du bedeutest mir sehr viel, es gibt Bande, die – nun, mir ist, als ob du mein leiblicher Sohn wärst. Da ich weiß, wer du bist, habe ich zugleich große Hoffnungen und Erwartungen, daß . . ."

„Du weißt, wer ich bin?" unterbrach ihn Josh. „Wenn du das weißt, dann *sag es mir,* um Christi willen."

„Du bist", sagte Kellogg, „die Reproduktion oder Wiedergeburt eines der großen Männer dieses Jahrhunderts."

„Bin ich das?" Josh wandte sich zu Bitterbaum und wiederholte die Frage. „Bin ich das wirklich? Der Präsident wurde nicht durch Zellkernverschmelzung künstlich erzeugt. Aber ich. Eine Reproduktion ist niemals ein Original. Warum suchen Sammler Erstausgaben und Originale und sind bereit, hohe Preise dafür zu bezahlen? Bis zu dem Augenblick, als ich Steve lebendig vor mir sah, hätte ich eine annähernd identische Kopie sein können. Aber dann sah ich Steve. Das erlebte mein Vorgänger nicht. Er zweifelte nie an seiner geistigen Gesundheit. Und ihm erzählte niemand, daß er ein künstlich aus dem Reagenzglas gezüchteter Mensch sei, der erste Mensch ohne eine Mutter. Ich wurde nicht aus Leidenschaft oder Liebe empfangen, sondern nichtgeschlechtlich aus den Zellen meines eigenen sterbenden Körpers gezüchtet. Ich wurde im Leib einer Fremden ausgetragen. Ich nehme an, sie wurde für diese Dienstleistung bezahlt. Gut, ich gebe zu, daß ich sein Duplikat gewesen sein mag, bis ich dies alles erfuhr. Aber nun trennen mich diese Unterschiede von ihm. Biologisch bin ich der ehemalige Präsident, aber wer und was bin ich psychisch, geistig? Weißt du es, Onkel Thor? Hast du irgendwelche Antworten für mich?"

„Einige Antworten, Josh", sagte Bitterbaum. „Wir kennen deine biologische und erbliche Konstitution. Wir wissen, daß sie, als sie das erste Mal vorkam, eine bedeutende Führernatur und ein ebenso bedeutendes politisches Talent hervorbrachte. Das ist die eine Seite. Auf der anderen Seite kennen wir dich. Du hast dich als politischer Schriftsteller hervorgetan und dir im Raumkorps Verdienste erworben. Zu alledem gehören Intelligenz, Redlichkeit und Mut. Ich glaube, daß du diese Probleme mit den Fähigkeiten, die du gezeigt hast, meistern wirst. Sobald du dich an die Vorstellung gewöhnt und dich damit abgefunden haben wirst, magst du sogar Vorteile daraus ziehen. Schließlich bist du dir deines Potentials bewußt. Wir anderen sind es nicht."

Josh fing an zu lachen. Sie sahen, daß er aufhören wollte, doch kostete es ihn einige Anstrengung, den Anfall zu überwinden. „Du bist wirklich eine Nummer, Onkel Thor, ehrlich. Der Silberstreif am Horizont und alles das. Und G. K., du bist noch besser. Was sagte Martin Luther King noch gleich? ‚Ich habe einen Traum'? Nun, du hast einen Alptraum, und der bin ich."

„Ich verstehe, daß es Zeit erfordert, sich daran zu gewöhnen", sagte G. K. „Sieht man es so, dann ist deine Reaktion unter den Umständen ganz natürlich."

„Woher willst *du* das wissen? Niemand in der Geschichte der Menschheit mußte jemals mit so etwas fertig werden."

„Nimm es nicht zu schwer, Josh. Nachdem du dich ausgeruht hast, werden wir weitersehen." Bitterbaum nickte G. K. zu. Sie kamen nicht weiter als bis zur Tür.

„Noch etwas, G. K. . . ."

Kellogg wandte sich um. „Ja?"

„Laß es mich wissen, wenn du meinst, daß das Land bereit für mich ist."

ALS ER allein war, tat er etwas Menschliches: er weinte. Als er in einer beschädigten Raumkapsel auf die Erdoberfläche zugerast war und als er später halb bewußtlos im Wasser getrieben hatte, waren ihm beim Gedanken an den Tod keine Tränen gekommen. Was er damals erwartet hatte, war das gemeinsame Geschick aller Menschen. Aber dies war etwas, womit kein anderer sich herumzuschlagen hatte; es sonderte ihn ab, diktierte ihm ein spezielles Schicksal zu.

Der Mensch, von der Frau geboren . . . Aber er war nicht von einer Frau geboren. Er war aus sich selbst geboren; aus einem Toten. Ja, aus seinem toten Selbst. Gab es in den Zellen seines Körpers keine Erinnerung? Oder existierte irgendwo in seinem Körper die richtige, die exakte Erinnerung an den Tod?

War es möglich, durch Meditation und Selbsteinkehr zu fühlen, wie das Geschoß seinen Hals durchschlagen hatte? Hatte er die Hand gehoben, zu sprechen versucht? Hatte die Betäubung das Erkennen dessen, was geschah, blockiert? Oder hatte er es gewußt? Hatte das Krachen des Gewehrschusses seinen Kopf mit Blut und Wissen erfüllt?

Hörte ich die nächste Explosion, die allem ein Ende machte, die meine Schädeldecke absprengte? Unwillkürlich hatte er das Fürwort geändert. *Ich, ich,* dachte er.

Und er dachte, meine Frau lebt noch immer, eine Großmutter, wieder verheiratet und wieder verwitwet, während ich ein junger Mann bin.

Verrückt zu sein war einfacher als dies. Verrücktheit war eine innere Sache. Aber in diesem Fall war er geistig gesund, während die Äußerlichkeiten nicht mehr synchron liefen, der Zeitablauf durcheinandergekommen war. Ja, die Konstanten, zwischen denen sein Leben sich abspielte, waren ungewöhnlich, ungeordnet und ungesund; sie waren ver-rückt.

Die Frage lautete, ob es innerhalb eines solchen Rahmens möglich war, Normalität und Ordnung wiederherzustellen. Er dachte an Selbstmord, aber er war im katholischen Glauben aufgewachsen. Er überlegte, ob die Kirche ihn auch in Kenntnis seiner Herkunft als ihr Schäflein betrachten oder ob sie ihn aus der Herde ausstoßen würde. Er fragte sich, ob er eine neue Seele erhalten habe oder ob ihm die alte wieder zugeteilt worden war, die schon halb ins Fegefeuer enteilt war. Oder war es möglich, daß er überhaupt keine bekommen hatte?

Er war Lazarus. Ein zum Leben erweckter Leichnam. Seine Windeln rochen nach Grab. Gab es andere? Experimente wie er, die unerkannt umhergingen? Sollte er versuchen, mit ihnen in Verbindung zu treten? Durch Anzeigen? Durch Gründung eines Vereins?

Wie würde die Öffentlichkeit reagieren? Der Postbote, Delia, der Mechaniker in der Autowerkstatt? Und Lefty, was würde sie denken? Was würde sie sagen?

Er hatte niemanden. Er war wie kein anderer. Er war eine geborene Waise. Aus sterbendem Fleisch hatte man ihn gemacht. Asche zu Asche, Staub zu Staub. Aber eine einzige Zelle entkam.

28

Josh zog sich noch mehr zurück. Er bat darum, daß man ihm keine Post nachsende und keine Versuche unternehme, Kontakt mit ihm aufzunehmen. Als Zugeständnis an Bitterbaum hinterließ er eine Telefonnummer für Notfälle, das war alles. Der Schlupfwinkel, den er sich suchte, war eine Blockhütte in Estes, Colorado.

In der Nähe rauschte ein Wasser vorbei, ein tobender, ungebärdiger Wildbach, der sich über Felsen und bemooste Blöcke ergoß. Weiter unten verbreiterte sich sein Bett, und er wurde zahm und zog sanft und plätschernd dahin, beschienen vom Gesprenkel des durch Fichten und Espen sickernden Lichts. Jeden Tag brachte Josh ein Buch mit, das er nie öffnete. Statt dessen starrte er ins Wasser und ließ sich hypnotisieren. Es sprach gleichzeitig in verschiedenen Sprachen; das tiefe, pulsierende Dröhnen, das es mitbrachte, fand seine Stimme auf steilen Gefällstrecken, wurde dann in den breiten, stillen Gumpen zu einem Rauschen und Tröpfeln gedämpft, um schließlich mit friedlichem Murmeln und Glucksen einzuschlafen.

Sein eigenes Leben war auch in Stromschnellen eingezwängt gewesen, die ihn zu schnell vorangetrieben und seiner Energie beraubt hatten. Er sehnte sich danach, wie der Bergbach seine Bahn zu verbreitern. Er ließ die Hand ins Wasser hängen, um zu fühlen, wie es die Finger umspülte. Ein Kind wird mit Wasser getauft. Er ließ sich von ihm Geist und Seele waschen, bis er das Gefühl von schicksalhaftem Unheil und persönlicher Hoffnungslosigkeit abschütteln konnte. Seine Gedanken drängten aus der Enge der Beschränkungen, befreiten sich und breiteten sich aus. Endlich konnte er ihnen eine neue Richtung geben.

Wenn er den Mut aufbrächte, einen Bericht darüber zu schreiben und sich vor aller Welt als menschliche Reproduktion zu enthüllen, mochte etwas von der Angst und Hysterie, die das Thema umgaben, beschwichtigt werden. Er bewegte die Idee einige Tage in seinem Geist. Die Spannweite einer solchen Veröffentlichung reichte von der Biologie über die Politik bis zum Recht. Der Gedanke der gesteuerten asexuellen Vermehrung beinhaltete die

Vorstellung vom Menschen als einer unvollendeten Kreatur. Es ging um das Bemühen des Menschen, sich selbst zu vervollkommnen. Und um das Recht der Gesellschaft, in jeder Generation bestimmte hervorragende Männer und Frauen durch identische Reproduktion zu erhalten.

Die Schlußfolgerung war klar. Es war einfacher, mit den besten verfügbaren Genotypen anzufangen und sie zu reproduzieren. Aber wenn die Vorstellung kernverschmolzener Gene solchen Aufruhr verursachte, dann mußte ein mit dieser Methode erzeugter Mensch eine Beleidigung und Herausforderung sein.

In den Sonntagsbeilagen waren gelegentlich Schauergeschichten zu lesen, daß Rußland oder China mit der Methode der Zellkernverschmelzung ganze Armeen besonders fähiger und fanatischer Kämpfer züchtete, um die Welt zu überrennen. Aber in einer übervölkerten Welt, wo jede Geburt genehmigt werden mußte, konnten solche Spekulationen kaum ernst genommen werden, um so weniger, als jeder eroberungslüsterne General zwanzig Jahre würde warten müssen, bis seine Angriffsarmee herangewachsen wäre. Nichtgeschlechtliche Vermehrung in massenhaftem Umfang konnte niemals die Antwort sein, da sie die Vielfalt beschränken würde, die durch willkürliche Fortpflanzung gewährleistet wurde. Aber sollte die Methode nicht ihren Platz haben? Wäre es nicht ein Gewinn für die Gesellschaft, wenn sie ihre Einsteins, Bachs, Picassos und sogar bestimmte Staatsmänner erhalten könnte? Natürlich bestand die Gefahr, daß Diktatoren, ganze Militärjuntas, Präsidenten und Wirtschaftsgrößen den Wunsch haben würden, sich zu verewigen.

Wer würde darüber entscheiden? Wer würde die Gesetze machen?

Dann gab es noch die grausige Möglichkeit, daß reiche Leute sich eigene Reproduktionen zulegten, um sie im Bedarfsfall als Organspender zu verwenden. Das überzeugte ihn. Er entschied sich für das Projekt. Es war notwendig, als ein reproduzierter Mensch offen vor die Weltöffentlichkeit hinzutreten. Sie sollte ihn als ein menschliches Wesen erkennen, das sich in keiner Weise von irgendeinem anderen unterschied.

Würden sie ihn entmündigen, ihm seine verfassungsmäßigen Rechte verweigern? Dann sollten sie es ihm ins Gesicht sagen, sollten seine Argumente widerlegen und ihm das Recht zu leben verweigern. Wenn sie meinten, daß er eingekerkert und als Organspender gehalten werden sollte, dem man nach und nach die Organe herausschnitt, dann sollten sie es sagen.

Der Plan riß ihn mit. Zur Unterstützung seiner eigenen Überlegungen begann er die Gedanken anderer Männer zu notieren. Die erste Eintragung war von Cudworth: „Die Wahrheiten der Ethik sind nicht weniger offenbar als jene der Mathematik."

Die Arbeit fesselte ihn so, daß er ihr bald seine ganze Zeit widmete. Monate verstrichen. Die Hütte war eng, kalt und unbequem, aber er hielt den Holzofen in Gang und dachte nicht daran umzuziehen. Er wollte seine Papiere nicht durcheinanderbringen. Eine Apfelkiste diente ihm als Zettelkasten, und auf einem rohen Bretterregal standen Nachschlagewerke und Fachliteratur. Er war dabei, einen handgeschriebenen ersten Entwurf mit der Maschine abzuschreiben. Auf dem Gebiet des Rechtswesens hatte er einen weiteren Zettelkasten mit etwa zweihundert Karten angesammelt. Nachträge und zusätzliche Erkenntnisse waren angeheftet. Seiten mit Einschüben und Seiten voller Streichungen, alles hatte seinen Platz.

In der scheinbaren Unordnung des Raums war alles auf das peinlichste genau geregelt. Er wußte, was in jedem Stoß lag und wo er das jeweils geeignete Zitat zur Abstützung seiner Gedankengänge finden konnte. Alles war innerhalb von Sekunden zur Hand.

Er kaufte einen Klafter Brennholz und schichtete die Scheite vor der Hütte auf. Er hatte eine Vereinbarung mit dem örtlichen Lebensmittelhändler, der ihm einmal in der Woche alles zum Leben Notwendige brachte. Jeden Tag saß er sechs Stunden an der Schreibmaschine. Er war nicht sehr fingerfertig, und die Arbeit ging langsam voran, aber er ließ nicht nach.

Wenn seine Finger steif und blau wurden, merkte er, daß er das Feuer hatte ausgehen lassen. Doch statt seinen Gedankengang zu unterbrechen, zog er lieber einen Pullover über den anderen.

So traf Bitterbaum ihn eines Tages an, in einem eiskalten Raum an der Schreibmaschine. „Großer Gott, du wirst dir eine doppelseitige Lungenentzündung holen, noch ehe der Tag um ist!"

Josh entschuldigte sich und machte Feuer. Seine Geschicklichkeit im Umgang mit dem Kanonenofen erstaunte Bitterbaum.

„In einer Viertelstunde gibt es Kaffee. Wie hast du mich gefunden?“ Beide wußten, daß die Frage in Wirklichkeit lautete: Warum?

„Frag mich nicht. Die Straßen sind furchtbar. Straßen? Feldwege. Der Wagen blieb stecken, und . . ., aber ich werde dir mein Mißgeschick später erzählen. Sag mir, wie es dir geht, Josh, und was du machst.“ Er war im Begriff, einen Stoß Papiere vom Stuhl zu nehmen.

„Warte“, sagte Josh hastig, „laß mich das tun. Die Blätter gehören dahin.“ Er hob sie vorsichtig auf und trug sie zum anderen Ende des Tisches.

„Woran arbeitest du, an einem neuen Buch?“

„Ja.“

„Das ist gut, das ist wirklich gut. Es bedeutet, daß du deinen Frieden mit dir selbst geschlossen hast, wenn du arbeiten kannst.“

„Ich glaube, das habe ich getan.“

„Welches Thema behandelt dein Buch?“

„Ach nein“, wehrte Josh ab, „keine Kurzbeschreibung. Du wirst es lesen müssen. Ich wollte dich ohnedies bitten, die erste Fassung durchzusehen und mich zu beraten.“

„Großartig. Kann ich unten im Dorf ein Quartier finden?“

„Du kannst hier schlafen. Du kannst die Schlafkammer haben.“

„Und du?“

„Ich kann mich im Schlafsack auf den Boden legen. Das ist gut für meinen Rücken.“

„Das wäre also klar. Übrigens bin ich dein Postbote. Ich habe ein Paket von Sendungen mitgebracht, die sich zu Haus angesammelt hatten.“

„Fein. Das Zeitungspapier wurde schon knapp. Dann haben wir was zum Feueranzünden.“

„Ein Brief von Lefty ist dabei“, sagte Bitterbaum.

Josh warf ihm einen kurzen Blick zu, dann nahm er das ganze Paket mit Briefen und steckte es in die Ofenklappe. Bitterbaum sah bestürzt zu.

„Ich weiß, was für einen Brief Lefty geschrieben hat“, sagte Josh. „Einen verständnisvollen Brief. Aber wie kann sie verstehen, wenn sie nicht weiß, worum es geht? Es ist ein großes Durcheinander, Onkel Thor, und es muß so bleiben. Ich bin ein Paria."

„Warum solltest du ein Paria sein? Niemand weiß davon, niemand braucht es je zu erfahren."

„Dann wäre das ganze Experiment umsonst, nicht wahr? Ich wurde wie das Original erzogen, sogar der Tod des Bruders wurde mit Steve nachgespielt. Der Zweck kann doch nur Enthüllung sein. Ich meine, das ist der ganze Gedanke dabei. Ich soll meinen Platz auf der politischen Bühne einnehmen."

„Ich habe mit G. K. darüber gesprochen. Du hast recht, das war der Plan. Aber das Klima scheint nicht günstig zu sein. Wenn wir an dem Plan festhielten, würden wir zulassen, daß du dich selbst zerstörst, so wie die Dinge heute liegen. Wir sind zu dem Schluß gekommen, daß du deine Anonymität wahren, Bücher schreiben, Lefty heiraten und zur Ruhe kommen solltest."

Joshs Gesicht entspannte sich. Es zeigte einen weichen Ausdruck, den Bitterbaum lange nicht gesehen hatte. „Und G. K. war damit einverstanden?"

„Ja. Für uns beide steht dein Wohlergehen an erster Stelle."

„Das wußte ich nicht", sagte Josh langsam, „das wußte ich wirklich nicht."

„Also", sagte Bitterbaum, „das wäre dann geregelt."

„Nicht ganz. Lies lieber das Buch."

„Das ist mein nächstes Vorhaben. Hast du Bier im Kühlschrank?"

„Es gibt keinen Kühlschrank. Der Bierkasten steht in der Schlafkammer unter dem Tisch, dort ist es am kühlsten. Obendrauf liegen übrigens die im Entwurf fertigen Kapitel eins bis vier."

„Hat das Meisterwerk schon einen Titel?"

„Noch nicht. Vielleicht kannst du mir helfen, einen auszudenken."

Bitterbaum zog sich in die Schlafkammer zurück, ließ die Tür offen, um Wärme einzulassen, deckte sich zu und stopfte Kissen hinter sich. „Das ist ein Büro, wie es mir gefällt!" rief er hinüber.

Es wurde still in der Hütte. Das unregelmäßige Geklapper von Joshs Schreibmaschine wurde vom Knacken der Holzscheite im Ofen begleitet. Als er das erste Kapitel gelesen hatte, sagte Bitterbaum: „Dein Stil ist gut, Josh. Er hat sich über die reine Reportage hinausentwickelt. Er ist so treffend wie im ersten Buch, aber du hast dir inzwischen ein Gespür für Worte angeeignet."

„Ich habe viel gelesen", sagte Josh, „vielleicht liegt es daran." Er schaltete eine Lampe ein und tippte weiter. Nachdem er ungefähr eine weitere Stunde gearbeitet hatte, merkte er, daß ihm etwas ins Licht kam. Er blickte auf und sah Bitterbaum neben sich stehen. Der Adamsapfel hüpfte im faltigen Hals auf und nieder. „Das kannst du nicht machen, Josh. Um Himmels willen, laß die Finger davon. Verbrenne es."

Josh lächelte. „Das wäre eine Selbstaufopferung, Onkel Thor."

„Aber dies, dies ist eine Kreuzigung. Du kannst es nicht machen, Josh."

„Wenn mein Leben irgendeine Bedeutung hat, dann liegt sie in diesen Seiten."

„Sobald dies im Druck erscheint, wirst du gezeichnet sein, bloßgestellt, völlig hilflos. Es wird keinen Zufluchtsort für dich geben."

„Hilflos werde ich nicht sein, Onkel Thor. Selbst wenn ich ein Gezeichneter und Ausgestoßener sein sollte, kann ich doch den Mund auftun. Ich werde die Vorurteile vor Gericht bekämpfen. Ich werde sie mit Büchern bekämpfen, wie ich es hier tue. Die öffentliche Meinung mag mich für nicht ganz menschlich halten, aber ich bin gut vorbereitet, ihr zu begegnen. Ich kann sie mit ihren eigenen Waffen bekämpfen, ihre eigene Logik gegen sie wenden. Das war euer Plan für mich, deiner und G. K.s. Warum jetzt einen Rückzieher machen?"

„Weil du wichtiger bist als ein Plan, verdammt noch mal! Dein Leben, deine Zukunft werden zerstört werden. Und du könntest so viel erreichen."

„Wie? Indem ich verstecke, was ich bin und wer ich bin? Wer lehrte mich, daß Zivilcourage jene Eigenschaft sei, die alles übrige garantiere? Ihr hattet recht, du und G. K., mich in einer Tradition zu erziehen. Ich dachte, ich könnte ihm oder Steve nie vergeben, aber wenigstens verstehe ich jetzt, was er zu erreichen suchte. Und nun, in dem Augenblick, da ich aktiv an eure Seite trete, wollt ihr umkehren."

„Kannst du dir wirklich vorstellen, wie es sein wird, wenn die ganze Welt mit Fingern auf dich zeigt, Josh? Die Menschheit ist zu denen, die anders waren, nie freundlich oder nachsichtig gewesen. Kannst du dir vorstellen, was sie dir antun wird?"

„Ich habe gute Nerven, Onkel Thor. Dafür habt ihr gesorgt. Ich werde aufstehen und gleiche Behandlung verlangen. Ich werde den Anspruch erheben, als Mensch unter Menschen behandelt zu werden. Ich will einen Platz unter ihnen, ich will, daß sie mir diesen Platz geben. Ich will, daß sie mich und zukünftige Reproduktionen akzeptieren. Ich verlange die gleichen Rechte und Pflichten wie jeder andere."

„Die Welt ist noch nicht soweit, Josh. Ich war verrückt, es jemals zu glauben. Eines Tages vielleicht, aber nicht jetzt."

Josh schüttelte den Kopf. „Das hat man schon immer zu denjenigen gesagt, die wie ich für eine Veränderung des Bewußtseins kämpften. Die Zeit ist noch nicht reif. Eines Tages vielleicht, aber jetzt noch nicht. Was wäre aus den Revolutionen der Menschheitsgeschichte geworden, wenn die Revolutionäre auf solche Worte gehört hätten? Man kann nicht immer weise und vorsichtig sein. Wärst du es gewesen, Onkel Thor, so würden wir dieses Gespräch nicht führen."

„Nimm mich nicht zum Vorbild, Gott möge mir verzeihen."

„Meinst du das wirklich, daß Gott dir verzeihen möge? Glaubst du, daß deine Tat ein Verstoß gegen die Natur und ihre Gesetze war, daß ich niemals hätte geboren werden dürfen?"

„Nein, das war nie meine Einstellung", sagte Bitterbaum heftig.

„Dann stell dich auf meine Seite, Onkel Thor. Verteidige dich und mich."

Bitterbaum machte Inventur. Thors eiserner Handschuh war mit der Zeit rostig geworden. Ein kleiner Bauch machte es mühsam, sich mit dem Schwert zu gürten. In letzter Zeit hatte er seinen Hammer nicht mehr geschwungen. Und wenn er noch immer jeden Mittwochabend kegelte, war es doch kein Donnerkeil, sondern nur eine Holzkugel, die er alles andere als genau über die Bahn rollen ließ. „Wenn du entschlossen bist, diese Kamikazetaktik anzuwenden, wenn ich dich nicht davon abbringen kann, dann werde ich versuchen, einen Blitzstrahl oder zwei loszulassen."

„Großartig. Du hast mir gerade meinen Titel gegeben. ‚Ein Blitzstrahl oder zwei'."

Bitterbaum nickte nachdenklich; sein mit Grau durchsetzter roter Bart hob und senkte sich bedächtig. „Hoffen wir, daß aus dem Blitzstrahl kein Bumerang wird."

29

DAS BUCH wurde so streng geheimgehalten, daß die Endfassung nicht an ein Schreibbüro gegeben wurde. Josh und Bitterbaum schwitzten selbst über der endgültigen Fassung des Manuskripts, bevor sie es G. K. zeigten. Es war Dynamit, darüber war sich jeder im klaren. Als G. K. sich nach zwei Tagen noch nicht zu dem Buch geäußert hatte, schickte Josh das Manuskript seinem Verleger. Fünf Tage später rief der Verleger selbst an, um zu fragen, ob Josh bereit sei, das Manuskript in der gegenwärtigen Form als Buch zu veröffentlichen.

Josh verstand, daß der Mann ihm Anonymität anbot, und er erkannte dahinter die Taktik seines Vaters. G. K., der es aus irgendeinem Grund vorzog, durch den Verleger zu arbeiten, gab ihm eine Chance, von seinem Vorhaben zurückzutreten.

„Das Buch kann seine Wirkung nur entfalten, wenn ich mit meinem Namen dahinterstehe", sagte Josh.

„Dann handelt es sich nicht um eine Fiktion? Dann darf ich es für bare Münze nehmen und als einen Tatsachenbericht verkaufen? Und Sie sind wirklich ein . . .?"

„Eine menschliche Reproduktion oder Reinkarnation, wie Sie wollen", sagte Josh. „Der Sinn des ganzen Buchs besteht darin, daß ich es *bin*."

Er war nach Malibu zurückgekehrt, um dort die Veröffentlichung abzuwarten, die mit allen Kräften beschleunigt wurde, um ein vorzeitiges Bekanntwerden zu verhindern. Auch mußte die Familie eingeweiht werden. Da die Vorstellung sogar G. K. Unbehagen verursachte, beschloß Josh, die anderen durch die sorgfältige und abgewogene Darstellung in seinem Buch mit der Wahrheit vertraut zu machen. Er verteilte Korrekturfahnen, und G. K. schlug vor, daß sie sich am folgenden Morgen in seinem Arbeitszimmer versammeln sollten. Aber niemand konnte den nächsten Tag abwarten. Nach Mitternacht klopfte seine Mutter an die Tür und sagte aufgeregt: „Ist es wahr, Josh? Das kann doch nicht wahr sein!"

Er legte die Arme um sie. „Wäre es so schrecklich, wenn es wahr wäre, Mutter?"

„Für dich, ja. Dein ganzes Leben ist ruiniert, sobald dies an die Öffentlichkeit dringt."

„Aber es mußte einmal ans Licht. Verstehst du das nicht?"

„Ich denke – doch, ja, weil ich dich kenne. Aber es ist alles so monströs. Ich kann es deinem Vater und Thor nicht vergeben."

„Du gebrauchst das Wort ‚monströs'. Damit rührst du an den entscheidenden Punkt. Ist die Vorstellung monströs, oder bin ich es?"

„Du? Ach, Josh, was für eine unsinnige Idee! Du bist einfach – nun –, der du bist. Und ich habe es nie gesehen! Zuerst tarnten sie dich mit diesen schweren Gebißklammern, und dann tarntest du dich selbst mit dem Bart." Sie legte die Arme um ihn. „Du bist mein Sohn. Was macht es schon für einen Unterschied, wie ein Mensch empfangen wird?"

„Genau das ist die Frage, die mein Buch stellt", sagte er lächelnd.

„Aber, Josh, ich kenne dich. Ich habe dich aufgezogen. Ich liebe dich. Die Welt wird dir keine Chance geben, sie wird dich in Stücke reißen."

„Das glaube ich nicht, Mutter. Du lehrtest mich, Vertrauen zu haben. Wir müssen mehr Vertrauen in die Menschen haben."

„Ja, ich weiß."

„Wenn du glaubst, daß ich eine unsterbliche Seele habe, dann mußt du auch glauben, daß es nicht Gottes Willen widerspricht, wenn der Mensch seine eigene Entwicklung in die Hand nimmt und verändert."

„Natürlich hast du eine unsterbliche Seele, Josh. Welch abwegiger Gedanke."

„Aber wenn du mich nicht kenntest? Wenn man dir in einer abstrakten Art und Weise über die künstliche Erzeugung von Menschen durch Kernverschmelzung erzählte, könntest du das Gefühl haben, daß sie im Angesicht Gottes keine Menschen seien. Und ich muß demonstrieren, daß ich ein menschliches Wesen bin, ein Mensch wie jeder andere. Ich brauche dich. Ich brauche die ganze Familie. Die Welt muß sehen, daß ihr mich akzeptiert."

„Hast du je daran gezweifelt, daß wir dir beistehen würden, dein Bruder, deine Schwestern und ich?"

Cindy war die nächste Besucherin. Sie hatte eine besondere Art anzuklopfen, ein mehrmals wiederholtes, verstohlen anmutendes Stakkato mit den Fingernägeln. Ohne eine Aufforderung abzuwarten, stürzte sie herein und fiel ihm um den Hals. „Es ist phantastisch! Die aufregendste Sache, von der ich je gehört habe. Ich habe eine richtige Gänsehaut. Aber warum sollte jemand darin einen Unterschied sehen? Ich würde dich auch mögen, wenn du das Ungeheuer von Loch Ness wärst."

„Danke", sagte Josh.

„Ach, du weißt, was ich meine."

Ihr Besuch war nicht der letzte. Vickie, die von Paris herübergeflogen war, wo sie Auslandskorrespondentin war, überflog das Manuskript und ging zu Ann, um es mit ihr zu diskutieren. Dann kamen sie gemeinsam. „Ich finde, es ist eine große Auszeichnung", sagte Vickie, „die Wiedergeburt eines der bedeutendsten Männer unserer Zeit zu sein. Die Menschen in diesem Land werden kommen und dich zu ihrem Führer machen wollen."

„Das ist eine interessante Prophezeiung", sagte Josh. „Ich werde sie zu der anderen legen, nach der man mich in Stücke reißen wird."

„Aber die ganze Welt trauerte, als du – als dein Vorgänger starb. Überall herrschte das Gefühl vor, daß ein bedeutender Mann ausgelöscht und die Welt um eine Hoffnung ärmer sei. Ich bin stolz, deine Schwester zu sein, Josh, aber das hindert mich nicht daran, etwas wie ehrfürchtige Scheu zu verspüren."

„Ehrfürchtige Scheu, weil ich eine menschliche Reproduktion bin? Oder weil ich die Reproduktion eines bestimmten Mannes bin?"

„Weil du eine bestimmte Reproduktion bist, seine Wiedergeburt. Gibst du mir die Erlaubnis, meinen Chefredakteur anzurufen? Das ist die Sensation des Jahrhunderts."

„Du wirst bis zur Veröffentlichung des Buchs warten müssen, dann kannst du darüber schreiben. Was ist mit dir, Ann? Was wird dieser Graf dazu sagen, zu dessen ständiger Begleiterin die Klatschspalten dich machen?"

Sie zuckte die Achseln. „Warum sollte es ihm was ausmachen? Er könnte höchstens denken, wir wären alle auf diese Art und Weise zustande gekommen. Ich hätte nichts dagegen, aber ich weiß, daß es nicht wahr ist. Ich habe meine Geburtsurkunde gesehen."

„Anfangs werden die Leute vielleicht ein komisches Gefühl haben", meinte Vickie, „bis sie sich an die Vorstellung gewöhnt haben. Darum muß die Familie dir beistehen. Wenn es darauf ankommt, gibt es viele Kelloggs. Und wie immer sie dich behandeln, so werden sie auch uns behandeln. Wir werden es durchstehen."

Josh küßte sie beide. „Aber jetzt steht mir nicht zu lange bei, sonst komme ich nicht mehr zum Schlafen. Morgen früh können wir ausführlicher über all das reden."

Doch ehe er ins Bett kriechen konnte, erschien Jer in Morgenmantel und Pantoffeln, einen Satz Korrekturfahnen unter dem Arm.

„Das ist die sensationellste Story, die ich je in meinem Leben gelesen habe, Josh. Natürlich ist nichts Wahres daran, oder? Du hast wirklich Talent zum Romancier; Stil und Darstellung sind so, daß du mich beinahe überzeugt hättest. Aber dann meldete sich der gesunde Menschenverstand zu Wort, weißt du. Was sagst du dazu, Vickie, als Journalistin?"

„Kannst du denn nicht sehen, daß jedes Wort wahr ist?" platzte Ann heraus. „Wie könnte Josh so etwas erfinden? All diese Einzelheiten, vom Gemütszustand gar nicht zu reden. Und wie könnte er diese Ähnlichkeit erfunden haben? Siehst du nicht, daß er genauso aussieht wie – wie der andere?"

Jer war verwirrt, wußte nicht, was er sagen sollte. „Ich – ich dachte", sagte er schließlich, „die Ähnlichkeit hätte dich vielleicht auf die Idee gebracht, daraus diese Story . . . Du meinst, alles ist wahr, und du bist wirklich ein künstlich erzeugter Mensch?"

„So ist es."

„Mein Gott." Jer setzte sich auf die Bettkante. „Aus Körpergewebe gezüchtet, steht hier, nichtgeschlechtlich aus *Körpergewebe*. Aber du warst doch immer wie alle anderen. Du warst immer ein ganz normaler Junge."

Josh lächelte ein wenig.

„Es ist also tatsächlich wahr? Herr im Himmel, aber es ist unglaublich, daß Vater sich dazu hergeben konnte."

„Warum sagst du das?"

„Nun, weil es . . ., weil es unmoralisch ist. Wer gab ihm oder Onkel Thor das Recht, mit der menschlichen Reproduktion herumzuspielen? Du wurdest aus deinem toten Selbst empfangen. War das Gottes Wille? Es war Onkel Thors Wille, aber war es auch Gottes Wille? Diese Frage müssen wir stellen. Jede beliebige Zelle, steht hier, Josh. Soll das heißen, daß ich aus einem abgeschnittenen Stück Fingernagel rekonstruiert werden kann? Und wenn es möglich ist, sollte es auch gemacht werden? Sollte ich meine Pläne auf eine normale Familie mit herkömmlich gezeugten Kindern abstellen, oder sollte ich meine eigenen Reproduktionen großziehen, eine Familie von Ichs? Was sagst du, Josh?"

„Wie für manches andere gilt auch hier der Satz: es ist, was die Leute daraus machen. Wenn sie darauf bestehen, daß ich etwas anderes, Verschiedenes bin, und wenn sie mich danach behandeln, ja, dann könnte ich seltsam werden, ein Sonderling, wer weiß, vielleicht sogar ein Wahnsinniger oder ein Mörder. Aber das hätte nichts mit der Tatsache zu tun, daß meine Empfängnis durch Zellkernverschmelzung in einer Laborschale zustande kam."

„Aber wenn es keine Möglichkeit zur Unterscheidung gibt! Ich meine, selbst in diesem Fall: du bist die Wiedergeburt einer berühmten Persönlichkeit, und niemand ahnt etwas davon. Wenn es viele solcher Reproduktionen gäbe, auch von weniger bekannten Leuten, wie sollte man es feststellen?"

„Du meinst, um deine Tochter davor zu bewahren, einen solchen Menschen zu heiraten?"

„Lach nicht, Josh. Würde ich nicht ein Recht haben, es zu erfahren?"

„Ich glaube nicht. Es wäre ein Eingriff in die Privatsphäre. Und es würde dich nichts angehen."

„Aber wenn jeder täte, was er wollte, Reproduktionen seiner alternden Geliebten oder seiner verstorbenen Eltern zusammen mit seinen leiblichen Kindern aufzöge – also, ich meine, irgendwo müßte dafür gesorgt werden, daß die Vielfalt des menschlichen Genreservoirs gewahrt bliebe, von der du in dem Buch sprichst."

„Das könnte geschehen, wenn die Kenntnis davon einer zuständigen Behörde vorbehalten bliebe, etwa, wie es bei Steuererklärungen der Fall ist. Wenn ein berechtigtes Interesse vorliegt, bei Heiratswilligen zum Beispiel, oder wenn ein Antrag auf Elternschaft gestellt wird, könnte dieses Wissen dann zugänglich gemacht werden."

„Laßt uns das morgen früh diskutieren", bat Vickie. „In meinem Kopf dreht sich alles. Außerdem gibt es zur Zeit keine anderen Reproduktionen, nur Josh."

„Vielleicht, so genau weiß man das nicht", sagte Ann. „Aber ich denke an was anderes. Er ist so erfolgreich, daß ich nicht einsehe, warum man fortfahren sollte, in der altmodischen Art und Weise Kinder zu zeugen, ohne zu wissen, was dabei herauskommt."

„Ich finde nicht, daß es etwas ist, worüber man Witze reißen sollte", ermahnte sie Jer.

„Wer reißt hier Witze?"

„Hört mal her", fiel Vickie ein. „Wir sind aus allen Himmelsrichtungen zusammengekommen, um Josh wissen zu lassen, daß wir zu ihm stehen. Also laßt uns nicht schon am ersten Abend streiten."

„Richtig", sagte Jer. Er hob die Korrekturfahnen und schüttelte sie in Joshs Richtung. „Eins kann ich mit Sicherheit voraussagen: Dieses Buch wird die Verkaufsziffern der Bibel in den Schatten stellen."

IN SEINEN Träumen dieser Nacht war die Uhr zurückgestellt. Sie waren Kinder und spielten, indem sie sich bei den Händen hielten und im Kreis herummarschierten. Er hielt Jer und Ann bei den Händen, und sie gingen alle miteinander herum und herum. Dann wurde er plötzlich in die Mitte des Kreises gestoßen.

„Der Dummkopf steht rum, der Dummkopf steht rum."

Sein Bruder und seine Schwestern wurden zu Sternen, Planeten, Galaxien, und er schwebte frei im Raum, der erste reproduzierte Mensch, ein menschlicher Satellit, der durch eine Nabelschnur mit seinem falschen Mutterschiff verbunden war, gerade so, wie er einmal mit einer anderen falschen Mutter verbunden gewesen war.

Andere Leute nahmen Drogen, aber er wurde durch Einsamkeit

high. Molekulare Impulse, fliegende Meteoriten, die Erzeugung von Hitze: dies sind die Kräfte, die einem Gesellschaft leisten. Aber die Sonne blutet nicht, vulkanisches Gestein erleidet keine Schmerzen, und nur er fragte: Wo gibt es andere von meiner Art?

Oder sprachen, weinten und ängstigten sich alle Menschen durch ihn?

Er schwebte zwischen den Welten. Der Mond war aus grünem Käse. Wenn ein Weißer genauer hinblickte, sah er den Mann im Mond. Wenn ein Japaner es tat, sah er ein Kaninchen.

Wer sah den Astronauten? Das Fernsehen, natürlich. Die ganze Welt beobachtete seine Einsamkeit.

Geschaukelt von dem Fruchtwasser, das Welten ausspie, lösten seine Gedanken sich auf. Er wollte die Verbindungsleine kappen und seine Umlaufbahn finden. Aber er war mit Stimmen verbunden, die Signale und Befehle gaben und Antworten verlangten.

Die Stimmen vergingen. Er war ein Embryo, eingefaltet in sich selbst, in der Zeit. Aus dem Zerfall seines eigenen Todes wuchs er hervor. Die Eidechse erneuert ihren Schwanz, und er erneuert sich selbst.

Wußte Gott, was da vorging? War er ein moderner Gott? Hatte er mit der Zeit und der Entwicklung Schritt gehalten? War er mit dem Kernverschmelzungsprozeß vertraut? Billigte er ihn? Hatte er der künstlichen Erzeugung jenes Frosches seinen Segen gegeben? Und was war mit Josua Francis Kellogg? Hatte Gott das auch vorausgesehen? War es sein unerforschlicher Ratschluß gewesen, den Menschen in die Lage zu versetzen, seine eigene genetische Struktur zu verändern, seine eigene Konstruktionszeichnung neu anzulegen? Hielt er zusätzliche Seelen für Körper bereit, die wie Pflanzenableger auf gescheuerten Labortischen in Reagenzgläsern gezüchtet wurden?

Oder gab es im Himmel, in der Hölle, auf der Erde und im Weltraum keinen Platz für ihn?

Der Kreis bildete sich von neuem; die Galaxien hielten einander bei den Händen. Er stand in der Mitte, isoliert. Sein Traum verdünnte sich, bis nur noch er selbst darin vorkam. Seine Stimme rief über eine öde Tundra hin und klang ihm in den Ohren. Seine Augen verschlangen die Leere seiner eigenen Projektion.

Das Licht des beginnenden Tages verstärkte sein Gefühl von

Absonderung. Die Familie würde sich loyal um ihn versammeln. Aber sollte er es erlauben? War es nicht an ihm, hinauszugehen und aus eigener Kraft allem die Stirn zu bieten, was sich zusammenbrauen mochte? Hatte er irgendein Recht, ihre Zukunft zu gefährden? Ihre Zuneigung und ihr Zusammengehörigkeitsgefühl verlangte, daß sie ihm zur Seite standen, doch seine Zuneigung zu ihnen verlangte das Gegenteil: daß er alle Bindungen löse, um sie vor dem Untergang im allgemeinen Gemetzel zu bewahren.

Der Traum war Voraussicht, er sollte sich von ihm leiten lassen und den Namen Kellogg nicht verwenden. Er sollte seinem Buch einen anderen Verfassernamen geben, um seine Identität nicht mit anderen in Zusammenhang zu bringen.

„Josua Niemandssohn".

Wenn man in den Kampf zog, legte man vorher alles Nötige ab, ließ zurück, was einen behinderte und verlangsamte. Keine Frau, keine Familie; keine Freunde, keine Besitztümer. Allein würde er Gott anrufen und ins Widderhorn stoßen, und die Mauern würden einstürzen. Die Einnahme der Stadt sollte von seiner eigenen Geschicklichkeit abhängen, der Schnelligkeit und Genauigkeit seiner Stöße, der Leichtfüßigkeit seines Parierens.

Josua befahl, und die Sonne stand still.

Er ging zum Bücherregal und nahm die Bibel heraus, öffnete sie und schlug Josua auf, das zehnte Kapitel:

> . . . sprach er in der Israeliten Gegenwart: „Sonne, stehe still zu Gibeon; du Mond, im Tale Ajalon!" Und stille stand der Lauf des Mondes und der Sonne, bis über seine Feinde ein Volk den Sieg gewonnen . . . Die Sonne stand still mitten am Himmel und eilte, nicht unterzugehen, den ganzen Tag. Wie dieser Tag ist keiner zuvor noch nachher gewesen, daß der Herr der Stimme eines Menschen gefolgt hätte . . .

Ein solches Wunder brauchte er. Wenn Gott auf seine Stimme hörte und ihn leitete, konnte auch er durch die Kraft seines Willens den Sieg erringen.

Er hatte eine starke Ausgangsposition. Als Autor hatte er Respekt und Anerkennung gefunden; als Angehöriger des Raumkorps war er zu einem Nationalhelden geworden. Millionen Menschen hatten den Atem angehalten, als er mit der Kapsel aus dem

Sichtbereich von Smittys Fernsehkamera gefallen war. Millionen waren wie gebannt vor ihren Geräten sitzen geblieben, bis die Rettungsaktion mit seiner Bergung glücklich geendet hatte.

Und nun, nachdem er ihre Bewunderung und Sympathie gewonnen hatte, würde er entblößt vor diese Menschheit hintreten und um Aufnahme in den menschlichen Stamm bitten, ohne die Fürsprache einer Mutter oder eines Vaters. Seine Aufgabe erschien ihm beschwerlicher als diejenige seines biblischen Namensvetters. Es erschien ihm schwieriger, den Sinn der Menschen zu beeinflussen und sie zu Mitleid zu bewegen, als einem trägen Himmelskörper wie dem Mond zu befehlen oder die Sonne anzuhalten.

Der erste Kampf erwartete ihn unten, und er mußte gegen jene geführt werden, die ihn liebten und die er liebte. Er begann seinen Feldzug im Badezimmer. Mit sorgfältig geführter Klinge rasierte er den Bart ab, der seine Züge verborgen hatte. Befriedigt verließ er das Bad und ging die Treppe hinunter. Sie hatten sich bereits unten versammelt. Als sie ihn erblickten, machten sich Schock und Überraschung durch Unruhe Luft.

Er tastete nach dem Treppengeländer und hielt sich fest. Lefty war bei ihnen. Sie kam ihm entgegen, die Stufen herauf, nahm ihn bei der Hand und geleitete ihn hinunter.

Er wurde von der Familie umringt, umarmt, geküßt, auf die Schultern geklopft. Seine Entschlossenheit begann brüchig zu werden. Die düstere, verlassene Landschaft, die seine Fantasie für ihn ausersehen hatte, war doch bevölkert. Sie würden ihn nicht einsam und allein gehen lassen. Sie bestanden auf dem Recht, ihre Stimmen hinzuzufügen, ein mächtiges Kriegsgeschrei anzustimmen. Josua hatte die Legionen Israels.

Wie gut und warm und beglückend war diese erste Bresche in seiner Verteidigung. Ein Sieg wäre bitter gewesen. Er stand in ihrer Mitte, besiegt in seinem Vorhaben, aber glücklicher, als er es jemals in seinem Leben gewesen war.

Auf der Terrasse war ein zweites Frühstück angerichtet, Räucherheringe und Kaviar, Pfannkuchen und saure Sahne, Räucherschinken, Eier und Schwarzbrot mit Tatar.

Während die anderen ihre Teller füllten, nahm Josh Lefty beiseite. „Woher wußtest du von dem Familienkriegsrat?"

„Ganz einfach. Ich habe meine Spione und Verbündeten. Deine Mutter rief mich gestern abend an und erzählte mir alles."

„Hast du wirklich genug darüber nachgedacht, Lefty? Wenn es zum Schlimmsten käme, würdest du mit mir die Zielscheibe sein. Ich kann dich nicht schützen. Ich kann dich lieben, aber ich kann dich nicht schützen."

„Das hast du mir schon mal erklärt. Wenn Schutz bedeutet, daß ich aus deinem Leben und in Sicherheit bin, will ich nichts davon wissen. Ich bin bereit, es darauf ankommen zu lassen. In Ordnung, Josh?"

„In Ordnung." Sie kamen zusammen, und die Sonne stand still und die Zeit und die Welt.

30

DAS BUCH schlug wie eine Bombe ein. Der Tag der Veröffentlichung war der Zünder für das erschütterungsempfindliche Explosivsystem. Josua und Lefty gerieten ins Visier. In souveräner Geringschätzung möglicher Folgen bestand Lefty darauf, daß ihre Trauung in der St.-Patricks-Kathedrale in New York stattfinden solle.

Der Plan wurde bekannt. Gerüchte bemächtigten sich der Neuigkeit, eine Boulevardzeitung brachte eine Sonderausgabe heraus. Schon am frühen Morgen des Hochzeitstages drängten sich Menschenmengen auf den Gehsteigen der angrenzenden Straßen. Eine Abteilung Polizei und mehrere Beamte des Geheimdienstes wurden in das Gebiet um die St.-Patricks-Kathedrale entsandt.

Lefty trug das Brautkleid ihrer Mutter, ein bodenlanges Gewand aus handgeklöppelten Spitzen über anliegender weißer Seide. Als sie durch den Mittelgang in die Kathedrale einzogen, zerplatzte eine überreife Tomate am Mieder und troff über den Rock herab.

„Warum heiratest du nicht das da?" rief ein Mann. „Es wurde genauso gezüchtet wie er!"

Die Kelloggs und Bitterbaum sprangen auf und riefen: „Pfui!" und „Schämen Sie sich!" aus ihren Bänken. Die Zuschauer waren geteilter Meinung. Als die Polizei den Tomatenwerfer abführen wollte, kam es zu einer Schlägerei. Nur das Auftreten des Kardinals vermochte die Menge zu beruhigen. Er hob die Hände, und allmählich kehrte Ruhe ein.

Draußen wogte und brandete die Menge, Sympathisanten und Gegner in wildem Durcheinander. Drinnen knieten Josh und Lefty nieder und wiederholten ihr Ehegelübde, und der Kardinal steckte ihnen die Ringe an die Finger.

Als der Gottesdienst vorüber war, küßte Josh seine Frau und bat einen Kirchendiener, ihnen den Hinterausgang zu zeigen. Sie entkamen glücklich durch Chor und Sakristei.

„Jetzt hast du gesehen, wie es ist, Lefty. Meinst du, daß du es aushalten kannst?"

„Die Situation wird sich beruhigen. Wir heiraten ja nicht jeden Tag, und nicht jeden Tag bringst du eine Autobiographie heraus. In einer Welt, die Schlagzeilen braucht, geraten die Neuigkeiten von gestern rasch in Vergessenheit. Sobald der Rummel abgeklungen ist, wirst du dich auf einer der hinteren Seiten wiederfinden."

„Hoffen wir es", murmelte er.

Die Wohnung, die sie bezogen, war in einem kleinen Haus mit Blick über den Jachthafen, wo ein Kajütboot namens *Lefty* ankerte. Sie segelte gern. Manchmal fuhren sie die Küste hinunter nach Malibu und schwammen vom Boot aus. Manchmal ließen sie es einfach im Hafen vor Anker und sonnten sich auf dem Deck.

„Ich bin froh, daß wir nicht verreist sind oder irgendwas unternehmen", sagte sie ihm immer wieder. „So ist es am schönsten."

Während der ersten Wochen diskutierten oder planten sie nichts, was über die Bedeutung einer Speisekarte hinausgegangen wäre. Ihre Gespräche waren einsilbig und pragmatisch.

Allmählich begann sich das zu ändern. Eines Tages machten sie sich auf, die Orte zu besuchen, wo sie ihre Kindheit verbracht hatten. Aber neue Straßen zogen sich am Strand entlang, und die damals so einsamen Buchten waren mit Ferienhäusern und Hotelkästen besetzt.

Josh wurde nachdenklich. „Ich frage mich, was aus ihnen geworden ist."

„Aus wem?" wollte Lefty wissen.

Aber er antwortete nicht, nicht direkt. Er schien geistesabwesend, fast grüblerisch. Er begann auf den Titelseiten der Zeitungen

Absätze anzustreichen. Lud seinen Vater und Bitterbaum zu Segelfahrten ein und führte lange politische Gespräche mit ihnen. Immer wieder fiel das Wort von der „Politik der Verzweiflung", wenn die Amtsführung der gegenwärtigen Regierung zur Sprache kam.

G. K. war Berater des Nationalen Ausschusses der Demokratischen Partei, aber auch er war entmutigt. „Die Stimmabgabe ist bedeutungslos, wenn es keine echte Wahl gibt. Und die Bürger haben keine Alternative. In jedem Lager wird die Politik von der Parteimaschine gemacht. Alles fix und fertig."

„Nun", sagte Josh und reckte den gebräunten Körper, „warum versuchen wir es nicht?"

„Was sollen wir versuchen?" fragte Bitterbaum. Er fühlte hinter Joshs beiläufiger Bemerkung eine Unbekümmertheit, die ihm nicht geheuer war.

„Die Erregung und das Aufheben haben sich gelegt, die Frage der nichtgeschlechtlichen Vermehrung, der menschlichen Reproduktionen und ihrer besonderen Probleme sind von den Medien bis zum Überdruß breitgetreten worden. Ich habe meinen Standpunkt klargemacht, und nach der verkauften Auflage zu urteilen, haben die meisten von denen, auf die es ankommt, das Buch gelesen. Ich glaube, es ist an der Zeit, in Erfahrung zu bringen, was die allgemeine Stimmung ist. Und das ist am besten dadurch festzustellen, indem ich mich um ein Amt bewerbe."

„Du willst dich zur Wahl stellen?" fragte Bitterbaum entgeistert.

Josh nickte. „Ich dachte daran, mich um einen Sitz im Abgeordnetenhaus zu bewerben."

G. K. und Bitterbaum sahen ihn erwartungsvoll an. „Ich weiß, was ihr denkt", sagte Josh. „Ihr denkt, es habe keinen Zweck. Aber damit kann ich mich nicht abfinden. Ich werde nie erfahren, ob ich jemand überzeugt habe, solange es nicht zum Gegenstand einer Wahl gemacht wird. Und darum bewerbe ich mich um den achtundzwanzigsten Sitz im Abgeordnetenhaus und bitte euch um eure Unterstützung."

G. K. sprang auf. „Du weißt, was das für mich bedeutet, Josh. Es ist der Höhepunkt meines ganzen Lebens." Er drückte Josh die Hand, Tränen in den Augen. Lefty und Bitterbaum tauschten hilflose Blicke aus. Indem er stillschweigend voraussetzte, daß sie ihn unterstützten, riß er sie mit. Die Familiengruppe wurde eine Organisation. G. K. versprach, daß er die Wahlkampfkosten übernehmen werde. Die abwesenden Familienmitglieder wurden zurückgerufen. Josh brachte das Gespräch auf Steve und erklärte, daß er ihn bei sich haben wolle.

Lynn wollte davon nichts wissen. Die Täuschung war ihr zu schrecklich gewesen. „Er ist tot. Wir haben ihn betrauert, und für die Familie ist er tot."

„Du hast G. K. vergeben", sagte Josh. „Und du mußt verstehen, daß Steve es für mich tat. So schrecklich und unrecht es war, er tat es für mich. Wir können ihn nicht für den Rest unseres und seines Lebens exkommunizieren. Hast du Santa Cruz vergessen?"

Josh hatte recht. Sie hatte Gerald vergeben. Für sie war er wie ein pflichtvergessenes, schwererziehbares Kind, schwieriger als jedes andere, das sie großgezogen hatte, und nicht so leicht zu lieben. Widerwillig gab sie schließlich nach. „Aber ich werde nie mehr wie früher empfinden können."

Josh küßte sie. „Du wirst."

G. K. wußte, wo Steve lebte. Er war bei einem Anwaltsbüro in South Bend, Indiana, beschäftigt und hatte den Namen Kalish angenommen. Er war verheiratet und hatte ein Einfamilienhaus in einem Vorort.

Marian öffnete die Tür, eine nette junge Frau, aber sehr geschäftig. Etwas kochte in der Küche, und es war Zeit, das Baby zu versorgen und schlafen zu legen.

Josh sagte, er sei ein alter Freund, er könne warten. Sie brachte ihm ein Glas Orangensaft und sagte, sie habe Josh auch gerade davon gegeben.

Der Name erschreckte ihn. Er setzte sich und dachte über Steve nach, wie er, aus seiner Vergangenheit verstoßen, ein neues Leben hatte anfangen müssen. Dann kam er nach Haus, öffnete die Tür, und Marian rief: „Besuch für dich!"

Sie standen einander gegenüber. Das Grab erstreckte sich zwischen ihnen und mehrere Lebensalter.

Josh hatte ihm die Hand schütteln wollen, statt dessen packte er ihn bei den Schultern und zog ihn in die Arme.

„Josh?"

Josh verstand die Frage, aber es war besser, sie zu ignorieren.

„Ich brauche dich, Steve. Darum bin ich gekommen. Ich bewerbe mich um einen Sitz im Abgeordnetenhaus, und die Familie muß mich unterstützen. Ich möchte, daß du alles liegen- und stehenläßt und den Wahlkampf leitest. Einverstanden? Ich möchte, daß du die Leitung übernimmst."

„Weiß G. K., daß du hier bist?"

Josh nickte.

„Und Onkel Thor?"

„Ja."

„Und was ist mit Lynn?"

„Lynn sagt, daß du kommen sollst."

Er grinste. Er schneuzte sich. „He, ich sah, daß du Lefty geheiratet hast. Das ist großartig. Hast du Marian und den kleinen Josh schon kennengelernt?"

Und so sammelte Josh die Familie um sich. Sie machten sich daran, Wahlhelfer zu gewinnen. „Ein Freiwilliger ist mehr wert als zehn bezahlte Kräfte", sagte Josh.

Lynn, Lefty, Jer und die Mädchen mobilisierten an Hilfskräften, was sie konnten. Collegestudenten gingen von Tür zu Tür, verteilten Literatur, verkauften Kellogg-Knöpfe und Autoaufkleber. Sie hielten Wahlversammlungen ab, sprachen bei Honoratiorenessen und vor den Mitgliedern von Wirtschaftsverbänden ebenso wie bei Gewerkschaftsversammlungen, warben überall um Stimmen, schüttelten Tausende und Abertausende von Händen.

Zuweilen wurden sie feindselig empfangen, von Haustüren und Grundstücken verjagt. Leibwächter wurden notwendig. Aber G. K.s diskret durchgeführte Meinungsumfragen zeigten, daß sie Boden gewannen.

Steve und Josh berieten in langen Sitzungen über ihre Strategie. Joshs Abbildung auf den Wahlplakaten beschwor den anderen herauf, der noch immer von vielen im Land vergöttert wurde. Sein Gesicht und sein Name waren zur Legende geworden. Der Kult lebte noch immer und war seltsamerweise am stärksten unter den jungen Leuten, die seine kurze Amtszeit nicht mehr erlebt hatten.

„Der Mann hat noch immer eine enorme Ausstrahlung", sagte Lefty. „Und sie geht auf dich über, Josh. Die Leute identifizieren dich mit ihm, sehen dich als ihn, der dem Land durch das Wunder

der Wissenschaft wiedergegeben wurde. Manche sehen es sogar religiös, als einen Eingriff Gottes, der wiederherstellen wolle, was hätte sein sollen. Es ist unheimlich.“ Nach einem leisen Erschauern fügte sie hinzu: „Aber mir ist es gleich, wie verrückt die Leute sind oder welche Gründe sie haben, solange sie dich wählen.“

Sie taten es.

Josua Francis Kellogg wurde mit überwältigender Mehrheit ins Abgeordnetenhaus gewählt. Die Veränderung in ihrem Leben wurde offenbar, als sie die Flaggen der Regatten, die grünen und roten Positionslampen ankernder Schiffe und die Sonne Kaliforniens verließen und in die nüchterne Umgebung Washingtons zogen.

Joshs wohlbekanntes Gesicht erregte in dieser Stadt ungeheures Aufsehen. Er wurde verehrt, zum Helden des Tages gemacht und angebetet. Lefty mußte ihn abschirmen und erlernte die Kunst, mit Anmut abzusagen und mit Zurückhaltung unter Einladungen auszuwählen.

Aber die Feinde und Verleumder waren auch da, obgleich sie im verborgenen blieben. Es gab drohende und obszöne Anrufe. Unter den Rhododendronbüschen explodierte eine vergrabene Zeitbombe. Eines Abends flog ein faustgroßer Stein durch das Wohnzimmerfenster, obgleich Haus und Grundstück von Leibwächtern mit Hunden bewacht wurden.

Doch abgesehen von diesen isolierten Vorkommnissen, hatte Josh seinen Kampf um persönliche Anerkennung gewonnen. Er gab sich damit nicht zufrieden. „Ich möchte ausdrücklich betonen“, rief er in die Fernsehkameras, „daß ich nicht daran denke, die nichtgeschlechtliche Vermehrung als einen Ersatz für die natürliche Fortpflanzung zu propagieren. Aber sie hat ihren Platz, und man sollte sich in Zukunft ihrer entsinnen, wenn wir einen großen Künstler, Wissenschaftler oder Denker verlieren. Und wir müssen bestrebt sein, durch genetische Forschung zu einer physiologischen und geistigen Verbesserung des Genreservoirs zu kommen.“

Bei jeder Gelegenheit sagte er: „Ich möchte meine Position nicht nur dem Umstand verdanken, daß ich bin, wer ich bin oder aus wem ich entstanden bin. Ich möchte, daß meinen Schicksalsgefährten, die mir in späteren Zeiten nachfolgen, die gleichen

Rechte und Freiheiten eingeräumt werden, deren ich mich erfreue."

Aber all das war bloß ein Teil der offensiven Strategie, und er hütete sich, das Thema zu seinem zentralen Anliegen zu machen. Schließlich handelte es sich um einen Problemkreis, der ihn allein betraf und für den die Öffentlichkeit ein nur begrenztes Verständnis hatte. Seine wahre Stärke zeigte sich in der Behandlung weltpolitischer Fragen und der Gegenwartsprobleme. Er stopfte seine Reden mit Tatsachen und Zahlen voll, aber die Probleme selbst beschrieb er mit knappen, eingängigen Formeln. „Die Nation tritt auf dem Fleck. Wir können mehr als das. Wir können voranschreiten."

Zwei Jahre nach seinem Einzug ins Repräsentantenhaus machte er James Peabody den Sitz im Senat streitig, indem er sich bei den Teilwahlen als Gegenkandidat aufstellen ließ. Wieder bot die Familie alle ihre Kräfte auf. Unter Steves Leitung nahmen alle aktiv am Wahlkampf teil. Gegner und politische Beobachter prophezeiten ihm, er werde den Gipfel der Beliebtheit zu früh erreichen und sein Pulver längst verschossen haben, wenn der eigentliche Wahltermin heranrücke. Aber Josh kaufte noch mehr Fernsehzeit, erhöhte die Zahl der Pressekonferenzen und Wahlreden. Er brachte das Kunststück fertig, Gewerkschaften und Arbeitnehmer mit einem Plan für Sozialreformen zu locken und sich zugleich der Geschäftswelt und Großindustrie zu empfehlen, indem er seinen unerschütterlichen Glauben an das System des freien Unternehmertums betonte. „Kluges Geld investiert in die Zukunft dieses Landes." Das Ergebnis war ein spektakulärer und unerwartet hoher Wahlsieg.

„Jetzt werde ich dich überhaupt nicht mehr zu sehen kriegen", klagte Lefty.

Josh konnte ihr nur beipflichten. „Du hast recht; es ist ein höllisches Leben."

Es erstaunte sie, daß er der alte Josh bleiben konnte. Wenn er Reden hielt, wurden die Leute wild; sie füllten Vortragssäle bis zum Bersten und standen stundenlang, nur um ihn oder auch nur seinen Wagen zu sehen. Wenn er dann kam, versuchten sie ihn mit den Händen zu berühren.

Der ihn umgebende Mythos wuchs und nahm zuweilen die

Form eines Massenwahns an. Nach der populären Version war er die Reinkarnation des früheren Präsidenten. Er war zurückgekehrt. Er gehörte dem Volk, und das Volk beanspruchte ihn für sich.

Aber Lefty fand ihre Augenblicke. Sie näherte sich ihm leise und strich ihm übers Haar, wenn er spätabends über Papieren und Dokumenten saß, die er in seiner abgewetzten und ausgebeulten Aktentasche nach Haus brachte. Onkel Thor kaufte ihm eine neue, aber er hing an der alten.

Lefty war es, die seine gefurchte Stirn glättete und ihm übers ungebärdige Haar strich. „Wie wär's nächsten Mittwoch mit einem Abendessen bei den Allisons? Sie haben uns eingeladen. Soll ich annehmen oder ablehnen?"

„Ablehnen."

Sie machte ein enttäuschtes Gesicht.

„Tut mir leid, Lefty. In letzter Zeit komme ich vor lauter Arbeit zu nichts mehr."

„Das stimmt nicht ganz. Ich bin seit zwei Monaten schwanger."

„Was? In der normalen, altmodischen Art und Weise?"

„Ich bin eine normale, altmodische Frau." Er zog sie auf den Schoß, und an diesem Abend blieben die Papiere in der Aktentasche.

Aber es blieb eine nach Stunden bemessene Atempause. Mit dem Näherrücken der Präsidentschaftswahlen nahm die Spannung im Land zu. Der demokratische Parteitag trat in Cincinnati, Ohio, zusammen, um den Präsidentschaftskandidaten zu wählen. Die Bewerber um das Amt unterbreiteten ihre Kandidatur den Delegierten, nachdem sie monatelang durch das Land gezogen waren und in den Vorwahlen um Wahlmännerstimmen gerungen hatten. Auch Josh war anwesend, um seinen Kandidaten zu unterstützen. Lefty, die das Gedränge und Gerempel der Menge fürchtete, blieb zu Haus und verfolgte den Ablauf des Parteikonvents im Fernsehen. Die übrige Familie hatte sich ebenfalls eingefunden. Politik war zu einem Teil ihres Lebens geworden, und Joshs erstaunlicher Aufstieg hatte ihre Ambitionen geweckt. Nun saßen sie vor dem Fernseher, um seine Rede zugunsten des von ihm unterstützten Präsidentschaftskandidaten zu hören.

Als er ans Rednerpult trat und erkannt wurde, ergriff eine Art Fieber die Delegierten. Sie begannen zu trampeln und rhythmisch in die Hände zu klatschen. Josh stand vor ihnen und wartete, daß wieder Ruhe einträte, aber der Aufruhr ließ nicht nach. Statt dessen erhoben sich die Versammelten und begannen ihm zuzujubeln. Immer mehr Stimmen vereinigten sich im Chor und riefen: „Kellogg! Kellogg! Kellogg!"

Sie ließen sich nicht zur Ruhe bringen. Der Vorsitzende des Wahlausschusses schlug auf den Tisch, doch der Tumult dauerte an, fünf Minuten, sechs, sieben, zehn. Die Delegierten drängten nach vorn, bis sie am Bühnenrand zu Füßen des Rednerpults standen.

Josh hob die Hand. Er nahm das Mikrofon und fing an zu sprechen. Der von Lautsprechern verstärkte Klang seiner Stimme durchbrach den Lärm und brachte ihn endlich zum Verstummen. Sie wollten hören, was er zu sagen hatte.

„Meine Damen und Herren, ich danke Ihnen." Ein vielstimmiges Gebrüll verschluckte seine nächsten Worte. Das Gebrüll artikulierte sich zu einem donnernden Sprechchor: „Wählt Kellogg!"

Josh stand vor ihnen wie ein Schilfrohr, und der Wind ihres Willens beugte ihn. Er wandte sich zum langen Tisch des Wahlausschusses um. Die Funktionäre des Parteivorstands steckten die Köpfe zusammen. Schließlich stellten sie sich der brodelnden Menge der Parteitagsdelegierten, und ein großes, beschriftetes Schild wurde ihnen hinaufgereicht. Der Vorsitzende hielt es in die Höhe.

WÄHLT KELLOGG!

Der Saal schien zu explodieren. Die Menge geriet in einen Begeisterungstaumel. Bitterbaums Herz pochte schmerzhaft und drohte ihm die Brust zu sprengen. Ich habe einen Herzinfarkt, dachte er. Und dann dachte er, daß der Anlaß es wert sei.

Ein Glas Wasser brachte ihn wieder in Ordnung. Das Herzklopfen ließ nach, die Atmung wurde wieder normal. Inzwischen war die Abstimmung in vollem Gang, und die Kameras der Fernsehanstalten schwenkten von dem allgemeinen Jubel und Fahnenschwenken zu einem Mann mit einem Revolver, der gerade entwaffnet und von Sicherheitsbeamten hinausgeschleppt wurde. Während sie ihn fortzerrten, schlug er um sich und schrie mit schluchzender Stimme: „Was ist er? Er ist kein Mensch, er ist ein

Ding wie eine Kartoffel! Wir dürfen die Vereinigten Staaten von Amerika nicht an eine Kartoffel ausliefern!"

Lefty, die all das verfolgt hatte, bekam Scheinwehen und wurde ins Krankenhaus gebracht.

Josh sprach zu den Delegierten und über die Rundfunk- und Fernsehstationen zur ganzen Nation. Im Saal war es still geworden. Er verzichtete auf alle Rhetorik und sprach wie zu einer Person. Und in ihrer gespannten Aufmerksamkeit waren die Tausende von Delegierten wie ein einziger.

„Im College bewarb ich mich um das Amt des Klassensprechers, aber ich schaffte es nicht. In meinem Leben gibt es nichts, ist nie etwas geschehen, was mich auf dies vorbereitet hätte. Durch eine einzelne Zelle erinnert man sich nicht. Ich wünschte, ich hätte die Erfahrung des Mannes, von dem ich reproduziert wurde. Ich habe sie nicht. Ich hoffe, ich habe seinen Mut, seinen Lernwillen und seine Entschlossenheit, die Lebensbedingungen der Menschen dort zu verbessern, wo das auf gesetzgeberischem Weg möglich ist. Ich habe keine vorbereitete Rede in der Tasche, aber Sie werden auch keine vorbereitete Rede hören wollen. Sie wollen wissen, wie ich auf die Bedürfnisse meines Landes eingehen werde. Ich sage, diese Nation muß zu neuen Ufern vorstoßen. Bürger Amerikas, in dieser Generation seid ihr Bürger der Welt, einer Welt der Koexistenz, in der einer den anderen respektiert. Ich sehe eine offene Zukunft unter der schöpferischen Herrschaft des Menschen. Ich sehe den Menschen als Herrn seiner biologischen Zukunft und weitgespannter Unternehmungen im Weltraum. Ich sehe ihn neue Erze abbauen und neue Energieformen entwickeln. Ich sehe das Ende kriegerischer Auseinandersetzungen und einen Rückgang des internationalen Terrorismus. Die Technologie hat uns zu moralischem Handeln gezwungen. Die Technologie hat zivilisierte Barbaren aus uns gemacht. Wir haben Werkzeuge. Es ist an uns, sie in die Hand zu nehmen und zu gebrauchen und sie für eine gute Sache zu gebrauchen. Diese Sache ist die Menschheit der Erde. Laßt uns zusammenarbeiten und als Brüder zusammenstehen. Die Erde ist klein, wenn man sie von außen sieht, wie ich es getan habe. Jedenfalls ist sie zu klein für Zwietracht, für Angst und nationalen Egoismus. Wir Menschen dieser Erde sind von einem Stamm, und wir werden alle gemeinsam überleben oder zugrunde gehen. Unsere Zukunft ist offen, wenn wir uns öffnen. Die Zukunft ist jetzt, und das Jetzt bestimmt die Zukunft. Wählen wir darum das Leben." Er trat vom Rednerpult zurück und blickte lächelnd in den Saal und in die Objektive der Fernsehkameras, während der Jubel von neuem losbrach. Die Stationen für Erste Hilfe füllten sich mit Opfern der Hitze, der Aufregung oder des Gedränges. Es gab mehrere Herzanfälle und eine vorzeitige Geburt.

Josh hatte den Eindruck, von massiven Schultern abgeschirmt zu werden und irgendwie aus alledem hinauszugleiten. Er ging durch den Bühnenausgang und eine Treppe hinunter, dann wurde eine Tür hinter ihm geschlossen, und vor ihm stand Bitterbaum und hielt ihm ein Glas Wasser hin. Dann beglückwünschte er ihn mit einem Händedruck zur Wahl.

„Hast du begriffen, was passiert ist?" fragte ihn Josh.

Ehe Bitterbaum antworten konnte, platzten Reporter herein, gefolgt von einem Klüngel von Parteihonoratioren, G. K. als Königsmacher in ihrer Mitte. Steve schritt ein, ließ niemanden an Josh heran, beantwortete Fragen und wimmelte andere ab, während Bitterbaum und die Schultern ihn aus dem Gebäude zu einem wartenden Wagen eskortierten.

„Fahren Sie herum!" sagte Bitterbaum zum Fahrer. „Am besten aus der Stadt."

Die Stadt glitt vorüber, dunkle Blocks mit Besätzen aus blinkendem Neon. Dann verlief sie sich in Vorortgebieten, und schließlich lag zu beiden Seiten der Straße offenes Land. Der Duft von Kleefeldern und Vieh wehte herein, und die Luft wurde kühl und frisch. Bitterbaum saß vornübergebeugt, die lange Gestalt zusammengeklappt wie ein Taschenmesser. Er sagte nichts, sondern wartete, daß Josh den Anfang machte.

„Ich weiß, es ist Unsinn", sagte Josh endlich. „Ich meine, ich weiß, daß es nicht sein kann. Aber ich habe ein Gefühl, als ob alles das schon einmal geschehen wäre. Ich scheine mich zu erinnern. Ich weiß, daß es eine Erinnerung ist, die aus Zeitungsausschnitten und Büchern stammt, die darüber geschrieben wurden, aber das Dumme ist, ich kann mich selbst nicht davon überzeugen. Ich weiß, daß dies für mich ein großer Triumph ist, vielleicht der größte meines Lebens. Und doch habe ich ein Vorgefühl drohenden Unheils. Als ob nichts, was ich von diesem Punkt an tun oder sagen würde, den Gang der Ereignisse auch nur für eine Sekunde aufhalten könnte. Ich kann dem Erfolg nicht entgehen. Und Erfolg bedeutet für mich raschen Tod. Es ist die Kehrseite der Medaille. Flugplätze, Kultureinrichtungen, Straßen und Brücken werden nach einem benannt, aber was besagt das alles? Es besagt, daß man tot ist. Onkel Thor, wir spielen das gleiche Tonband zum zweiten Mal ab. Mein Geschick ist in mir beschlossen. Ich bin homozygot, in meinem Blut ist die Ermordung programmiert."

„Was soll ich dazu sagen?" erwiderte Bitterbaum nach einer Weile. „Gib zu, daß du Unsinn redest."

„Ja."

„Bist du wirklich zuversichtlich, daß du zum Präsidenten gewählt wirst?"

„Ich bin überzeugt, daß ich gewinnen werde."

„Ich weiß nicht. Der gegenwärtige Präsident wird die Dinge nun erst recht schleifen lassen, um die Krise noch zu verstärken, und zwar nach der Theorie, daß die Öffentlichkeit in Notzeiten vor Veränderungen zurückschreckt."

„Ja, das wird seine Taktik sein", sagte Josh.

„Aber du meinst, es wird nicht klappen?"

„Wie könnte es? Es ist nicht Teil des vorgegebenen Musters."

Josh wies den Fahrer an, zum Hotel zurückzukehren. Nachdem sie längere Zeit schweigend gefahren waren, wandte sich Josh impulsiv Bitterbaum zu, und dieser sah einen Ausdruck in dem vertrauten Gesicht, den er dort nie zuvor gesehen hatte. Es war ein Ausdruck, der auf Resignation folgt, wenn man die Spielregeln kennt und aus einer Position der Stärke heraus plant. Seine Stimme hatte einen energischen, metallischen Klang, als er sagte: „Hast du die Delegierten gehört, Onkel Thor? Es war phantastisch. Diese Gewißheit, daß man etwas für sie und das Land tun kann. Ich glaube, wir wissen beide, daß kein Mensch erreichen kann, was sie erhoffen, aber ich hätte gern die Chance, es zu versuchen."

„Ich bin zuversichtlich, daß du diese Chance erhalten wirst. Und es ist keine vorbestimmte, unabänderliche Konstellation. Die Präsidentschaft bedeutet nicht deinen Tod. Wie ich dir schon einmal sagte, ich habe deinen Mörder nicht reproduziert."

Josh lächelte. „Du warst Zeuge meiner Selbstzweifel. Ich leide unter ihnen wie andere Leute unter Hämorrhoiden. Aber das ist jetzt unter Kontrolle. Und ich möchte dazu noch etwas sagen. Wenn ich mein Leben auf einer Skala von eins bis zehn einschätzen sollte, dann würde es zehn sein. Sieh dich an. Du bist mehr als doppelt so alt wie ich, aber du bist nicht im Weltraum gewesen, hast keine Bücher geschrieben und bist nicht als Präsidentschaftskandidat nominiert worden. Ja, du hast nicht mal geheiratet. Aber du würdest dein Leben als lohnend einstufen, habe ich recht? Komm schon, sei ehrlich. Hättest du eine Skala von eins bis zehn, wo würdest du dein Leben unterbringen?"

„Das ist einfach. Entweder ist es die Eins oder die Zehn. Wie du richtig sagst, scheint mir vieles entgangen zu sein. Keine Frau, keine Kinder, kein Heim, keine Familie. Aber ich hatte immer meine Arbeit, und in gewisser Weise bist du meine Familie, Josh."

Er hatte nie so offen über seine Gefühle gesprochen, und nun wartete er mit einigem Unbehagen auf Joshs Reaktion. „Das ist richtig", sagte Josh, als ob ihm der Gedanke nicht neu sei. „Ich nahm es für selbstverständlich. Die Mädchen hänselten mich manchmal, daß ich dein Liebling sei, und ich wußte, daß es stimmte. Ich fragte nie nach dem Grund. Es kam mir auch nicht in den Sinn, daß du um meinetwillen nicht dazu kamst, ein normales Leben zu führen. Ich sehe das jetzt. Onkel Thor, ich werde dich mehr denn je brauchen. Jedesmal, wenn ich dein Gesicht sehe, werde ich an die Wunder erinnert, die wir bisher abgezogen haben. Und vielleicht steckt noch mehr in uns. Was meinst du, Onkel Thor?"

Aber Onkel Thor brachte kein Wort über die Lippen.

31

ALLES, was Josua Francis Kellogg öffentlich tat und sagte, war den Zeitungen zweispaltige Überschriften wert. Die Tochter, die ihm und Lefty geboren wurde, war eine Schlagzeile wert. Unter den Telegrammen, Briefen und Anrufen von Gratulanten waren auch Botschaften des Hasses. Joshs Sekretär versuchte Lefty solche Sendungen vorzuenthalten, aber gelegentlich rutschte eine mit durch.

„Ich kann es einfach nicht glauben", sagte sie weinend, „daß jemand solchen Schmutz und Unflat schreiben kann, wenn ein Kind geboren wird."

Josh zuckte die Achseln. „Angesichts einer derartigen Lawine von Publizität mußt du damit rechnen, daß auch die verdrehten Menschen ihrem Herzen Luft machen."

Professor George Rudolph Demsdale, Biologe und Nobelpreisträger, sorgte für eine weitere Schlagzeile, als er enthüllte, daß er es gewesen sei, der vor mehr als dreißig Jahren die Zellkernverschmelzung vorgenommen habe, aus welcher der demokratische Präsidentschaftskandidat entstanden sei.

G. K. rief Bitterbaum an. „Also ist er endlich draufgekommen." Sie verabredeten ein gemeinsames Mittagessen mit dem alten Herrn, um zu zeigen, daß sie sein Verdienst nicht schmälern wollten, und um ihm zu erzählen, wie sie ihn überlistet hatten.

Aber es gab nicht viele von diesen lichten Momenten. Das Repräsentantenhaus trat zu einer Sondersitzung zusammen, um das Mindestalter für Präsidentschaftskandidaten herabzusetzen. Die Regierung, unterstützt von den Republikanern, versuchte einen Beschluß zu verhindern, aber der Antrag kam durch und wurde vom Senat verabschiedet.

Der Wahlkampf wurde hart und nicht immer sauber geführt. Fehler und Versäumnisse, die der ermordete Präsident Anfang der sechziger Jahre begangen hatte, wurden ausgebreitet und kritisiert. Die Entscheidung zur ersten Ausweitung des Vietnamkrieges wurde ebenso groß herausgestellt wie das gescheiterte Abenteuer in der Schweinebucht. Man könne sich darauf verlassen, daß das biologische Duplikat eines solchen Mannes sich Fehleinschätzungen des gleichen Kalibers leisten werde. Wie könne man das Steuer der Nation zum zweiten Mal einem unerfahrenen Dilettanten überlassen? Sollte die demokratisch-republikanische Staatsform etwa unter der Hand in eine Monarchie mit erblichem Nachfolgeanspruch umgewandelt werden?

Überall erschienen Inschriften und Plakate: KEINEN ZWEITEN AUFGUSS ALS PRÄSIDENTEN. – WIR BRAUCHEN EINEN MENSCHEN, KEINE IMITATION! – GEGEN SIPPENHERRSCHAFT UND BIOLOGISCHE MANIPULATION!

Josh ließ die Beleidigungen und Unterstellungen an sich abprallen und verließ sich auf seine eingespielte Wahlkampforganisation, um Wähler zu gewinnen und seine Vorschläge und Programme an die Öffentlichkeit zu bringen. Er schrieb seine Reden selbst und stützte sich dabei auf Notizen, die er tagsüber in Gesprächen mit Arbeitern, Studenten, Geschäftsleuten, Farbigen, Puertoricanern und Frauen führte.

Sein Leben stand im Scheinwerferlicht der Publizität. Es wurde enthüllt, daß er von G. K. Kellogg systematisch für das Amt des Präsidenten erzogen und ausgebildet worden war. Seine Beziehung zu Steve wurde ausgeforscht, die Tatsache, daß er ihm das Leben verdankte, wurde hochgespielt; man nannte sie David und Jonathan und machte viel Aufhebens von ihrer beiderseitigen Zuneigung und Loyalität.

Um bei klarem Verstand zu bleiben, legte Josh Wert auf Bitterbaums ständige Gesellschaft. Der beißende Sarkasmus seiner Bemerkungen milderte die Atmosphäre von Spannung und Konzentration, in der ein Präsidentschaftskandidat lebte.

G. K. war von sich aus dazugestoßen. Er war der politische Profi, der Mann mit vielen Verbindungen. Seine Meinung war gefragt, und sein Einfluß wurde gebraucht. Auch sprang er mit seinem persönlichen Vermögen ein, wenn die Wahlkampfspenden weniger reichlich flossen. Schließlich war es sein Sohn, der Präsident sein würde. Ein Kellogg. Er hatte in vielen Fragen den richtigen Riecher gehabt und mit sicherem Instinkt den gewinnbringenden Weg gefunden, aber keine Investition hatte jemals soviel Gewinn abgeworfen.

Mehrere Frauen, die alle angaben, Millicent Ash zu sein, verkauften ihre Erlebnisberichte an die Zeitungen. Es spielte keine Rolle. Auch die Angriffe der anderen Seite waren nicht wichtig. Unter der Mehrheit der Bevölkerung breitete sich eine allgemeine Euphorie aus. Am 7. November würde der amtierende Präsident seinen Hut nehmen müssen, und Josh Kellogg würde die Dinge in die Hand nehmen.

Steve hatte die Idee, alte Aufnahmen vom ermordeten Präsidenten auszugraben und auf Wahlplakaten abzudrucken, statt Fotos von Josh zu verwenden. So identifizierte man sie noch stärker miteinander, und Josh verschmolz weiter mit der noch lebendigen Erinnerung. Der Held, der ihnen entrissen und wiedergegeben worden war.

Das Land und die ganze Welt hatten eine Entscheidung zu treffen. Ginge es nach Josh Kellogg, so würde die Menschheit der ganzen Erde ungeachtet ideologischer Gegensätze zusammenstehen, um gemeinsam den Vorstoß ins letzte Neuland zu wagen – den Weltraum. Er und seine Partei unterstützten energisch die unbemannten Missionen zur Erforschung des Jupiter. Er wies darauf hin, daß selbst die einschneidendsten Sparmaßnahmen und Einschränkungen nur den Tag hinauszögern konnten, da der Mensch seinen Planeten ausgelaugt und erschöpft haben würde. Der Weg hinaus ins Sonnensystem sei die einzige Alternative.

Die Opposition war für Einschränkungen und Sparmaßnahmen und hielt nichts von Zusammenarbeit mit dem ideologischen Gegner. Sie wollte die Mittel für Weltraumprogramme erneuerten Verteidigungsanstrengungen zugute kommen lassen, um wenigstens die verbliebenen Positionen zu halten und die überquellende Bevölkerung der dritten Welt in ihren Grenzen einzudämmen.

Unverantwortlich, erwiderte Kellogg zur besten Fernsehzeit. Wir müssen uns auf das einundzwanzigste Jahrhundert vorbereiten. Wählen wir darum das Leben.

Die Nation stimmte ihm zu. Schon als die ersten Ergebnisse aus einzelnen Wahlkreisen bekannt wurden, zeigte sich deutlich, daß das Land mit überwältigender Mehrheit für Kellogg gestimmt hatte.

Die Ereignisse nach der Wahl überforderten Joshs Aufnahmevermögen. Mehr Glückwünsche, mehr Telegramme, mehr Anrufe, mehr Entscheidungen, mehr Papierkrieg, mehr Beratungen, mehr Versammlungen. In stillen Minuten, die er seinen Verpflichtungen abzwackte, versuchte er Eindrücke zu verarbeiten. Er mußte dafür sorgen, daß Bitterbaum von der neuen Organisation und der Arbeitslast nicht von seiner Seite gedrängt wurde.

Die Tage begannen mit langfristigen Planungen und der Festlegung von Prioritäten, dann folgten bis Mittag Konferenzen, Gespräche mit Beratern und zukünftigen Ministern, Entscheidungen und das Prüfen von Vorschlägen. Nach dem Essen, zu dem häufig ausländische Gäste geladen waren, empfing er Besucher und Bittsteller, denn er wollte ein Präsident des ganzen Volkes sein, auch der Unterprivilegierten. Den Rest des Nachmittags verbrachte er mit Diktaten, Aktenstudium und weiteren Besprechungen.

Die Abende waren für gesellschaftliche Funktionen reserviert. Einflußreiche und verdiente Männer aus allen Bereichen, fremde Staatsgäste und Würdenträger mußten bewirtet und unterhalten werden, und die meisten von ihnen nutzten die Gelegenheit, um dieses oder jenes Anliegen vorzubringen.

Lefty bewegte sich zwanglos und anmutig unter den Gästen und nahm ihm eine Menge Arbeit ab, aber er mußte mehr Zeit finden.

Die Pflichten des Präsidenten waren kaum zu erfüllen, wenn man nichts vernachlässigen wollte. Er versuchte noch immer, die Dimensionen seines Amts zu erfassen und die feinen Nuancen diplomatischer Sprache verstehen zu lernen, ohne deren Kenntnis eine richtige Einschätzung des Gesagten kaum möglich war. Zu all diesen Eingewöhnungsschwierigkeiten kam die Beschäftigung mit seiner Antrittsrede.

Er trug einen zerknitterten Entwurf mit sich herum und nahm ihn sich dann und wann vor, um Formulierungen zu ändern, Gedanken hinzuzufügen und andere zu streichen. Wenn er erst vereidigt wäre und die Zeremonie hinter ihm läge, würde der Arbeitsdruck ein wenig nachlassen. Er sah Bitterbaum an der Punschbowle stehen und hörte ihn vor einem Senator und einem Marineattaché Aristoteles zitieren: „ ‚Man kann nicht die Tugenden üben, wenn man das Leben eines Handwerkers führt oder für Lohn arbeitet.‘ Das ist der Grund, warum Sie dem Präsidenten vertrauen können. Habe ich recht, Sir? Er hat nie für einen Lohn gearbeitet.“

Josh nahm ihn am Arm, um ihn beiseite zu nehmen, aber Bitterbaum wich nicht von der Stelle. „Das ist der gewählte Präsident der Vereinigten Staaten“, erzählte er dem verlegenen Marineoffizier, „und ich kannte ihn schon, als er noch Lederstrumpf las.“

Josh zog ihn mit festem Griff fort. Er steuerte ihn die Treppe hinauf und ins erstbeste Gästezimmer. „Setz dich, Onkel Thor, und laß dir die Schuhe ausziehen.“

„Erinnerst du dich noch an Lederstrumpf?“ fragte Bitterbaum besorgt.

„Selbstverständlich.“

„Und an die Brunnen Roms? Erinnerst du dich noch, wie du jeden von ihnen umkreisen mußtest?“

Josh lachte und zog die Decke über ihn. Bitterbaum hielt ihn bei den Händen fest und sagte in dringendem Ton: „Josh, was würdest du sagen, wenn ich dich um Vergebung bäte? Weißt du, wenn G. K. auf mich gehört hätte, wärst du nie Präsident geworden. Ich bin dir im Weg gestanden, Josh, war dir ein Hindernis. Das ist eine schlimme Sache. G. K. hatte die ganze Zeit recht, und ich sah es nicht. Es war deine Bestimmung, uns alle zu retten. Ich fühlte es damals, als ich tat, was ich tat. Aber später kamen meine persönlichen Empfindungen für dich dazwischen. Ich wurde von etwas verfolgt, was ich sonst immer verachte, von einer abergläubischen Furcht. Weil manches schon einmal ähnlich geschehen war, fürchtete ich, daß wir ein zweites Mal in Blut gebadet würden. Ich weiß jetzt, daß das falsch war. Anfangs hatte ich die Vision, aber G. K. verwirklichte sie, nicht ich. Größe, die Gelegenheit, das Schicksal der Nation zu lenken – das alles schob ich beiseite. Es bedeutete mir nichts, verglichen mit deinem Wohlergehen, Josh. Doch nun sehe ich es anders. Es ist falsch, einem Menschen sein Potential zu verweigern. Du stehst, wo zu stehen deine Bestimmung ist, Josh, und diesmal wirst du es schaffen. Es ist heute eine andere Welt. Das Bewußtsein der Menschen hat sich geändert. Sie zählen auf dich, Josh. Und auch ich zähle auf dich. Weißt du was, Josh? Ich würde es jetzt nicht machen. Ich könnte es nicht. Wenn ich wieder vor die Frage gestellt wäre, nein. Niemals. Der altertümliche Gott in mir wird müde. Und ich werde alt. Es war eine schwere Last, das bekenne ich, Josh. Und eine große Freude, eine Freude, die mein Leben erhellte. Also, Recht oder Unrecht, Josh, dafür bitte ich nicht um Vergebung. Nur dafür, daß ich die Last nicht immer tragen konnte."

Josh lächelte ihm zu. „Wer kann immer die Last seines Lebens tragen, ohne einmal schwach zu werden, Onkel Thor?"

„Diesmal werden wir es schaffen, Josh."

„Psst, schlaf jetzt." Er stand still und zählte bis zehn. Bitterbaums Atem ging leicht und gleichmäßig. Josh wandte sich um und ging leise zur Tür. Er löschte das Licht und ging hinunter.

Als der letzte Gast gegangen war, machte Lefty ihm eine Tasse Kaffee, und sie saßen zusammen in der Küche. Er zog das Manuskript seiner Antrittsrede aus der Tasche.

„Ach, Josh!" protestierte sie. „Du entspannst dich nie, wenn du die Gelegenheit hättest."

„Ich möchte deine Meinung hören. Sag mir, ob es zu wortreich oder hochgestochen klingt. Ich möchte, daß die Rede einfach und direkt bleibt." Er begann vorzulesen.

Sie saß still und unterbrach ihn nicht. Der leidenschaftliche Enthusiasmus, der jeden Satz mit Kraft und Leben füllte, bewegte sie so tief, daß ihr die Worte, die sich am Rand ihres Bewußtseins formten, unzureichend erschienen. So sprach sie sie nicht aus und ergriff statt dessen die Hände ihres Mannes, hob sie an die Lippen und küßte sie.

Er zog sie auf den Schoß, und sie barg ihr Gesicht an seinem Hals, wo sie den Pulsschlag seines Lebens fühlte.

32

DIE EINZELHEITEN der Amtseinführung waren sorgfältig ausgearbeitet. Die Zeremonie sollte in der Rotunde stattfinden und in allen Aspekten bis hin zur anschließenden Fahrt durch die Pennsylvania Avenue der Amtseinführung von 1961 folgen.

Bitterbaum sorgte sich um die Sicherheit. Um ihn zu beruhigen, ließ Josh ihn an den Planungsgesprächen zwischen Steve und dem FBI teilnehmen, in denen die ausgeklügeltsten Vorkehrungen diskutiert und in die Planung aufgenommen wurden. Während der Fahrt durch die Straßen sollte dem offenen Wagen das transparente Verdeck aus kugelsicherem Glas aufgesetzt werden. Während der Vereidigung sollten Josh und der Oberste Bundesrichter hinter einer Plexiglasbarriere stehen.

An allen Schlüsselpositionen mit ungehindertem Blickfeld sollten Geheimdienstleute postiert werden. Bitterbaum schien zufrieden und gab zu, daß das ganze Arrangement idiotensicher sei. Und dann begann er sich erst richtig zu sorgen.

Den Abend vor der Amtseinführung hatte Josh sich freigehalten, um der Antrittsrede, die historischen Rang haben sollte, den letzten Schliff zu geben. Um halb zwölf kam Lefty herein und flüsterte: „Viel Glück."

„Was ziehst du morgen an?"

„Armer Josh, hat an die ganze Welt zu denken und nun auch noch an mein Kleid. Ich werde das Beigefarbene und die Geburtstagsperlen anziehen. Wird es sehr spät werden?"

Aber er war schon wieder bei der Arbeit. Sie küßte ihn auf den Scheitel und ging. Drei Stunden später blickte er auf. Er hatte versprochen, nicht so lange zu arbeiten. Er duschte, um sich zu entspannen. Lefty schlief und hielt im Schlaf sein Kopfkissen fest, eine Gewohnheit, die sie in vielen einsamen Nächten angenommen hatte. Er kroch vorsichtig ins Bett, um sie nicht zu wecken.

Das Leuchtzifferblatt des Weckers zeigte drei Uhr an.

Die Zeitungen hatten die genaue Fahrtroute veröffentlicht. Und an der Stelle, wo sie ihn töten würden, war ein X.

Es war schwer, im Wagen zu sitzen und zuzusehen, wie er sich Block um Block der Kreuzung näherte, wo es geschehen würde. Die Stadtrundfahrt sollte genau fünfundvierzig Minuten dauern. In dreißig würde er tot sein.

Die Sonne tanzte heiß in seinen Augen. Die Schilder, die Geschäfte, Thom McAn, Hallmark, Wallgreen, alles glitt vorüber. Wenn er sich konzentrierte, würde er zur Linken das Gebäude der Handelskammer und ein Kaufhaus sehen, Neiman-Marcus.

Zwölf Uhr achtundzwanzig, die Gegend begann sich zu verschlechtern, Bars, Leihhäuser, eine Turnhalle, das Bezirksgefängnis, ein heruntergekommenes Gerichtsgebäude, ein Warenhaus. Der schwere Lincoln verlangsamte, um in die Elm Street einzubiegen. Vor ihm waren der Platz und die Bahnunterführung.

Die Unterführung war kühl, dunkel und kühl. Und die Gesichter lächelten. Hände streckten sich ihm entgegen, winkten, Finger machten das V für Sieg.

Er blickte nach vorn in den Tunnel der Unterführung. Das rote, weiße und blaue Zeichen der Hertz-Autovermietung und die Zeit und Temperatur, elektrisch vom Dach des Bankgebäudes verbreitet, flimmerten noch auf seiner Netzhaut. Er wußte, daß es zwölf Uhr dreißig war, Ortszeit.

Zeit zu sterben.

Der Lärm des Weckers schrillte ihm durch den Kopf. Er schlug die Augen auf. Er hatte eine Gnadenfrist erhalten. Dies sollte sein Tag sein. Der Tag, an dem Sonne und Mond für Josua stillstanden.

Es WURDE ganz still, als Josua Francis Kellogg die linke Hand auf die Bibel legte, die rechte hob und den Amtseid leistete. Als er dem Land und seinem Volk die Treue gelobte, krachte ein Schuß.

Auf der linken Seite der Rotunde, wo die Angehörigen des Präsidenten versammelt waren, brach ein Mann zusammen. Es war Steve.

Bitterbaum kniete nieder und fühlte nach der Halsschlagader. Steve war am Leben. Bitterbaum richtete sich auf und winkte zum Podium, um die Nachricht mitzuteilen. Ein Aufschrei brach ihm von den Lippen: „Nein, Josh!" Denn er sah den Präsidenten die Leibwächter und Geheimdienstleute beiseite stoßen und die kugelsichere Plattform verlassen, um durch die Menge an Steves Seite zu eilen.

Dies war ihre Strategie; Bitterbaum begriff es sofort. Josh, offen und ungeschützt, war das eigentliche Ziel. Zwei Ladungen aus einer abgesägten Schrotflinte rissen ihn fast auseinander. Bitterbaum begleitete den noch immer lebenden Körper wie in der alptraumhaften Wiederholung eines schrecklichen Films. Kein Puls, kein Blutdruck, keine erkennbare Atmung. Die Augen glitten auswärts, starr und blind.

Diesmal begleitete ihn eine andere Frau. Neben der Bahre kauerte Lefty, die mit in den Krankenwagen geklettert war. Auch Bitterbaum zwängte sich hinein. Blut sickerte durch die Aderpresse; er zog sie fester. Er hatte Organe in den Körper zurückgestopft, mehr um des Aussehens willen als aus einem anderen Grund.

Es hatte keinen Sinn, keinen Sinn, aber es mußte alles durchgemacht werden. Wie ein altertümliches heidnisches Ritual.

Josh wurde ins Krankenhaus gebracht, in die Notaufnahme. Maßnahmen wurden eingeleitet, die niemand auch nur erwogen hätte, wenn er ein anderer gewesen wäre. Er wurde an einen Elektrokardiographen angeschlossen. Das Herz arbeitete immer noch. Schlauchleitungen wurden eingeführt, um einem Lungenkollaps vorzubeugen. Durch Katheter wurde Blutplasma zugeführt. Der Chirurg führte einen Luftröhrenschnitt aus. Bitterbaum stieß einen Schlauch durch die Nase in den Magen. Keine der Maßnahmen hatte Erfolg.

Die Blutung hörte auf. Bitterbaum, während er noch als Arzt funktionierte, trauerte als Mensch. Josh war tot. „Lefty ...", sagte er.

Sie hatte sich nicht von ihm trennen lassen. „Ich weiß", antwortete sie und wischte tröstende Worte beiseite. „Holt ihm einen Priester."

Das EKG zeigte keine Ausschläge mehr. Aber die Zukunft war noch immer möglich. Ein erfahrener und entschlossener Mann ergreift das Skalpell dort und entnimmt der Wunde eine kleine Menge Gewebe.

Ich wünschte, ich liebte die Menschheit . . . Das war das Dumme, er tat es. Zu sehr. Thor hob seinen Amboß und übertrug das Gewebe in ein Reagenzglas. Rotbart schwang seine Keule, und Ziegen und wilde Eber liefen an seiner Seite. Im Wald von Thorsmorsk schüttelte er den Hammer Mjöllnir und nahm den Toten die Beichte ab und weihte sie der Auferstehung.

Thor saß unter dem windgepeitschten Baum und grübelte über den Sinn der in Stein geschnittenen Runen nach.

Es war vorbei.

Der Alptraum des Todes hatte ein Ende.

Der Mensch konnte immer wieder von neuem leben, für immer, wenn er es wollte. In diesem Jahrhundert war er aus dem Wald gekommen. In diesem Jahrhundert hatte er den Tod getötet.

Nancy Freedman

„Josua Niemandssohn" ist ein ungewöhnliches Buch von einer ungewöhnlichen Autorin. Nancy Freedman wurde 1920 in Los Angeles geboren und war zunächst Schauspielerin, stand unter anderem im „Faust" auf der Bühne und war für eine Max-Reinhardt-Tournee engagiert. 1941 heiratete sie Benedict Freedman, der aus einer Schriftstellerfamilie stammt. Mit ihm zusammen verfaßte sie 1942 ihren ersten Roman „Back to the Sea". Fast alle weiteren Romane schrieb das Paar zusammen, aber „Josua Niemandssohn" stammt allein aus Nancy Freedmans Feder.

Für ihre schriftstellerische Arbeit und vor allem für ihren einzigen Science-fiction-Roman lernte die Autorin etwas ganz Entscheidendes von ihrem Schwiegervater David, der ein sehr erfolgreicher Stückeschreiber am Broadway war. David Freedman war der Meinung, daß es die Aufgabe eines Schriftstellers ist, „heiße Eisen" anzupacken. 1973, als „Josua Niemandssohn" entstand, begann die Diskussion um das Klonen gerade, aber es war noch nicht in das Bewußtsein der Öffentlichkeit gedrungen. Nancy Freedman interessierte sich für die menschliche Seite dieses Experiments, hörte Vorlesungen darüber – und schrieb einen aufsehenerregenden Science-fiction-Roman.

Die Brisanz des Romans liegt vor allem darin, daß es nicht um irgendeine geklonte Person geht, sondern um John Fitzgerald Kennedy, den legendären amerikanischen Präsidenten. Es hat einen besonderen Grund, daß die Autorin ihn als Hauptperson wählte, denn in der Zeit, als sie über den Roman nachdachte, lag sie mit einer gebrochenen Wirbelsäule im Krankenhaus. Der Gedanke, daß Kennedy ähnliches durchgemacht hatte, aber wieder auf die Beine kam und sogar Präsident wurde, war in jenem Jahr ein großer Trost für sie.

DIE STADT IN DEN STERNEN

von Thomas R. P. Mielke

DAS GRELLE Aufhellen zerriß die tiefhängende Wolkendecke. Langsam und wie unter ungeheuren Belastungen taumelte der trichterförmige Körper auf die graue Inselgruppe zu.

Dünne Flammenfetzen züngelten aus der nach oben gerichteten Spitze des Trichters. Die Flammen verdichteten sich zu einer hoch in die Atmosphäre hinaufschießenden Feuersäule. Sekundenlang blieb der trichterförmige Körper über der grauen Inselgruppe stehen. Er neigte sich einige Grade zur Seite und beschrieb einen weiten, schwankenden Halbkreis. Urplötzlich verstärkte sich der Feuerstrom zu einem orkanartigen Inferno. Die Flammen wirbelten die Wolken durcheinander. Der Trichter hing jetzt genau über einem der vielen Vulkane, aus denen die Inseln der östlichen Aleuten bestanden. Er visierte das rotglühende Auge des Vulkans an. Kreischend sank der Trichter bis zum Magmasee hinab.

Glitzernde Tentakel schnellten aus dem breiten Trichterrand. Sie krallten sich in das zerklüftete Felsgestein des Vulkankegels. Im gleichen Augenblick verlosch der heulende Feuersturm an der Spitze des Trichters. Die Tentakel strafften sich, zitterten – und hielten sich fest!

Ein verwaschenes Flimmern lief vom Trichter über die Tentakel bis zum Rand des Vulkankegels. Fast gleichzeitig wölbte sich die dunkelrote Fläche des Magmasees nach oben. Sie bildete eine feurige Welle aus glühendem Gestein. Langsam saugte der Trichter die heißflüssige Silikatschmelze aus dem Innern der Erde in sich hinein. Nur wenige Minuten später zerrissen die straffgespannten Tentakel. Vollkommen lautlos hob der Trichter ab. Er stieg steil nach oben, während von seiner breiten, kreisförmigen Unterseite ein Schleier glühender Gesteinstropfen auf die graue Vulkaninsel zurückfiel.

Nur wenige Minuten später hatte sich alles wieder beruhigt. Die dichte Wolkendecke über der Inselgruppe der Aleuten war geschlossen und undurchdringlich wie immer.

Doch der Schein trog. Der Trichter hatte erst einen Teil seiner Aufgabe erfüllt. Vollautomatisch und lautlos bereitete er sich auf den sehr viel schwierigeren zweiten Einsatz vor.

Peter Reanny klopfte sich den schmutzigen Schnee von den Stiefeln, ehe er die schwere Holztür des Blockhauses öffnete. Der aufdringliche Dunst schwitzender Leiber vermischte sich mit dem Rauch des offenen Holzfeuers und dem des Tabaks. Reanny stand einen Moment in der halboffenen Tür und musterte die Leute am großen Bohlentisch. Niemand nahm von ihm Notiz.

Die Männer versuchten, sich bei selbstgebranntem Schnaps und oberflächlichen Gesprächen von der schweren Arbeit des Tages zu erholen. Nur ab und an stand eine der finsteren, verdreckten Gestalten auf, um dem rauchenden Feuer neue Nahrung zu geben.

In der hinteren Ecke des Blockhauses saßen Wilson, Murray und die drei Neuen, die erst seit gestern hier waren. Sie pokerten, obwohl sie die schwarzen und roten Zeichen auf den abgegriffenen Karten nur schwer unterscheiden konnten.

Wilson hatte einen Haufen kleiner, schmutziger Zettel vor sich liegen. Er wußte, daß es Pech brachte, während des Spieles das Geld oder den Gewinn zu zählen. Trotzdem glaubte er, daß es ungefähr achtzig Dollar sein müßten, die heute in seinen Besitz übergegangen waren. Er bemühte sich, seinem bärtigen Gesicht einen stumpfsinnigen Ausdruck zu geben. Es fiel ihm leichter, als er annahm.

„Ich glaube, ich werde nie verstehen, wie ihr die Schuldzettel am Lohntag in harte Dollars umrechnet“, meinte er gleichgültig.

„Ruhe!“ knurrte Murray. Er hatte viel verloren und war gereizt.

Einer der Neuen hatte sich als ungewöhnlich guter Spieler erwiesen. Murray war einige Male auf seine Tricks hereingefallen, er glaubte nicht mehr, daß der Mann ehrlich spielte. Ärgerlich schleuderte er seine selbstgedrehte Zigarette von sich. Ein kleiner Funkenregen ging zu Boden, als die Glut Reannys Hose berührte.

„Sorry“, murmelte der Spieler. Er stand auf.

„Schon gut“, erwiderte der Besitzer des Blockhauses. „Ich wollte nur mal sehen, ob alles in Ordnung ist. Das Vieh ist versorgt, aber die Shetlands waren in den letzten Tagen wieder so unruhig. Hoffentlich müssen wir sie nicht töten.“

Murray brummte nur. Er ärgerte sich über die Unterbrechung, aber Wilson war in seinem Element. Endlich hatte er jemanden, mit dem er reden konnte.

„Sir, gestern habe ich einen Schakal erschlagen, der gerade dabei war, das Schloß des Hühnerhofes zu öffnen. Dabei kann ich es selbst noch nicht einmal", kicherte er, „und alles nur, weil dieser verdammte Krieg . . ."

„Hör auf", sagte Reanny, „es hat keinen Zweck, jetzt noch etwas ändern zu wollen. Wir müssen die Dinge nehmen, wie sie sind. Immerhin geht es uns schon wesentlich besser als unseren Eltern – auch wenn manchmal die Tiere intelligenter sind als wir selbst!"

Ein Klopfen an der Tür ließ ihn verstummen. Er schwang herum.

„Ja?" rief er mit kaum verborgenem Mißtrauen. Langsam öffnete sich die Tür. Sie drehte sich in den Angeln und schlug gegen die Wand. Die Männer waren schlagartig verstummt. Wilson deckte alle seine Trümpfe auf, doch niemand hatte jetzt noch Interesse an seinen Karten. Gebannt starrten die Männer auf die Tür.

Reanny machte einen Schritt nach vorn. Er lächelte krampfhaft. „Come in!" rief er heiser. Er wußte genau, daß die Signaldrähte am Strand keinen Fremden gemeldet hatten. Die Insel Semisopochnoi hatte schon seinem Vater gehört, und bis nach Amchitka waren es mehr als achtzig Kilometer Wasser – kalt, wie das Wasser im Beringmeer nur sein konnte.

Langsam und mit unheimlicher Präzision schloß sich die Tür wieder. Mit einem leichten Klicken fiel sie ins Schloß. Für einen Moment starrten die Männer auf das Phänomen, dann stürzten sie alle gleichzeitig zur Tür. Einige stolperten und hielten die Nachfolgenden auf. Alle versuchten, mit roher Gewalt ins Freie zu kommen. Murray hatte einen Kienspan ergriffen. Sie drängten sich durch die Tür und versuchten, mit ihren Blicken die Dunkelheit zu durchdringen.

Reanny stellte sich vor seine Männer. „Achtung, alle mal herhören! Wilson und ihr drei, ihr sucht die Ställe ab, die anderen gehen um die Farm herum. Wer etwas findet, gibt sofort Alarm. Murray, du kümmerst dich um das Hovercraft. Das ist im Augenblick unsere einzige Verbindung zu den Nachbarinseln. Und noch eins, Männer: Nicht nervös werden, sonst legen wir uns gegenseitig um . . .!"

Die Männer bildeten eine Kette, deren Ende mit Fackeln ausgerüstet war. Laut rufend gingen sie um die Ställe herum. Sie stapften durch den tiefen, schmutzigen Schnee und bemühten sich, ihre eigene Angst zu überschreien.

Reanny blieb allein zurück. Nachdenklich starrte er in die Nacht. Vor einer Woche hatten sie die Verbindung mit Butlers Home verloren. Reanny hatte die letzten drei Überlebenden mit seinem Hovercraft nach Semisopochnoi geholt. Butlers Home war achthundert Kilometer entfernt gewesen, und jetzt gab es in der Reichweite ihres einzigen Verkehrsmittels keine menschlichen Lebewesen mehr.

Reanny wischte sich ein paar Eiskristalle aus seinem Bart. Von den Bergen in der Mitte der Insel kam plötzlich ein heißer, staubiger Wind. Instinktiv vermutete Reanny einen neuen Vulkanausbruch. Er blickte zum hellschimmernden Kegel hinauf, doch der Berg blieb ruhig. Ein feines Flimmern, ein paar Funken, dann wurde es wieder kalt. Peter Reanny zog die Fellmütze über seine Ohren. Er drehte sich um und stapfte zum Blockhaus zurück. Für einen Augenblick dachte er daran, wie hart und grausam sein Leben war, und doch ging es ihm immer noch etwas besser als seinen Leuten. Die Männer besaßen nichts mehr, was sie ihr eigen nennen konnten. Er jedoch hatte ein Haus, eine Farm und eine Insel.

Er schlug die schwere Tür hinter sich zu und setzte sich dicht ans Fenster. Mit geröteten Augen starrte er in die Flammen. Er wischte sich mit dem Handrücken über sein hartes, wettergegerbtes Gesicht. Er war nicht viel älter als dreißig Jahre. Seit dem qualvollen Tod seiner Eltern war er allein für Semisopochnoi verantwortlich. Zusammen mit seinen Männern ging er auf Fischfang, bestellte die kargen Hänge des Vulkankegels und versuchte Vieh zu züchten. In all den Jahren voller Rückschläge hatte er lernen müssen, mit lächerlich geringen Erfolgen zufrieden zu sein.

Er erinnerte sich noch genau an seinen zwölften Geburtstag. Das war ein Jahr vor dem Tod seines Vaters gewesen. Damals war für eine halbe Stunde die Sonne aus der dichten Wolkendecke hervorgekommen. Sein Vater hatte ihm daraufhin von einer Welt erzählt, die es nicht mehr gab. Von einer Welt mit riesigen Städten, fruchtbaren Feldern und fast neun Milliarden Menschen. Zusammen mit den Kindern hatte Semisopochnoi 34 Einwohner. Manchmal, wenn er viel Zeit hatte, ging Peter Reanny zu einem Gerät, über das sein Vater mit anderen Überlebenden des Schwarzen Krieges gesprochen hatte. Seit mehr als zehn Jahren war die Funkstation stumm. Reanny vermutete aber, daß es irgendwo auf der Erde noch weitere Überlebende gab.

Er preßte sein Gesicht in die schwieligen Hände und schloß die Augen. Das Feuer brannte langsam herunter. Irgendwo im Raum war ein feines Sirren. Reanny achtete nicht darauf. Als das Unsichtbare seine Schultern berührte, zuckte er zusammen. Er sprang auf, wich einen Schritt zurück und streckte mit einer abwehrenden Geste die Hände aus. Er kniff mehrmals die Augen zusammen, während er versuchte, das senkrecht im Raum stehende Flimmern zu definieren.

Das Geschrei der Männer hinter den Ställen war verstummt. Nur unten am Strand heulte ein Walroß durch die Nacht. Reanny nahm es wie durch eine dicke Watteschicht in sich auf. Die feuchten Holzscheite im Feuer knackten, glimmende Funken sprangen durch den Raum. Mit vorgebeugten Schultern, die Hände nach unten, stand Peter Reanny direkt vor dem Feuer. Die Flammen erwärmten seinen Rücken, und doch spürte er, wie eine immer stärker werdende Kälte durch seinen Körper kroch.

Durch das senkrechte Flimmern sah er die schweren Bohlen der Holztür. Sie wurden unscharf, verwischten und lösten sich auf. Eine schemenhafte Kreatur nahm langsam vor ihm Gestalt an. Doch ehe er erkannte, was in das Blockhaus eingedrungen war, hörte er das Stampfen und Poltern der zurückkehrenden Männer. Im gleichen Augenblick riß der flimmernde Schleier auf. Für Sekundenbruchteile sah Reanny den mattschimmernden Gegenstand. Er sah aus wie der große Trog, an dem die Tiere von Semisopochnoi getränkt wurden. Ein scharfer, peitschender Knall hüllte Reanny ein. Etwas fuhr in seinen Körper, lähmte ihn und schaltete sein Bewußtsein aus. Er merkte nicht mehr, daß er in das Flimmern hineingezogen wurde.

Sie suchten bis zum Morgengrauen nach ihm. Als die dichte Wolkendecke über den Inseln das erste Tageslicht hindurchließ, stand fest, daß außer Peter Reanny auch noch Wilson und Murray verschwunden waren.

DER SCHLANKE, hochgewachsene Mann blickte sich vorsichtig um. Er trug einen leichten, enganliegenden Overall und einen weiten, fließenden Umhang aus dunklem Stoff. Er sah über das Geländer der Brücke auf die dunkle Fläche des Flusses. Vorsichtig suchte er den Himmel ab. Die Sterne standen klar und wie leuchtende Nadelspitzen am schwarzen Firmament.

Vorsichtig ging der Mann weiter. Er setzte einen Fuß vor den anderen und bemühte sich, kein Geräusch zu machen. Er hatte gewartet, bis die Scheinwerfer von Notre-Dame ausgeschaltet worden waren. Erst als die hohen weißen Bogen der Kathedrale in der Dunkelheit verschwanden, war seine Zeit gekommen. Er ging über den leeren Quai de Montebello und verschwand in den engen Gassen von Saint-Germain.

Zwei Schatten lösten sich aus der Dunkelheit eines schlecht beleuchteten Hauseingangs. Sie blieben ein Stück zurück, ohne den Kontakt mit dem schlanken Mann zu verlieren. Sie verfolgten ihn bis zum belebten Boulevard Saint-Germain.

Der Mann mit dem dunklen Umhang bog in eine Nebenstraße ein. Wieder blickte er sich kurz um. Dann bückte er sich vor einer halbhohen Tür, klopfte kurz und wartete. Stimmen und Musikfetzen drangen von allen Seiten auf die Straße. Historische Restaurants und gemütliche Bars wechselten einander ab. Die Menschen trieben auf breiten Fließstraßen durch das laute, fröhliche Stadtviertel.

Endlich wurde die nur eineinhalb Meter hohe Tür an der Hauswand geöffnet. Der Schlanke bückte sich, zog den Kopf ein und kletterte über ein paar steile Stufen nach unten. Eine kleine, spärlich erleuchtete Halle nahm ihn auf. Links lagen zwei Räume mit mehreren weißgedeckten Tischen. Livrierte Kellner huschten mit hochbeladenen Tabletts hin und her. Die Kerzen auf den Tischen flackerten.

Der schlanke Mann wandte sich nach rechts. Mit einem schnellen Handgriff öffnete er eine glatte, ovale Tür. Er schaltete einen Leuchtstreifen an der schrägen Decke der Kellertreppe ein. Im gleichen Augenblick hörte er, daß sich hinter ihm die halbhohe Tür erneut öffnete. Mit einer kurzen Bewegung sah er sich um. Er erkannte die weichen Stiefel an den Beinen der beiden Männer sofort. Er riß die ovale Tür hinter sich zu und stürmte die Kellertreppe hinab. Ohne sich umzudrehen, lief er durch einen verwinkelten Gang. Nach knapp vierzig Metern erreichte er einen Raum, in dem nur ein einziger Tisch stand

Ein Mädchen mit großen, leuchtenden Augen blickte ihm entgegen. „Was ist los, Nail?" rief sie und sprang auf.

„Sie sind hinter mir her! Wir müssen die anderen warnen. Sag oben Bescheid, die Tafelrunde fällt aus . . ."

„Und das Turnier? Wir haben die Spiele schon vorbereitet!"

„Ich kam, um euch zu warnen. Ich habe keine Zeit mehr, sondern muß zurück nach Old Manhattan. Mehr als eine Stunde kann ich nicht wegbleiben!"

„Heute nacht kommt wieder eine Sonde, Nail. Wenn sie etwas für uns mitbringt . . ."

„Das wußte ich nicht", sagte der schlanke Mann bestürzt. Er überlegte. „Notfalls müßt ihr die Sonde über Fernsteuerung zurückschicken. Ich möchte nicht, daß wir jetzt zuviel riskieren."

Leise, schlurfende Schritte kamen aus dem verwinkelten Gang. McMan wirbelte zur Seite. „Bis zum nächstenmal, Mona, und . . . Terra eterna!"

Das Mädchen sah ihm mit zuckenden Mundwinkeln nach. Nail McMan nahm immer drei Stufen auf einmal, als er die Treppe hinaufrannte. Er wählte einen Umweg, um nicht mit der Gruppe zusammenzutreffen. Er hatte einfach keine Zeit mehr für lange Erklärungen. Durch das vordere Restaurant trat er wieder nach draußen. Mit geschickten Sprüngen lief er bis zur Mitte der Fließstraße. Er warf einen kurzen Blick zu der nur eineinhalb Meter hohen Tür auf der anderen Straßenseite. Die beiden Restaurants lagen sich schräg gegenüber. Seit einiger Zeit dienten sie der Gruppe der Tafelrunde als geheimer Treffpunkt. Was als lose Vereinigung von Feinschmeckern begonnen hatte, war inzwischen eine ernst zu nehmende Untergrundbewegung geworden.

Die Mitglieder der Tafelrunde glaubten daran, daß es eine Zukunft für die Erde gab. Doch keiner von ihnen hatte die Erde jemals gesehen.

REANNY stöhnte auf. Seine Brust spannte sich und drohte zu zerspringen. Alles in ihm war heiß und angespannt. Das Blut pulsierte mit harten Stößen in seinen Ohren, während ihm die Augen aus den Höhlen traten. Ein unangenehmes Kribbeln lief durch seine Hände und Füße. Er versuchte, sich aufzurichten, fiel jedoch sofort wieder zurück. Sein ganzer Körper dröhnte wie die große Glocke, mit der sie auf der Insel das Vieh zusammengetrieben hatten. Er atmete flach und hastig. Er hatte das Gefühl, nicht genug Luft zu bekommen. Immer wieder spannte er seinen breiten Brustkasten und versuchte, seine Lunge mit Luft zu füllen. Kalter Schweiß rann über sein Kinn, seinen Hals und seine Schultern. Angestrengt bemühte er sich, seine Augen einen Spaltbreit zu öffnen. Er sah nur verschwommen den Nebel. Als die breiten Kanülen in seine Armvenen drangen, bäumte er sich ohne großen Widerstand auf. Schwach und vollkommen erschöpft fiel er wieder zurück. Er zwang sich mit aller Kraft, nicht wieder das Bewußtsein zu verlieren. Eine Zeitlang sah es so aus, als würde er diesen Kampf verlieren. Er stöhnte und keuchte, dann hatte er es geschafft. Sein bis in die letzte Faser durchtrainierter Körper überwand die Schmerzen und die schwarze Dunkelheit, die ihn verschlingen wollte. Er entspannte sich und versuchte, einen klaren Gedanken zu fassen.

Semisopochnoi!

Der Name seiner Insel stand klar und deutlich vor ihm. Er erinnerte sich an den Vulkankegel, an die glühende Magmafläche, an die Ställe, das Blockhaus und an seine Männer. Seine Nasenflügel vibrierten leicht, als er an den Geruch von kaltem Wasser und warmen Tierleibern dachte. Und er wußte genau, daß da noch etwas anderes gewesen war . . .

Vorsichtig tasteten sich seine Gedanken an die letzten Minuten vor seiner Ohnmacht heran. Es war sinnlos! Je mehr er sich auf das konzentrierte, was mit ihm geschehen war, um so unklarer und verschwommener wurde seine Erinnerung. Es gab einen Punkt, an dem er einfach nicht weiterkam. Von seinem Vater hatte er gelernt, Probleme zu lösen, indem er sie umging. Wie im Halbschlaf ließ er seine Gedanken schweifen. Er lenkte sie nicht, doch er versuchte, unerwünschte Assoziationen auszuschalten.

Völlig unerwartet zuckte er zusammen. Er richtete sich ruckartig auf. Sekundenlang kämpfte er gegen ein starkes Schwindelgefühl an. Ihm war etwas eingefallen. Sein Unterbewußtsein hatte eine Information freigegeben. Vollkommen klar erinnerte er sich an das kreischende Jaulen. Er war draußen gewesen, als er es gehört hatte, und doch wußte er genau, daß er nicht zu den Wolken hinaufgeblickt hatte.

Seine Zähne gruben sich in seine Unterlippe. Der Geschmack seines eigenen Blutes rief eine Welle von Übelkeit in ihm hervor. Er mußte sich zwingen, nicht wieder ohnmächtig zu werden. Seine Muskeln verkrampften sich. Mit den Händen ertastete er sich einen Halt. Er schwankte, aber er blieb wach. Reanny besaß die urwüchsige Stärke eines Naturmenschen. In ihm lebten die Kraft der Brandung und der unbeugsame Wille, sich nicht unterkriegen zu lassen. In den dreißig Jahren seines Lebens hatte er Sturm und Feuer, Hitze und Kälte überstanden. Er hatte gehungert, bis zur Erschöpfung gekämpft und sich den Bauch vollgeschlagen, wenn sie ein Schlachtfest feierten.

Instinktiv spürte er, daß das alles vorbei war.

Sein sechster Sinn sagte ihm, daß eine entscheidende Veränderung in seinem Leben stattgefunden hatte. Er wußte noch nicht, was es war. Wünsche, Hoffnungen und Träume waren stets das Salz im harten Leben der Inselbewohner gewesen. Reanny konnte nicht sagen, wieviel Phantasie in den Erinnerungen mitspielte. Durch die Bücher seines Vaters hatte er erfahren, wie alles gekommen war. Er wußte, daß der Schwarze Krieg einen Endpunkt gesetzt hatte. Niemand hatte noch daran geglaubt, daß die Menschheit sich selbst vernichten könnte. Und doch waren durch den Schwarzen Krieg Jahrtausende menschlicher Evolution mit einem Schlag zunichte gemacht worden. Und wer nicht direkt durch den Krieg umgekommen war, starb an seinen Folgen. Das waren die Bedingungen gewesen, in die Peter Reanny hineingeboren worden war.

Er spürte, daß es ihm langsam besserging. Obwohl sein Blut noch immer heiß durch seine Adern rann und die Last von seiner Brust nicht weichen wollte, kam er langsam wieder zu sich. Mit geschwollenen Augen blickte er sich um. Das Grün des Raumes erinnerte ihn an die ersten zaghaften Frühlingstage auf seiner Insel. Wie hypnotisiert starrte er auf die zarten Blumenmuster an den Wänden. Alles um ihn herum war glatt, sauber und steril.

Reanny blickte auf seine Hände. Er strich über den behaarten braunen Rücken seiner linken Hand. Der Schmutz unter seinen stumpfen Fingernägeln war ihm noch nie aufgefallen. Doch plötzlich störte er sich daran. Unwillkürlich versuchte er, seine Hände zu verstecken. Erst jetzt stellte er fest, daß er einen lockeren weißen Umhang anhatte. Er suchte nach Taschen und entdeckte, daß der Umhang aus einem einzigen Stück gefertigt worden war. Verwundert untersuchte er das Material. Er saß auf der Kante einer flachen Liege und hob den Saum des Umhangs an. Mit seinen starken Fingern zerrte er das dünne Material hin und her. Sosehr er sich auch bemühte – er konnte es nicht zerreißen.

Schatten fielen auf seine nackten Knie. Mit der Reaktionsschnelligkeit eines Inselfarmers sprang er auf. Sein Körper krümmte sich. Er zog die Arme an und ballte die Hände zu Fäusten. Starke, kräftige Zähne wurden zwischen seinen vollen Lippen sichtbar. Er kniff die Augen zusammen und blickte unsicher auf die beiden Gestalten, die vor ihm standen. Sie wirkten lang, schmal und zerbrechlich. Ihre dünnen Körper steckten in engen pastellfarbenen Overalls.

Reanny hob vorsichtig den Kopf. Witternd sog er die Luft durch die Nase ein. Die beiden Gestalten rochen fremd, aber angenehm. Er musterte ihre länglichen, fein modellierten Gesichter, ihre mattglänzende Haut und die in Hunderte von winzigen Zöpfen geflochtenen Haare. Die beiden Fremden hatten schmale, rotglänzende Lippen und eine hohe, glatte Stirn.

Reanny wich einen Schritt zurück. Obwohl er ein großer, kräftiger Mann war, kam er sich vor den beiden wie ein Zwerg vor. Sie waren mindestens eineinhalb Köpfe größer als er. Reanny schätzte sie auf zwei Meter zehn. Langsam verflog seine Angst, doch sein Mißtrauen blieb bestehen. Plötzlich begann einer der beiden Fremden zu sprechen. Es klang angenehm und melodisch. Reanny lauschte eine Weile, bis er feststellen mußte, daß er nichts verstand. Seine Gedanken rasten. Immer wieder versuchte er, sich Klarheit über seine Situation zu verschaffen. Nie zuvor hatte er Lebewesen wie die beiden Fremden gesehen. Und doch – wie Monster sahen sie nicht aus . . .

Der Sprecher versuchte noch immer, auf ihn einzureden. Er wechselte Sprachen und Tonarten. Ab und zu horchte Reanny auf. Manche Wörter schienen ihm bekannt, doch das meiste blieb ein unverständlicher Singsang für ihn. Plötzlich streckte der andere

Fremde die Hand aus. Reanny sprang instinktiv zurück. Er starrte auf die schmalen Finger des Mannes. Ein kleiner, winkelig geknickter Gegenstand blinkte auf.

Eine Waffe!

Ohne zu denken, stürzte Peter Reanny nach vorn. Mit der Linken schlug er gegen die Hand des Fremden, dann griffen seine breiten Hände zu. Er riß beide Männer gegen seine Brust, seine Arme klammerten sich wie Schraubstöcke um die schmalen, zerbrechlich wirkenden Körper. Mit einem kurzen Ruck hob er sie hoch. Er warf sie auf die flache Liege, kniete sich über sie und preßte sie nach unten. Pfeifend entwich die Luft aus den Lungen der beiden Fremden. Reanny biß die Zähne zusammen. Sein Zorn verrauchte, und plötzlich erkannte er, was er getan hatte. Taumelnd wich er zurück. Mit den Schulterblättern stieß er gegen die hellgrüne Wand. Seine Hände zuckten über die reliefartigen Blumenmuster. Er schluckte. Und dann fühlte er, daß er leichter wurde. Sein Magen hob sich, während das schwere Blut in seinen Schläfen pochte.

Der Raum vor ihm begann sich zu drehen. Reanny taumelte, seine Schritte waren schwebend und leicht. Er erreichte die Türöffnung. Ein heller, schnurgerader Gang nahm ihn auf. In regelmäßigen Abständen waren farbige Lampen an den Wänden angebracht. Reanny begann zu laufen. Mit langen, ungewohnt weiten Sprüngen hetzte er durch den Gang. Seine Flucht war ohne Ziel, doch daran dachte er nicht.

DAS LICHT kam vollkommen unerwartet. Es überraschte ihn mitten auf dem Broadway. Innerhalb weniger Sekunden wich die Dunkelheit einem grellen orangefarbenen Schein. Die Luft über ihm wurde hellblau, dunkelblau, violett und schließlich wieder schwarz. Eine ganze Skala ungeheuer intensiver Farben flutete in weniger als zehn Sekunden auf ihn herab.

Unwillkürlich blieb Nail McMan stehen. Er befand sich in der Nähe des Central Parks an der Ecke zur 57th Street. Nail McMan schloß für einige Sekunden die Augen, das gleißende Licht der Sonne blendete ihn. Es war, als würde in seiner unmittelbaren Nähe elektrisch geschweißt. Nur langsam konnte er sich an das Licht gewöhnen. Er blinzelte zur Sonne hinauf. Die weißgelb glühende Scheibe hing klar und ohne Aureole am Himmel. Die glatten, fugenlosen Wolkenkratzer um ihn herum warfen scharfe Schatten. Nail McMan wartete, bis sich die Polarisationsschichten an den Häuserwänden auf die neuen Lichtverhältnisse eingespielt hatten. Es dauerte fast eine Minute, bis das von den Wänden zurückgestrahlte Sonnenlicht weicher und angenehmer wurde.

Erleichtert atmete Nail McMan auf. Er hatte nicht damit gerechnet, daß es so schnell wieder Tag wurde. Schon seit längerer Zeit beteiligte er sich nicht mehr an der Wahl der Tageszeiten.

Die Nacht war kurz gewesen – viel zu kurz für Nail McMan und seine Freunde. Trotzdem hatte der unerwartete Wechsel vom Nachtzustand auf Tageslicht einen höchst willkommenen Nebeneffekt: Nail McMan brauchte sich keine Entschuldigung für sein Fernbleiben vom Arbeitsplatz auszudenken.

Erleichtert ging er weiter. Er trat wieder auf die Fließstraße an der rechten Seite des Broadways. Nachdem er einige Male die Übergänge gewechselt hatte, erreichte er die Park Avenue. Auf der mittleren Fließstraße glitt er bis zum Central Park hinauf. Nur wenige Minuten später erreichte er eines der Hochhäuser. Er ging durch die gläserne Empfangshalle und nahm einen Schnellift bis zum vierundzwanzigsten Stockwerk. In allen Etagen des Hochhauses arbeiteten Angestellte von EX-GEO. Das Forschungsinstitut für experimentelle Geophysik unterstand direkt dem Senat.

Nach dem Studium der Mineralogie hatte Nail McMan eine Anstellung als wissenschaftlicher Assistent bei EX-GEO erhalten. Das war vor knapp zwei Jahren gewesen.

Er ging an einem Automaten vorbei und nahm seine Tagesdosis Tabletten heraus. Das wichtigste waren die kleinen gelben Pillen, die sie Vitamin G-MB genannt hatten. Sie sorgten dafür, daß die Menschen die veränderten Umweltbedingungen aushalten konnten. Er öffnete die Tür zu seinem Büro, grinste die Abteilungssekretärin an und hoffte dabei, daß sie ihm keine Fragen stellte. Er hatte sein Büro fast erreicht, als sie ihn doch noch ansprach.

„Nail – Dr. Ragano möchte Sie sprechen!"

McMan blieb abrupt stehen. Er starrte gegen die Wand. Unendlich langsam drehte er sich um. Er sah die Blondine hinter dem halbrunden Kommunikationspult an. Ihre Hände ruhten auf einer Batterie von farbigen Knöpfen.

Die Abteilungssekretärin saß bewegungslos zwischen mattflimmernden Fernsehschirmen und den glatten Gittern der Wechselsprechanlagen. Sekundenlang sahen sie sich in die Augen, dann schüttelte die Blondine kaum merklich den Kopf. „Er wartet auf Sie, Nail, seit mehr als einer halben Stunde . . ."

Nail McMan holte tief Luft. Er war blaß geworden. „Weiß er, wo ich . . ."

Diesmal nickte die Abteilungssekretärin. Ein kleines Licht blinkte am Kommunikationspult auf. Die Blondine beugte sich vor. „Ja, Sir! Er ist angekommen. Ich habe ihm gesagt, daß Sie auf ihn warten."

Das Licht verlosch. Nail McMan trat an das Pult. „Können Sie – können Sie mir meine Sachen zusammenpacken und nachschicken, wenn ich nicht mehr . . ."

Die Blondine nickte. Mit zusammengepreßten Lippen versuchte sie zu lächeln – vergeblich. „Natürlich, Nail", sagte sie. Ihre Stimme klang plötzlich rauchig und bedrückt.

PETER REANNY ließ sich fallen. Sein ganzer Körper schmerzte. Er lehnte sich mit dem Rücken gegen eine dunkelgraue Wand und streckte die Füße aus. Er wußte nicht, wie lange er schon auf der Flucht war. Die endlosen und verwinkelten Gänge hatten ihn aufgenommen wie ein schützendes Labyrinth. Er preßte seine Rechte gegen die Brust und spürte das starke Schlagen seines Herzens. Immer wieder hatte er sich in den vergangenen Minuten an eine der Wände lehnen müssen, um Luft zu holen. Er spürte, daß sie dünner und leichter war als auf Semisopochnoi. Er vermißte das würzige Aroma des Meeres und den brandig-schwefeligen Geruch, der manchmal von der Spitze des Vulkankegels bis zum Blockhaus hinuntergeweht war.

Einige Meter weiter hörte er das leise Plätschern von Wasser. Er richtete sich auf und lauschte. Das Dröhnen in seinen Ohren hinderte ihn daran, Richtung und Entfernung exakt festzustellen. Ohne Übergang dachte er plötzlich an seine Eltern. Als letzter Träger des Namens Reanny war er entschlossen gewesen, Semisopochnoi zum Ausgangspunkt einer neuen, starken Rasse von Fischern und Inselfarmern zu machen. Er hatte gewußt, daß es auf der Erde nicht mehr viele Punkte gab, an denen Menschen leben konnten.

Plötzlich erkannte er, daß ihn die Probleme der letzten Jahre nichts mehr angingen. Ein neues Schicksal hatte völlig unerwartet in sein Leben eingegriffen. Noch wußte er nicht, wie er sich verhalten sollte. Er fühlte sich unsicher. Ganz tief in seinem Innern erwachte etwas – lose Fetzen einer Erinnerung, die nicht seine eigene war ... Mit den Fingerkuppen strich Reanny über den Boden neben seinen Beinen. Er war glatt und nur kaum merklich geriffelt. Reanny hatte noch nie ein ähnliches Material gesehen. Er richtete sich mühsam auf. Jede Bewegung kostete ihn Schweiß und Anstrengung. Die dünne Luft lähmte ihn. Er war nicht verletzt, aber er fühlte sich in seiner Bewegungsfreiheit eingeengt. Sein Körper gehorchte ihm nur unvollkommen, obwohl er sich in der neuen Umgebung wesentlich leichter bewegen konnte als auf Semisopochnoi. Irgendwie erinnerte ihn sein Zustand an einen Rausch.

Mit den Händen zog er sich an zwei Rohren nach oben. Er hielt sich fest, bis er sein Gleichgewicht einigermaßen wiedergefunden hatte. Mit langsamen, fast schwebenden Schritten ging er weiter. Er hielt sich an den Rohren wie an einem Geländer fest. Der Gang ähnelte jetzt einem dunklen Tunnel. Er war drei Meter hoch und gewölbt. In der Mitte des Fußbodens erkannte Reanny farbige Streifen. Sie sahen aus wie eine willkürliche Verzierung, doch Reanny ahnte, daß seine Definition nicht zutraf. Die Summe der ungewohnten Eindrücke belastete sein Denken. Normalerweise dachte er langsam und logisch. Seine Entschlüsse waren sicher und aufeinander abgestimmt. Er war nie ein Freund von Spekulationen und Phantastereien gewesen. Selbst die Gespräche der Männer am Bohlentisch in der Blockhütte hatten ihn nie sonderlich interessiert. Sein Vater hatte ihn zu einem nüchternen Pragmatiker erzogen. Bisher hatte für ihn nur das gegolten, was er sah, ausrechnen konnte oder durch Erfahrung wußte. Langsam erkannte er, daß er sich umstellen mußte.

Er hatte erfahren, daß die meisten Fehler durch Leichtsinn und Unwissenheit gemacht wurden. Er arbeitete sich durch den dämmrigen Tunnel und beschloß, auf jeden Fall vorsichtig zu sein. Fehler wie den mit den beiden Fremden durfte er nicht wiederholen ... Ein schwaches Blinken an der rechten Tunnelwand ließ ihn stocken. Er starrte in eine runde, gläserne Linse, die von einem

Kranz aus schwachglühendem Material umgeben war. Reanny versuchte sich zu erinnern. Sein ungeschulter Geist arbeitete langsam. Doch er vergaß nie etwas, was er einmal gehört oder gelesen hatte. Er erkannte den Zweck der Linse. Wenn er den Kopf bewegte, folgte sie ihm in der Richtung. Die Aufnahmeoptik der elektronischen Kamera beobachtete ihn. Sie verriet, wo er war.

Mit einem einzigen Schlag zertrümmerte Peter Reanny das Objektiv. Die Eingeweide der elektronischen Kamera zuckten funkensprühend aus der Wand.

Reanny schüttelte seine Hand, hob sie an die Lippen und leckte das Blut ab. Dann bückte er sich und nahm ein zersplittertes Linsenstück vom Boden auf. Er betrachtete es von allen Seiten und warf es wieder weg. Seine Fäuste waren als Waffe besser geeignet. Er riß ein Stück Draht aus der Wand und schlang es um seine Hüften. Augenblicklich fühlte er sich in seinem weichen Umhang nicht mehr so albern wie vorher. Er grinste zufrieden und ging weiter. Er spürte, daß er sich langsam an das leichte Gehen gewöhnte. Nur das Atmen machte ihm noch Schwierigkeiten. Er mußte sich zwingen, mit jedem Atemzug viel mehr Luft zu holen als auf Semisopochnoi.

Der tunnelartige Gang öffnete sich plötzlich. Er endete an einem winzigen Balkon mit einem halbhohen Geländer. Leiterartige Treppen aus Kunststoff führten an allen Seiten nach unten. Erschrocken blieb Peter Reanny stehen. Er öffnete den Mund und blickte überwältigt auf die gigantischen Anlagen. Vor ihm erstreckte sich eine gewaltige Maschinenhalle. Der Raum war kuppelförmig und so langgestreckt, daß Reanny keinen Abschluß sehen konnte. Bläulicher Dunst vibrierte am Ende seines Blickfeldes.

Mit einem Aufstöhnen klammerte sich Reanny an das flache Geländer der Empore. Seine Knie wurden weich. Er dachte an die komplizierten Geräte seiner Funkstation. Fast schämte er sich darüber, denn das hier war viel verwirrender.

Nein, das war keine Funkanlage, das konnte nur ein Kraftwerk sein. Eine mächtige, summende, vollautomatische Station, die eine ganze Metropole versorgen konnte. Die Energie, die hier erzeugt wurde, ging über Peter Reannys Vorstellungsvermögen. Aber er träumte nicht. Die Maschinen waren so real wie er selbst. Eine Erklärung für das Ganze mußte er vorläufig zurückstellen. Es wäre jedoch unsinnig gewesen, die Existenz der Fremden und ihrer Maschinen zu leugnen.

Reanny versuchte, sich mit dem Unfaßbaren abzufinden. Noch ahnte er nichts von den Zusammenhängen. Er glaubte, daß er in einer der großen Städte Amerikas war. Aber es gab keine Städte mehr. Der Schwarze Krieg hatte die Erde verwüstet. Wie ein Taifun war er über Kontinente und Ozeane gezogen. Er hatte die Erde in die Barbarei zurückgeworfen. Nach der Epoche der Raumschiffe war für die wenigen Überlebenden eine neue Steinzeit angebrochen. Doch die Erinnerung an die einstmals blühende Technik lebte in Männern wie Peter Reanny weiter. Er wußte, was seine Vorfahren einmal geschaffen hatten, obwohl er selbst nicht in der Lage war, einen einfachen Elektromotor zu bauen.

Das Meer von winzigen Lichtpunkten tief unten faszinierte ihn. Wie ein Verdurstender saugte er die neuen Eindrücke in sich auf. Mit einem Bruchteil dieser Technik hätte er aus Semisopochnoi eine blühende Oase machen können. Zum erstenmal in seinem Leben begann er zu träumen. Er lächelte, als er sich ein blühendes, sonnenüberflutetes Semisopochnoi vorstellte. Vor seinem inneren Auge sah er Kraftwerke, die die Hitze des Vulkans in Licht und Energie umwandelten. Er sah feste Ställe, automatische Futteranlagen und einen kleinen Verladehafen am Strand.

Der Traum des Inselfarmers zerstob ebenso schnell, wie er aufgetaucht war. Für Semisopochnoi gab es keine Sonne. Die schweren, dunklen Wolken waren zu dicht. Ruckartig holte Peter Reanny Luft. Er klammerte seine Hände um das Geländer der Balustrade, bis die Fingerknöchel weiß hervortraten.

Er spürte einen Lufthauch im Nacken und wirbelte herum. Das Mädchen wirkte wie eine Fata Morgana. Sie stand nur zwei Schritte hinter ihm und lächelte. Ihr helles weizenblondes Haar war leicht gewellt und glänzte. Es reichte bis auf ihre zarten Schultern herab. Die pfirsichblasse Haut ihres Gesichts schimmerte so durchsichtig wie die einzige Porzellantasse, die es im Blockhaus auf Semisopochnoi gab. Sie war ebenso groß wie er, ein überschlankes, lächelndes Mädchen. Dennoch erschien sie dem Inselfarmer feingliedriger und zerbrechlicher als alles, was er bisher gesehen hatte. Sie öffnete ihre vollen hellroten Lippen, während ihre strahlenden Augen ihn unverwandt anblickten.

Reanny zitterte kaum merklich. Er war erregt wie seit Jahren nicht mehr. Aber es war keine Angst . . .

„Semi-sopoch-noi?" fragte das Mädchen und hob ihre leeren Hände etwas an. „Wir – sind – Freunde!"

Sie gab sich Mühe, seine Sprache zu sprechen. Etwas in Reannys Gesicht zuckte. Er deutete auf seine Brust. „Reanny", sagte er rauh, „ich heiße Peter Reanny."

Sie schien seine Sprache besser zu verstehen als zu sprechen. „Ich bin – Mona de Fries."

„Wo bin ich, wer hat mich hierhergeholt, und was ist das hier?" fragte er schnell.

Das Mädchen lächelte. Sie hob abwehrend die Hand. „Wir – wir haben Sie geholt, und das ist die Stadt."

„Die Stadt", wiederholte Reanny verständnislos, „welche Stadt?"

„Einfach die Stadt", sagte sie und hob die Schultern.

Reanny kniff die Augen zusammen. Das Mädchen sah nicht so aus, als würde es ihm etwas vorlügen. Trotzdem schüttelte Reanny den Kopf. „Es gibt keine Städte mehr, jedenfalls keine . . ."

„Keine was?"

„Keine menschlichen Städte!" sagte Reanny scharf.

Das Mädchen lachte. Es klang hell und amüsiert. „Und ich – sehe ich aus wie ein Monster?"

„Nein", mußte Reanny zugeben, „auf den ersten Blick jedenfalls nicht."

Das Mädchen faßte nach seinem Arm. „Kommen Sie, wenn Sie hier gesehen werden, gibt es Ärger."

„Warum?"

„Weil – nun, weil wir Sie ohne Erlaubnis hierhergeholt haben. Sagt man das so?"

„Früher stand auf Kidnapping die Todesstrafe", brummte Reanny, „ich fürchte, Sie haben mir eine ganze Menge zu erklären."

„Ja – aber nicht hier!"

Ohne Widerstand ließ sich Reanny in den halbdunklen Tunnel zurückziehen. Er fragte sich, ob das Mädchen etwas von den beiden Fremden wußte, die er mit der Kraft seiner Arme ausgeschaltet hatte. Schweigend ging er hinter ihr her. Er beobachtete, daß sie sichtlich Mühe hatte, sich fortzubewegen. Ihre Schritte waren schwer und schleppend. Es sah aus, als wäre sie es nicht gewöhnt.

Sie erreichten eine Tür, die Reanny vorher nicht bemerkt hatte. Das Mädchen zog ihn in eine Abzweigung des Tunnels. Das Gewölbe war niedriger, aber besser beleuchtet. Ein halbes Dutzend anderer Gänge zweigte hinter der Tür nach verschiedenen Seiten ab. Plötzlich blieb Mona de Fries stehen. Sie hob die Hand und legte einen Finger auf ihre Lippen. Reanny vernahm Geräusche, die er nicht definieren konnte. Aus drei Gängen leuchtete der schwankende Widerschein von Lampen auf.

„Kommen Sie – schnell!" Das Mädchen hatte plötzlich einen gehetzten Ausdruck im Gesicht. Reanny verstand überhaupt nichts mehr. Er rannte neben ihr her. Sie klammerte sich an seinen Arm. Vergnügt stellte er fest, daß er ihr plötzlich überlegen war. Und dann sah er, daß sie erschöpft war. Obwohl ihm selbst die dünne Luft Schwierigkeiten machte, nahm er sie kurz entschlossen in den Arm. Er hob sie hoch, lachte und rannte weiter.

Im ersten Augenblick wich sie vor seinem dichten Bart zurück, doch dann blitzten ihn ihre Augen mit einem seltsamen Leuchten an. Mit kurzen Handbewegungen zeigte sie ihm die Richtung. Und Peter Reanny rannte durch die fremden Anlagen, als hätte er sein ganzes Leben lang nichts anderes getan.

Um zum Büro von Dr. Ragano zu kommen, mußte Nail McMan den Central Park durchqueren. Er beeilte sich und nahm alle Abkürzungen, die er finden konnte. Schließlich war Dr. Ragano ein Mitglied des Senats. Als Sicherheitsreferent standen ihm alle Informationsmöglichkeiten offen. Trotzdem wußte Nail McMan nicht, warum gerade er aufgefallen war. Ein bohrendes Gefühl im Magen warnte ihn. Seit seinem Eintritt bei EX-GEO gehörte McMan zur Tafelrunde. Die Aufforderung zum Beitritt hatte er von Kilian de Fries erhalten. Kilian und seine zweiundzwanzigjährige Schwester Mona gehörten zu den Gründungsmitgliedern der Untergrundorganisation. Aber erst seit Nail McMan immer mehr Einfluß gewonnen hatte, war aus der historisch orientierten Tafelrunde ein aktionsfähiges Instrument geworden.

Das Gebäude des Instituts für Sicherheit und öffentliche Ordnung hatte verstärkte Außenmauern mit einer doppelten Polarisationsschicht. In neunzig Meter Höhe lief ein Band aus bräunlich opalisierendem Sicherheitsglas rund um den Wolkenkratzer. Dahinter befand sich das zentrale Büro von Dr. Ragano.

Nail McMan schauerte, als er daran dachte, daß er schon in wenigen Minuten dem Sicherheitsreferenten gegenüberstehen würde. Für ihn und für die Gruppe der Tafelrunde war Dr. Ragano der personifizierte Gegner. Er mußte sich zwingen, die letzten Schritte bis zum Eingang des Hochhauses zu gehen. Zwei Roboterposten untersuchten ihn elektronisch nach Waffen. An einem einfachen Tisch mußte er seine Personaldaten angeben. Ein unbeteiligt wirkender Sicherheitsoffizier verglich sie mit den Informationen im Zentralarchiv von Old Manhattan.

Er bekam einen persönlichen Begleiter. Der Mann brachte ihn mit einem Lift, der aus zwei nebeneinanderliegenden gläsernen Kabinen bestand, nach oben. Wieder wurde er überprüft. Seine Freigabe war noch nicht eingetroffen, als sich plötzlich eine große Tür öffnete und Dr. Ragano ins Vorzimmer kam.

„Nail McMan", stellte er sachlich fest, „kommen Sie rein!" Er drehte sich sofort wieder um und ging voraus. Nail wunderte sich über die Ruhe des Sicherheitsreferenten. Er hatte einen tobenden Hysteriker erwartet. Schon die zwei Sekunden der ersten Begegnung genügten McMan, um festzustellen, daß sie sich alle geirrt hatten. Nachdenklich ging Nail hinter Dr. Ragano her.

Das Büro nahm die gesamte dreißigste Etage des Wolkenkratzers ein. Bis auf den Block mit dem Vorzimmer und den Fahrstühlen in der Mitte war es nahezu leer. Fast zwanzig Meter entfernt entdeckte Nail McMan einen lächerlich kleinen Schreibtisch. Er erkannte eine Wechselsprechanlage, einen Computerbildschirm und eine altmodische Schreibgarnitur. Die Seitenwände des Blocks in der Mitte des riesigen Büros waren mit Bücherregalen verkleidet. Vor der Fensterfront in Richtung zum Central Park standen ein Mikrolesegerät und einige Sessel um einen gläsernen Couchtisch. Ein fünfzig Zentimeter hohes Schaltpult ragte neben einem der Sessel aus dem Teppichboden.

„Erzählen Sie mir von der Tafelrunde", sagte der Sicherheitsreferent leise. Glühend heiß fuhr es Nail McMan über den Rücken. Dr. Ragano wußte es. Ohne Umwege war er direkt zum Thema gekommen.

„Wir treffen uns gelegentlich", sagte McMan, nachdem er sich geräuspert hatte. „Freunde von der Universität und Arbeitskollegen. Die Tafelrunde ist ein ziemlich lockerer Klub von Feinschmeckern. Wir interessieren uns für Geschichte, alte Musik und historische Kochrezepte."

Dr. Ragano bewegte sich nicht. Erst jetzt bemerkte Nail McMan, daß der Sicherheitsreferent relativ altmodisch gekleidet war. Er trug einen dunklen Overall mit einem breiten Gürtel und weiße, halbhohe Stiefel. „Wie alt sind Sie, Nail?" fragte Dr. Ragano, ohne die Stimme zu heben.

„Sechsundzwanzig, Sir", sagte er mit einem Gefühl des Unbehagens.

„Sie arbeiten als Mineraloge bei EX-GEO", stellte Dr. Ragano fest. „Sie haben die City University besucht und später das Levitanium mit Auszeichnung abgeschlossen. Allerdings wurde Ihre Doktorarbeit abgelehnt, weil sie sich nicht mit spekulativen Fragen befaßte. Ist das soweit richtig?" Dr. Ragano drehte sich ruckartig um. Mit auf dem Rücken verschränkten Armen ging er auf Nail McMan zu.

„Meiner Arbeit wurde bescheinigt, daß sie wissenschaftlich einwandfrei ist", sagte Nail.

„Sicher. Leider haben Sie sich damals mehr mit Entwicklungsmöglichkeiten in der Nähe von Vulkanen befaßt als mit der Untersuchung der Radioaktivität in Lavaströmen, und das war doch Ihr Thema, nicht wahr?"

Nail McMan nickte. Sein Hals war trocken. Er wußte plötzlich, wie Dr. Ragano ausgerechnet auf ihn gekommen war. Irgend etwas in der elektronischen Archivierung hatte in ihm ein Sicherheitsrisiko gesehen. Ein junger Mann mit besten Zeugnissen und einer erstklassigen, aber abgelehnten Doktorarbeit ...

„Computer arbeiten normalerweise schneller als menschliche Gehirne", fuhr Dr. Ragano mit einem feinen Lächeln fort, „trotzdem kann es manchmal Jahre dauern, bis sie eins und eins zusammenzählen. In einer Hinsicht kann ich Sie beruhigen: Sie haben keinen Fehler gemacht, Nail. Niemand hat etwas dagegen, wenn Sie sich mit ein paar Freunden treffen. Selbst die Tatsache, daß Sie manchmal von Ihrer Arbeitsstelle verschwanden, hätte nicht einmal einen alten Hasen wie mich stutzig gemacht. Nur – wenn man alles, was Sie betrifft, zusammenzählt, ergibt sich langsam ein Bild, das auch dem dümmsten Sicherheitsreferenten auffallen muß. Sind wir uns soweit einig?"

„Aber das sind doch alles . . ."

„Vermutungen! Vollkommen richtig, Vermutungen, die – wenn sie zutreffen – eine Gefahr für die Stadt darstellen." Dr. Ragano stand direkt vor Nail McMan. Der Sicherheitsreferent war einen Kopf kleiner als Nail und höchstens doppelt so alt. „Sie sind in dieser Stadt geboren, Nail, daher wissen Sie so gut wie ich, was sie so einmalig macht. Sehen Sie hinaus. Dort – Old Manhattan, nicht größer als zehn Quadratkilometer, mit einem nachgemachten Broadway, einem künstlichen Central Park und Wolkenkratzern, die dreißig Prozent niedriger sind als die Originale. Hier arbeiten die Menschen dieser Stadt, von hier aus wird *Levitad* verwaltet und versorgt. Und dort drüben . . ."

Dr. Ragano drehte sich zur Seite. Er deutete auf die dunkelroten, mit runden Schornsteinen übersäten Dächer eines anderen Stadtsektors. „Saint-Germain", sagte er, „ein romantisches Stück von Paris, wie es um neunzehnhundertsiebzig – also vor zweihundert Jahren – existierte. *Levitad* erhielt dieses Stück Romantik, damit Menschen wie Sie, Nail, in einer Stadt von nur fünf Kilometer Durchmesser nicht verrückt werden . . ."

Der Sicherheitsreferent drehte sich auf dem Absatz um. Er stand jetzt direkt neben Nail McMan und blickte auf die weißen Bergspitzen des dritten Stadtteils von *Levitad* hinüber. „Das Monte-Rosa-Plateau", sagte er leise, „in allen Einzelheiten und im Maßstab 1:3 nachgebaut, mit dem Matterhorn, mit Skiliften und mit Berghütten. Das ist unsere Welt, Nail. Seit dem 29. Februar 2104 feiern wir alle vier Jahre die Anerkennung als freie Stadt, und seit nunmehr achtundfünfzig Jahren haben wir keine Verbindung zu anderen Menschen mehr. Der Schwarze Krieg hat einen Schlußstrich gezogen. Das sind die Tatsachen, die Sie ebenso gut kennen wie ich."

Nail McMan öffnete den Mund. Beinahe hätte er Dr. Ragano gesagt, was er wirklich glaubte. Er verschluckte sich und hustete. Erst im letzten Augenblick war ihm eingefallen, daß Sicherheitsreferenten normalerweise ausgezeichnete Psychologen waren.

Dr. Ragano gehörte zum Senat von *Levitad*. Er war Mitglied von

„Vierzehnmann“, dem obersten politischen und wirtschaftlich-technischem Gremium der Stadt.

„Sie werden mir von jeder Zusammenkunft der Tafelrunde einen kurzen Bericht geben.“ Dr. Ragano lächelte. „Nur so kann ich verhindern, daß Ihre Vereinigung verboten wird. Und noch etwas: Der wissenschaftliche Rat wird Ihre Doktorarbeit anerkennen, sofern Sie zu einer kleinen Änderung Ihrer Schlußfolgerung bereit sind.“

„Aber ich . . .“

„Nein“, sagte Dr. Ragano mit einem Kopfschütteln, „auch in der Nähe von Vulkanen ist das Leben seit dem Schwarzen Krieg unmöglich geworden. Das ist eine Tatsache, Nail.“ Er legte die Hand auf McMans Schulter und führte ihn zum Ausgang des großen Büros zurück.

Trotzdem glaubte Nail McMan nicht daran, daß die Bewohner von *Levitad* die einzigen Überlebenden der Katastrophe sein sollten. Doch selbst wenn es so war – auch die Arche Noah hatte eines Tages wieder festen Boden unter sich gehabt.

DER KLEINE Raum war warm und gemütlich. Aus abgeschirmten Lampen fiel warmes Licht über die drei Liegen an den Wänden. Mit Kissen und weichen Schaumstoffrollen hatte Mona de Fries behelfsmäßige Krankenbetten hergerichtet. Drei weitere Mitglieder der Tafelrunde waren ihr zu Hilfe gekommen und hatten sich um die Verletzten gekümmert.

Peter Reanny war kurz vor dem geheimen Versteck zusammengebrochen. Er lag unter einem Sauerstoffzelt und hatte die Augen geschlossen. Er ahnte nicht, daß die beiden ersten Fremden, mit denen er zusammengetroffen war, im gleichen Raum wie er lagen. Kilian de Fries und Jan van Sonar hatten sich von ihren Quetschungen noch nicht wieder erholt. Die beiden Ärzte der Gruppe hatten es geschafft, ihre angebrochenen Rippen innerhalb kürzester Zeit zu heilen. Trotzdem waren sie noch nicht zufrieden. Im Schein eines kleinen, gebündelten Lichtstrahls arbeiteten sie an einer plastischen Operation. Mit halbautomatischen Mikrogeräten versuchten sie, der Haut auf der Brust von de Fries und van Sonar die ursprüngliche Farbe zurückzugeben. Endlich konnten sie ihre Geräte zur Seite legen.

„Wenn sie aufwachen, werden sie sich an nichts erinnern", lächelte einer der jungen Ärzte. Er ging zu Mona hinüber. „Hoffentlich erzählt niemand deinem Bruder, wer dich auf seinen Armen hierhergebracht hat." Er grinste.

Mona wandte sich achselzuckend ab. Sie blickte zum Sauerstoffzelt hinüber. Peter Reanny atmete tief und kräftig. Seine breite Brust hob und senkte sich in regelmäßigen Abständen. Mona de Fries nahm es Reanny nicht übel, daß er ihren Bruder etwas zu hart angefaßt hatte. Immerhin hatte Reanny einen wesentlich höheren Intelligenzgrad, als es die Gruppe von früheren Unternehmen gewöhnt war. Reanny war der zwölfte Mann, den die Mitglieder der Tafelrunde von der Erde nach *Levitad* geholt hatten, aber er war der erste, der das Experiment lebend überstanden hatte. Was am Anfang wie eine glatte Unmöglichkeit ausgesehen hatte, war ein Erfolg geworden. Mona de Fries holte sich einen Hocker und setzte sich neben das Sauerstoffzelt. Sie betrachtete das bärtige Gesicht des Inselfarmers und vergaß ihre Freunde. Dieser Mann kam von der Erde.

Obwohl seine Haut hart, braun und gegerbt aussah, stellte sie fest, daß er noch nicht alt sein konnte. Sie musterte seine muskelbepackten Arme und seine breiten Schultern. Im geheimen mußte sie zugeben, daß Reanny ihr wesentlich besser gefiel als die schlanken, zerbrechlichen Männer von *Levitad.* Sie wußte, daß die Ursache des veränderten Körperbaus der *Levitad*-Männer bei der verringerten Gravitation zu suchen war. Mehr als zwei Generationen hatten die Nachkommen irdischer Raumfahrer bei 0,3 g gelebt. Durch langsame Anpassung und spezielle Medikamente war es ihnen gelungen, einen Luftdruck auszuhalten, der wesentlich geringer war als auf der Erde.

Nur in den Räumen unterhalb der Stadt war der Luftdruck höher. Die Gruppe der Tafelrunde hatte durch ihre Fehler gelernt. Auch bei diesem Unternehmen war ein Mann sofort gestorben. Der zweite lag noch im Koma. Sie wußten noch nicht, ob er es schaffen würde.

„Wir müssen Nail benachrichtigen", sagte einer der jungen Ärzte.

„Lieber nicht", gab Mona de Fries zurück. „Wenn er erfährt, daß wir zum erstenmal Erfolg gehabt haben, zettelt er eine Revolution an. So wie ich ihn kenne, wird er versuchen, Vierzehnmann zu einer Forschungsexpedition auf die Erde zu zwingen."

Mit einem Satz sprang Kilian de Fries plötzlich auf. Er schwang seine Beine über den Rand der Liege und blickte sich verwundert um. „Wo ist er?" rief er zähneknirschend. „Er hat mir mein Strahlenmeßgerät aus der Hand geschlagen!"

„Wußte er denn, was du in der Hand hattest?" fragte Mona.

„Woher soll ein Primitiver von der Erde ein Strahlenmeßgerät kennen?" gab ihr Bruder zurück.

„Man müßte ihn mal fragen", sagte sie mit einem ironischen Lächeln. Sie verstand sich nicht besonders gut mit ihrem Bruder, obwohl sie beide Mitglieder der Tafelrunde waren. Sie kannten ihre Mütter nicht und wußten nur, daß sie einen gemeinsamen Vater hatten. Niemand, der in der zentralen Kinderklinik der Stadt bis zur Geburtsreife gebracht wurde, kannte seine Eltern.

Mona de Fries schlug das Plastiklaken des Sauerstoffzeltes zur Seite. Sie faßte Reannys Schulter und schüttelte ihn. Knurrend und schnaufend wachte Peter Reanny auf. Er blickte sich um und brauchte einige Sekunden, bis er sich wieder zurechtfand. „Hallo", sagte er dann und richtete sich auf, „ist alles gutgegangen?"

„Ja." Sie strahlte. „Ausgezeichnet sogar. Hier sind wir sicher."

Aus den Augenwinkeln beobachtete sie ihren Bruder. Es machte ihr Spaß, ihn zu schockieren. Sie half Peter Reanny beim Aufstehen und warf ihm dann eine ärmellose Jacke zu.

„So, Kinder", sagte Reanny, nachdem er die Jacke angezogen hatte, „und jetzt will ich endlich wissen, was hier eigentlich gespielt wird."

Mona de Fries freute sich insgeheim. Reanny machte erstaunliche Fortschritte. Es sah aus, als hätte er den ersten Schock bereits überwunden. Er akklimatisierte sich schneller, als sie erwartet hatte. „Ich glaube, wir sollten es ihm jetzt sagen", meinte sie. „Allerdings könnte ich mir gut vorstellen, daß er mit unserer Aktion nicht ganz einverstanden ist."

Peter Reanny rieb sich die Hände. Ein kurzes Aufblitzen kam unter seinen buschigen Augenbrauen hervor. Die fremden Männer gefielen ihm nicht. Für vernünftige Arbeit waren sie zu schwächlich. Außerdem störte es ihn, daß sie sich die Lippen geschminkt hatten und die Haare zu kleinen Zöpfen geflochten trugen. „Also los", sagte er. Seine Stimme dröhnte. „Ich höre zu. Und wenn ich Fragen habe, werde ich sie stellen."

Mona de Fries blickte von einem zum anderen. Die Mitglieder der Tafelrunde suchten verlegen nach Worten. So hatten sie sich ihre Begegnung mit einem Mann von der Erde nicht vorgestellt. Irgendwie hatten sie geglaubt, primitive Tiere zum Experimentieren zu bekommen. Ein Mann wie Reanny paßte nicht in ihr Konzept. Er hatte zuviel Persönlichkeit und schien genau zu wissen, was er wollte.

Ein peinliches Schweigen erfüllte den Raum. Schließlich wurde es Mona de Fries zu dumm. Außerdem war sie es, die Reannys Sprache inzwischen einigermaßen beherrschte. „Holt das Modell", sagte sie, „und du kannst den Film einlegen, Kilian."

„Muß er denn wirklich alles wissen?" protestierte ihr Bruder.

„Vielleicht sollte ich dir sagen, daß er deine Rippen gebrochen hatte", sagte sie scharf. Sie schämte sich für die Arroganz ihres Bruders. Natürlich war Peter Reanny anders als sie selbst, aber er war kein Tier. Soviel hatte sie inzwischen begriffen.

Mit einer merkwürdigen Hast bereiteten die Mitglieder der Tafelrunde alle Utensilien vor, die Mona de Fries für einen knappen, erklärenden Vortrag brauchte. Sie konnten nur hoffen, daß der Mann von der Erde die Gruppe und ihre Handlungsweise verstehen würde.

Selbst Mona war sich anfangs nicht sicher, wie Reanny reagieren würde. Doch die Sympathie und das Vertrauen, das sie in ihn setzte, gewannen schließlich die Oberhand. Nie zuvor hatte sie einen lebenden Mann von der Erde gesehen, doch schon zeichneten sich Verbindungen ab, die auch der Schwarze Krieg und die jahrzehntelange Isolierung der Stadt nicht auslöschen konnten. Sie lächelte, als sie daran dachte, daß es Naturgesetze gab, die sich nicht mit physikalischen Formeln ausdrücken ließen.

12. März 2083.

Von allen großen Raumhäfen der Erde stiegen schwere Transportraumschiffe auf. Sie erreichten ihren Orbit und begannen, Raummaterial in einer Kreisbahn um die Erde abzuladen. Hunderte von Spezialisten schwebten in raumtüchtigen Anzügen zwischen den Einzelteilen hin und her. In zweihundert Kilometer

Höhe begannen sie mit dem Zusammenbau einer Raumstation. Die vorgefertigten Einzelteile und Bausegmente wurden zu einem riesigen Ring zusammengefügt. Schon zwei Monate später konnte das erste außerirdische Rekonvaleszenz-Zentrum für raumfahrendes Personal eingeweiht werden. Nur wenig später wurden die ersten Herzkranken von der Erde in die fünfhundert Meter große Weltraumklinik gebracht. Zusammen mit Raumfahrern, die zu lange in der Schwerelosigkeit gelebt hatten, erholten sich die Kranken in einer Kreisbahn um die Erde. Noch vor der Jahreswende war das Weltraumhospital voll einsatzfähig. Es erhielt den Namen „Palmyra" und stand allen Nationen der Erde zur Verfügung.

Ostern 2103.

Dr. Herbert Levi aus Krakau galt als sicherer Anwärter auf den Physiknobelpreis des Jahres. Einen Monat vor der Verleihung brach der Physiker und Erfinder der *Levitad*-Theorie zusammen. Linksseitig gelähmt wurde er nach Palmyra gebracht. Er ließ keine Unterlagen in seinem Forschungsinstitut zurück. Kurz vor seinem Tod im gleichen Jahr erfuhr er, daß es für einige Raumfahrer keine Rückkehr zur Erde mehr gab. Ihre Körper konnten sich nicht mehr auf die normale Erdenschwere umstellen. Von Palmyra aus hatten sie jeden Tag den blauen Planeten greifbar nahe vor sich. Dr. Levi erkannte, daß dieser Zustand verheerende psychische Folgen haben mußte. Nur deshalb entschloß sich der todkranke Physiker noch auf dem Krankenbett, mit der praktischen Umsetzung seiner theoretischen Berechnungen zu beginnen. Die Gruppe der ausgestoßenen Raumfahrer unterstützte ihn dabei. Nach seinen Anweisungen bauten sie im Weltraumhospital die ersten Levitan-Spulen für die Erzeugung negativer Gravitation.

Nach seinem Tod wurde Dr. Herbert Levi in einem kleinen Raumschiff zur Erde zurückgebracht. Millionen von Menschen konnten sich direkt oder am Bildschirm von den Eigenschaften des neuen Antriebsaggregats überzeugen. Das Raumschiff besaß weder Raketendüsen noch Ionentriebwerke. Einzig durch die Kraft von drei handgebauten Levitan-Spulen senkte sich der Raumer millimetergenau auf den vorgesehenen Landeplatz herab.

14. Januar 2104.

Unter dem Druck der Weltöffentlichkeit entschlossen sich alle

Regierungen zum Ausbau von Palmyra. Die ausgestoßenen Raumfahrer sollten eine Ersatzheimat bekommen. Pläne wurden ausgearbeitet und von der immer größer werdenden Gruppe der in Quarantäne lebenden Raumfahrtinvaliden begutachtet. Nach langen Streitigkeiten wurden die endgültigen Baupläne verabschiedet. Palmyra dehnte sich aus. Aus dem Weltraumhospital wurde eine schwebende Stadt. Neue, größere Levitan-Spulen schafften das Baumaterial zu lächerlich geringen Kosten in die Umlaufbahn. Mit Hilfe der Erfindung von Dr. Levi veränderte die Welt ihr Gesicht. Statiker und Architekten lernten um. Aber auch Waffentechniker befaßten sich mit der revolutionären Erfindung des toten Wissenschaftlers.

29. Februar 2104.

Noch ehe sie fertiggestellt war, erklärte sich *Levitad* zur freien Stadt. Die Umlaufbahn wurde verändert und abgesenkt. *Levitad* schwebte jetzt 6475 Kilometer über dem Erdmittelpunkt. Die Höhe der schwebenden Stadt betrug 112 Kilometer über dem Meeresspiegel. *Levitad* erhielt eigene Flugcomputer, die die schwebende Stadt auf einem Kurs 45 Grad nördlich des Äquators festhielten. Gleichzeitig wurde die Umlaufgeschwindigkeit der ehemaligen Raumstation Palmyra gesenkt. Nur so konnte verhindert werden, daß die schwebende Stadt in der Ionosphäre zwischen der E-Schicht und der F-Schicht verglühte. Dabei mußten die Bewohner der künstlichen Stadt den geringen Abstand zur Erde mit dem Verlust des Funkverkehrs bezahlen. Die weiche Röntgenstrahlung und die UV-Strahlung direkt in der Ionosphäre reflektierten und verwirrten alle Bemühungen und Versuche in dieser Richtung.

November 2108.

Der Zusatzantrieb der schwebenden Stadt wurde in eigener Initiative fertiggestellt. Er bestand aus einem gitterartigen Ringwulst, der rund um die fünf Kilometer große schwebende Insel lief. Der Ringwulst erhielt den Namen GRID und erfüllte zwei Aufgaben gleichzeitig.

Der GRID-Stau sorgte dafür, daß der Luftdruck in der riesigen Kuppel über der Stadt selbständig erhöht werden konnte. Gleichzeitig war der GRID-Stau in der Lage, die dünne Luft zu komprimieren und zusammen mit ausgeströmtem Natriumdampf in

Schubkräfte für den Sekundärantrieb umzuwandeln. Selbst bei einer Fixierung über einem Punkt der Erde reichte der starke Ostwind dieser Höhe aus, um das GRID-System arbeiten zu lassen.

Herbst 2112.

Die Spannungen auf der Erde verstärkten sich. In *Levitad* wurde beschlossen, die schwebende Stadt zu tarnen. Nach ersten Versuchen gelang es, eine biosynthetische Schutzhaut zu züchten, in die vibrierende Mikroprismen eingelagert werden konnten. Durch dieses System der lebenden Polarisation wurde die schwebende Stadt subjektiv unsichtbar. Es kam jedoch niemals zu einem Angriff auf die Stadt. Als der Schwarze Krieg ausbrach, hatten Waffentechniker der Erde die ersten Gravitationsbomben fertiggestellt. Nach der Theorie von Dr. Herbert Levi konnte die Gravitation einer Masse niemals neutralisiert werden. Es gab nur eine einzige Möglichkeit, sie auszuschalten: durch negative Gravitation!

Der Schwarze Krieg brach ohne Ankündigung aus. Er war sinnlos und total. Dichte, radioaktive Wolken hüllten die Erde ein. Sie reichten bis in 26 Kilometer Höhe. Damit begann die absolute Isolierung der schwebenden Stadt. Die Nabelschnur zum Heimatplaneten war gerissen.

ZUCKENDE Lichtreflexe huschten über die mannshohe Projektionswand. Das milchige Gasgemisch zwischen den klaren Scheiben glühte noch etwas nach, ehe es ganz verlosch.

„Mein Gott“, stöhnte Peter Reanny auf, „und von all dem habe ich nie etwas erfahren . . .“

Die Mitglieder der Tafelrunde beobachteten den Mann von der Erde. Er war ein Symbol. Ein neues Stück Leben in der Wüste, die der Schwarze Krieg hinterlassen hatte.

Reanny blickte sich um. Er sah die Mitglieder der Tafelrunde der Reihe nach an. Es fiel ihm schwer, das zu akzeptieren, was er gerade gesehen hatte.

„Dann ist das hier also – die schwebende Stadt!“

Mona de Fries nickte. „Ja, und wir sind ihre Bewohner.“

„Wie viele sind es?“ fragte Reanny, nur um irgend etwas zu sagen.

„Etwas mehr als sechzigtausend“, antwortete einer der beiden jungen Ärzte. „Natürlich muß Ihnen das alles noch fremd und unheimlich vorkommen, aber wir alle stammen letztlich von der Erde ab. Wir sind Menschen, ebenso wie Sie, Reanny."

„Ziemlich schwer zu glauben", sagte der Inselfarmer und versuchte ein Lächeln. „Man muß sich nur einmal vorstellen, daß wir sogar dieselben Großeltern haben könnten. Aber schließlich hat es schon damals eine ganze Menge unterschiedlicher Rassen auf der Erde gegeben. Große und Kleine, Kräftige und Dünne – alles schon dagewesen."

Mona de Fries lachte. Niemand bemerkte, wie erleichtert sie war. Das war einer der schwierigsten Punkte ihres Experimentes gewesen. Nie hätte sie es für möglich gehalten, daß ein Mensch, der auf der Nachkriegserde aufgewachsen war, sich so schnell auf die neue Umwelt einstellen würde.

Peter Reanny war ein Phänomen. Er war ein Mann, bei dem es ständig neue Überraschungen gab. Dieser Punkt beschämte sie viel mehr als alles andere, was die Gruppe der Tafelrunde vorher getan hatte. In ihrer Überheblichkeit hatten sie nicht damit gerechnet, einen gleichberechtigten Gesprächspartner zu finden. Sie hatten geglaubt, mit ihren verbotenen Experimenten eine Pionierleistung zu vollbringen. Jetzt mußten sie feststellen, daß die letzten Menschen auf der Erde auch sehr gut ohne die Hilfe von *Levitad* leben konnten . . .

„Spielt sich alles hier unten ab?" wollte Reanny wissen.

Jan van Sonar schüttelte den Kopf. „Nein, aber Sie dürfen jetzt noch nicht in die obere Stadt. An der Oberfläche ist die Schwerkraft geringer. Außerdem sind Sie noch nicht ausreichend an die dünne Luft gewöhnt."

„Warum sagen wir ihm nicht die Wahrheit?" fragte Mona de Fries und stellte sich neben Reanny. „Er hat ein Recht darauf, daß wir ehrlich zu ihm sind."

Betreten blickten die Männer zu Boden.

„Was soll das nun wieder?" wollte Reanny wissen. Er richtete sich auf und beugte sich nach vorn. Er stützte seine Hände auf die Knie und wartete auf eine Antwort.

„Die politische Verwaltung der Stadt ist gegen alle Kontakte mit der Erdoberfläche", sagte Jan van Sonar nach einer langen Pause.

„Natürlich holt sich die schwebende Stadt ihre Rohstoffe von der Erde", erklärte Mona. „Das geschieht durch automatische

Robotsonden. Allerdings sind nur wenige Plätze für den Einsatz der Sonden geeignet. Wir können nur Material verwenden, das noch nicht zu stark radioaktiv verseucht ist."

„Die Ladungen der Robotsonden werden noch innerhalb der Wolken künstlich entseucht", warf Jan van Sonar ein, „das ist übrigens auch mit Ihnen geschehen. Als Kilian und ich zu Ihnen kamen, wollten wir nur eine letzte Überprüfung machen. Wie Sie wissen, ist daraus aber nichts geworden."

„Heißt das, daß ich radioaktiv verseucht bin?" fragte Reanny und hob die Brauen.

„Nicht direkt radioaktiv", sagte Mona, „aber bisher hatten alle Menschen, die wir in die Stadt holten, ziemlich schwere Strahlenschäden."

„Auf jeden Fall tut es nicht weh", grinste Reanny. „Selbst wenn ich verseucht sein sollte, hat mich das bisher nicht gestört."

„Sie sind relativ sauber", sagte einer der Ärzte.

„Vielen Dank für das Kompliment", entgegnete Reanny ärgerlich.

„So war das nicht gemeint."

„Schon gut, aber jetzt würde mich interessieren, was Sie mit mir beabsichtigen. Ich werde das dumme Gefühl nicht los, daß Sie alle hier Ihre Kompetenz etwas überschritten haben. Sie haben mich in diese Stadt geholt, schön – da bin ich nun, aber wie geht es weiter? Muß ich mich so lange verstecken, bis Sie mich zurückbringen, oder bin ich vielleicht für irgendeinen Zoo vorgesehen?"

„So schnell wie möglich wieder abschieben", murmelte Kilian de Fries.

Reanny stand auf. Er machte zwei Schritte nach vorn. Direkt vor Kilian de Fries blieb er stehen. Er hob den Kopf und schob sein Kinn vor. „Schade", flüsterte er leise, „wirklich schade, daß Sie so zerbrechliche Knochen und so wenig Gehirnmasse haben." Mit einem Ruck drehte er sich um und ging an den schweigend zurückweichenden Mitgliedern der Tafelrunde entlang. „Ich glaube, jetzt bin ich mal an der Reihe. Und damit wir uns gleich verstehen: Diese Stadt erhielt durch Gelder von der Erde eine Überlebenschance. Daß sie den Schwarzen Krieg überstanden hat, war nicht Ihr Verdienst."

Peter Reanny ging zu Kilian de Fries zurück. Er tippte ihm mit dem Finger gegen die Brust. De Fries wich bis zur Wand zurück.

„Nichts im ganzen Universum ist umsonst zu haben", stellte Reanny fest, „und wenn Sie glauben, daß ich ein hübsches Versuchsexemplar mit großen, staunenden Kinderaugen bin, dann muß ich Sie enttäuschen. Aber es trifft sich gut, daß ich schon einmal hier bin. Denn jetzt werden die Zinsen fällig für den Kredit, den die Erde Ihnen vor dem Schwarzen Krieg gewährt hat. Deshalb verlange ich, mit den verantwortlichen Männern dieser Stadt zu sprechen, und zwar sofort!"

„Peter!" rief Mona de Fries entsetzt. „Sie sind verrückt! Das dürfen Sie nicht verlangen."

„Tut mir leid", sagte er mit einem bedauernden Lächeln, „tut mir wirklich leid, wenn ich den jungen Forschern einen Strich durch die Rechnung gemacht haben sollte." Er hob seine Stimme. „Aber dort unten auf der Erde gibt es eine kleine, häßliche Vulkaninsel. Sie heißt Semisopochnoi und gehört mir. Wir haben dort unten keine Levitan-Spulen, und unser Krankenhaus besteht aus einem alten Holzkasten mit ein paar Kräutersalben und immer wieder durch Kochen gereinigten Mullbinden. Unsere Experimente beschäftigen sich damit, Shetlandponys am Leben zu erhalten. Als der Schwarze Krieg die Erde verwüstete, lebten hundertachtzig Menschen auf Semisopochnoi, jetzt sind es noch vierunddreißig, und diese vierunddreißig Menschen warten darauf, daß ich zurückkehre. Habe ich mich klar genug ausgedrückt?"

Die Gruppe der Tafelrunde schwieg. Sie preßten die Lippen zusammen und blickten zu Boden.

„Wir müssen Nail informieren", sagte Jan van Sonar schließlich.

„Tun Sie, was Sie für richtig halten, aber beeilen Sie sich! Und damit meine Forderungen etwas mehr Nachdruck bekommen, wird Mona de Fries mir Gesellschaft leisten." Er musterte die verstörten Gesichter der jungen Männer. „Das wäre im Augenblick alles", fügte er drohend hinzu.

Ohne den geringsten Widerspruch stolperten die Mitglieder der Tafelrunde aus dem Raum. In weniger als fünf Sekunden schlug die Tür hinter ihnen zu. Im gleichen Augenblick platzte Peter Reanny los. Er ließ sich auf eine der Liegen fallen und schlug auf seine Schenkel. Sein dröhnendes Lachen erfüllte den Raum, während Mona de Fries ihn verständnislos anstarrte.

Die ehemalige Raumstation Palmyra befand sich in der Mitte der schwebenden Stadt. Der fast hundert Jahre alte Ringwulst mit den sternförmigen Verbindungsrohren sah rauh und verwittert aus. In der Mitte des ehemaligen Weltraumhospitals erhob sich eine Halbkugel aus dem Boden. Palmyra war das Zentrum von *Levitad.* Ein zweihundertfünfzig Meter breiter Ring aus Palmengruppen schirmte den immer noch benutzten Krankenhauskomplex von den übrigen Stadtteilen ab. Von Palmyra aus waren sowohl Old Manhattan als auch Saint-Germain und die Monte-Rosa-Anlagen leicht zu erreichen.

Nail McMan brauchte dringend eine Psychokur im Traumatikum. Wie ein Schlafwandler lief er an den Palmen entlang. Er eilte über kunstvoll angelegte Wege und passierte pastellfarben leuchtende Blumenrabatten. Das große Schott des Haupteingangs zum ehemaligen Weltraumhospital nahm ihn auf. Jeder Einwohner der schwebenden Stadt hatte jederzeit Zutritt zum medizinischen Zentrum. Nail McMan bestellte eine psychohypnotische Intensivkur. Sie dauerte nur zehn Minuten. Er ging hinüber zu der Sesselreihe, die an der Wand stand. Sobald er saß, hob sich sein Sessel in einige Meter Höhe und schwebte an der langen, kreisförmig gebogenen Wand entlang. Die unsichtbare Kraft der Levitan-Spulen zusammen mit einem zentralgesteuerten Kurscenter brachte ihn bis zum Traumatikum.

Immer wieder mußte Nail McMan an seine erste Begegnung mit Dr. Ragano denken. Da niemand besonders gern mit dem Sicherheitsreferenten der Stadt zu tun hatte, war Nail McMan unsicher und nervös. Er fühlte sich auf seltsame Weise ausgelaugt, als er von seinem schwebenden Stuhl abstieg.

Eine Ärztin mit einem lindgrünen Umhang kam ihm entgegen. „Sind Sie zum erstenmal hier?“ fragte sie.

Nail schüttelte den Kopf. Damals – als seine Doktorarbeit abgelehnt worden war – hatte er schon einmal das Traumatikum aufgesucht. Es hatte nicht viel geholfen, doch seine angestaute Wut und der Ärger über die Ablehnung waren erträglicher geworden.

Es war kurz nach seinem Besuch im Traumatikum gewesen, als Kilian de Fries ihn angesprochen hatte. Damals war Nail McMan zu allem bereit gewesen. Während er neben der Ärztin in eine der Behandlungskammern des Traumatikums ging, erkannte er plötzlich, daß die Verschwörergruppe in der letzten Zeit keine wesentlichen Fortschritte gemacht hatte. Ihre Ziele waren klar, einfach und radikal gewesen. Durch ihre Experimente hatten sie beweisen wollen, daß es auch nach dem Schwarzen Krieg möglich war, auf der Erde zu leben. Nail McMan und die Gruppe der Tafelrunde kannten nur ein einziges Ziel: Sie wollten erreichen, daß *Levitad* zur Erde zurückkehrte. Was für viele bereits eine Selbstverständlichkeit geworden war, galt der Gruppe der Tafelrunde nur als Übergangsstadium. Der Mensch war auf der Erde geboren und mußte eines Tages wieder zur Erde zurückkehren.

Nail McMan trat in eine der Kammern des Traumatikums. Mattes Licht hüllte ihn ein. Die Ärztin führte ihn zu einem Behandlungsstuhl. Mit wenigen Handgriffen schloß sie die Elektroden an seinen Armen, Fußgelenken und an seinem Hinterkopf an. Nail wußte, daß das medizinische Personal von Palmyra zu absoluter Verschwiegenheit verpflichtet war. Das war nicht immer so gewesen – im Gegenteil! In den ersten Jahren nach der Errichtung der schwebenden Stadt war das öffentliche Leben durch die Anweisungen der medizinischen Computer bestimmt worden. Das war richtig und lebensnotwendig gewesen, doch immer mehr hatten sich die Bewohner von *Levitad* gegen die ständigen Gesundheitskontrollen gewehrt. Sie wußten, daß sie in der neuen Umwelt überwacht werden mußten, doch sie wollten keine Versuchskaninchen sein – keine Forschungsobjekte in einer fliegenden Experimentierstation . . .

Nail McMan wußte über die schweren Auseinandersetzungen im Jahre 2130 Bescheid. Nur mit knapper Mehrheit hatte der fünfte Senat beschlossen, den visuellen Kontakt zwischen den Bewohnern von *Levitad* und der wolkenverhangenen Erde gänzlich zu unterbrechen. Solange sie zur Erde zurückblicken konnten, würden sie sich niemals an ihre künstliche Welt gewöhnen. Die jahrtausendealte Bindung an die Erde war zu stark. Obwohl *Levitad* in 112 Kilometer Höhe über die Erdoberfläche hinwegzog, kamen sich die Bewohner der fliegenden Stadt wie Ausgestoßene, Verfemte und Gefangene vor. Erst das totale Verbot hatte ihre psychische Situation verändern können. Seit die Bewohner von *Levitad* den wolkenverhangenen dritten Planeten des Sonnensystems nicht mehr sehen konnten, war die Erde nur noch eine Art

Legende für sie. Sie hatten nie vergessen, woher sie gekommen waren, und doch bildete sich langsam ein neues Bewußtsein in ihnen. Sie nahmen ihre neue Welt als selbstverständlich hin, sie dachten nicht darüber nach, weil sie leben und nicht verrückt werden wollten!

Nail McMan fühlte die Elektrostimulation in den winzigen Mikroelektroden auf seiner Kopfhaut. Haarfeine, molekularverstärkte Nadeln drangen durch seine Schädeldecke. Bei vollem Bewußtsein beobachtete er die Ausschläge des Steuergerätes.

Die Ärztin lächelte ihn an. „Was ist es?" fragte sie.

„Dr. Ragano", antwortete Nail McMan leise.

Die Ärztin hob kaum merklich die Brauen. „Waren Sie bei ihm?"

Nail nickte vorsichtig. Die Ärztin sah ihn nachdenklich an. Sie musterte sein schmales, ernstes Gesicht. Nail brauchte nicht zu sagen, was ihn bedrückte. Aber dann hätte die Behandlung im Traumatikum nicht den gewünschten Erfolg gehabt.

„Sind Sie – einer von diesen jungen Männern, die an menschliches Leben auf der Erde glauben?" fragte die Ärztin vorsichtig.

„Ich glaube daran", stieß Nail McMan hervor, „ich kann es sogar beweisen, aber sie wollen nicht auf mich hören. Sie wissen, daß meine Berechnungen richtig sind, auch Dr. Ragano weiß es, aber für ihn gibt es nur eine Devise: Was nicht sein darf, kann auch nicht sein."

„Die Behandlung wird unangenehm werden", sagte die Ärztin mit einem leisen Bedauern in der Stimme. „Ich fürchte, Sie brauchen eine Schockhypnose."

Nail McMan nickte wieder. Er preßte seine Lippen zusammen. Er wußte noch nicht, wie er nach der Behandlung denken würde. Trotzdem hoffte er, daß seine Überzeugung stark genug war, um die Gehirnwäsche im Traumatikum zu überstehen. Er hatte sich diesen Schritt genau überlegt. Nur wenn er offiziell bereit war, seine verschwörerischen Ansichten durch eine Schockhypnose behandeln zu lassen, konnte er sich einigermaßen sicher fühlen.

„Fangen Sie an", sagte er und holte tief Luft.

Die Ärztin blickte ihn noch immer an. Ihre Mundwinkel zuckten bedauernd, und plötzlich war so etwas wie Trauer in ihren Augen. Sie streckte ihre schmalen Finger aus und drückte auf eine Reihe von Knöpfen.

Die Schmerzwelle zuckte mit tausendfachen Explosionen in die Hirnrinde von Nail McMan. Grauenhaft verzerrte Bilder stiegen aus seinem Unterbewußtsein auf. Zuckend und taumelnd tanzten die Gesichter sterbender Menschen vor ihm im Raum. In seinen Ohren gellte ein hundertfacher Todesschrei. Der Computer hatte die radikalste aller Behandlungsmethoden gewählt. Er gaukelte Nail McMan den Höhepunkt des Schwarzen Krieges vor. Der junge Wissenschaftler aus der schwebenden Stadt sah, fühlte und hörte gleichzeitig das Inferno vom Untergang der Menschheit. Durch winzige Elektroden wurde ihm eingeimpft, daß es für diese Menschheit keine Zukunft mehr geben konnte. Er sah den Tod, während er lernte, daß dieser endgültig war.

Taumelnd stürzte Nail McMan in ein gähnendes Nichts. Sein Bewußtsein erweiterte sich – wurde unendlich. Während alles in ihm vor Verzweiflung und Entsetzen wimmerte, begann die Elektronik des Traumatikums, seinen zertrümmerten Bewußtseinsinhalt Stück für Stück wieder zusammenzusetzen.

WIE FEURIGE Kaskaden stürzte das glühende Gestein in die riesigen Auffangbecken. Blaue Dampfwolken schossen zischend nach oben. In dichten Schleiern wallten sie am kuppelförmigen Dach der halbrunden Halle entlang. Der Sog von mächtigen, unsichtbaren Exhaustern bildete immer neue Turbulenzen in der stickigen Luft der großen Halle. Langsam hob sich der dreißig Meter lange Schürftrichter. Er hing in einem Netz aus Drähten und Levitan-Spulen. Seit vielen Jahren holten die Bewohner von *Levitad* mit Hilfe der vollautomatischen, raumtüchtigen Schürftrichter unverstrahlte Magma-Massen aus den Vulkanen der Erde.

Ein Dutzend Mineralogen hatte sich hinter einer durchsichtigen Trennwand versammelt. Sie standen an Kontrollpulten und überwachten die computergesteuerte Verwertung der flüssigen Silikatschmelze. Der größte Teil des Magmas war wertlos für *Levitad.* Trotzdem waren die Bewohner der schwebenden Stadt ständig auf neue Rohstoffe von der radioaktiv verseuchten Oberfläche der Erde angewiesen. Sie hatten festgestellt, daß die Erdkruste über metallischen Bodenschätzen zersetzt war. Nur in der Nähe von Vulkanen gab es einigermaßen saubere Schürfgründe für die raumtüchtigen Trichter.

Mehr als neunundneunzig Prozent der Silikatschmelze waren unbrauchbar. Bei der ersten Gewichtsbestimmung war festgestellt worden, daß der Trichter neunhundert Tonnen flüssigen Gesteins von der Erde geholt hatte.

Zwei Mineralogen verglichen die ersten Meßdaten mit den jetzt einlaufenden Analysewerten. Mergel und Ton hatten sich unter dem Einfluß des Drucks und der hohen Temperatur in Schiefer verwandelt. Aus Kalk war Marmor geworden. Außerdem war diesmal ziemlich viel kristallisierter Granit vorhanden.

Doch das war es nicht, was den Chef-Mineralogen stutzig machte. Er verglich die ersten Gewichtsangaben mit den neuen Messungen. Ungläubig schüttelte er den Kopf. Er blickte durch die Trennscheibe zu den bläulichen Wolken hinauf. In vielen Jahren hatten sie genaue Formeln für den Gewichtsverlust durch die Verdampfung des Gesteins errechnet. Trotzdem stimmten in der letzten Zeit die vorausberechneten Ergebnisse nicht mit den tatsächlichen Meßwerten überein. Auch diesmal fehlten plötzlich fast zweihundertfünfzig Kilogramm.

„Das ist zuviel", murmelte er kopfschüttelnd, „fast fünf Zentner mehr, als eigentlich verdampfen durften!"

Er kniff seine schmalen Lippen zusammen und marschierte zum Arbeitspult des Nebencomputers. Wortlos tippte er seine Meldung in die Aufnahmeeinheit. Aus einer plötzlichen Eingebung heraus stellte er eine Verbindung mit dem Zentralcomputer von *Levitad* her. Er wußte nicht, warum er es tat. Vier- oder fünfmal war ihm ein besonders hoher Verdampfungsverlust bei der eingetroffenen Silikatschmelze aufgefallen. Die Schürftrichter holten jedesmal eine genau vorausberechnete Menge flüssiges Magma aus den Vulkantrichtern der Erde. Sobald sie die Tunnelschleuse an der Unterseite der schwebenden Stadt erreicht hatten, wurden sie desinfiziert, entstrahlt und gewogen. Die dabei festgestellten Meßwerte waren hundertprozentig zuverlässig. Anschließend wurden die gefüllten Schürftrichter durch ein hermetisch abgesichertes Transportsystem mit Levitan-Spulen und linearen Induktionsmotoren bis zu den Verhüttungsanlagen von EX-GEO direkt unter dem Central Park weitergeleitet.

Jeder der Mineralogen wußte, daß in der schwebenden Stadt nicht einfach zweihundertfünfzig Kilogramm glutflüssiges Magma verschwinden konnten, und doch trat dieses Phänomen in der letzten Zeit immer häufiger auf.

Ohne es zu wissen, schaltete der aufmerksame Mineraloge durch seine kurze Meldung das Institut für Sicherheit und öffentliche Ordnung ein. Zweihundertfünfzig Kilogramm verschwundenes Magma waren ein Fall für Dr. Ragano und seine Leute. Doch daran dachte der Mineraloge nicht. Er konnte nicht ahnen, daß seine Routinemeldung nur wenige Minuten später wie eine Bombe im Institut für Sicherheit und öffentliche Ordnung einschlug. Dr. Ragano ließ sofort alle Ausgänge des Hochhauses hermetisch abriegeln. Gleichzeitig erging eine Fahndungsmeldung an alle Mitarbeiter des Instituts. Sechs Beamte wurden nach Saint-Germain geschickt. Ihr Auftrag lautete, Nail McMan und die Mitglieder der Tafelrunde sofort zu verhaften. Der Sicherheitschef der schwebenden Stadt durfte kein Risiko eingehen. *Levitad* war das komplizierteste Gebilde, das je von Menschenhand geschaffen worden war. Schon deshalb konnte Dr. Ragano nicht zulassen, daß die jungen Hitzköpfe aus der Gruppe der Tafelrunde eine geheime revolutionäre Zelle bildeten. Die Bewohner der schwebenden Stadt waren frei in ihrem Denken. Nur wenn es um *Levitad* selbst ging, durfte es keinen Funken Toleranz mehr geben.

Nachdenklich blickte Dr. Ragano durch die opalisierenden Fenster seines Büros. Eine schmale Falte bildete sich zwischen seinen Brauen. Er sah auf die Stadt, für deren Sicherheit er verantwortlich war. Die Gruppe der Tafelrunde war nur ein erstes Symptom für den langsam aufkeimenden Widerstand gegen die Lebensgesetze der schwebenden Stadt. Seit achtundfünfzig Jahren hatte es keinen direkten Kontakt zur Erdoberfläche mehr gegeben. *Levitad* war eine vollkommen isolierte Insel in der Lufthülle der verseuchten Erde. Schweigend ballte Dr. Ragano die Hände zu Fäusten. Für ihn war es ein Kinderspiel, die Gruppe der Tafelrunde auffliegen zu lassen. Und doch wußte er, daß er damit den Kern des Problems nicht aus der Welt geschafft hatte. Neue Gruppen würden entstehen und vernichtet werden – so lange, bis es eines Tages zum Bürgerkrieg in der schwebenden Stadt kam.

Dr. Ragano drehte sich um. Mit vorgebeugten Schultern ging er zu seinem Schreibtisch. Er sah plötzlich alt und enttäuscht aus.

DAS HÄMMERN an der Tür klang laut und drängend. Reanny sprang auf. Er warf einen kurzen Blick zu Mona de Fries hinüber. Das Mädchen hob abwehrend die Hände, verharrte einen Augenblick und nickte dann.

Reanny polterte zur Tür. Er schloß sie auf und sprang zur Wand zurück. Die Zähne blitzten hell aus seinem dichten Bart hervor. Noch ehe er richtig begriffen hatte, taumelte Jan van Sonar in den Raum. Seine Knie knickten ein. Direkt vor Mona de Fries sackte der hoch aufgeschossene Bioklimatologe zu Boden. Er wollte den Oberkörper aufrichten, doch seine schwachen Arme trugen ihn nicht.

„Schnell", rief Mona de Fries, nachdem sie die erste Schrecksekunde überwunden hatte, „machen Sie seinen linken Arm frei!"

Reanny schob die Unterlippe nach vorn. Sie war feucht und glänzte. Für einen Augenblick erinnerte er sich, daß er diesen Mann schon einmal etwas zu heftig angefaßt hatte.

Behutsam und ohne die geringste Kraftanwendung hob er den Bewohner der schwebenden Stadt auf. Er trug ihn zu einer Liege hinüber. Mona de Fries hatte bereits eine Hochdruckspritze vorbereitet. Mit einem leisen Zischen wurde das Medikament direkt durch die Haut des Bioklimatologen gepreßt. Eine rötliche Verfärbung mit schneeweißen Rändern bildete sich auf dem Arm des Mannes.

„Was war das denn?" fragte Reanny verdutzt.

„Wir brauchen keine Nadeln mehr, wenn wir eine Spritze geben wollen", lächelte Mona.

Reanny nickte. Er hatte längst begriffen, wieviel er von den Bewohnern der schwebenden Stadt lernen konnte. Reanny war nicht dumm. Trotzdem hatte sein mangelhaft trainiertes Gehirn immer wieder Schwierigkeiten, die Flut der neuen Eindrücke zu verarbeiten. Aber er lernte. Unaufhaltsam und ohne daß es ihm selbst bewußt wurde, paßte sich sein unverbrauchter Geist den neuen Lebensbedingungen an.

Es war, als hätte die entscheidendste Veränderung in seinem Leben einen diffusen Schleier von seinem Hirn entfernt. Der Schock hatte aus dem stumpf dahinvegetierenden Inselfarmer einen neuen Menschen gemacht. Zuerst war es nur ein dumpfes Aufbegehren gewesen; mit einer Mischung aus Trotz und versteckter Angst hatte er gegen seine Entführung protestiert. Sein Selbstbewußtsein war nur sehr langsam zurückgekommen. Doch jetzt fühlte er sich den Bewohnern der schwebenden Stadt bereits überlegen. Er akzeptierte, daß sie unendlich viel mehr wußten als er. Sie besaßen eine Technik, von der er nichts verstand. Sie waren feiner, kultivierter und gebildeter als er. Und doch besaß der Inselfarmer eine kreatürliche Überlegenheit. Er war fest davon überzeugt, daß seine primitive Naturverbundenheit jetzt seine einzige Stärke war.

Er machte einen Schritt nach vorn und beugte sich über den jungen Mann. Die Augenlider von Jan van Sonar flatterten. Sein Gesicht hatte eine fahle, ungesunde Farbe angenommen. Die eingedrehten Locken seines Haares waren in einem jämmerlichen Zustand. Unordentlich und vom Schweiß verklebt, standen sie nach allen Seiten ab. Obwohl es überhaupt keinen Anlaß dafür gab, mußte Peter Reanny grinsen. Jan van Sonar wirkte wie ein zu stark geschminkter Schauspieler, der von einem plötzlichen Gewitterregen überrascht worden war. Vorsichtig umfaßte Reanny mit seinen breiten Händen die Schultern des jungen Mannes. Jan van Sonar stöhnte auf. Sein Gesicht verzog sich, als er Reanny erkannte.

„Sie tun ihm weh“, sagte Mona und versuchte, Reanny zur Seite zu schieben. Ein unwilliges Knurren kam aus der Brust des Inselfarmers.

„Man sollte ihn mal fragen, welcher Klabautermann ihn so erschreckt hat.“

Mona de Fries kniff die Augen zusammen und blickte Reanny verständnislos an. „Klabautermann?“

„Der kann doch gar nicht so schnell zittern, wie er Angst hat“, gab Reanny zurück.

Mona de Fries verstand. Für eine Sekunde haßte sie den Mann von der Erde. Ihre Augen blitzten, während sie ihre Lippen zusammenpreßte. Dann beugte sie sich zu Jan van Sonar hinunter. Sie sprach schnell und eindringlich. Reanny konnte nicht verstehen, was sie sagte. Trotzdem merkte er, daß ihre Stimme plötzlich eine hysterische Färbung annahm.

Mit weit aufgerissenen Augen drehte sie sich zu ihm um. Sie hatte Angst. Reanny wußte nicht, warum er es tat, aber er hatte plötzlich das Gefühl, sie in den Arm nehmen zu müssen. Seine starken Arme umschlossen ihre Gestalt. Vollkommen unerwartet begann sie zu weinen. Ein Schluchzen erschütterte ihren warmen, weichen Körper. Wie ein kleines Mädchen lehnte sie sich schutzsuchend gegen seine breite, muskulöse Brust.

Reanny verzog das Gesicht. Er murmelte ein paar beruhigende Worte, während er vorsichtig ihren Rücken streichelte. Gleichzeitig kam er sich unsagbar hilflos vor.

Sie beruhigte sich ohne Übergang. Von einem Augenblick auf den anderen hörte ihr Schluchzen auf. Sie hob den Kopf und blickte ihm in die Augen. „Wir haben keine Chance", sagte sie knapp. Ihre Stimme klang weich, aber klar. Widerstrebend ließ Reanny sie los.

„Was heißt das?" brummte er verständnislos. Sie zögerte, dann sagte sie ihm, was sie von Jan van Sonar erfahren hatte.

„Wir hätten nicht gleichzeitig drei Menschen von der Erde hierherholen dürfen."

„Ein wenig spät, diese Erkenntnis", meinte Reanny mit einem nicht zu überhörenden Vorwurf in seiner Stimme. Er schüttelte mißbilligend den Kopf, dann sagte er: „Ich nehme an, daß ich in Zukunft nicht gerade wie ein Ehrengast behandelt werde. Trotzdem hätte ich gern gewußt, was nun mit mir passiert . . ."

Mona de Fries blickte zu Boden. „Sie haben recht", sagte sie leise, „es war unfair, Sie ohne Ihr Einverständnis hierherzuholen. Jetzt sind wir für Sie verantwortlich. Das dumme an der Geschichte ist nur, daß wir Sie nicht mehr schützen können. Das Institut für Sicherheit und öffentliche Ordnung hat angeordnet, die Mitglieder unserer Gruppe zu verhaften. Zwölf Mann wurden bereits festgenommen. Jan konnte gerade noch entkommen."

„Verdammt!" Reanny verstand, daß es im Augenblick keine Möglichkeit für ihn gab, zur Erde zurückzukehren. Er hatte längst begriffen, daß er eine Art Politikum für die schwebende Stadt war. Offiziell wurde angenommen, daß es auf der Erde keine Menschen mehr gab. Die Gruppe der Tafelrunde hatte das Gegenteil nachweisen wollen. Es war ihr gelungen. Er, Peter Reanny, war der lebende Beweis dafür, daß nach dem Schwarzen Krieg Menschen noch auf der Erde existieren konnten.

„Was nun?" fragte er Mona de Fries.

„Man wird Sie tot . . ." Sie sah ihn erschrocken an. „Totschweigen", sagte sie schnell.

Doch Reanny wußte, daß sie etwas anderes gemeint hatte. Breitbeinig stand er mitten im Raum. Er richtete sich auf und ließ seine Muskeln spielen. Der Bart gab seinem Gesicht eine urwüchsige Wildheit. „Wenn ich den Kerl erwische, der sich meine Entführung ausgedacht hat, bringe ich ihn um", sagte er, und er meinte es auch so. Wieder schob sich seine feuchtglänzende Unterlippe nach vorn. „Und jetzt, Mädchen, werden wir uns einen sicheren Ort suchen, an dem wir das Ende der Razzia in aller Ruhe abwarten . . ." Er trat einen Schritt zur Seite und ging zu Jan van Sonar. Als er sich über ihn beugte, erkannte er, daß der Bioklimatologe das Bewußtsein verloren hatte. „Also los, Mona – zeigen Sie mir, wo die Dinger stehen, mit denen ich hier heraufgebracht wurde. Und dann brauche ich ein Buch mit einer leichtverständlichen Gebrauchsanweisung für diese verdammte schwebende Stadt."

Sie sah ihn an und wußte, daß jeder Widerstand sinnlos war. Außerdem fühlte sie so etwas wie eine mütterliche Verantwortung für ihn. Sie schämte sich. Sie wollte versuchen, das wiedergutzumachen, was die Gruppe der Tafelrunde getan hatte.

„Das Museum", sagte sie leise. „Als Studentin im Levitanium habe ich einen Elektronenschlüssel, mit dem wir in das historische Archiv kommen können."

„Einverstanden", nickte Reanny, „und wie sieht es mit der Verpflegung aus?"

Sie winkte ab. „Das übernehme ich", sagte sie und ging zu einem Einbauschrank. „Am besten ist es, wir nehmen den Weg am GRID entlang. Das geht aber nur, wenn wir die Druckanzüge tragen." Sie öffnete den Schrank und deutete auf eine Reihe dunkelgrauer Anzüge mit Plastikhelmen und Sauerstoffflaschen.

Reanny wollte sich gerade in Bewegung setzen. Im gleichen Augenblick hörte er das alles durchdringende Aufkreischen von vielen hundert Sirenen.

„Meteoralarm!" rief Mona de Fries erschrocken. „Schnell – das müssen wir ausnutzen!" Sie griff zwischen die Druckanzüge, suchte kurz und zerrte dann zwei Kombinationen hervor. „In acht Sekunden wird es knallen", sagte sie hastig, „das ist das Beste, was uns passieren kann." Sie stieg in ihren Overall und drückte die magnetischen Verschlußleisten gegeneinander.

Reanny verstand überhaupt nichts mehr. Er mußte sich jetzt auf das Mädchen verlassen. Er bückte sich und kletterte unbeholfen in den weichen Druckanzug. Doch ehe er das System der Kombination verstanden hatte, verlor er das Gleichgewicht. Der Boden unter ihm wankte. Ein krachendes Bersten jaulte durch die Wände. Die Lichtstreifen flackerten. Dem ersten Stoß folgten ein zweiter und ein dritter, ziemlich nah.

„Der Meteor", rief das Mädchen, „schnell, raus hier, ehe die Bergungseinheiten auftauchen!"

„Sie sind tot", sagte der Arzt, „beide . . ." Er richtete sich auf. Als Mitglied des Senats hatte er von Vierzehnmann, dem obersten Gremium der schwebenden Stadt, den Auftrag erhalten, die beiden Toten zu untersuchen.

Die Reaktion der vierzehn für *Levitad* verantwortlichen Ressortchefs fiel vollkommen unterschiedlich aus. In einem Halbkreis standen sie um die beiden fahrbaren Tragbahren herum. Wortlos packte der Arzt seine Geräte in eine Tasche. Es war Lavrans, der das drückende Schweigen schließlich beendete.

Der amtierende Sprecher der vierzehn Ressortchefs trat an eine der Bahren, streckte die Hand aus und zog vorsichtig das weiße Kunststofflaken zurück. Sein schmales, von vielen hundert Falten zerfurchtes Gesicht verzog sich kaum merklich. Sein gebräunter, haarloser Schädel glänzte im indirekten Licht der Leuchtstreifen an der Decke des Versammlungsraums. Ein Tablett mit Erfrischungsgetränken kam klirrend aus dem Ausgabetisch an der Wand.

„Wir müssen sie vernichten", sagte Lavrans und räusperte sich. Mit einer Kopfbewegung bedeutete er dem Arzt zu gehen. Erst als sie wieder unter sich waren, lockerte sich die verkrampfte Erstarrung der Männer. Sie waren alt. Ein Teil von ihnen war vor dem Schwarzen Krieg mit Herzschäden von der Erde nach *Levitad* geschickt worden. Andere waren in der fliegenden Stadt geboren. Sie hatten sie mit aufgebaut und fühlten sich für sie verantwortlich. Seit vielen Jahren hüteten sie das Erbe der vernichteten Menschheit.

„Das hätte nicht passieren dürfen", stellte Lavrans sachlich fest. Er blickte zu Dr. Ragano hinüber.

Der Leiter des Instituts für Sicherheit und öffentliche Ordnung nahm den Vorwurf nicht an. „Bereits vor zwei Jahren habe ich eine Erhöhung meiner Haushaltsmittel beantragt. Damals ist mein Antrag zugunsten des Ausbaus der Monte-Rosa-Anlagen abgelehnt worden."

„Regen Sie sich nicht auf, Doktor", sagte der Chef des Gesundheitsamtes, „durch den Ausbau der Kuranlagen auf dem Monte-Rosa-Plateau haben wir nur eine längst fällige Entlastung von Palmyra erreicht."

„Meine Herren", meinte Lavrans und drehte sich um, „ich glaube nicht, daß jetzt der geeignete Zeitpunkt für Grundsatzdiskussionen ist. Vor uns liegen zwei Tote. Wenn ihre Existenz in der Stadt bekannt wird, müssen wir mit dem Schlimmsten rechnen. Darüber, meine Herren, dürften wir uns doch alle einig sein."

Der Chef von EX-GEO schüttelte den Kopf. Er lag im ständigen Krieg mit dem Leiter der zentralen Rohstoffbeschaffung. „Diese beiden Männer können nur mit einem Schürftrichter in unsere Stadt gekommen sein. Mich würde interessieren, was die mineralogische Abteilung dazu zu sagen hat!"

„Die beiden Männer wiegen zusammen hundertsechzig Kilogramm, es fehlen weitere neunzig Kilogramm, die nicht durch einen Verdampfungsverlust in der Magmamasse erklärt werden können. Meiner Meinung nach muß es noch eine dritte Person gegeben haben, die jetzt irgendwo . . ."

Automatisch blickten alle zu Dr. Ragano hinüber. Der Chef des Instituts für Sicherheit und öffentliche Ordnung lächelte. „Ich bin ganz Ihrer Meinung", sagte er und verbeugte sich leicht, „außerdem sollten wir diese beiden Toten nicht dem pathologischen Institut des Levitaniums übereignen. Auch wenn eine Untersuchung jedes einzelnen Moleküls dieser Bartträger erforderlich ist, möchte ich vermeiden, daß unsere Studenten menschliche Wesen sehen, die nicht in *Levitad* geboren sind."

Wie beiläufig schaltete Dr. Ragano den großen, dreidimensionalen Stadtplan von *Levitad* an der Stirnseite des Raumes ein. Er justierte die Intensität des selbstleuchtenden Planes auf die Oberflächenschicht. Deutlich hoben sich die breiten, rechtwinkelig angelegten Straßenzüge Old Manhattans vom originalgetreu nachgebauten Pariser Stadtteil Saint-Germain ab. Dort, wo im alten New York der Hudson River die natürliche Begrenzung gebildet hatte, begann in *Levitad* ohne Übergang das Wohnviertel Saint-Germain. Es war ebenso groß wie das Monte-Rosa-Plateau im nordwestlichen Viertel der scheibenförmigen Stadt. Eine künstliche Seine trennte Saint-Germain von den verkleinerten Bergen des Monte-Rosa-Plateaus.

Der Fluß war nur zwei Kilometer lang. Er lief schnurgerade von den Parkanlagen um die ehemalige Raumstation Palmyra bis hin zur äußeren Begrenzung der schwebenden Stadt. Noch ehe er den mehr als hundert Meter hohen Ringwulst des GRID-Systems erreichte, stürzte er über einen künstlichen Wasserfall in tiefer gelegene Filteranlagen. Rohrsysteme brachten die Wasser des Flusses bis zum Zentrum der Stadt zurück.

Dr. Ragano ließ ein kleines rotes Licht über den schimmernden Stadtplan wandern. Aufmerksam verfolgten die Ressortchefs die Demonstration. Das Licht glitt über den Boulevard St. Michel, schnitt die Rue Danton und verharrte dann in der Rue St. André des Arts.

„Wir alle fühlen uns als Levitanier", sagte Dr. Ragano, „unsere Tradition ist noch keine hundert Jahre alt. Schon deshalb hängen wir mit einer Art Haßliebe an den Gebräuchen der Erde, wie sie vor mehr als hundert Jahren üblich waren. Unsere Musik, unsere Lebensgewohnheiten und selbst die Einteilung in Tag- und Nachtzeiten können wir nicht einfach vergessen. Unsere Kultur ist noch zu jung, um ein vollkommener Ersatz für die zerstörte Zivilisation der Erde zu sein." Dr. Ragano ließ auf einem großen Bildschirm rechts neben dem Stadtplan einen kurzen Film einspielen. „Dieses Lokal kennen Sie alle, meine Herren, es ist berühmt für seine historische Atmosphäre. Aber nicht nur wir schätzen es, hin und wieder kultiviert zu essen, sehen Sie sich diese jungen Leute an."

Dr. Ragano deutete auf den Bildschirm. An einem runden Tisch saßen acht Personen. Die Rücklehnen der Stühle wurden durch stilisierte Schwerter gebildet. Von imitierten Holzbalken hingen bunte Fahnen herab. Die Wände waren mit Darstellungen mittelalterlicher Ritter geschmückt.

„Für uns, meine Herren, sind diese kriegerischen Reiter nie

mehr als eine rührende Dekoration gewesen. Wer von Ihnen weiß noch, daß der Reiter mit den gelben Kreuzen im Panier und dem Schwanenkopf auf dem Helm Thomas Beauchamp war, der als Earl of Warwick im Jahre 1345 gestorben ist. Oder der andere dort mit den Löwen und den Lilien auf dem Schild. Er hieß Edward Plantagenet und wurde The Black Prince genannt."

Mit einem Lächeln blickte Dr. Ragano zur Seite. Er war sich bewußt, daß das oberste Gremium der schwebenden Stadt seine Ausführungen als unpassend empfinden mußte. Aber er hatte seinen Trumpf noch nicht ausgespielt. Er wußte mehr als seine dreizehn Kollegen. Für einige Sekunden genoß er seine Machtstellung.

Die verborgene Aufnahmeoptik innerhalb des historischen Lokals holte die Gesichter der Gäste näher heran. „Diesen Streifen habe ich schon vor sechs Monaten drehen lassen", erklärte Dr. Ragano, „es tut mir leid, aber ich muß Ihnen mitteilen, daß sich meine damaligen Befürchtungen bestätigt haben." Dr. Ragano hielt den Film an und zeigte auf den runden Stadtplan. „Dort liegt das Lokal. Die jungen Leute, die Sie eben gesehen haben, nennen sich Gruppe der Tafelrunde. Sie schwärmen für die angebliche Freiheit der früheren Ritter, und nun passen Sie bitte auf!"

Dr. Ragano betätigte eine Reihe kleiner Schalter an der Seite des Stadtplans. Die Scharfeinstellung verschob sich zu den unteren Etagen. Die komplizierte Technik in den Eingeweiden der schwebenden Stadt wurde sichtbar. Verbindungskorridore, Werkhallen und Maschinenräume wechselten sich mit Lagerhallen und Aggregatkammern ab. Schicht für Schicht entblätterte Dr. Ragano die einzelnen Etagen.

„Dort", sagte er plötzlich, „an dieser Stelle wurden die beiden Toten von der Erdoberfläche gefunden, und hier endet das hermetisch abgesicherte Transportsystem für die Schürftrichter. Die Distanz zwischen der Tunnelschleuse und der medizinischen Wachstation beträgt nur fünfzig Meter. Aber das ist noch nicht alles. An der Seite der Wachstation läuft ein Klimaschacht entlang. Er endet – wie Sie bereits vermuten werden – innerhalb des historischen Restaurants, aus dem ich Ihnen eben einige Bilder zeigen konnte."

„Ich weiß nicht, was Sie damit beweisen wollen", sagte der Leiter von EX-GEO spontan.

Dr. Ragano lächelte ihm zu. Er warf einen Blick zu Lavrans hinüber. „Zur Gruppe der Tafelrunde gehören zwei Männer, die Sie wahrscheinlich kennen. Einer ist Kilian de Fries, ein Astrobiologe, der ohne Grund sein Studium im Levitanium abbrach und Planungstechniker wurde. Bei dem anderen Mann handelt es sich um Nail McMan, einen Mann von EX-GEO."

„Was haben Sie gegen McMan?" fragte der Leiter von EX-GEO sofort.

„Nichts. Ich habe nichts gegen ihn", antwortete Dr. Ragano, „aber er dürfte eine ganze Menge gegen uns haben. Immerhin haben wir seine Doktorarbeit abgelehnt, in der er nachgewiesen hat, daß in der Nähe von Erdvulkanen auch nach dem Schwarzen Krieg menschliches Leben möglich ist."

Lavrans senkte den Kopf. „Schwärmer", meinte der Leiter von EX-GEO mit einer abwehrenden Handbewegung.

„Irrtum", gab Dr. Ragano zurück. Seine Stimme klang scharf und schneidend. „Diese Leute sind Rebellen. Sie werden alles tun, um unsere Stadt zur Erdoberfläche zurückzubringen. Wenn sie nachweisen, daß wir auf der Erdoberfläche nicht gefährdet sind, sehe ich schwarz für die Zukunft von *Levitad*."

Die Atmosphäre innerhalb des Versammlungsraumes knisterte vor Spannung. Die Ressortchefs begriffen plötzlich die ganze Tragweite von Dr. Raganos Argumentation.

Wieder war es Lavrans, der zuerst sprach: „Ich hoffe, Sie haben geeignete Schritte unternommen, Doktor."

„Natürlich", sagte der Chef des Instituts für Sicherheit und öffentliche Ordnung. „Es ist schließlich meine Aufgabe. Wir müssen damit rechnen, daß ein menschliches Wesen von der Oberfläche der Erde in unserer Stadt frei herumläuft."

„Eine lebende Zeitbombe", sagte Lavrans mit einem Aufstöhnen. „Ich flehe Sie an, Doktor, tun Sie etwas – und tun Sie es bald . . ."

Nail McMan war auf einer der künstlichen Seinebrücken, als ihn der Meteoralarm überraschte. Er blieb für eine Sekunde stehen und blickte nach oben. Der schwarze Himmel mit den gleißenden Sternen und dem hellen Glutball der Sonne war alles, was er sah.

Das tausendfache Auf und Ab der gellenden Sirenen aus allen

Teilen der Stadt schmerzte in seinen Ohren. Er ließ seinen Körper nach vorn fallen und rannte los. Niemand wußte, wo bei einem derartigen Alarm der Meteor einschlagen würde. Alle Bewohner von *Levitad* kannten die unterschiedlichen Stufen eines Meteoralarms. Neben dem pausenlosen Bombardement durch ungefilterte kosmische Strahlung und der ständigen Bedrohung durch ionisierte Luftschichten in dieser Höhe bildeten Meteore eine ernsthafte Gefahr für die schwebende Stadt.

Noch während er über die Brücke lief, überlegte Nail McMan, wo der nächste Panzerraum war. Diesmal mußte es ein ziemlich großer Meteor sein, der sich im Anflug auf *Levitad* befand. So groß jedenfalls, daß er vor seinem Aufprall nicht völlig durch die Hitzestrahler auf dem GRID-Wall zerstört werden konnte. Selbst wenn nur noch ein Rest von der Größe eines Tennisballs übrigblieb, konnte der Einschlag eine Katastrophe auslösen. Nur dreimal in der Geschichte der schwebenden Stadt waren bisher Meteore von mehr als hundert Gramm Gewicht in die künstliche Stadt eingeschlagen. Das Verheerende waren ihre große Geschwindigkeit und die damit verbundene gewaltige Durchschlagskraft. Sie zerfetzten Stahlplatten, zerrissen Versorgungsleitungen und zerschmolzen Bündel von Kabelsträngen, ehe sie verdampften. Und jedesmal dauerte es Wochen, bis die Meteorwunden in den überaus empfindlichen Systemen der schwebenden Stadt repariert waren.

Durch die Behandlung im Traumatikum war Nail McMan noch etwas benommen. Ohne zu denken, erreichte er den Quai de Montebello. Er tauchte im Gewirr enger Straßen unter. Kleine, windschiefe Häuser boten nur wenig Schutz. Überall flüchteten Menschen zu den Levitationsplatten. Sie führten hinab zu den sicheren Panzerbunkern. Trotzdem reichte die Zeit nicht aus. Schräg über sich sah Nail McMan plötzlich das flammende Licht. Keulenförmig und mit einem langen, wabernden Schweif stürzte der Meteor mitten in das Wohnviertel. Hunderte von halbvergasten Teilen folgten dem Kernstück wie ein flammender Sprühregen. Es krachte dreimal kurz hintereinander. Eine Serie von kleineren Einschlägen hallte wie ein unregelmäßiges Echo durch die Straßen.

Die Druckwelle traf Nail McMan genau eineinhalb Sekunden

später. Er wurde gegen eine Hauswand geworfen. Mit dem Ellbogen zertrümmerte er eine Plastikscheibe. Er stieß sich ab und stürzte nach vorn. Aus seinem Unterbewußtsein tauchte schemenhaft ein Stück Vergangenheit auf.

Sosehr er sich jedoch bemühte – der Nebel über seinem Erinnerungsvermögen löste sich einfach nicht. Trotzdem hastete er weiter. Er überquerte die Rue Saint Jacques, rannte durch die Rue Saint Severin und blieb plötzlich wie angewurzelt stehen.

Flammen schlugen aus dem Rand des schwelenden Kraters. Dort, wo einmal das historische Restaurant gewesen war, das der Gruppe der Tafelrunde als geheimer Treffpunkt gedient hatte, sah Nail McMan nur noch ein ausgezacktes Loch in der Oberfläche von *Levitad*. Leichtmetallverstrebungen und angekohlte Plastikwände bildeten den Trichter. Von allen Seiten jaulten die Fahrzeuge der Bergungseinheiten heran. Kranplattformen auf gebündelten Levitanspulen senkten sich aus der Luft nach unten. Vollautomatische Schrotthobel stürzten in wilden Schwärmen in die Trümmer hinab. Sie sahen aus wie große, gezackte Eierhandgranaten. Levitanspulen und Induktionsmotoren versetzten die Außenhüllen der Schrotthobel in schnelle Umdrehungen. Aufkreischend fraßen sich die Geräte in die Trümmer. Sie hobelten und feilten die Ränder des zerstörten Trichters glatt. Und noch immer regnete glühender Staub auf die Einschlagstelle herab. Es sah aus wie das Ende eines tödlichen Regenbogens.

Nail McMan wandte sich ab. Ein Aufschluchzen erschütterte seinen schmalen Körper. Sein ernstes Gesicht hatte einen verzweifelten Ausdruck angenommen. Dieser Schock eliminierte einen Teil der hypnotischen Behandlung im Traumatikum. Er hatte vergessen sollen. Doch der Meteor hatte unmittelbar nach seiner Behandlung eine wichtige Information aus der künstlichen Vergessenheit gerissen.

Dort drüben – im rauchenden Krater der Vernichtung – war seine geistige Heimat gewesen. Mit schleppenden Schritten ging er weg. Er wußte nicht, wohin er sich jetzt wenden sollte. Gesichter ohne Namen tauchten vor ihm auf. Das Gift der Verbitterung wirkte der Behandlung im Traumatikum entgegen. Etwas in ihm zerbrach. Er haßte plötzlich die schmalen, imitierten Straßen, die lächerlichen Wolkenkratzer und die mit falschem Schnee bedeckten Berge des Monte-Rosa-Plateaus. Er blickte zum schwarzen Himmel hinauf, der nicht so war, wie ihn die Menschen aller Generationen jahrtausendelang gekannt hatten. Diesem Himmel fehlten die Weite und die Klarheit. Trotz seiner vielen funkelnden Sterne wirkte er so deprimierend wie ein schwarzes Leichentuch.

Irritiert wandte Nail McMan den Blick ab. Im gleichen Augenblick sah er an der nächsten Straßenecke zwei Beamte des Instituts für Sicherheit und öffentliche Ordnung. Es war nur ein Reflex – eine ungewollte Bewegung, die Nail McMan zur Seite springen ließ. Mit der Schulter stieß er gegen eine Haustür. Wie aus weiter Ferne drang der Lärm der Bergungsmaschinen und der Rettungseinheiten von der Unfallstelle an sein Ohr.

Die schmale Tür wurde aufgerissen. Ein spindeldürrer Mann mit rotgeränderten Augen und einem auf und ab hüpfenden Adamsapfel starrte ihn an. „Gut, daß Sie freiwillig kommen“, zischte er.

Nail wurde in einen dunklen Vorraum gezogen. Die Tür schlug hinter ihm zu. Verwirrt versuchte Nail, sich an die Dunkelheit zu gewöhnen. Der dünne Mann kicherte leise. Er hatte eine unangenehm hohe Stimme. Nail konnte schwören, daß er diesen Mann in seinem ganzen Leben noch nie gesehen hatte.

DAS DRÖHNENDE Rauschen wurde immer unerträglicher. Schritt für Schritt kämpften sich Reanny und Mona de Fries durch den Sturm. Der scharfe Wind riß und zerrte an ihren Druckanzügen. Sie klammerten sich an Führungsleisten und zogen sich langsam weiter nach vorn. Reanny hatte es längst aufgegeben, sich zu wundern. Außerdem konnte er keine Fragen stellen. Die Sauerstoffmaske bedeckte sein Gesicht und ließ nur zwei Öffnungen für die Schutzgläser vor seinen Augen frei. Trotzdem schloß die Maske nicht dicht ab, sein Bart behinderte ihn. Obwohl er das Ventil ganz aufgedreht hatte, bekam er zuwenig Luft. Er ächzte und keuchte, während er versuchte, mit dem Mädchen Schritt zu halten. Nach einem fast endlosen Marsch zogen sie sich um eine scharfe Biegung. Mona de Fries streckte ihre Hand aus. Sie zog Reanny in eine Nische. Draußen heulte der Sturm an ihnen vorbei.

„Was ist das?“ brüllte Reanny in das Funkgerät, das in die Sauerstoffmaske eingebaut war.

„GRID-Stau“, gab sie schwer atmend zurück.

Reanny hob den Kopf. Der Wind drückte ihn sofort gegen die Wand. Staunend betrachtete er die unverständliche Konstruktion. Vor ihnen erstreckte sich eine fast fünfzig Meter breite Plattform. Die Wand, an der sie beide lehnten, wirkte wie die Seitenfläche eines ungeheuer großen Zylinders. Unwillkürlich mußte Reanny an eine gigantische Hutkrempe denken. Auch die Plattform folgte in ihrem Verlauf der Krümmung der Zylinderwand. Vom Rand der Plattform führten in regelmäßigen Abständen mathematisch exakt gekrümmte Verstrebungen bis zu einer Linie hoch über ihnen.

Reanny kniff die Augen zusammen und überlegte. Die regelmäßige Anordnung der riesigen, gebogenen Lamellen erinnerte ihn an etwas, das er von Semisopochnoi her kannte. Er brauchte nicht lange, bis es ihm einfiel.

Damals – vor mehr als zwanzig Jahren – war einer der letzten Blauwale an den Strand der Insel gespült worden. Reanny war damals noch ein Kind gewesen. Tagelang hatten die Männer der Insel den Wal zerlegt. Nur ein riesiges Gerippe aus gebogenen Knochen war übriggeblieben. Und genau daran erinnerte sich Reanny, als er jetzt die endlose Reihe der gigantischen Lamellenbogen am äußersten Rand der schwebenden Stadt betrachtete.

Mona de Fries hantierte an einem kleinen Schaltkasten in der Mitte der Nische. Sie schimpfte leise vor sich hin. Plötzlich geschah etwas, das Reanny zusammenzucken ließ. Aus dem glatten, fugenlosen Boden der Plattform hob sich langsam eine schnurgerade Geländerkonstruktion. Mona de Fries nickte Reanny zu und hangelte sich zum Rand der Plattform. Der Inselfarmer zögerte einen Augenblick. Er wußte nicht, was das Mädchen bezweckte.

Als er ihr folgte, hatte sie bereits zehn Meter Vorsprung. Doch Reanny holte schnell auf. Fast gleichzeitig kamen sie am äußeren Rand der Plattform an. Wieder schob Mona den Mann von der Erde in eine Nische. Es war eine Aushöhlung am Fuß einer der zwei Meter starken Lamellen. Sie hielten sich gegenseitig fest. Und dann sah Peter Reanny plötzlich die Erde. Seine Nackenhaare sträubten sich, als er nach unten blickte. Er hielt die Luft an, während seine Augen fast aus den Höhlen traten. Haushohe Wellen, feuerspeiende Vulkane, Stürme und meterhoher Schnee auf Semisopochnoi, das alles kannte er, aber es war nichts gegen das phantastische Bild, das sich ihm jetzt bot.

Der große Ball aus dichten Wolken ließ Reannys Blut in Wallung geraten. Ungläubiges Staunen und ein kribbelnd durch seine Glieder kriechendes Entsetzen lähmten ihn. Gleißende weiße Flächen und grauschwarz aufgetürmte Wolkenberge waren selbst aus dieser Höhe deutlich zu erkennen. In tausendfachen Variationen mischten sich Pilzformationen mit farbigen, zirrusförmigen Wolkenschleiern.

Das war die Erde – seine Erde.

Reanny konnte sich nicht satt sehen an dem faszinierenden und gleichzeitig unheimlichen Bild. Die Ränder des gigantischen Wolkenballs waren von einer Korona aus Licht eingefaßt. Farben, die der Inselfarmer noch nie gesehen hatte: helles, leuchtendes Blau, sauberes Türkisgrün, das tiefe, satte Violett zwischen den letzten Ausläufern der irdischen Lufthülle und dem erschreckenden Schwarz des Weltraums. Er klammerte sich fest. Er hatte das Gefühl, ins Nichts zu fallen. Sein Magen revoltierte. Alles in ihm wehrte sich gegen das, was er sah. Mit einem Ruck riß er sich los. Er drehte sich um, schlug die Hände vor seine Schutzmaske und sackte zusammen. Er kauerte sich in eine Ecke der Nische, während sein Körper von einem verzweifelten Aufschluchzen erschüttert wurde.

„Nein!" keuchte er immer wieder. Es war verrückt – vollkommen absurd. Er hatte gewußt, daß *Levitad* eine schwebende Stadt war, und doch erschien ihm die Wahrheit nun unerträglich, sobald er sie mit eigenen Augen sehen mußte. Kein dreidimensionaler Film konnte das Ungeheuerliche dieser phantastischen Realität wiedergeben. Und irgendwo unter diesem Alptraum aus Wolken und Licht lagen Kontinente, Meere und Inseln, auf die seit dem Schwarzen Krieg kein einziger Sonnenstrahl mehr gefallen war.

Er fühlte die Hände des Mädchens auf seinen Schultern. Immer wieder kniff er die Augen zusammen, doch die Tränenschleier waren zu dicht. Endlich schaffte er es, sich aufzurichten. Sie hielt ihn fest. Gleichzeitig begann sich der Boden unter ihm zu heben. Das Licht verschwand. Eine angenehme Dämmerung hüllte sie ein. Das leise Vibrieren von unsichtbaren Levitan-Spulen trug die Plattform mit Reanny und dem Mädchen innerhalb der hohlen GRID-Lamelle nach oben.

Langsam ging die vertikale Bewegung in ein horizontales

Gleiten über. Am höchsten Punkt des Ringwalls um die schwebende Stadt erreichten sie einen Ringtunnel. Sie stiegen auf eine zweite Plattform um. Diesmal ging die Fahrt abwärts. Sie dauerte fast drei Minuten, doch Reanny war zu beeindruckt, um sprechen zu können. Alles in ihm war erregt und aufgewühlt. Zum erstenmal in seinem Leben hatte er reines, klares Sonnenlicht gesehen. Der Mann, dessen Leben stets grau gewesen war, konnte den Schock aus Licht und Farben nicht sofort verdauen.

Das war mehr, als er sich jemals vorgestellt hatte.

Als sie aus der Öffnung auf der anderen Seite der Ringlamelle traten, erhielt Peter Reanny seinen zweiten Tiefschlag. Diesmal riß kein Sturm an seinem Schutzanzug, kein wolkenverdeckter Planet erstreckte sich unter ihm, doch dafür sah er die Stadt.

Durch riesige Blätter, vorbei an großen Trauben und prallen Früchten glitt sein Blick über das regelmäßige System der Hochhäuser bis hinüber zu den weißen Spitzen des Monte-Rosa-Plateaus.

„Die hängenden Gärten ziehen sich rund um die ganze Stadt." Mona de Fries lächelte stolz. „Sie verdecken die untere Hälfte dieses häßlichen Ringwalls."

Reanny hörte sie kaum. Er sah, wie das Mädchen die Sauerstoffmaske vom Gesicht nahm und die Schutzhaube zurückstrich. Sie schüttelte den Kopf, und ihr Haar fiel auf die Schultern zurück. Doch Reanny wollte seine Sauerstoffmaske nicht abnehmen. Er wollte nicht, daß das Mädchen die Tränen sah, die über seine Wangen bis in seinen dichten Bart liefen. Erschüttert tastete er mit den Fingerkuppen über eine große Orange. Er war derartig in dieses Bild einer paradiesischen Fata Morgana versunken, daß er nicht sah, wie sich schwere Hände über den Mund von Mona de Fries legten. Er machte einen Schritt nach vorn und ging vorsichtig weiter in die terrassenartig angelegten hängenden Gärten hinein.

Der Stoß in den Rücken traf ihn so unerwartet, daß er nach vorn stürzte. Er klammerte sich an eine schwere Weintraube, riß sie ab und fiel zu Boden. Sein massiger Körper rollte die Terrassenhänge hinab. Mit Händen und Füßen suchte Peter Reanny nach einem Halt. Noch im Fallen sah er, daß es mindestens sechs waren, die sich von hinten an ihn herangeschlichen hatten.

Nail wurde unsanft in einen Sessel gestoßen. Irritiert blickte er sich um. Der Raum war klein und wirkte schäbig. Nackte Metallregale und schmuddelige Plastiksessel bildeten die ganze Einrichtung. Die Abdeckleiste vor der indirekten Lichtquelle fehlte.

„Ich weiß nichts“, stieß Nail mit einem Seitenblick auf den spindeldürren Mann hervor. „Ich komme gerade aus dem Traumatikum. Hypnoschock.“

Der Adamsapfel des langen Mannes bewegte sich. Er sah aus wie ein kleines, in seinem dürren Hals gefangenes Tier. „Nail McMan“, sagte er und schob seine dünne Unterlippe nach vorn. Er trat zu einem Regal und nahm ein Stück durchsichtige Folie auf. Vorsichtig hielt er sie gegen die Lichtquelle. Nail konnte die Zeichen und Buchstaben auf dem Plastikstreifen nicht sehen. „26 Jahre alt, *Levitad*-Geborener, Ausbildung als Mineraloge, nicht anerkannter Wissenschaftler.“ Er drehte sich um und starrte Nail McMan an.

„Ich war bereits bei Dr. Ragano. Wir hatten eine Unterredung. Sofort anschließend bin ich ins Traumatikum gegangen.“

Der dürre Mann machte eine abwehrende Handbewegung. „Damit wir uns richtig verstehen – ich habe nichts mit dem Institut für Sicherheit und öffentliche Ordnung zu tun. Was Dr. Ragano und seine Leute machen, interessiert mich nicht. Ich will nur wissen, was Sie sich dabei gedacht haben.“

„Wobei?“ fragte Nail verständnislos.

Der dünne Mann kam einen Schritt auf ihn zu. Er stemmte seine mageren Arme auf die Lehnen von Nails Sessel. Sein Vogelkopf war jetzt direkt vor Nail McMans Gesicht. Nail sah die blutunterlaufenen Augen und etwas, das er bei den Bewohnern der schwebenden Stadt noch nie beobachtet hatte: rötlich schimmernde Bartstoppeln!

Langsam hob der dünne Mann seine Hände. Er hielt sie direkt vor Nails Augen. Erschrocken wich der junge Mineraloge zurück. Kreisförmige, bläulich schimmernde Verknorpelungen bedeckten das Innere der Hände. Beide Handflächen sahen hart, krank und ekelhaft aus.

„Levi-Lepra“, stieß der dünne Mann mit schriller Stimme aus. „Wissen Sie, was das heißt? Oder haben Sie etwa noch nie davon gehört, daß bereits mehr als dreitausend Einwohner dieser verdammten Stadt krank sind – mutierte Krüppel, degeneriert und von der harten Höhenstrahlung verseucht!"

Nail McMans Mundwinkel zuckten. Er zitterte. Dann schüttelte er vorsichtig den Kopf. Nein – davon hatte er noch nie etwas gehört. „Ich weiß nicht . . ."

„Natürlich nicht", sagte der dünne Mann schrill, „niemand will es wissen. Wir werden totgeschwiegen, weil wir nur eine unerwünschte Minderheit sind. Wir haben unseren eigenen Sperrbezirk unter den Hospitalanlagen von Palmyra. Dreitausend Menschen, die nie mehr an die Oberfläche gelassen werden. Das ist die Kehrseite der Medaille, McMan."

Unruhig rutschte der junge Mineraloge in seinem Sessel hin und her. Er wußte nicht, was der Kranke von ihm wollte. Was in aller Welt hatte er mit dem Problem der Höhenstrahlung zu tun? McMan erhielt die Antwort schneller, als ihm lieb war. Fassungslos ließ er die Anklage des dürren Mannes über sich ergehen.

„Seit vielen Jahren hoffen diejenigen von uns, die noch denken können, auf eine Rückkehr zur Erde. Für uns ist es besser, auf der verseuchten Oberfläche eines Planeten zu leben und zu sterben, als in den sterilen Verliesen dieser schwebenden Stadt dahinzuvegetieren. Wir haben Ihre Doktorarbeit gelesen! Wir wissen, daß sie unerwünscht war, aber wir wissen auch, daß Sie zur Gruppe der Tafelrunde gehören. Wir haben Ihre Experimente beobachtet, weil Sie freier arbeiten konnten als wir. Sie wurden niemals überwacht und hatten die Möglichkeiten, die uns versagt blieben."

Der dünne Mann rieb seine verknoteten Hände gegeneinander. Unendlich langsam kam in Nail McMan die Erinnerung an die Arbeit der Gruppe der Tafelrunde zurück. Noch hatte er Schwierigkeiten, seine Erinnerungsfetzen in einen logischen Zusammenhang zu bringen. Gleichzeitig entdeckte er, daß nicht nur das Institut für Sicherheit und öffentliche Ordnung von ihrem Geheimnis gewußt hatte.

Die Stimme des dünnen Mannes klang scharf, als er weitersprach: „Durch Dummheit und Leichtsinn haben Sie Ihre eigene Arbeit sabotiert, McMan. Ihre oberflächlichen Sicherheitsmaßnahmen mußten ja eines Tages auffallen. Zu allem Überfluß haben Sie auch noch den ersten Überlebenden Ihrer Versuchsreihe entkommen lassen. Dieser Mann läuft jetzt durch *Levitad* und wird von allen Sicherheitsbeamten der Stadt gejagt. Sie werden ihn zur Strecke bringen und verschwinden lassen. Aber das ist noch nicht alles. Dr. Ragano wird zusammen mit Vierzehnmann die Stadt noch perfekter isolieren, und genau das ist es, was uns alle um Jahre zurückwirft . . ."

Er ging zur Wand und schaltete ein flaches Fernsehbild ein. Über eine getarnte Optik beobachtete er die Straße. Über den Dächern von Saint-Germain stand eine dünne Rauchwolke.

„Vierzehnmann und Dr. Ragano kennen inzwischen das Geheimnis der Schürftrichter. Sie werden dafür sorgen, daß nie wieder Schürftrichter mit eingebauten Kühlkammern zur Erde hinabstoßen. Und daran sind einzig und allein Sie schuld, McMan!"

Der dünne Mann schaltete das Fernsehbild aus. Die Sehnen an seinem Hals strafften sich.

„Wir hätten Sie in jedem Fall zur Verantwortung gezogen, mein Bester. Die Levi-Lepra ist eine langsame, schleichende Krankheit, aber sie hat viele Erscheinungsformen. Als Fachmann wissen Sie, daß auch Strahlenkrankheiten ansteckend sein können, sehr ansteckend sogar, McMan."

Der dürre Mann streckte seine verknorpelten Handflächen nach vorn. Mit kleinen, wiegenden Schritten kam er auf McMan zu.

„Sie gehören zu uns", keuchte er. „Sie sollen erfahren, was es heißt, um die einzige Hoffnung betrogen zu werden. Sie sollen Ihren Leichtsinn verfluchen, so wie wir es tun. Alle Überlebenden aus der Gruppe der Tafelrunde werden durch uns ihren Ritterschlag erhalten."

Der dürre Mann kicherte. Seine Hände zitterten vor Nail McMans Gesicht auf und ab.

„Levi-Lepra", flüsterte er, während der Wahnsinn in seinen blutunterlaufenen Augen aufblitzte. „Das Strahlengift aus dem Weltall, exklusiv für die Überlebenden der großen Katastrophe. Kommen Sie, McMan! Berühren Sie meine Hände. Wovor fürchten Sie sich? Sie wissen doch, daß es keine Zukunft mehr für Sie gibt . . ."

Er kauerte sich in den schwarzen, scharfen Schlagschatten eines großen Busches. Knapp zehn Meter über sich hörte er die Geräusche seiner Verfolger. Seine Häscher verteilten sich und kamen an den Fruchtstauden vorbei die Terrasse herab.

Reanny hatte in seinem ganzen Leben niemals richtige Schatten gesehen. Für ihn waren derartige Dinge nur unterschiedliche Abstufungen im Grau. Hier erlebte er zum erstenmal das unmittelbare Nebeneinander von leuchtenden Farben und schwarzen Schatten.

Er preßte die Sauerstoffmaske vor sein Gesicht. Mit tiefen Atemzügen saugte er die klare, frische Luft in seine Lungen. Gleichzeitig erkannte er, daß er noch eine winzige Chance hatte. Er war an die Schwerebedingungen auf der Erde gewöhnt. Das, was er zuerst nicht richtig begriffen hatte, kam ihm jetzt zu Hilfe. Er fühlte sich so leicht, als hätte er in der schwebenden Stadt zwei Drittel seines Körpergewichts verloren. Ehe sie losgegangen waren, hatte Mona de Fries ihm einige Pillen des Vitamins G-MB zugesteckt. Nacheinander schob er sie in den Mund. Er schluckte die Pillen unzerkaut hinunter. Er wartete auf eine besondere Wirkung, konnte aber nichts feststellen.

Langsam beruhigte er sich. Er zog die Schutzkappe von seinen Ohren und bemühte sich, die Geräusche seiner Verfolger zu definieren. Es war unmöglich. Unten auf der Erde kannte er jedes Geräusch. Er war in der Lage, jede Veränderung auf Semisopochnoi instinktiv richtig zu bewerten. Aber hier war alles anders. Die Luft erschien ihm dünner. Ein summendes Brausen drückte auf die Trommelfelle. Er kniff die Augen zusammen und versuchte krampfhaft, sich an das gleißende Licht zu gewöhnen. Trotzdem wurde ihm in unregelmäßigen Abständen schwindelig. Dann verschwamm das unwirkliche Bild der schwebenden Stadt zu einem diffusen Nebel.

Seine starken Finger krallten sich in den schwarzen, fetten Humusboden. Er wußte nicht, daß er künstlich mit Mineralien und Bakterienkulturen angereichert worden war. Er fühlte nur die Krume zwischen seinen Fingern und stellte fest, daß sie gut war.

Ein schwarzer Schatten huschte an ihm vorbei. Er fiel über seine Füße und blieb stehen. Instinktiv zuckte Reannys Kopf zur Seite. Durch schlierige Sichtgläser sah er den Mann. Er stand schräg über ihm. Reanny sprang auf. Mit einem einzigen Satz stürzte er sich auf den Schatten. Seine Arme klammerten sich um die Beine des Fremden. Sie verloren das Gleichgewicht und fielen zu Boden. Eng umschlungen rollten sie den terrassenförmigen Hang hinab.

Die beiden Körper stießen gegen Stauden, rissen Blätter und Früchte ab und wühlten den Boden auf. Sie ließen eine deutliche Spur in den hängenden Gärten an der Innenseite des GRID-Walles zurück.

Der Hof war mit Plastikplatten belegt. Eine Reihe kleiner zweistöckiger Häuser stand dort, wo die hängenden Gärten in das Wohnviertel Saint-Germain übergingen. Kleine, blitzende Fensterscheiben warfen das grelle Sonnenlicht spiegelnd zurück.

Reanny schlug hart mit dem Kopf auf. In ohnmächtiger Wut drückte er den Fremden zur Seite. Sein Widerstand verdoppelte sich, als er spürte, wie leicht er seinen Gegner los wurde. Mit einem kräftigen Schwung schleuderte er ihn gegen eine Hauswand. Es gab ein dumpfes Geräusch, dann sackte der Fremde in sich zusammen. Er rutschte an der Hauswand entlang nach unten, streckte seine Beine aus und kippte zur Seite.

Schnaufend richtete Peter Reanny sich auf. Der Inselfarmer hatte in den letzten Stunden eine Menge gelernt. Obwohl ihm seine Situation wie ein böser Alptraum vorkam, setzte sich der Wille zu überleben in ihm durch. Das harte, rauhe Leben auf Semisopochnoi hatte ihm nie Zeit für philosophische Betrachtungen gelassen. Jeder von den langen, grauen Tagen seines Lebens war Kampf und harte Arbeit gewesen. Die Fremden aus der schwebenden Stadt hatten ihn aus seinem gewohnten Tagesrhythmus herausgerissen. Sie hatten ihn entwurzelt und erst anschließend versucht, eine Erklärung dafür zu geben. Die Flut der phantastischen Eindrücke war derartig stark gewesen, daß Peter Reanny sich eine Zeitlang wie gelähmt vorgekommen war. Er hatte, ohne lange zu denken, auf den Alptraum reagiert. Nur langsam gelang es ihm, die Eindrücke zu verarbeiten. Sein Verstand brauchte Zeit – mehr Zeit, als ihm zur Verfügung stand!

Ganz allmählich gelang es ihm, das Ungeheuerliche seiner Situation zu verarbeiten. Er durfte nicht versuchen, alles auf einmal zu verstehen. Wenn er nur die nüchternen Tatsachen betrachtete, war das Schwindelgefühl in seinem Kopf erträglicher.

Angewidert ging er über die Plastikplatten. Er blickte nicht zurück. Als er den Humusboden der hängenden Gärten erreichte, fühlte er sich wohler. Der weiche Erdboden wirkte wie eine belebende Medizin auf ihn. Während er mit den Händen den

Humusboden berührte, irrte sein Blick über die Fassaden der Häuser. Jetzt sah er nichts mehr von den nachgebauten Straßenschluchten Old Manhattans, nur der schwarze Himmel mit den hellen Sternen und der gleißenden Sonne erinnerte ihn daran, daß er sich mehr als hundert Kilometer über Semisopochnoi befand. Unendlich langsam begann er zu verstehen, warum die Mitglieder der Tafelrunde ihn entführt hatten. Die kalte, künstliche Pracht der schwebenden Stadt machte ihn krank. Er hatte Heimweh nach der rauschenden Brandung und den dahinjagenden Wolkenfetzen über seiner Insel. Selbst die donnernden Ausbrüche des Vulkans waren ihm lieber als das flüsternde Wispern dieser phantastischen Technik um ihn herum. Dabei ahnte er nicht einmal, wieviel Arbeit und menschlicher Erfindungsgeist notwendig gewesen waren, um das ungeheuer komplizierte System einer perfekt aufeinander abgestimmten Technik für die schwebende Stadt zu realisieren. Es war ihm gleichgültig. Er wollte es nicht wissen. Wenn ein Tag voller Arbeit zu Ende ging, wollte er den Schnee von seinen Stiefeln klopfen und seine klammen Finger am offenen Kaminfeuer wärmen. Das war alles – nicht mehr und nicht weniger. Es war die Sehnsucht nach der Welt, in der er groß geworden war. Alles andere mußte einfach fremd für ihn bleiben . . .

Er stand auf, ging über den Hof und passierte einen Gang zwischen zwei Häusern. Er betrat eine Straße, aber er weigerte sich, die neuen Eindrücke in sich aufzunehmen. Wie in Trance ging er weiter. Er hatte es satt, Spielball irgendwelcher Gruppen zu sein. Er wollte zur Erde zurück, das war sein Recht, und darauf würde er bestehen. Seine Hände ballten sich zu Fäusten, als er auf zwei dunkel gekleidete Männer zuging. Als sie ihn entdeckten, fuhren sie unwillkürlich zusammen. Sie griffen nach kleinen Geräten an ihrem Gürtel, doch Reanny schlug ihnen gleichzeitig auf die Hände.

„Finger weg!“ sagte er hart. Er griff nach ihren Handgelenken. Als er zudrückte, grinste er breit. Die beiden Männer krümmten sich. Reannys Stimme klang hohl und metallisch, als er seine Anweisungen gab. „Bringt mich zum Kapitän, zum Chefpiloten oder zu irgend jemandem, der diese verdammte schwebende Stadt kommandiert!“

Die Gesichter der beiden Männer wirkten wie farblose Masken. Sie verstanden ihn nicht, doch sie wußten, was er wollte.

Das also war der Mann von der Erde, nach dem Dr. Ragano die ganze Stadt absuchen ließ . . .

„Eine ideale Lösung, meine Herren." Der Chef von EX-GEO blickte nacheinander die dreizehn Ressortchefs der schwebenden Stadt an. Dr. Ragano betrachtete seine gepflegten Fingernägel und schüttelte kaum merklich den Kopf.

Lavrans schob die Unterlippe nach vorn. Nach ungewöhnlich kurzer Zeit war Vierzehnmann erneut zusammengetreten. Besondere Ereignisse hatten dazu Veranlassung gegeben.

„Wie ist unsere Stadt entstanden?" fuhr der Chef von EX-GEO fort. Er beugte sich nach vorn und unterstrich seine Worte mit leichten Schlägen auf die polierte Tischplatte.

„*Levitad* war ursprünglich ein Weltraumhospital. Wenn wir es nüchtern betrachten, hat damals die Erde ihre unheilbaren Kranken nach Palmyra abgeschoben. Was dann kam, war ein Versuch in jeder Hinsicht. Machen wir uns nichts vor, meine Herren, wir sind die Erben von Kranken und von Versuchspersonen, und genau das gibt uns das Recht, nach achtundfünfzig Jahren der Isolierung den Spieß einmal umzudrehen!"

„Was meinen Sie dazu?" fragte Lavrans und blickte Dr. Ragano an.

„Ich bin dagegen."

Die übrigen Ressortchefs schwiegen. Der Chef von EX-GEO stand auf. Er ging hinüber zu einem Behälter mit eisgekühltem Wasser, nahm einen Plastikbecher und hielt ihn unter den kurzen Nippel. In kleinen Schlucken trank er das klare, sterilisierte Wasser.

„Wenn Sie die Verantwortung für die Leprakolonie übernehmen wollen, ist das Ihre Sache, Doktor", sagte er in die Stille hinein. „Jeder von uns hat einen festumrissenen Verantwortungsbereich. Allerdings kann ich Ihnen sagen, daß ich jetzt nicht in Ihrer Haut stecken möchte . . ."

„Was soll das heißen?"

„Dreitausend durch die Höhenstrahlung verseuchte Einwohner dieser Stadt, Dr. Ragano. Das sind dreitausend verbitterte, enttäuschte und teilweise mutierte Menschen in ewiger Quarantäne. Sie bilden ein Risiko, das wir einfach nicht unterschätzen dürfen.

Deshalb wiederhole ich meinen Vorschlag: Die Gruppe der Tafelrunde hat bewiesen, daß auf der Erdoberfläche menschliches Leben möglich ist. Unsere Kranken mit Levi-Lepra wollen aus ihrem Gefängnis heraus. Was hindert uns denn, diesen Leuten ihren sehnlichsten Wunsch zu erfüllen?"

„Die Tatsache, daß wir keine Mörder sind", gab Dr. Ragano zurück. Er schob seinen Sitz zurück und zeigte mit dem ausgestreckten Arm auf den Leiter von EX-GEO.

„Sie vergessen den eigentlichen Grund für die Erbauung von Palmyra. Damals ging es erst in zweiter Linie um die Herzkranken von der Erde. Das Weltraumhospital in der Umlaufbahn um die Erde wurde errichtet, um den durch Schwerelosigkeit geschädigten Raumfahrern eine Art Übergangsplattform zu schaffen."

„Leben wir schwerelos?"

Dr. Ragano schüttelte mißbilligend den Kopf. „Die Liste von medizinischen Bedenken gegen eine Übersiedlung der Leprakranken würde ganze Bücher füllen", sagte er hart. „Wir leben hier mit einem Drittel der normalen Erdenschwere, aber das ist noch nicht einmal das Hauptproblem. Seit siebzig Jahren existieren wir mit Hilfe des Vitamins G-MB unter atmosphärischen Bedingungen, die es auf der Erde nicht gibt. Der hohe Luftdruck auf der Erdoberfläche würde unseren Kranken die Lungen zerreißen . . ."

„Nicht bei einem Entzug des Vitamins G-MB", warf der Leiter des Gesundheitsdienstes ein. Dr. Ragano blickte irritiert zu dem schlanken, noch relativ jungen Ressortchef hinüber.

„Wollen Sie damit sagen, daß auch wir unter den atmosphärischen Bedingungen der Erdoberfläche leben könnten?"

„Ich denke schon."

Dr. Ragano versank in Schweigen.

Lavrans blickte von einem zum anderen, dann raffte er sich zu einem Vorschlag auf. „Als gegenwärtiger Sprecher von Vierzehnmann stelle ich fest, daß wir in den letzten Jahren relativ blind gewesen sind. Wir haben mindestens drei Probleme vernachlässigt: die Levi-Lepra, die Gruppenbildung unter den jüngeren Einwohnern der Stadt und die gründliche Erforschung der Erdoberfläche. Drei Probleme, von denen jedes für uns zur Existenzfrage werden kann."

„Ich sehe nur ein Problem", sagte Dr. Ragano plötzlich, „Menschen der Erde in einer Stadt in den Sternen. Wir haben den Schwarzen Krieg überstanden, weil die Unterseite unserer Stadt durch ihre vorausblickenden Erbauer getarnt worden war. Die Polarisation des Lichtes durch die vibrierenden Mikroprismen in der biosynthetischen Schutzhaut unter der Stadt hat uns unsichtbar gemacht. Während der entscheidenden Kampfminuten im Jahre 2112 hat *Levitad* optisch nicht existiert. Die Flugbahn der schwebenden Stadt in der Heavyside-Schicht war eine weitere Tarnung. Bis zum heutigen Tag haben wir keinen Funkverkehr von der Erde empfangen können. Die ultraviolette Sonneneinstrahlung um uns herum schlägt pausenlose Elektronen aus der Hülle der Gasatome. Die dünne Luft, die wir einatmen, ist ionisiert. Daran ändert auch die Tatsache nichts, daß das GRID-System wie ein gigantisches Staustrahltriebwerk wirkt."

„Ihre Erläuterungen in allen Ehren", sagte Lavrans und verzog das Gesicht, „aber würden Sie uns bitte sagen, worauf Sie eigentlich hinauswollen?"

Dr. Ragano lächelte. Er blickte zum Ressortchef für Bioklimatologie hinüber. Der grauhaarige Mann runzelte die Stirn. „Vielleicht ist es gut, wenn Sie – abgesehen von aller Technik – das Wunder von *Levitad* bestätigen."

„Es stimmt", sagte der Ressortchef für Bioklimatologie. „Die Ringwälle des GRID-Systems um die Stadt schützen uns vor dem ständigen Ostwind, der in dieser Höhe ein furchtbarer Sturm ist. Wir jedoch leben im windstillen Auge des Sturms. Nur deshalb können wir auf eine total geschlossene Kuppel über der Stadt verzichten. Das GRID-System verdichtet die angesaugte Luft und sorgt dafür, daß unser Blut nicht in den Adern kocht."

Dr. Ragano lachte leise. „Es gab mal eine Zeit, da galt es als Wunder, wenn Frauen mit nackten Füßen über glühende Kohlen gehen konnten. Diese Frauen wurden Hexen genannt, weil ihre Umwelt nicht bereit war, physikalische Merkwürdigkeiten zu akzeptieren. Das gleiche gilt für uns, meine Herren. *Levitad*, die schwebende Stadt, ist die Summe angewandter Naturwissenschaften. Warum, zum Teufel, weigern wir uns dann, an das Wunder menschlichen Lebens auf der verseuchten Erdoberfläche zu glauben . . ."

„Sie widersprechen sich selbst", stellte Lavrans fest.

„Ja – weil ich bereit bin zu lernen." Dr. Ragano schaute seine dreizehn Kollegen an. Zwei oder drei bedachten ihn mit wohlwollenden Blicken, der Rest ließ ihn nur kalte, verständnislose Ablehnung spüren.

Der Chef des Instituts für Sicherheit und öffentliche Ordnung blickte verstohlen auf seine Uhr. Wenn seine Planung korrekt war, mußte in wenigen Sekunden der Mann von der Erde im Versammlungsraum auftauchen. Dr. Ragano hatte bewußt auf Zwischenberichte verzichtet. Er vertraute darauf, daß seine Männer ganze Arbeit leisten würden.

Noch ehe Lavrans oder einer der anderen Ressortchefs irgendeine Entgegnung anbringen konnten, öffnete sich plötzlich die große Verbindungstür. Zwei Sicherheitsbeamte traten ein. Sie führten einen Kurier vom Institut für Sicherheit und öffentliche Ordnung in den Raum. Lavrans hob die Hand und gab damit die Genehmigung für den Kurier, mit Dr. Ragano zu sprechen. Die beiden Männer flüsterten nur wenige Sekunden miteinander. Dann sprang Dr. Ragano auf. Er eilte auf Lavrans zu, murmelte eine Entschuldigung und verließ hastig den Raum. Verstört blieben die übrigen Ressortchefs zurück. Lavrans sah lange vor sich hin. Dann hob er plötzlich den Kopf, nickte und sagte: „Wir werden mit dem Mann von der Erde nicht in Kontakt treten können! Die Lepras haben ihn . . ."

SEINE Arme arbeiteten wie Dreschflegel. Wahllos schlug Reanny auf alles ein, was sich ihm in den Weg stellte. Er hatte zu spät begriffen, daß die Menschen in der schwebenden Stadt keine Einheit darstellten. Er kannte nur wenige Bewohner dieser Stadt, und doch fiel es ihm bereits schwer, ihre Unterschiedlichkeit zu verstehen.

Auf Semisopochnoi gab es nur die Familie, mit der er verwandt war, und andere, die sich freiwillig seinen Anordnungen unterstellten, um dazuzugehören. Hier galten andere Gesetze. Für Reanny war es unheimlich, daß es in *Levitad* keine klare hierarchische Struktur gab. Einerseits unterstellten sich die Einwohner der Stadt irgendwelchen Anordnungen von oben, andererseits bildeten sie Gruppen und bekämpften einander. Das war neu für ihn – unverständlich, ja widersinnig.

Er wußte nichts von Sozialpsychologie. Auf Semisopochnoi war alles klar, direkt und einfach gewesen. Reanny konnte nicht ahnen, daß eine in sich abgeschlossene Stadt mit vielen tausend Einwohnern sich damit nicht vergleichen ließ. Er fühlte instinktiv, daß seine Anwesenheit in *Levitad* für gewisse Personen ein Triumph, für andere aber ein Schock sein mußte. Selbst in der Gruppe der Tafelrunde hatte es scharfe innere Gegensätze gegeben. Er wußte, daß er die Lebensordnung der Levitaner auch in vielen Jahren nicht begreifen würde. Doch das war noch nicht das schlimmste. Er mußte für sich selbst sorgen. Er erkannte, daß er ein Störfaktor war – eine Handvoll Sand in einem ungeheuer komplizierten und aufeinander eingespielten System.

Levitad reagierte wie ein lebloser Körper. Die Stadt stieß ihn ab wie einen tödlichen Bazillus. Alle, die von ihm wußten, wollten ihn einkapseln, isolieren und unschädlich machen. Dabei behinderten sich die einzelnen Gruppen gegenseitig.

Reanny wußte nicht, gegen wen er kämpfte. Er schlug einfach zu. Es war ihm gleichgültig, wen er traf. Die verringerte Schwerkraft verlieh ihm Riesenkräfte. Seine hämmernden Arme bahnten ihm eine Gasse. Schneller, als Reanny es je für möglich gehalten hätte, entstand ein Menschenauflauf. Die Leute rannten hin und her. Sie schrien durcheinander, ohne zu wissen, worum es eigentlich ging. In seinem ganzen Leben hatte Peter Reanny noch nie so viele Menschen auf einem Haufen gesehen. Sie machten ihn nervös. Er fühlte sich eingekreist. Immer schneller stießen seine starken Arme gegen hoch aufgeschossene, empfindliche Leiber. Er schleuderte sie zur Seite. Schnaufend und keuchend drängte er sich bis zu einer Hauswand vor.

Über den Dächern von Saint-Germain jaulten Sirenen auf. Reanny lehnte sich mit dem Rücken gegen die Wand. Seine Knie zitterten. Der Ring aus neugierigen, ängstlichen und angewiderten Gesichtern schloß sich um ihn. Die weiter hinten Stehenden drängten nach vorn.

Reanny hob die Fäuste. Ein Aufschrei ging durch die Menge. Im gleichen Augenblick veränderte sich das Licht in den Straßen. Die Schatten der Häuser wurden länger und weicher. Innerhalb von wenigen Sekunden brach eine seltsame blauviolette Dämmerung herein. Das Licht der strahlenden Sterne verstärkte sich. Ein heißer, nach Ozon riechender Wind fegte durch die Straßen. Der gleißende Ball der Sonne versank hinter dem Stadtsektor des Monte-Rosa-Plateaus.

Die Nacht brach herein.

Reanny flüchtete an der Hauswand entlang zu einer Tür. Mit den Schultern warf er sich dagegen, während die schwarze Menschenmasse nachdrängte. Im künstlichen Licht innerhalb des Hauses erkannte Reanny, daß ihm ein halbes Dutzend Männer folgte. Einer der Schwarzgekleideten, die er nach seiner Flucht aus den hängenden Gärten am GRID-Wall angesprochen hatte, war unter ihnen, aber auch die hastig hinkenden Gestalten, die kurz darauf versucht hatten, ihn auf eine schwebende Kranplattform zu ziehen . . .

Reanny stieß mit der Hüfte gegen einen Tisch. Er packte ihn, wirbelte herum und schleuderte das schwere Möbelstück gegen seine Verfolger. Das Krachen des Plastiktisches vermischte sich mit dem gellenden Aufschrei der Getroffenen.

Reanny wartete nicht, bis sie sich wieder aufgerappelt hatten. Er rannte einfach los. Mattrote Leuchtpfeile wiesen ihm den Weg. Von Mona de Fries hatte er gelernt, daß die roten Leuchtpfeile auf das unterirdische Transportsystem hinwiesen. Er rannte eine Schräge hinab, die an beiden Seiten mit konischen Levitan-Spulen eingefaßt war. Aus einer plötzlichen Eingebung heraus trat er hart gegen einige der Spulen. Er zertrümmerte die dünnen Schutzkegel. Weißblaue Blitze zuckten gleißend durch den Gang. Fast augenblicklich verlor er das Gleichgewicht. Er fiel auf den Rücken und rutschte die Schräge hinab. Hoch über ihm polterten einige seiner Verfolger ebenfalls in den schrägen Verbindungsschacht.

Im Transportsystem angekommen, fand Peter Reanny eine Plattform, die knapp zehn Zentimeter über dem Boden schwebte. Mit dem Fuß stieß er sie in die Mitte des Transportkanals. Er wartete auf die Beschleunigung, die Mona de Fries ihm erklärt hatte. Es klappte nicht. Die kleine Plattform hing unbeweglich über dem Transportkanal. Sie trug sein Gewicht, doch die linearen Induktionsmotoren sprangen nicht an.

Wütend verließ Reanny die Plattform. Hinter sich hörte er das Geschrei seiner Verfolger. Er drehte sich kurz um, dann rannte er los. Er kam keine drei Meter weit. Mit der Brust prallte er gegen einen stämmigen Kerl, der doppelt so breit wie er selbst war. Winzige Augen und ein dicker, fleischiger Mund grinsten ihn an. Der Fremde hatte die Arme ausgebreitet. Er schloß sie um Reannys Oberkörper. Ohne die geringste Anstrengung preßte er dem Inselfarmer die Luft aus der Lunge. Reanny stöhnte verzweifelt auf. Winzige Sterne tanzten vor seinen Augen. Er wurde angehoben und durch eine Verbindungstür zu einem zweiten Transportkanal gebracht. Drei weitere Muskelmänner nahmen ihn in Empfang. Reanny ahnte, daß sie nicht zur Gruppe der Tafelrunde gehörten. Völlig ohne Übergang wurde es plötzlich schwarz um ihn herum. Sein angespannter Körper erschlaffte. Mit einem Aufgurgeln verlor er die Besinnung. Er merkte nicht mehr, daß er kreuz und quer durch das verwirrende Transportsystem ins Innere der schwebenden Stadt gebracht wurde. Niemand hatte ihm etwas von der Levi-Lepra erzählt. Denn nicht einmal den Mitgliedern der Tafelrunde war bewußt gewesen, daß all ihre Experimente von dreitausend isolierten Kranken beobachtet worden waren.

Den Mitgliedern der Tafelrunde war es von Anfang an unangenehm gewesen, daß Reanny mit aller Gewalt zur Erde zurückwollte. Das galt nicht für die Lepra-Kolonie. Im Gegenteil! Für sie war der Farmer von Semisopochnoi viel mehr als eine Versuchsperson. Er war der lebende Beweis dafür, daß es einen Ausweg aus der Isolierung gab.

Schon deshalb war Peter Reanny für dreitausend Menschen plötzlich das Wertvollste, das es für sie gab!

NAIL MCMAN fröstelte. Der Schnee an den Hängen glänzte schwarz im ungefilterten Licht der Sterne. Er hatte plötzlich einen Kloß im Hals, als er zur Lichtglocke über Old Manhattan hinübersah. Die klare, dünne Luft erlaubte es ihm, die zweieinhalb Kilometer entfernten Wolkenkratzer so deutlich zu erkennen, als stünden sie direkt vor ihm. Er suchte eine Weile, dann fand er aus dem Häusermeer das Hochhaus des Instituts für Sicherheit und öffentliche Ordnung heraus. Schweigend wandte McMan sich ab. Der Raum, in dem er sich befand, war unbeleuchtet. Seine Außenwände bestanden aus dem gleichen Material, mit dem die Unterseite der schwebenden Stadt getarnt wurde. Vibrierende Mikroprismen in der biosynthetischen Schutzhaut an der Ostflanke des

Hirli erweckten den Anschein eines schneebedeckten Berghanges. Die Polarisation war so perfekt, daß nicht einmal Dr. Ragano von der Existenz des getarnten Beobachtungsraums wußte. Auch McMan hatte angenommen, daß die durch Levi-Lepra verseuchten Bewohner der schwebenden Stadt sich ständig unterhalb von Palmyra aufhalten mußten. Langsam wurde ihm klar, daß er sehr wenig über die Lebensbedingungen dieser Ausgestoßenen wußte. Sie waren die Parias der schwebenden Stadt. Niemand sprach über die Strahlengeschädigten. Sie wurden absichtlich vergessen.

Unruhig ging Nail McMan in dem knapp fünfzig Quadratmeter großen Raum auf und ab. Der Beobachtungsraum an der Spitze des Hirli zwischen dem imitierten Matterhorn und der Spitze des Monte Rosa war während der Nachtperioden der Stadt erbaut worden. Die Bergspitze war stets nur eine Kulisse gewesen. Die Gebäude mit dem Skilift und dem Höhensanatorium lagen tausend Meter weiter am Rande des Monte-Rosa-Plateaus.

Nail McMan hatte Zeit zum Nachdenken gehabt. Die Dunkelheit und die Einsamkeit seines Gefängnisses machten ihn reifer. Selbst die Tatsache, daß er erst kürzlich im Traumatikum behandelt worden war, konnte ihn jetzt nicht mehr daran hindern, die schwebende Stadt so zu sehen, wie sie wirklich war: als kurze Übergangslösung in der langen, wechselhaften Geschichte der Menschheit.

Er wußte nicht, was sie mit ihm vorhatten. Langsam machte er sich mit dem Gedanken vertraut, daß auch er jetzt ein Ausgestoßener war. Schon in wenigen Wochen würden die ersten Anzeichen der Strahlenkrankheit sichtbar werden, und dann würde der langsame, schleichende Verfall seines Körpers beginnen.

Nail McMan blieb stehen. Ein langes, stoßweises Aufseufzen kaum aus seiner Brust. Er schlug die Hände vor die Augen und beugte den Kopf nach vorn. Er wußte, daß sie ihm Zeit ließen, sich mit seiner neuen Situation abzufinden. Er mußte lernen, wie ein Leprakranker zu denken und zu fühlen, und niemand konnte ihm dabei helfen.

VON FIEBERTRÄUMEN geschüttelt wälzte sich Kilian de Fries von einer Seite auf die andere. Was die Häscher Dr. Raganos nicht mehr geschafft hatten, war durch den Einschlag des Meteors vollendet worden. Die Gruppe der Tafelrunde existierte nicht mehr. Die Toten und Verwundeten waren sofort nach Palmyra gebracht worden. Neben der Gruppe der jungen Verschwörer hatte der Meteor mehr als drei Dutzend andere Bewohner der schwebenden Stadt erwischt. Bei Einbruch der Dunkelheit gaben die Ärzte die ersten achtzehn Todesopfer an die Transplantationsbank ab. Auch die Pathologie erhielt einige Überweisungen – ehemals menschliche Körper, die nicht mehr weiterverwendet werden konnten.

Urplötzlich erwachte Kilian de Fries. Er richtete sich ruckartig auf und sah sich um. Kabel und Schläuche führten von seinem Körper zu einer glitzernden Überlebensmaschine. Kilian de Fries verspürte keinen Schmerz. Auf der anderen Seite des Raumes entdeckte er Jan van Sonar. Der Bioklimatologe saß vollkommen angekleidet auf dem Rand seines Bettes. Er trug den linken Arm in einer Schlinge und starrte teilnahmslos vor sich hin.

Kilian erkannte, daß sie Jan van Sonar mit Drogen vollgepumpt hatten. „Jan“, krächzte er heiser, doch der Bioklimatologe bewegte sich nicht. „Jan – wo ist Mona?“

Ein heißes Kribbeln rann über Kilians Rücken. Er fühlte sich plötzlich leer und leicht. Und dann sah er, daß er keine Beine mehr hatte. Mit einem gellenden Aufschrei fiel er zurück. Sein durch Medikamente betäubter Körper bäumte sich auf. Der Schock war derartig stark, daß Kilian de Fries durchdrehte. Seine Arme schossen nach vorn. Mit einer einzigen, ruckartigen Bewegung riß er die künstlichen Nabelschnüre aus seinem Körper. Die Traubenzuckerlösung aus dem Tropf perlte auf den glatten, sauberen Boden und bildete häßliche Pfützen vor dem Bett von Kilian de Fries. Gleichzeitig spielten die Skalen und Meßgeräte an der Überlebensmaschine verrückt. Ein gellendes Aufheulen alarmierte die wachhabenden Ärzte.

Kilian de Fries schlug wild um sich, er war nicht mehr Herr seiner Sinne. Die feinen Kontaktstifte auf den Streifenbändern für das EEG und das EKG zuckten wild bis zum Anschlag aus. Akkurat zeichneten sie die Vorgänge im Körper des jungen Mannes auf, der unaufhaltsam dem Wahnsinn verfiel.

Drei Ärztinnen stürzten in den Raum. Entsetzt prallten sie zurück. Immer wieder kam es vor, daß Menschen mit der Technik der schwebenden Stadt in Konflikt gerieten. Besonders in der letzten Zeit hatte die Rate schrecklicher Pannen stark zugenommen. Sie nannten es Lemmingitis, weil sie wußten, daß die plötzlichen Amokläufe einzig und allein psychische Ursachen hatten. Zu häufig passierte es, daß *Levitad*-Geborene mit einem einwandfreien Psychogramm versagten. Sie drehten durch und begingen Selbstmord. Erstklassige Techniker verschwanden und wurden erst nach Wochen irgendwo im Innern der schwebenden Stadt aufgefunden.

Derartige Vorfälle wurden geheimgehalten. Nur Vierzehnmann, das Institut für Sicherheit und öffentliche Ordnung sowie ein paar eingeweihte Ärzte wußten davon. Ein Meteoreinschlag war eine Art Naturkatastrophe für *Levitad*, aber die Lemmingitis war schlimmer – eine schleichende Seuche, die die Seelen der Bewohner von *Levitad* vergiftete.

Die Ärztinnen stürzten an Jan van Sonar vorbei. Mit fliegender Hast versuchten sie, den Sterbenden zu retten. Ein plötzlicher Blutsturz löste die aufgesprayten Plastikverbände von den Beinstümpfen des Astrobiologen. Kilian de Fries befand sich im Delirium. Sekunden später fiel er in ein nahezu aussichtsloses Koma.

Eine neue Überlebensmaschine rollte auf quietschenden Gummireifen in den Raum. Sie stieß gegen die Beine von Jan van Sonar. Der Bioklimatologe erwachte aus seiner Starre. Er verzog sein Gesicht und blickte sich um. Sekundenlang starrte er auf die hastig arbeitenden Ärztinnen. Er stellte sich aufrecht hin, schwankte und mußte sich festhalten. Mit seiner gesunden Hand strich er sich über die Augen. Er hatte nur einen Gedanken: weg! Als er die Tür erreichte, wurde es plötzlich still hinter ihm.

„Exitus", sagte eine der Ärztinnen. Doch dieses Wort war für Jan van Sonar ohne jede Bedeutung.

„SCHAUT auf diese Stadt!" rief Dr. Ragano theatralisch. Er machte eine weit ausholende Armbewegung zu den opalisierenden Fenstern seines großen Büros hinüber. „Was wißt ihr schon von den Problemen, die hier täglich zu lösen sind? Sechzigtausend Menschen ohne Hinterland – eingepfercht auf einer künstlichen, isolierten Insel!"

„Wir sind hier geboren, Dr. Ragano", sagte Mona de Fries. Sie zog an ihrer Vitaminzigarette und sog den Rauch ein. Es war das erste Mal, daß sie und einer der jungen Ärzte aus der Gruppe der Tafelrunde Dr. Ragano zu Gesicht bekamen.

„Was heißt das schon", gab Dr. Ragano zurück und blieb stehen. Er verschränkte die Arme auf dem Rücken und betrachtete die beiden einzigen Mitglieder der Tafelrunde, die ihm noch zur Verfügung standen. Obwohl er wußte, wie gefährlich die Ansichten der Tafelrunde für die Existenz der schwebenden Stadt gewesen waren, spürte er einen winzigen Hauch von Sympathie in sich. Er ärgerte sich darüber, während er in das offene, enttäuscht wirkende Gesicht des Mädchens starrte.

„Sie studieren Medizin", stellte er fest. „Seit sechs Semestern lernen Sie im Levitanium, wie ein kranker menschlicher Organismus geheilt werden kann. Dabei ist die Behandlung einer Krankheit kaum noch ein Problem. Viel schwieriger ist die Aufrechterhaltung der Gesundheit, die Vorsorge, Mona, das rechtzeitige Erkennen von Krankheitskeimen . . ." Er beugte sich zu seinem Mikrolesegerät hinüber und schaltete es ein. Die ersten Seiten einer Doktorarbeit wurden sichtbar. „Während wir versuchten, die künstliche Stadt lebensfähig zu halten, entstand in unserer Mitte das Gift einer romantischen Idee. Jawohl – ich kenne den Traum vom Leben auf der Erde. Während Männer wie ich dafür sorgten, daß Sie alle eine freie, unbeschwerte Ausbildung genießen konnten, hatten Sie nichts Besseres zu tun, als selbstmörderische Experimente anzustellen!"

„Mit Erfolg", warf der junge Arzt ein.

„Erfolg", höhnte Dr. Ragano und richtete sich auf. Er preßte die Lippen zusammen und schüttelte den Kopf. „Kommen Sie mit", sagte er dann und ging zu seinem Schreibtisch hinüber. Mona und der junge Arzt standen auf. Sie folgten ihm.

Dr. Ragano schaltete ein Videogerät ein. „Sie haben Menschen von der Erdoberfläche hierhergeholt. Noch weiß ich nicht, wie viele es waren, ich will es auch nicht wissen, da diese Opfer Ihrer Experimente glücklicherweise gestorben sind. Doch dann gelang es Ihnen, diesen Peter Reanny am Leben zu erhalten. Aber leben allein heißt überhaupt nichts, wenn man krank, verseucht und degeneriert ist!"

Mona de Fries und der junge Arzt antworteten nicht. Benommen starrten sie auf das, was dreidimensional und farbig auf dem

Videoschirm zu sehen war. Sie begriffen, daß diese Aufnahmen irgendwo im Inneren von *Levitad* gemacht worden waren. Entsetzt beobachtete Mona eine Gruppe von grauenhaft aussehenden Krüppeln mit schwärenden Wunden und stumpfen Gesichtern.

„Das ist eine Originalübertragung", sagte Dr. Ragano barsch.

Mona de Fries hörte die Stimme des Sicherheitschefs wie durch eine dicke Wattewand. Ihre Hände klammerten sich um die Kante des Schreibtisches. Sie mußte sich festhalten. Noch nie in ihrem Leben hatte sie ein derartig scheußliches Bild gesehen. Ihre Lippen bewegten sich, doch sie konnte nicht sprechen. Tränen füllten ihre Augen.

„Auch das sind Bewohner von *Levitad*", fuhr Dr. Ragano fort, „Einwohner unserer Stadt. Dreitausend Kranke, die von der harten kosmischen Strahlung in dieser Höhe verseucht wurden. Das ist die Levi-Lepra, Mona – ein Opfer, das wir für die Zukunft unserer Stadt bringen müssen. Fünf Prozent Ausfälle sind ein kleiner Preis dafür, daß wir den Untergang der Menschheit überleben konnten."

„Ausfälle?" rief Mona de Fries und stampfte mit dem Fuß auf. „Ausfälle für die zweifelhafte Zukunft eines künstlichen Gebildes aus Stahl und Plastik? Und Sie wagen es, uns verbrecherische Experimente vorzuwerfen . . ."

Dr. Ragano wich zurück. Mit einem derartigen Ausbruch hatte er nicht gerechnet.

„Kosmische Strahlen verseuchen uns, Meteore verglühen nicht, sondern schlagen direkt in unsere Häuser. Wir arbeiten und lernen dafür, daß alles so bleibt, wie es ist. Aber es bleibt nicht so, Dr. Ragano. Natürlich wissen Sie und Ihre Spione, was Lemmingitis ist. Ja – ich kenne diese Krankheit! Von den Krüppeln dort wußte ich nichts, die haben Sie hervorragend getarnt. Aber jeder im Levitanium – jeder einzelne Student – hat Angst, eines Tages plötzlich verrückt zu werden. Nur deshalb haben wir die Gruppe der Tafelrunde gebildet. Diese Stadt hat keine Zukunft, Dr. Ragano. Es lohnt sich nicht, für sie zu leben, und genau das ist es, was unsere Seelen vergiftet. Wir brauchen ein Ziel und eine Aufgabe, für die man leben und kämpfen kann. Aber das haben Leute wie Sie noch nie verstanden. Sie sind darauf aus, den gegenwärtigen Zustand der sinnlosen, perfekten Isolierung aufrechtzuerhalten!“ Mona de Fries zitterte am ganzen Körper. „Wenn Sie selbst soviel Angst vor der Oberfläche der Erde haben, warum lassen Sie dann nicht wenigstens diese Kranken dort auf der Erde sterben? Schicken Sie uns doch einfach alle hinunter, dann sind Sie uns los. Aber das dürfen Sie nicht, weil damit die Legende zerstört wird . . .“

Erschöpft hörte sie auf. Sie sah, wie das Gesicht von Dr. Ragano immer glatter und kälter wurde. Der Chef des Instituts für Sicherheit und öffentliche Ordnung kniff die Augen zusammen. Seine Lippen bildeten nur noch einen Strich. Er ging um seinen Schreibtisch herum und drückte auf einen breiten roten Knopf. Nur zwei Sekunden später traten zwei Agenten des Instituts für Sicherheit und öffentliche Ordnung in sein Büro.

Im gleichen Augenblick blinkte eine gelbe Ruflampe auf dem Schreibtisch auf. Ohne Mona de Fries und den jungen Arzt zu beachten, stellte Dr. Ragano den Sprechkontakt her.

„Veränderungsmeldung 91/2170“, erklang eine Robotstimme, „Lemmingitis mit Todesfolge in der chirurgischen Abteilung von Palmyra.“

„Wer ist es?“ fragte Dr. Ragano.

„Der Astrobiologe Kilian de Fries, nach der Amputation beider Beine infolge des Meteor –“

Mit einem Aufschrei brach Mona de Fries zusammen. Die beiden Sicherheitsagenten sprangen schnell nach vorn. Sie fingen sie auf, ehe sie den weichen Teppichboden erreicht hatte. Die Berührung ließ Mona zusammenzucken. Die Agenten stellten sie wieder auf die Beine.

Schneeweiß im Gesicht starrte sie auf Dr. Ragano. „Kilian“, flüsterte sie tonlos, „er hatte nicht die Kraft . . .“

„Es tut mir leid“, sagte Dr. Ragano unangenehm berührt. Er gab den beiden Agenten einen kurzen Wink. „Abführen!“ sagte er dann.

Der Alarm löste einen ganzen Katalog aufeinander abgestimmter Maßnahmen aus. Es war das dritte Mal seit dem 29. Februar 2104, daß Vierzehnmann – die Legislative der schwebenden Stadt – einen Ausnahmezustand anordnete. Die Problematik einer derartig diktatorischen Maßnahme hatte sich seit der Existenz von

Levitad nicht geändert. Die perfekte Technik sorgte dafür, daß die Bewohner des isolierten Gemeinwesens nach demokratischen Regeln leben konnten. Es gab nur eine Ausnahme: die Sicherheit der Stadt. Sie war wichtiger als die verbrieften Rechte ihrer Bewohner. Ohne Übergang und ohne vorhergehende Warnung erhielten die zentralen Computer von Old Manhattan eine neue Programmierung. Mächtige Levitanspulen hatten die schwebende Stadt bisher über der früheren Datumslinie der Erde in fünfundvierzig Grad nördlicher Breite festgehalten. Durch die unsichtbare Kraft der negativen Gravitation verankert, stand *Levitad* in 112 Kilometer Höhe auf der sonnenabgewandten Seite der Erdkugel. Der Kimmwinkel von neun Grad und sieben Minuten hätte ausgereicht, um die Erdoberfläche vom Polarkreis bis zum Wendekreis des Krebses zu beobachten. Doch niemals war es den Bewohnern der schwebenden Stadt gelungen, die dichte, radioaktive Wolkendecke mit ihren Instrumenten zu durchdringen.

Zum erstenmal in der Geschichte der schwebenden Stadt fand keine Abstimmung über die Tageszeiten statt. Die Nacht in den stillen Straßen von Old Manhattan und Saint-Germain war knapp zwei Stunden alt, als der GRID-Antrieb die Einwohner der Stadt aus dem Schlaf riß. Ein erdbebenartiges Rumoren ließ Straßen und Häuser erzittern. Möbel rutschten zur Seite, und kleinere Gegenstände fielen um. Ein heißer Wind fegte urplötzlich durch die verlassenen Straßenschluchten von Old Manhattan. In den Parkanlagen um die ehemalige Raumstation Palmyra schlugen peitschend die Palmenwipfel gegeneinander.

Künstlicher Schnee stieg wie dichter Nebel von den Bergen des Monte-Rosa-Plateaus auf. Er stieg hinauf bis zum unsichtbaren Rand der ehemals vollkommenen Plastikkuppel. Fast gleichzeitig wurde das Bioklima an der Oberfläche der Stadt instabil. Grelle blaue Scheinwerfer schickten rotierende Lichtblitze von den höchsten Häusern Old Manhattans bis zum kreisförmigen GRID-Wall hinüber. Das intensive Licht war derartig hell, daß es in rhythmischen Abständen bis ins Innere der Wohnhäuser von Saint-Germain drang.

Und dann beschleunigte die schwebende Stadt. Aus Millionen winziger Düsen im Innern des GRID-Systems strömte Natriumdampf aus. Er vermischte sich mit dem ständigen starken Luftstrom, der an der Ostseite der Stadt in das Gittersystem der Ringwälle eindrang.

Die vibrierenden Mikroprismen in der biosynthetischen Schutzhaut unterhalb der Stadt rollten sich parallel zur Flugrichtung ein. Sie bildeten große, exakt ausgerichtete Furchen in der schwach gewölbten, linsenartigen Unterseite von *Levitad.*

Donnernd entzündete sich der Natriumdampf. Der kilometerbreite Staustrahl schleuderte *Levitad* nach Osten. Der Widerschein des breiten gelblichen Feuerschweifs reichte bis zur tiefliegenden Wolkendecke rund um die Erde. Es dauerte zwölf Minuten, bis die schwebende Stadt eine Geschwindigkeit von 4,95 Meter pro Sekunde erreicht hatte. Ein System von Levitan-Spulen innerhalb des Ringwalls um die Stadt fing den gewaltigen Andruck ab. Und dann zog *Levitad* in einer Kreisbahn um die Erde. Nahezu übergangslos tauchte sie aus der Nacht auf.

Während festinstallierte Fernsehaugen alle Straßen überwachten, erhielt Vierzehnmann von Dr. Ragano die Mitteilung, daß er Mona de Fries festgenommen hätte. Doch damit war der Ausnahmezustand noch nicht beendet. Wichtiger als die Schwester des toten Astrobiologen Kilian de Fries waren Jan van Sonar, Nail McMan und der Mann von der Erde . . .

Dr. Ragano brauchte nicht lange zu warten. Zwei Beamte vom Institut für Sicherheit und öffentliche Ordnung entdeckten Jan van Sonar in der Nähe des Central Parks. Er war an der 96th Street aufgetaucht und dann in den oberen Broadway eingebogen. Die beiden Sicherheitsbeamten verfolgten den Mann mit dem gebrochenen Arm. Es dauerte nicht lange, bis sie feststellten, daß er zum Levitanium wollte. Der Universitätskomplex in der Höhe der 125th Street lag zwischen dem oberen Broadway und dem Monte-Rosa-Sektor der Stadt.

Dr. Ragano vermutete, daß es im Universitätsgelände einen weiteren Stützpunkt der Gruppe der Tafelrunde geben mußte. Sofort erteilte er Anweisung an seine beiden Beamten, Jan van Sonar zu verfolgen, ihn aber nicht festzunehmen.

Dr. Ragano war seit fast einer Generation für die Sicherheit von *Levitad* verantwortlich. Von den sechzigtausend Einwohnern der Stadt kannte er mehr als alle anderen Ressortchefs. Sein Beruf und die jahrzehntelange Übung hatten dazu geführt, daß seine

Aufmerksamkeit sich stets auf zwei Schwerpunkte konzentrierte: auf die Leprakranken unterhalb von Palmyra und auf das Levitanium . . .

Wie jeder gute Sicherheitschef in der Geschichte der Menschheit wußte er, daß es nur zwei Gruppen von Menschen gab, die niemals in ein Klischee passen würden. Und doch beging Dr. Ragano einen folgenschweren Fehler. Er konzentrierte sich auf die Flucht von Jan van Sonar, er glaubte, daß die jungen Intellektuellen, die Träumer und die radikalen Idealisten das größere Sicherheitsrisiko für die Existenz der schwebenden Stadt darstellten, aber er dachte nicht an die verzweifelten, ausgestoßenen Kranken. Er vergaß, daß stumpfe Hoffnungslosigkeit durch einen einzigen Funken zur Explosion gebracht werden konnte.

Dr. Ragano übersah die warnenden Anzeichen, weil er sie einfach nicht wahrhaben wollte. Keiner seiner Beamten hatte Zutritt zur isolierten Lepra-Sektion im Zentrum der Stadt. Nur zwei Dutzend Kameraaugen überwachten den abgeschlossenen Stadtteil, in dem sich die Kranken aufhielten. Fast achtzig Prozent der Strahlengeschädigten suchten ständig die Nähe der anderen. Sie hatten Zwischenwände entfernt und nur tragende Decken stehenlassen. Auf diese Weise war eine von Verstrebungen durchzogene Halle entstanden, deren Durchmesser annähernd vierhundert Meter betrug. Kleine, kreisförmige Plattformen hingen in allen Höhen wie Schwalbennester an den glänzenden Verstrebungen. Es war eine Stadt in der Stadt – ein Refugium für alle, deren Zukunft in den Sternen bereits beendet war.

Während die automatischen Überwachungseinrichtungen Jan van Sonar und die beiden Sicherheitsbeamten verfolgten, kontrollierte Dr. Ragano wie beiläufig die Situation in der Krankensektion unterhalb von Palmyra. Nacheinander schaltete er alle Kameras ein. Er überzeugte sich, daß die Männer und Frauen der Levi-Leprastation so unauffällig wie stets ihren unterschiedlichen Interessen nachgingen. Sie beschäftigten sich, ohne zu wissen, daß ein großer Teil dieser Beschäftigung von Computern und von den besten Ärzten der schwebenden Stadt ausgearbeitet worden war.

Zweimal mußte Dr. Ragano mit einem kleinen Knopf die Schärfe nachstellen. Die Bilder wirkten verschwommen. Er achtete nicht darauf. Sein klarer, kühler Verstand billigte außergewöhnlich intelligente Handlungen nur Leuten wie der Gruppe der Tafelrunde zu. Er schaltete die Überwachungsgeräte aus und beobachtete, wie Jan van Sonar einen weitläufigen Gebäudekomplex betrat. Mit einem feinen Lächeln lehnte er sich zurück. Er legte die Fingerspitzen gegeneinander und schloß für eine Sekunde die Augen. Auch diese Krise würde nicht sehr lange dauern. Ohne Übergang dachte er an die übrigen Ressortchefs. Lavrans war zwar der offizielle Sprecher von Vierzehnmann, aber das war für Dr. Ragano völlig ohne Bedeutung. Daß diese Stadt funktionierte, war schließlich sein Verdienst. Niemals vergaß Dr. Ragano das Schicksal von Städten, die sich in einer ähnlichen Isolierung befunden hatten.

Levitad hatte keinen Angriff von außen zu befürchten. Darin unterschied sie sich von Troja, Tyros, Singapur und Sewastopol. Aber Dr. Ragano kannte auch seinen Platon. Eine Stadt ohne Handel und ohne die Möglichkeit, mit anderen Menschen Kontakt aufzunehmen, mußte einfach von Depressionen, Degenerationen und Niedergang bedroht sein. Selbst die Arche Noah war nur ein Übergang gewesen.

Dr. Ragano machte sich über die Zukunft keine Illusionen. Er hatte mitgeholfen, *Levitad* aufzubauen. Später – wenn die schwebende Stadt einmal zur Erde zurückkehren sollte – würde er nicht mehr dasein. Die Bewohner von *Levitad* würden ausschwärmen und mit Hilfe der Levitan-Spulen versuchen, die leere, jungfräuliche Erde zu erobern. Und doch wußte er, daß die Keime für neue Kriege bereits jetzt in der schwebenden Stadt heranwuchsen. Selbst eine siebzigjährige Quarantäne auf engstem Raum hatte die Menschen nicht verändern können. Es war, als würde der Fluch der Uneinigkeit für immer in ihren Chromosomen eingeprägt sein.

Dr. Ragano konnte die Menschheit nicht retten. Weder die Freiheit noch die absolute Diktatur, kein Schwarzer Krieg und keine Stadt in den Sternen reichten aus, um dieses unvollkommenste aller Lebewesen zur Vernunft zu bringen! Er stand auf, ging durch sein großes Büro und setzte sich vor das Mikrolesegerät. Die ersten Seiten der Doktorarbeit von Nail McMan wurden noch immer auf die matte Sichtscheibe projiziert. Es war die beste und gefährlichste Arbeit über eine mögliche Rückkehr zur Erde, die Dr. Ragano je gelesen hatte.

Ein kleines gelbes Licht blinkte neben dem Lesegerät auf. Dr. Ragano schaltete einen Lautsprecher ein.

„Die technische Überprüfung der Meteorabwehrgeräte hat einen klaren Sabotagefall ergeben", meldete eine weibliche Stimme.

Dr. Ragano zuckte zusammen. „Sabotage?" fragte er tonlos.

„Ja, in der Hauptbatterie auf der Monte-Rosa-Spitze fehlen drei Levitan-Spulen . . ."

„Danke", sagte Dr. Ragano leise. Ein eisiger Schauer lief über seinen Rücken.

GRINSEND deutete der spindeldürre Mann auf die Kapsel. Er lief ein paar Schritte nach vorn und klopfte mit seinen dünnen Fingern gegen die Außenhülle des Kegels. „Ziemlich häßlich." Er lachte. „Und gut zweihundert Jahre alt." Dann deutete er auf das kleine Plastikschild an der Seite der Kapsel. „Gemini 9, mit Tom Stafford und Eugene Cernan am 3. Juni 1966 gestartet und am 6. Juni 1966 nach siebenundvierzig Erdumkreisungen wieder gelandet. Und alles ohne Levitan-Spulen . . ."

„Wo haben Sie das her?" keuchte Nail McMan. Sie hatten ihn aus dem Raum an der Spitze des Hirli abgeholt und in die muffigen Verliese unterhalb der ehemaligen Raumstation Palmyra gebracht. Fast fünfzig Männer und Frauen mit Levi-Lepra umringten Nail und den spindeldürren Mann.

„Aus dem historischen Museum des Levitanismus." Der dünne Mann grinste. „Das Ding stand im Archiv und schien uns für unsere Zwecke ausgezeichnet geeignet."

„Was haben Sie vor?"

„Glauben Sie an das, was Sie in Ihrer abgelehnten Doktorarbeit geschrieben haben?" fragte der dünne Mann sofort zurück.

Nail McMan zögerte. Mit einemmal verstand er. Ohne es eigentlich zu wollen, nickte er – erst langsam, dann immer stärker. Eine seltsame Erregung hatte ihn erfaßt. Er fühlte, daß seine Handflächen feucht wurden. Seine Stimme versagte. Hastig blickte er sich um.

Sie sahen ihn alle an. In ihren Augen erkannte Nail McMan Bewunderung, Hoffnung und Angst. Und plötzlich schämte er sich. Er war der Gruppe der Tafelrunde beigetreten, weil er beweisen wollte, daß er mit seiner Doktorarbeit recht gehabt hatte. Nicht einen einzigen Augenblick hatte er jedoch daran gedacht, daß seine Forschungsergebnisse einen praktischen Wert haben könnten.

Plötzlich bildete sich eine Gasse zwischen den Kranken. Zwei junge Männer mit breiten, muskulösen Rücken führten Peter Reanny direkt vor die Kapsel.

„Nun – habe ich Ihnen zuviel versprochen?" fragte der dünne Mann lächelnd.

Reanny warf Nail McMan einen giftigen Blick zu. Er knirschte mit den Zähnen, dann ging er bedächtig auf die lächerlich klein wirkende Gemini-Kapsel zu. „Und damit sollen unsere Vorfahren in den Weltraum hinausgeflogen sein?"

„Sie wagten sich doch auch mit winzigen Kähnen aufs Meer hinaus", sagte der dünne Mann, „das dürfte mindestens ebenso gefährlich sein."

Peter Reanny nickte. Er hatte noch immer Mühe, die fremd klingende Sprache der *Levitad*-Bewohner zu verstehen. „Also gut", sagte er, „wann starten wir?" Er sah Nail McMan fragend an.

Für den schmalen, ernsten Mineralogen kamen diese Aussichten auf Bestätigung seiner Theorien jedoch viel zu überraschend. Panik ergriff ihn. Er wollte weg. Doch plötzlich fühlte er Finger auf seiner Schulter.

„Sie sind unsere Rückversicherung", sagte der dünne Mann, „oder glauben Sie etwa, daß Sie zu Ihrem Vergnügen hier sind?"

„Ich – ich soll mit dieser Kapsel . . ."

„Kidnapping – diesmal anders herum." Peter Reanny lachte dröhnend. „Jetzt fehlt eigentlich nur noch das Mädchen!"

Der dünne Mann hob bedauernd die Schultern. Er blickte verlegen zu Boden.

„Was ist – kommt sie nicht mit?"

Der Dünne schüttelte den Kopf. „Es geht nicht. Mona de Fries ist leider unserem Einflußbereich gewaltsam entzogen worden. Die offiziellen Stellen dieser Stadt haben sie festgesetzt . . ."

„Dann gehe ich auch nicht", stellte Peter Reanny fest. Der Inselfarmer kratzte sich an seinem Bart. „Zwei Esser mehr auf Semisopochnoi kann ich nur akzeptieren, wenn ich eine entsprechende Gegenleistung bekomme. Murray und Wilson konnten wenigstens zupacken, während ihr meine letzten Medikamente verbrauchen werdet."

Er hatte sich vollkommen verändert. Jetzt – da er wußte, daß er wieder zurückkehren konnte – war er wieder ganz der Alte. Die fremde, unheimliche Technik erschreckte ihn nicht mehr. Er wußte inzwischen, daß die Bewohner der schwebenden Stadt mindestens ebenso viele Probleme hatten wie er selbst. Er war noch nicht lange genug in *Levitad,* um alles zu verstehen. Trotzdem wußte er, daß sie weder Engel noch Teufel waren. Sie waren Menschen mit Hoffnungen, Problemen und Wünschen.

Reanny gehörte zu den Männern, deren Leben ausschließlich aus Schwierigkeiten bestand. Er spürte, daß sich diese Kranken von seiner kreatürlichen, urwüchsigen Stärke beeinflussen ließen. Es erfüllte ihn mit Stolz und machte ihn selbstsicher.

„Also los – schafft das Mädchen her, damit ich es fragen kann, ob es mitkommen will! Ohne das Mädchen erlaube ich nicht, daß ihr eure Meßgeräte auf meiner Insel aufstellt."

Ein Stöhnen ging durch die Menge. Die Kranken rückten einige Schritte näher. Doch Reanny hob beschwichtigend die Hände. „Es gibt genug Inseln in der Nähe von Semisopochnoi für euch alle!" rief er laut. „Es wird nicht einfach sein, aber ich glaube, daß es euch dort unten besser gefällt als hier, und in zwanzig bis dreißig Jahren müßte auch das Leben an der Küste der wärmeren Kontinente wieder möglich sein!"

Der dünne Mann hatte Nail zur Seite gezogen. Gemeinsam beratschlagten sie, wie sie Mona de Fries befreien konnten.

„Ich glaube, so könnte es gehen", sagte Nail schließlich. Er warf einen Blick zu Reanny hinüber. Für einige Augenblicke betrachtete er den Inselfarmer von der Oberfläche der Erde mit völlig neuen Augen. Er wußte noch nicht, was Mona dazu sagen würde, aber vielleicht war es ein gutes Zeichen, wenn der erste Kontakt zwischen der Erdoberfläche und der schwebenden Stadt auf diese Art besiegelt wurde. Für einen winzigen Moment dachte er daran, daß fast alle großen Ereignisse in der Geschichte der Menschheit einen höchst privaten und persönlichen Aspekt gehabt hatten.

Unwillkürlich sah er zu den kleinen, flachen Fernsehschirmen hinauf, die direkt vor den Aufnahmeoptiken des Kontrollsystems angebracht worden waren. Er bewunderte die primitive, aber geniale Lösung, mit der die Leprakranken die ständige Kontrolle durch das Institut für Sicherheit und öffentliche Ordnung für diesen Teil des Quarantänegebiets ausgeschaltet hatten. Dabei konnte er nicht ahnen, daß auch Dr. Ragano sich inzwischen Gedanken machte, nachdem er die Sabotagemeldung von der Meteorabwehrbatterie erhalten hatte.

„Sobald das Mädchen da ist, können wir starten", sagte der dünne Mann. „Die Levitan-Spulen sind in den ehemaligen Fallschirmkammern der Gemini-Kapsel eingebaut. Wir haben alle überflüssigen Instrumente herausgerissen, um mehr Platz zu bekommen."

„Also gut", sagte Nail McMan, „ich werde es versuchen!"

JAN VAN SONAR preßte sich in eine Nische. Zwei Säulen aus Leichtplastik verdeckten ihn. Niemand brauchte ihm zu sagen, daß Vierzehnmann einen Ausnahmezustand angeordnet hatte. Es war der zweite, den Jan van Sonar bewußt erlebte.

Nur langsam ließ die Wirkung der Drogen im Körper des Bioklimatologen nach. Er spürte das feine Vibrieren des Fußbodens. Vorsichtig sog er die Luft durch seine feine Nase ein. Obwohl es eine physikalische Unmöglichkeit war, behauptete der Bioklimatologe immer wieder, daß er die molekulare Zusammensetzung der Luft mit seinem Geruchssinn definieren konnte. Er spürte, daß die Luft dichter wurde. Jan van Sonar wußte, daß sie mit Ultraschallwellen nach ihm suchten. Infrarotdetektoren folgten dem Wärmeecho seiner Fußspuren. Er wartete, bis sie ganz dicht heran waren.

Zwei Schatten fielen gleichzeitig auf seinen schmalen Körper. Jan van Sonar stieß sich von der Wand ab. Er riß seinen linken Arm nach oben. Mit einem harten Ruck schlug er ihn gegen die Brust eines Sicherheitsbeamten. Er wirbelte seinen Körper auf dem Absatz herum und wandte die gleiche Angriffsmethode auch bei dem zweiten Häscher des Instituts für Sicherheit und öffentliche Ordnung an. Der Effekt war hundertprozentig. Jan van Sonar sprang über die beiden stürzenden Körper hinweg. Er rannte durch die weiten Gänge des Levitaniums. Sie wirkten leer und verlassen. Durch hohe Fensterscheiben sah er die Reste des ehemaligen Raumhafens. Die Anlagen waren verfallen. Sie bildeten jetzt den

Innenhof des weitläufigen Universitätsgeländes. Das historische Museum befand sich auf der anderen Seite des verfallenen Raumhafens. Jan van Sonar öffnete eine hohe Tür. Eine heftige Windbö drückte ihn zurück. Er beugte sich vor. Mühsam kämpfte er gegen den Sturm an. Nur wenige Minuten später erreichte er das Museum. Er wandte sich nach links.

Und dann sah er plötzlich, daß ihm jemand zuvorgekommen war.

Ungläubig starrte er auf den hellen, ausgebleichten Fleck in der Mitte einer Archivsektion. Deutlich waren die Spuren der Reinigungsroboter rund um den ehemaligen Abstellplatz der Gemini-Kapsel zu sehen. Er verstand es nicht, er konnte einfach nicht begreifen, daß irgend jemand auf die gleiche Idee gekommen sein sollte. Und das sogar schneller und konsequenter.

„Jan!"

Der Schreck fuhr wie ein glühendes Messer durch seinen Körper. Er zuckte zusammen und stieß einen unterdrückten Schrei aus. Mit einer automatischen Reflexbewegung riß er seinen bandagierten Arm hoch. Doch Nail McMan war schneller.

Er duckte sich, grinste und tauchte unter dem Schlag hindurch. Direkt vor Jan van Sonar kam er nach oben.

„Wo ist Mona?"

Der Bioklimatologe schüttelte den Kopf. Er wußte es nicht. Ärgerlich schnippte Nail McMan mit den Fingern. Er verharrte eine Sekunde bewegungslos, während die Wangenknochen auf seinem Gesicht weiß hervortraten.

„Hör zu", sagte er schnell, „ich weiß nicht, wie es dir in der Zwischenzeit ergangen ist, auf jeden Fall existiert die Gruppe der Tafelrunde nicht mehr. Wenn sie uns erwischen, kommen wir alle ins Traumatikum, und diesmal dürften wir anschließend so gut wie tot sein."

Jan van Sonar nickte verstört. „Kilian ist tot", sagte er tonlos.

„Und viele andere mit ihm", gab Nail McMan schonungslos zurück, „aber da ist noch etwas, von dem wir alle bisher nichts wußten. Diese Stadt beherbergt dreitausend lebendige Tote: Strahlenkranke – isoliert und verzweifelt. Das ist unsere eigentliche Aufgabe. Wir müssen ihnen helfen."

„Was hast du vor?"

„Sieh zu, daß du ungesehen in die Quarantänestation unterhalb von Palmyra kommst. Ich werde versuchen, Mona zu holen."

Ohne eine Antwort abzuwarten, rannte Nail McMan zu einem der ersten Modelle für Kranplattformen, die mit gebündelten Levitan-Spulen arbeiteten. Er schwang sich auf das pilzförmige Gestell und zündete die Spulen. Haarscharf zischte er über Jan van Sonar hinweg. Ein Scherbenregen klirrte zu Boden, als die Kranplattform die hohe Fensterwand durchbrach.

Nail McMan spürte, daß er keine Zeit zu verlieren hatte. Die Kranplattform torkelte durch den Sturm, der durch die Straßenschluchten von Old Manhattan fegte. In einer steilen Parabelbahn verließ Nail McMan den oberen Broadway. Wie ein Kamikaze-Flieger schoß er auf das Hochhaus des Instituts für Sicherheit und öffentliche Ordnung zu. Er fixierte die zwölfte Etage. Sekundenbruchteile vor dem Aufprall neutralisierte er die Levitan-Spulen der Kranplattform.

Sie hatten ihn bereits gesehen. Irgend jemand begriff, was er vorhatte. Ein greller Lichtblitz zuckte durch die zwölfte Etage. Gleichzeitig brach Nail McMan mit der Kraft der negativen Gravitation durch die molekularverdichtete Fensterfront. Das erste, was er sah, war, daß einer der Ärzte der Gruppe der Tafelrunde mit schmerzverzerrtem Gesicht zu Boden sank. Sekundenbruchteile später entdeckte er Mona.

Er stürzte sich in das Inferno, riß sie an sich und jagte in die Freiheit zurück. Er stieg hoch auf, verharrte kurz über dem Zentrum der Stadt und ließ sich dann direkt über Palmyra nach unten fallen. In der zentralen Achse des ehemaligen Weltraumhospitals hatte sich eine winzige Öffnung gebildet – ein Mauseloch für die Zukunft der Menschheit.

Nail McMan traf mit seiner Kranplattform den Eingang des Schachtes mehr durch Glück als durch sein eigenes Können. Seine Trommelfelle drohten zu platzen. Die Kranplattform stürzte durch den schmalen Schacht. Sie passierte den Ring der ehemaligen Raumstation Palmyra. Mit ungeheurer Anstrengung neutralisierte Nail McMan die Levitan-Spulen. Aus den Augenwinkeln sah er, daß auch Mona de Fries am Ende ihrer Kraft war.

Der Übergang von der Kranplattform in die historische Gemini-Kapsel dauerte nicht länger als zehn Sekunden. Nail McMan, Jan van Sonar, Mona de Fries und der Sprecher der Leprakranken drängten sich im Innern des kleinen Kegels zusammen.

Gerade als Nail McMan die Levitan-Spulen der Raumkapsel zünden wollte, sah er, daß ihr wichtigster Passagier fehlte. Er stürzte zur Luke, starrte auf die wild hin und her wogenden Kämpfe zwischen den Kranken und den Beamten des Instituts für Sicherheit und öffentliche Ordnung.

Mit einem verzweifelten Aufschrei rief er nach Peter Reanny. Der Inselfarmer von der Erde kämpfte gleichzeitig mit sechs Untergebenen Dr. Raganos. Er hob sie in die Luft, wirbelte sie durch die Gegend und arbeitete sich dabei Schritt für Schritt zur Gemini-Kapsel vor. Nail McMan konnte ihm nicht helfen. Bis zum äußersten erregt, wartete er auf Peter Reanny. Doch dann sah er, daß der Inselfarmer keine Chance mehr hatte. Eingekeilt in ein Gewirr von Menschenleibern, stockte sein Rückzug. Nur noch fünf Meter fehlten ihm bis zur Luke der Gemini-Kapsel.

Da begann der Aufstand der Leprakranken. Nicht alle verstanden, worum es eigentlich ging. Aber sie spürten, daß hier ein Hoffnungsfunke ausgetreten werden sollte. Ein halbes Hundert Wortführer peitschte die Kranken auf. Krüppel traten in Aktion. Mutanten zeigten, was sie konnten. Menschen, die an ein jahrzehntelanges Dahinvegetieren gewöhnt waren, entdeckten plötzlich, daß sie einen Willen hatten.

Niemand wußte, wo er zuerst aufgetaucht war, doch unvermittelt war aus einem Aufschrei ein Schlachtruf entstanden: „Durch die Wolken – zurück zur Erde!"

Reanny hatte sich in drei Gegner gleichzeitig verbissen. Zwei von ihnen schleuderte er weg. Seine Arme waren derartig verkrampft, daß er den dritten mit in die Kapsel zog.

„Dr. Ragano!" schrie Mona de Fries entsetzt. Im gleichen Augenblick schlug Nail McMan die Luke der Gemini-Kapsel zu. Noch ehe sie alle Platz gefunden hatten, begann der Rücksturz zur Erde.

Die Kapsel fiel durch den Mittelschacht der schwebenden Stadt, passierte die Furchen aus vibrierenden Mikroprismen in der biosynthetischen Schutzhaut und tauchte in einer weiten ballistischen Kurve in die dichte Wolkendecke ein.

Das grelle Aufheulen zerriß die tiefhängende Wolkendecke. Langsam taumelte der trichterförmige Körper auf die graue Inselgruppe zu. Dünne Flammenfetzen züngelten aus der nach oben gerichteten Spitze des Trichters. Die Flammen verdichteten sich zu einer hoch in die Atmosphäre hinaufschießenden Feuersäule. Sekundenlang blieb der trichterförmige Körper über der grauen Inselgruppe stehen. Er neigte sich einige Grad zur Seite und beschrieb einen weiten, schwankenden Halbkreis. Urplötzlich verstärkte sich der Feuersturm zu einem orkanartigen Inferno. Die Flammen wirbelten die Wolken durcheinander. Der Trichter hing jetzt genau über einem der vielen Vulkane, aus denen die Inseln der östlichen Aleuten bestanden.

Mit ungewöhnlicher Präzision senkte sich die Raumkapsel der Oberfläche der Erde entgegen. Dann setzte der trichterförmige Kegel knirschend im Schnee am Rand des Vulkankegels auf. Feine Schneeflocken zerschmolzen an der heißen Außenhülle. Und plötzlich öffnete sich eine Luke. Peter Reanny sprang aus der ehemaligen Gemini-Kapsel und blickte über seine Insel.

Die Kälte drang durch sein dünnes Schuhwerk. Er lächelte kaum merklich, während sich Schneeflocken in seinem dichten Bart verfingen. Langsam und etwas schwerfällig drehte er sich um.

„Semisopochnoi!" rief er zur Kapsel hinüber. Er deutete auf eines der Blockhäuser. Eine schmale Rauchfahne stieg aus dem steinernen Schornstein auf. Ohne sich um die übrigen Passagiere der historischen Gemini-Kapsel zu kümmern, stapfte er den Hang des Vulkankegels hinab. Er erreichte die Tür des Blockhauses und klopfte automatisch den Schnee von den Füßen.

Hinter ihm kam eine Reihe von Menschen, die ihm, wie unter einer schweren Last gebeugt, kaum zu folgen vermochten.

Peter Reanny stieß die Tür auf. Warme, stickige Luft schlug ihm entgegen. Die Männer starrten ihn an wie einen Geist. „Ich habe etwas mitgebracht!" rief er dröhnend. „Bringt es ins Lagerhaus hinüber, aber vorsichtig, sonst werden die Rationen gekürzt . . ."

Er drehte sich um und sah, daß Mona de Fries in den Knien einknickte. Mit zwei, drei Sätzen war er neben ihr. Er hob sie auf, zögerte und nahm sie dann kurz entschlossen in seine kräftigen Arme. An der Spitze der schlurfenden Prozession trug er das Mädchen aus der Stadt in den Sternen in das Blockhaus. Noch ehe er durch die Tür trat, wartete er auf den kleinen Mann, der ihm keuchend gefolgt war.

Er deutete mit dem Kopf nach oben zu der tiefhängenden Wolkendecke. „Was meinen Sie – wie lange wird es dauern, bis die Spezialisten aus der schwebenden Stadt diese Wolken beseitigt haben?"

„Das kann sehr lange dauern", antwortete Dr. Ragano, „aber ich bin überzeugt, daß es möglich sein wird . . ."

Reanny lachte. Die hellen Zähne in seinem dichten Bart blitzten. Er zwinkerte mit den Augen, während er einige Schritte nach vorn machte. „Was meinst du, Mona, möchtest du selbst in mein Haus gehen, oder soll ich dich über die Schwelle tragen?"

Sie sah ihn lange nachdenklich an. Der Widerschein des Kaminfeuers innerhalb des Blockhauses zuckte über ihr Gesicht. „Wie wurde das denn vor dem Schwarzen Krieg auf der Erde gemacht?" fragte sie und versuchte ein Lächeln.

Reanny blickte auf die zitternden, frierenden Gestalten um sich herum und wurde unwillkürlich ernst. „Ich glaube nicht, daß es dafür Vorschriften gab. Allerdings hatte es eine ganz bestimmte Bedeutung, wenn ein Mann ein Mädchen über die Schwelle seines Hauses trug . . ."

Thomas R. P. Mielke

Wie sieht die Zukunft der Erde aus? An welchen moralischen Maßstäben wird sich die Menschheit im nächsten Jahrtausend bei der Gestaltung ihres Zusammenlebens ausrichten? Welche Mythen werden die Kultur prägen? Diese Fragen durchziehen das Werk von Thomas R. P. Mielke, der zu den bedeutendsten und produktivsten deutschen Science-fiction-Autoren gehört.

Thomas Mielke, 1940 in Detmold geboren, erhielt eine Ausbildung als Werbekaufmann, ehe er sich für sechs Jahre bei der Bundeswehr verpflichtete. Schon als Schüler interessierte er sich für Science-fiction, und das Beispiel seines Freundes W. W. Shols, der 1958 sein erstes Manuskript „Tödlicher Staub" bei einem Verlag unterbrachte, regte ihn dazu an, sich ebenfalls als SF-Autor zu versuchen. So entstand Mielkes Erstlingsroman „Unternehmen Dämmerung", das er 1960 unter dem Pseudonym Mike Parnell veröffentlichte. Bis Anfang der achtziger Jahre schrieb er in rascher Folge vor allem Heftromane, in denen er sich mit den großen Themen der Zukunft beschäftigte. 1983 folgte der Roman „Das Sakriversum", der als Höhepunkt seines literarischen Schaffens gilt: Das Buch umfaßt einen Zeitraum von siebenhundert Jahren und erzählt die Geschichte des Volkes der „Schander", die – in einer Kathedrale von der Außenwelt abgeschlossen – Hunger, Pest und im Jahr 2018 sogar einen Neutronenbombenangriff überleben. Zuletzt machte Mielke 1988 mit einem phantastischen Roman über Gilgamesch auf sich aufmerksam, einen sumerischen Herrscher, der vor etwa viertausendsechshundert Jahren in Mesopotamien lebte.

Wohnen in der Zukunft

Wie lebt es sich in einem intelligenten Haus?

Ein neuer Baustil erregt Aufsehen: Das intelligente Haus nimmt seinen Bewohnern immer mehr Hausarbeit ab. Elektronische Systeme übernehmen die Funktion des Küchenchefs, des Verwalters und des Wachhunds. Doch wie kommt der Mensch damit zurecht?

Vor 10 000 Jahren ereignete sich die erste große Wohnrevolution: Der Mensch wurde seßhaft und lebt seitdem in festen Häusern. Jetzt erleben wir die zweite große Umwälzung: Diese Wohnkörper werden mit Hilfe modernster Bau- und Computertechniken zum Leben erweckt. Unsere zukünftigen Behausungen sind Lebewesen mit einem Skelett und einer ihre Temperatur regelnden Haut; sie atmen und steuern ihren Stoffwechsel, besitzen ein Nervensystem, Sinnesorgane, ein Gehirn – ja sogar einen Bewegungsapparat. Rund um die Welt stehen bereits die Prototypen der neuen organischen Wohnkultur. Einige davon sollen im Folgenden genauer vorgestellt werden.

Die Elektronik: Butler und Manager, Hausmeister und Detektiv

Erste Station ist die Ostküste der Vereinigten Staaten. Hier stoßen wir auf das Nonplusultra des neuen Bauens, das Haus mit dem höchsten „Intelligenzquotienten". Äußerlich fügt sich das Haus harmonisch ein in den Landhausstil seiner Umgebung. Um so ungewöhnlicher ist seine Bedienungstechnik. Entweder durch Zuruf oder Berühren von Symbolen auf dem Computerbildschirm läßt sich alles im Haus steuern, zum Beispiel das Verdunkeln der Fenster. Bei Abwesenheit kann der Bewohner sogar per Telefon Anweisungen erteilen, so daß er etwa bei der Rückkehr von einem anstrengenden Arbeitstag unter den Klängen von Mozarts „Zauberflöte" direkt ins dampfende Bad steigen kann. Mit einem Blick auf den Monitor verschafft sich der Hausherr anschließend einen Überblick über den Zustand des gesamten Hauses. Brennt irgendwo im Keller vielleicht das Licht, ist die Dachluke noch auf?

Sicherheit wird ganz groß geschrieben. Im Kinderzimmer können die Kids ruhig mit einem Schraubenzieher in den Steckdosen herumstochern; das System erkennt, daß dies ein „Fremdkörper" ist, und legt sofort den Stromkreis lahm. Wenn draußen im Garten ein ungebetener Gast herumschleicht, schalten sich die Rasensprenger ein. Bei einem Rohrbruch schließt sich der Haupthahn; und steigt die Temperatur in der Tiefkühltruhe plötzlich an, alarmiert der Rechner den Wartungsdienst.

Das klingt zunächst wie Zauberei, doch die dahintersteckende Technik ist mit ein paar Worten erklärt. Sämtliche Apparate im Haus müssen miteinander verkabelt werden, so daß jedes Gerät in die Arbeit des anderen eingreifen kann. Diese Leitungen, vergleichbar mit Nervenbahnen, laufen in einem Zentralrechner zusammen. Er ist das Gehirn des intelligenten Hauses und übernimmt das Management des Haushalts. Die dafür notwendigen Informationen werden von über das Haus verteilten Sensoren geliefert, den Augen, den Ohren und der Nase dieses Organismus.

Ganz nützlich, aber irgendwie doch eine gigantische Spielerei, argwöhnen manche Besucher. Um so begeisterter sind sie dann von dem umsichtigen Energie- und Umweltmanagement. Das Licht erlischt, wenn die Sensoren in den Räumen zwei Minuten lang keine Bewegung mehr registriert haben. Per Fingerdruck schlüsselt der Rechner den gesamten Energieverbrauch des Hauses auf, versehen mit Empfehlungen, wo und wie sich kostbare Energie einsparen läßt. Die größeren Verbraucher wie Waschmaschine, Trockner und Geschirrspüler werden vom Computer so programmiert, daß sie die billigsten Stromtarife ausnutzen.

Das könnte tiefgreifende Auswirkungen auf die Energieversorgung haben. In Deutschland sollen bald vielfach gestaffelte Stromtarife eingeführt werden, die von der Tageszeit, dem Wochentag und der Jahreszeit abhängen. Der Energiemanager nutzt zum einen diese Stufung optimal aus und hilft damit einen Haufen Geld sparen. Je mehr Haushalte zum anderen über solche Systeme verfügen, desto gleichmäßiger läßt sich der Verbrauch verteilen. Ergebnis: Die E-Werke müßten keine so große Leistung mehr für die Lastspitzen morgens, mittags und abends bereitstellen, was manches die Umwelt belastende Kraftwerk überflüssig machen würde.

Damit sind wir schon beim Umweltschutz. Das amerikanische Modellhaus will auch hier neuen Techniken zum Durchbruch verhelfen. Die Essensreste am Geschirr werden mit Ultraschall gelockert, so daß die Spülmaschine mit weniger Wasser und Reinigungsmittel auskommt. Weiterhin ist die Küche mit einem Detektor ausgestattet, der Kunststoffe unterscheidet. Damit läßt sich der Plastikmüll sortieren, dessen Trennung noch Voraussetzung für das Kunststoff-Recycling ist. Das ganze Haus ist ein Bekenntnis dazu: 20 Tonnen wiederaufgearbeitetes Plastik wurden darin verbaut.

Die Außenwand: Aus der Mauer wird eine wärmende Gebäudehaut

Unser nächstes Besuchsziel ist ein Reihenhaus in Freiburg im Breisgau. „Wo hat dieser langweilige Bau aus den fünfziger Jahren denn bloß seine Intelligenz versteckt?" werden Sie sofort fragen. Sie zu entdecken ist zugegebenermaßen schwierig, denn die Gebäudeintelligenz hat sich durchsichtig gemacht. Ein neuer, transparenter Dämmstoff erlaubt es, die Hauswände von außen anstatt von innen zu isolieren. In diesem Glasschaum bleiben die Sonnenstrahlen stecken und heizen in einer Art Treibhauseffekt die dunkel gestrichene Fassade auf. Damit sich das Haus im Sommer nicht überhitzt, besitzt es vor der „Wärmefalle" eine Jalousie. Bei Hitze senkt sie sich so, daß selbst an tropisch heißen Tagen die Zimmertemperatur nicht über 24 Grad klettern kann.

Die Heizleistung der spezialbeschichteten Wände ist gewaltig. In ganz normalen Häusern senken sie die Heizkosten bereits um bis zu 80 Prozent. Nur an bitterkalten Wintertagen fällt die Temperatur im Hausinneren unter 18 Grad, und es muß geheizt werden – mit Hilfe von aktiven Sonnenkollektoren auf dem Dach, die Strom erzeugen. Im Februar produzieren die Wände bereits wieder genug Wärme.

Der Rappeneckhof im Hochschwarzwald war das erste mit Solarstrom versorgte Wohnhaus in Deutschland ohne Netzanschluß.

Das energieautarke Solarhaus Freiburg, 1992 als Projekt des Bundesforschungsministeriums fertiggestellt, wird zu 100 Prozent von der Sonne mit Licht, Wärme und Strom versorgt.

Über die Solaranlage dieses Hauses in Murnau am Staffelsee wird die Heizung betrieben und Brauchwasser erwärmt – auch für das Schwimmbad.

Die Atmung: Leichter Unterdruck reguliert die Frischluftzufuhr

Unser dritter Stopp ist das kanadische Toronto. In dem dortigen Versuchshaus wird das richtig dosierte „Atmen" untersucht. Wieviel Luftaustausch ist nötig, ohne daß dabei kostbare Raumwärme verlorengeht? Das eine Negativextrem sind hermetisch abgeschottete Häuser von der Atmungsqualität einer Plastiktüte, deren feuchte Wärme das ideale Schimmelpilzbiotop ist. Das andere sind zugige Häuser, in denen man sich zur hohen Heizrechnung auch noch einen steifen Hals holt.

Auf der Suche nach der „richtig" atmenden Gebäudehaut kamen kanadische Bauforscher auf die Idee, die neuen High-Tech-Fasern einzusetzen: Sie zogen dem Haus eine Art Goretex-Anorak über, der Wind und Regen abhält, aber dennoch frische Luft reinläßt.

Für die Hülle des Gebäudes wurde ein Kunststoff mit dem Namen Tyvek entwickelt. Er ist sehr porös und wird zur Verstärkung sowie besseren Wärmedämmung mit Glasfasern kombiniert. Um die Atmung in Gang zu setzen, muß eine Absaugpumpe das Haus unter leichten Unterdruck setzen: Schon sickert im Schneckentempo frische Luft ins Hausinnere, wobei sie von der in den Wänden gespeicherten Wärme aufgeheizt wird.

Die Gebäudeform: Zuckerhüte helfen gegen Winterdepression

Von Nordamerika ein großer Sprung nach Japan. Das Tokioter Musterhaus wird von über 380 Computern gemanagt. Kommunikation total: Konsequent wurden sämtliche Geräte miteinander verbunden, so daß sich jedes mit jedem anderen „unterhalten" kann. Wenn die Sonne aufs Haus brennt und der Rechner zur Belüftung einige der 85 Fenster auf der Südseite öffnet, stellt sich von allein die Stereoanlage leiser. Beim Klingeln des Telefons wird die Musik noch stärker gedämpft. Ein Hoffnungsschimmer für Chaoten: Die zahlreichen elektronischen Heinzelmännchen haben ein pflegeleichtes Haus entstehen lassen, das sich mühelos in Ordnung halten läßt. Beim Heimkommen legt man Mantel, Hut und Schuhe auf ein Förderband, das die Sachen in die Kleiderkammer abtransportiert.

Damit das alles funktioniert, müssen in einem Einfamilienhaus bis zu hundert Kilometer Kabel verlegt werden. Um die Stränge unterzubringen, wurde ein Hohlstein von normierter Größe entwickelt. Ohne die Mauern aufreißen zu müssen, kann das Haus jederzeit auf das neueste System nachgerüstet werden.

Die fixen Japaner wittern im vernetzten und rechnergesteuerten Haus bereits einen der großen Wachstumsmärkte der Jahrtausendwende. Um dafür gewappnet zu sein, schmieden sie schon Pläne für ein zweites, viel größeres Testhaus von ganz besonderer Wohnqualität. Gedacht wird an ein zwölfstöckiges Hochhaus. Der Clou daran sind weniger die zehntausend Mikroprozessoren als vielmehr die aufsehenerregende Zuckerhutform. An der geneigten Wand können die Sonnenstrahlen direkt einfallen und so viel mehr Wärme abgeben. Die verbesserte Lichtausbeute kommt der Gesundheit zugute, weil ein Mehr an natürlichem Licht in der dunklen Jahreszeit Winterdepressionen entgegenwirkt, zu denen der moderne Mensch immer stärker neigt.

Die Fenster: Mittags zaubern sie das prächtigste Abendrot herbei

Vor unserem nächsten Besuchsobjekt müssen wir uns erst mal in eine lange Warteschlange einreihen, denn der Glaspalast vor den Toren Amsterdams ist Hollands neueste Touristenattraktion. An diesem Testmodell fällt besonders die Küche ins Auge. Sie ist eine Art Kommandostand mit einer deckenhohen, aus acht Ebenen bestehenden Säule, die das Kochen ganzer Menüs radikal vereinfacht. Der Computer sucht die Rezepte aus und stellt aus den Beständen in der Säule sämtliche Zutaten bereit, selbstverständlich

Ein Blick in das futuristisch anmutende Eßzimmer des „gläsernen Palastes" bei Amsterdam

In der hochmodernen Küche übernehmen Computer den Großteil der Arbeit.

Außenansicht des „Glaspalastes". Hier werden die neuesten Erfindungen für den Hausbau getestet.

in den richtigen Mengen; aufgebrauchte Lebensmittel werden rechtzeitig und automatisch nachgeordert.

Der Elektroherd, der letzte große Stromfresser in der Küche, arbeitet mit neuen Halogenstrahlern, die sich wie eine Gasflamme regulieren lassen. Mit von Computern berechneten Spiegeln wird die gesamte Heizenergie zweier Halogenröhren auf den Boden des Kochtopfs gelenkt.

Und wo der Blick hinfällt: Glas. Damit bietet sich der Bau zum Testen der neuesten Lichtsteueranlagen an, etwa „intelligente" Fenster, die ihre Farbe je nach Helligkeit so blitzschnell wie ein Chamäleon wechseln können, womit Glas zu einem wichtigen Teil der Klimatechnik avanciert. Solche Scheiben lassen bei niedrigen Temperaturen viel Sonne durch und halten ihre Wärme fest; bei Hitze verdunkelt sich das Glas und sperrt die Sonne aus. Da das Holland-Haus laufend auf den neuesten Stand der Haustechnik gebracht wird, dürfte das „Chamäleonglas" hier bald Einzug halten und die ersten praktischen Testergebnisse liefern.

Die Licht- und Farbsteuertechnik schreitet stürmisch voran. So besitzen die Wände des holländischen Zukunftshauses fluoreszierende Partikel, die sie je nach Beleuchtung entweder in anregendem Rot oder beruhigendem Grün erscheinen lassen. Viel spektakulärere Farbeffekte lassen sich aber mit dem Glas selbst erzielen. In die Verglasungen der Fenster wurden Gitterraster eingelegt, die wie ein Prisma arbeiten: Durch Beugung am Gitter wird das weiße Sonnenlicht in seine Spektralfarben zerlegt; durch Herausfiltern einzelner Farben lassen sich die verblüffendsten Lichtwunder kreieren. Im Sommer läßt sich der Infrarotanteil unterdrücken, so daß zwar Licht, aber keine Wärme einfällt. Weiterhin eignen sich solche Lamellen als potente Lichtverstärker, die künstliche Beleuchtung ersparen. Die Gittermuster rufen Interferenz hervor, das heißt, die Wellenberge und -täler überlagern sich und verstärken einander. Ergebnis: Die Lichtstrahlen werden gebeugt, fallen erheblich tiefer in den Raum ein und leuchten ihn viel stärker aus. Licht, das nicht benötigt wird, läßt sich in Lichtleitfasern woanders hinleiten, in den dunklen Keller etwa oder zu Solarzellen, die die Strahlung in Strom umwandeln.

Der holländische Glaskasten macht den Trend unübersehbar: Das Multitalent Glas ist auf dem Weg, zur universellen Gebäudehaut der Zukunft zu werden, die gleichzeitig als Witterungschutz, Heizkörper und Fenster dient. Selbst die alten Ängste vorm Putzen sind mittlerweile unbegründet: Die Flächen des Holland-Hauses sind mit einem imprägnierenden Mittel beschichtet, das den Schmutz abstößt, so daß die Fensterputzer nur noch zweimal im Jahr anrücken müssen.

Die Motorik: Dächer, die wie ein Luftschiff auf- und absteigen

Werfen wir noch einen Blick auf eine letzte Neuheit des Holland-Hauses. Im Badezimmer – welche Überraschung! – stehen wir unter blauem Himmel. Der Grund: Seine Kuppel öffnet und schließt sich wie eine Tulpenblüte. Der Gedanke dahinter ist umwälzend und sprengt alle bisherigen Vorstellungen von Form und Raum: Wenn ein Haus schon Nervenbahnen, Gehirn und Fühler besitzt, dann ist es doch ein leichtes, ihm zusätzlich noch eine Motorik zu implantieren. Mit diesem Instrumentarium wird das Haus bewegungsfähig, seine starre Form löst sich auf, die Grenzen verfließen, und der Raum wird dehnbar. Das ist für die Architektur beinahe so revolutionär wie Einsteins Zeitdehnung für die Physik.

Diesem neuen Denken entsprang das „Zeppelin-Haus", das 1992 die Weltausstellung in Sevilla zieren sollte. Das Dach des Pavillons war als Mini-Zeppelin mit weißem Bauch und schwarzem Rücken geplant. Bei Hitze hebt er zwecks besserer Belüftung ab und schwebt, seinen Rücken nach unten gerichtet, über dem Haus. Die dunkle Absorptionsfläche entzieht dem Haus die Wärme, die helle Reflexionsfläche hält von oben die Sonne ab. Nach Sonnenuntergang dreht sich der Zeppelin, damit er die am Tage aufgesogene Hauswärme in den Nachthimmel abstrahlen kann. Bei Kälte hingegen senkt er sich ab und verschließt, die Absorptionsfläche nach oben gewendet, das Haus. So wirkt er als riesiger, das ganze Haus beheizender Sonnenkollektor.

Der Raum: Die Grenzen zwischen außen und innen verschwimmen

Während das Zeppelin-Haus selbst für eine Weltausstellung offensichtlich noch zu avantgardistisch war, treffen wir im französischen Vaise auf einen realen Vertreter des oszillierenden Raums: ein Haus, das mit den Jahreszeiten pulsiert. Die gesamte Südseite wurde als Wintergarten gestaltet. Dieser öffnet sich im Frühling und streckt sich in den Garten hinaus, wo eine Terrasse entsteht. Unter Sonnensegeln spielt sich im Sommer das ganze Leben draußen ab. Im Herbst rollt sich das Haus dann wieder ein, zum Winterschlaf.

Nicht so seine Bewohner. In dem grünen Pflanzendschungel und der lichtdurchfluteten Glaskuppel geht der Sommer weiter. Nicht einmal die ausgebuffteste Gebäudetechnik könnte Kälte und Schnee derart elegant vertreiben. Herzlichen Glückwunsch, Wintergarten – deine natürliche Intelligenz bleibt immer noch unerreicht!

Illustrierter Anhang:
„Wohnen in der Zukunft – Wie lebt es sich in einem intelligenten Haus?"
Eine Kurzfassung des Artikels von Wolfgang C. Goede,
erschienen in „P. M." 1/1992